苏东坡

长篇历史小说

典藏版

徐棻 著

四川人民出版社

图书在版编目（CIP）数据

苏东坡：典藏版 / 徐棻著. — 成都：四川人民出版社, 2023.8
ISBN 978-7-220-13171-4

Ⅰ.①苏… Ⅱ.①徐… Ⅲ.①长篇小说-中国-当代 Ⅳ.①I247.5

中国国家版本馆 CIP 数据核字（2023）第 054145 号

SU DONGPO
苏 东 坡（典藏版）
徐 棻 著

出 版 人	黄立新
责任编辑	唐 婧
封面设计	张 科
内文设计	张迪茗
责任印制	祝 健
出版发行	四川人民出版社（成都三色路 238 号）
网　　址	http://www.scpph.com
E-mail	scrmcbs@sina.com
新浪微博	@四川人民出版社
微信公众号	四川人民出版社
发行部业务电话	(028) 86361653　86361656
防盗版举报电话	(028) 86361661
照　　排	四川胜翔数码印务设计有限公司
印　　刷	成都国图广告印务有限公司
成品尺寸	150mm×240mm
印　　张	26.75
字　　数	430 千
版　　次	2023 年 8 月第 1 版
印　　次	2023 年 8 月第 1 次印刷
书　　号	ISBN 978-7-220-13171-4
定　　价	59.80 元

■版权所有·侵权必究

本书若出现印装质量问题，请与我社发行部联系调换
电话：(028) 86361653

目录

引　　　　　　　　　　/ 001
第一章　　　　燕子飞时/ 003
第二章　　　　一卷纸　两面旗/ 010
第三章　　　　帝后干杯/ 016
第四章　　　　"二王"拦截/ 023
第五章　　　　一百五十年也要改/ 030
第六章　　　　黑水谷的笑声/ 038
第七章　　　　有何贤良不贤良/ 048
第八章　　　　"庆历"之痛/ 055
第九章　　　　物之兴废　不可得而知也/ 060
第十章　　　　晨曦里的钟声/ 066
第十一章　　　朝堂之争/ 072
第十二章　　　唯有泪千行/ 080
第十三章　　　流水尚能西/ 088
第十四章　　　官诰院与温香楼/ 096
第十五章　　　熙宁变法/ 105
第十六章　　　拍案而起/ 114
第十七章　　　是罢官　还是下狱/ 123

第十八章	金殿风暴／	132
第十九章	相府酒宴／	141
第二十章	太后做证／	151
第二十一章	除夕之夜／	161
第二十二章	山色空蒙雨亦奇／	170
第二十三章	惊险明月楼／	179
第二十四章	行歌野哭／	187
第二十五章	流民狂飙／	195
第二十六章	秋水长天／	202
第二十七章	朝野俱何堪／	210
第二十八章	旋抹红妆看使君／	218
第二十九章	午夜惊梦／	226
第三十章	冷暖两重天／	234
第三十一章	流沫生千涡／	243
第三十二章	"乌台"诗案／	251
第三十三章	太皇太后死不瞑目／	258
第三十四章	今夕是何年／	266
第三十五章	"雪堂"东坡／	275

第三十六章	一蓑烟雨任平生/ 283
第三十七章	皇帝手札/ 292
第三十八章	开启"元祐"/ 301
第三十九章	不识庐山真面目/ 308
第四十章	金莲烛相送/ 317
第四十一章	风起"迩英阁"/ 324
第四十二章	二下杭州/ 333
第四十三章	悲喜各不同/ 340
第四十四章	月晕而风/ 351
第四十五章	两年阅三州/ 360
第四十六章	定州的城墙/ 370
第四十七章	聊发少年狂/ 378
第四十八章	顺风与逆风/ 388
第四十九章	不与梨花同梦/ 400
第五十章	问平生功业/ 409
结	/ 417

引

所谓"大宋"的北宋,共有九个皇帝。要说苏东坡和他的大宋朝,不免要说到其中的五个皇帝:宋仁宗、宋英宗、宋神宗、宋哲宗、宋徽宗。

五个皇帝都不是"大清宣统"那样的黄口小儿、座上傀儡,而是长大成人的、每日里称孤道寡的、掌握着生杀予夺大权的天子。

有了皇帝自然就有皇后。皇后如果比皇帝长寿,自然就成了皇太后甚至太皇太后。苏东坡时期,有三个皇太后垂帘听政。

所以,要是往简单里说苏东坡的一生,那就是他和帝、后们有着"剪不断、理还乱"的"高山流水"情结与"生死荣辱"恩怨。

因此,苏东坡一会儿高居庙堂之高,一会儿远处江湖之远;一会儿自由进出皇宫,一会儿银铛被囚死牢。这里头,自然有许许多多常人没法了解也很难想象的故事。

苏东坡的名气很大。凡我炎黄子孙,没有几人不知。他实在是个家喻户晓、妇孺皆知的人物。也许,人们是从地名上知道他,如苏堤、东坡桥、东坡乡、东坡路;也许,是从建筑物上知道他,如东坡书院、东坡祠、苏东坡纪念馆;也许,是从菜肴上知道他,如东坡肘子、东坡肉;也许,是从古代服饰上知道他,如东坡帽;也许,是从书法上知道他,如"苏体""苏帖";也许,是从绘画上知道他,如他开创的"文人画派";也许,是从日常用语中知道他,如"不识庐山真面目""天涯何处无芳草""春宵一刻值千金";也许,是从脍炙人口的佳句中知道他,如"大江东去,浪淘尽,千古风流人物""但愿人长久,千里共婵娟";也许,是从散文中知道他,如

《日喻》《喜雨亭记》；也许，是在走过许多地方的时候知道他，如凤翔、杭州、徐州、密州、润州、黄州、登州、颍州、扬州、湖州、定州、惠州、儋州、常州……当然，还有他的家乡四川眉山、北宋时期的首都汴京、他埋葬的地方河南汝州。只要你去到这些地方，就似乎会看见苏东坡的足迹，听见苏东坡的声音。

千余年来，许多人认为苏东坡是个反对"变法革新"的保守派，认为"反对王安石变法"是苏东坡的政治污点。然而，如果我们肯细心拂去历史的尘埃，大胆撕破成见的茧壳，我们就会看见一个完全不一样的苏东坡。

苏东坡大名苏轼，字子瞻，号"东坡居士"。

"东坡居士"这个"号"，是他死里逃生被贬到黄州后，以一片坡地耕种为生时给自己取的。想不到这个倒霉时期的号"东坡"，日后竟然也会天下皆知，甚至比他的大名"轼"还要普及。

不论苏东坡给自己取这个"号"之前或之后，他都是天下读书的人和正直的人羡慕、崇拜、追随的对象，也是政客们和小人们嫉妒、迫害、谋杀的对象。

第一章
燕子飞时

又一个春天来了。

河南的春天虽然比江南的春天来得晚,但燕子还是飞到了北宋的都城汴京。当时,汴京的正式称号叫"东京开封府"。这时候,北宋的皇帝是宋仁宗赵祯。

登基前的宋仁宗,就是民间传说《狸猫换太子》中,用狸猫换下的那位太子;也就是川剧《装盒盘宫》中,被装在点心盒里,打开盒子却变成了桃子的那位太子。当然,无论是"狸猫换太子",或者"太子变桃子",这些故事都纯属虚构。真实的宋仁宗一直生活在皇宫里,由刘太后抚养长大。现在,他高坐在汴京城里的金銮殿上。

殿堂里,正鼓乐齐鸣,群臣列队,舞蹈参拜,山呼万岁。

宋仁宗道:"今年又是大比之年,即将举行科考。请韩相国代朕点呼考官。"

"臣,领旨。"时任相国的韩琦随声出列。这韩琦虽然个子瘦小,但五官端正,双目有神,加上他举手投足间透露出的自信、果断、刚劲、不容置疑等气派,给他那瘦小的身躯平添了许多分量,足以让身材高大的凡夫俗子在他的面前也感到仰而视之,或觉得诚惶诚恐了。

韩琦面向群臣,朗声道:"参知政事欧阳修。"

欧阳修应声出列:"在。"

"御史中丞范镇。"

范镇应声出列:"在。"

"翰林学士王珪。"

王珪应声出列："在。"

韩琦转过身去向着金銮殿道："请皇上诏示。"

宋仁宗道："国家以人才为宝。朕命诸卿担任考官，由副相国欧阳修总领其事，为我大宋选拔人才。诸卿当尽心尽力，不负朕望。"

几个考官齐声应道："臣，领旨。"

这时节，跟着燕子来到汴京的，还有从四面八方奔来的举人。

燕子飞来，忙着筑巢；举人奔来，忙着应考。没有门路的，在客栈中继续日夜攻读；有门路的，四处奔波联络关系。当翰林学士王珪下朝回家时，便在厅堂前的天井里，被一个青年书生迎住。

书生恭敬地施礼，亲昵地招呼："世伯，您下朝了。"

王珪"嗯"了一声，径直走向厅堂，登阶入室，书生赶忙紧随其后。有仆人来侍候王珪更衣、换鞋、上茶，那书生也就恭立一旁候着。

书生姓章名惇字子厚，生于宋仁宗景祐二年（1035年），比苏轼大一岁。

王珪抿了一口茶，说："明日便要入场考试，贤侄怎不在居所静心养神？"

章惇有点不好意思，答道："小侄心里不踏实，静不下心来。"

王珪道："有什么不踏实的？你提前半年来汴京见我，这一步算是走对了。我料定今科考试，主考官会是欧阳修。果不其然，皇上就点他总领其事。我料定欧阳修担任主考，一定要变革文风。果不其然，下朝时他就找到范大人和我，商定太学体文章，一个不取。"所谓"太学体"，是当时流行于最高学府和科场应试的文风。

章惇吃惊道："太学体文章一个不取？！"立刻又说，"世伯真是料事如神，小侄幸好有世伯关照。自到汴京，每日起早睡晚只做一件事，就是要把太学体的文风，洗刷得丝毫不剩。"

这时，"太学体文章一个不取"的消息，已像一阵大风刮进了赶考人居住的各个客栈。在颇有名气的"迎贤店"里，举人们都像被捅了窝的马蜂，闹嚷嚷从楼上楼下的房间里扑出，飞向庭院。有的已扯开喉咙叫骂着，有的半信半疑地议论着，其中反应最强烈的要数"百家姓"。

"百家姓"不是一个人,而是四个人共同的绰号,因为这四人的姓氏刚好是百家姓的头四个字:赵、钱、孙、李。这四人的家境恰好也比较富裕,住进客栈便相约着喝花酒,打纸牌,逛大街,同进同出,算得上是意气相投的朋友。同客栈的人将他们视为一体,背地里便笼而统之叫他们"百家姓"。其实,这四个人也有所不同:其中,两人做太学体文章,而另外两人不做。

从楼上冲下来的赵公子就是做太学体的。他高声叫道:"我不信!太学体文章流行了将近百年,许多读书人都做太学体文章。他欧阳修敢一个不取?"

也是做太学体文章的钱公子附和道:"是呀。众怒难犯!我们还有著名的太学体神童马辉,难道连马辉也不取?"

听两人这么一说,大家的眼光便在人群中搜过,发现马辉在二楼的走廊上。

年轻的马辉见众人盯住自己,便说:"我们要改变文体已来不及了,在这里发脾气考官又听不见,还是早些歇着,静心养神吧。等明日进了考场,尽力把自己的文章做得好些就是了。"说罢转身回房。

赵公子见了很是不满,扭头对钱公子说:"他小小年纪就学会了装模作样!等榜上无名时,他就晓得厉害了。"

"百家姓"中的李公子,其心情和赵、钱二位就大不一样。他背过身去对孙公子小声说:"幸好,你我不做太学体文章。"

孙公子会心一笑,轻声道:"这一下,我们又少了许多对手。"他向气咻咻的赵、钱两人努努嘴,更小声地说:"包括他们二位。"

章惇这时还在翰林府。他从袖中取出几张纸,双手递到王珪面前:"这是侄儿昨夜写的文章。世伯您看看,这样的文章如果呈到欧阳大人面前,会怎么样?"

王珪接过文章,认真地看了一页,说:"嗯,开卷精彩。仅看这一段,也算得好文章了,太学体的毛病也没有了,应该过得欧阳修的眼睛。"

章惇面有得色,但是谦恭地说:"全仗世伯指点。"

王珪道："令尊与我相交甚厚，我自当关照于你。不过……"他把文章还给章惇，留下半句话，起身走开去。

这是抬高话语分量的老套，这样的老套用在关键时刻总是见效。果然，章惇立刻紧张起来，不觉紧跟王珪身后，竖着耳朵等待下文。

王珪止步回头，说："今科，有强手。"

章惇问："强手？谁？"

王珪道："我的同乡。四川眉山苏洵的两个儿子，兄名苏轼，字子瞻；弟名苏辙，字子由。兄弟二人在成都，均已颇负盛名。"

章惇问："他们师从何人？"

王珪道："说不上师从何人。幼小时，他们以母为师，后来，以父为师。其父苏洵，两考进士皆不中，但确实写得一手好文章。他对太学体深恶痛绝，所以两兄弟从小不与太学体沾边。这会让他二人在考试中占些便宜。"

章惇是那种外表热情爽朗、内心狭隘阴毒的人。听王珪如此说起二苏，虽然还不认识二苏，却已将二苏看成对手了。

这时，苏轼一家为了应考，已从四川眉山县搬到汴京，在城南买了一幢小院。小院门上挂了一块匾，由苏洵自己题上"南园"二字。小院里住着苏洵、苏轼和妻子王弗、苏辙和妻子史氏，以及王弗的堂妹王闰之，还有从眉山带来的中年仆人苏兴和他的妻子秀嫂、年轻的仆人苏义和他的妻子碧桃，另外就是不肯娶妻的厨子苏味。

现在夜月当空，南园内静悄悄没个人影，只因明天两兄弟要进考场，今夜全家上下都早早地歇着了，好让哥俩睡个好觉。那个时代，许多人家遵从一个习俗，进考场之前一段时间，不让夫妻同室居住。说出口的理由是"免得分心"，没说出口的理由是"不吉利"。所以，苏轼与苏辙此刻正在厢房中，分别睡在各自的小房间里。

苏轼睡不着。他翻身坐起，披衣下床，走到过厅里，站在苏辙的门边向里张望。他本想和弟弟聊天，但床上的苏辙一动不动，均匀的呼吸说明他睡得很香。苏轼转身走出过厅，走下房廊，向天井走去。

"砰",夜风碰响没有关严的窗户。

王闰之听见窗户响,便掀被下床。家中气氛异常,这个八岁的小姑娘便莫名地兴奋着。当她走到窗前正要关窗时,却看见姐夫来到天井里。接着,又看见姐姐走进天井,向姐夫走去。她想:姐姐、姐夫也睡不着啊。他们都出来看月亮,我也要出去看月亮。

天井里,苏轼仰面望月,听见熟悉的脚步声来到身后。

苏轼说:"我知道,你一定睡不着。"

王弗说:"因为我知道,你一定睡不着。"

苏轼转过身去,捧住王弗的脸颊细看。

王弗微笑道:"看什么?不认识了?"

苏轼道:"晚上不在一起,竟觉得许久没有看见你了,想煞我也。"

王弗说:"我也一样。"

苏轼猛然将王弗拦腰抱起。

刚走到廊下的王闰之不觉停步,她目送姐夫抱着姐姐从天井里跑掉。不知为什么,她的心竟然"咚咚咚"狂跳起来,跳得好像要从喉咙里蹦出来了。她不觉双手按在胸前,紧张得再也不能走动一步。

苏轼把王弗抱进卧室,放到床上,说:"今夜我要和你睡。"他转身关门。

王弗笑道:"看爹爹知道了……"

苏轼说:"不怕。"他坐到床边,说,"我睡在厢房里,每夜看不见你,便慢慢想你。越想越觉得,我真是好福气,娶了你。今夜我和你在一起,明天一定考得好。"

更鼓,一样地敲过了。月亮,一样地隐去了。雄鸡,一样地啼叫了。不一样的是,平日门可罗雀的考院外,已站满手提考篮却紧张得鸦雀无声的考生。他们在拂晓的鱼肚白中,站成黑压压的一片。

考院大门终于缓缓打开。门里,黎明的曙光映出夹道而立的卫士。

执事官跨出大门,高声道:"考生听着!二人为列,依次入场。"

考生们于是自列为两路纵队，默默而庄严地向大门走去。他们多为年轻人，但也有不少中年人甚至白发苍苍的老者。最后并肩走来的是苏氏兄弟。两人从容淡定的神态，好像他们已胜券在握了。迈过门槛时，两兄弟还相视一笑。

执事官叫："封门。"

厚重的大门在苏氏兄弟的身后关闭，并贴上封条。

考试的日子，考院外的人也很难熬。苏洵在南园焦躁地徘徊着。

王弗用漆盘托只小碗，走来说："爹，您别急，他们兄弟俩一定能考上。"

苏洵道："难说呀。我的文章谁不说好？可是两进科场，两考不中，怕他们时运不佳，也像我。"

王弗道："不会的！爹。您替他们承受了霉运，他们俩就该走好运了。今日是考试的最后一天，您喝了这碗粥，兴许他们就回来了。"说着，她把那只小碗奉上。

王弗说得不错。两兄弟确实正在回家的路上，他们轻松地左顾右盼着。苏轼说："这一阵忙着应考，竟不觉春深如海了。"

苏辙指着一棵树道："哥，上次我们看见这棵杏树，它还开满红花，现在都结出小杏了。"

苏轼一晃头，吟道："花褪残红青杏小……"

一对燕子飞来，从溪水上掠过。

苏辙接口吟道："燕子飞时，绿水人家绕……"

恰逢一阵风起，顿时柳絮翻飞。

苏轼吟道："枝上柳绵吹又少，"他指着远远近近绿茵茵的田野，"天涯何处无芳草。"

苏辙喝彩道："好一个'天涯何处无芳草'！"

苏轼也觉得意。他想，下一阕也该有妙句才是。

这时，两兄弟已来到南园的后墙外。隔着墙体，他们听见王闰之朗朗的笑声和快乐的呼喊："姐，用力推呀！嘻嘻。高点！再高点！"

苏辙说："哥，嫂子和小妹在打秋千。你听她们多开心，好像我们已经考中了。"

苏轼立刻吟道:"墙里秋千墙外道。墙外行人,墙里佳人笑……"

传来王弗的声音:"别闹了,回屋吧。"

苏轼向墙里大声吟道:"笑渐不闻声渐悄,多情却被无情恼。"

墙内传来王闰之的尖叫声:"姐夫回来了!姐,姐夫回来了!"

南园门前,男仆苏义正引颈张望,看见苏轼兄弟走来,便向着院内高声叫道:"大少爷、二少爷回来了!"又跑到两兄弟面前说:"大少爷、二少爷,老爷正等着呢。家里来客人了!"

两兄弟听说有客,便直接走向客厅,果见厅内有个年轻人在座。

苏洵道:"你们到哪里闲逛去了?这位章先生与你们同考,却比你们先到。"

客人起身施礼道:"小弟章惇,久慕二位仁兄贤名。今日考试完毕,便冒昧闯府,前来拜会。愿二位仁兄不嫌在下愚钝,从此交个朋友,也好早晚请教。"

章惇的目标是考个头名状元。可是出了考场,他忽觉心神不宁,甚至怀疑自己能否考上。心慌意乱之际,他想到了二苏,心想若与二苏谈谈科场文章,自己就会心里有数了。

苏轼兄弟就这样认识了章惇,有了个一辈子的假朋友、真敌人。

| 第二章 |

一卷纸　两面旗

当考生像出笼的鸟儿离开考院时,考官们却像鸟儿被锁进笼中。

按当时的规矩,考生的卷子都有人重新抄录一遍后,才能送到考官面前。这样做,考官就无法辨认笔迹而徇私录取了。

欧阳修在自己的阅卷室里,御史中丞范镇拿着一份卷子走来。

范镇道:"欧阳兄,你莫非糊涂了?"

欧阳修道:"出了什么差错?"

范镇把卷子放到他面前,说:"这篇文章好不好?"

欧阳修凑过去看了看,说:"好呀。你没有看见吗?我原本取他为第一名。"他指着卷面上涂改过的地方。

范镇道:"既是如此,为何又划去第一名,把他改为第二名了?"

欧阳修道:"想来想去,我有些顾忌。"

范镇问:"顾忌什么?"

欧阳修道:"这卷子经人重抄后,已不知何人所写。但从文章的风骨看,很像我那学生曾巩。"

范镇道:"取了他第一名,你怕别人说你徇私?"

欧阳修道:"是呀。"

范镇发火道:"你就不怕委屈了别人?!"

欧阳修还想说什么,翰林学士王珪拿着一份卷子进来,招呼着:"范大人也在?"

范镇见了,便气鼓鼓地道:"王老弟,你来说说。他猜这篇文章是曾巩所写,为了避嫌,便把这等好文章压为第二名。这么做,你说对不对?便真是曾巩的文章,这样做又是否公平?"

王珪道:"这个……"他看看两人的脸色,赔笑道,"这篇文章确实绝妙,理应第一。不过,欧阳大人身为主考官,避嫌也是不得已。"

欧阳修向范镇笑道:"看看,看看,人家也体谅我不得已嘛。"

王珪赶紧岔开话题,出示手中的卷子道:"二位大人,这份落选的考卷,在下看来,像是太学体神童马辉所写……"

不等他说完,急性子范镇便道:"管他马辉、牛辉,不是早已说定,太学体文章一个不取吗?"

王珪继续赔笑道:"这,会不会激起众怒呢?"

果然激起了众怒!

那天,看榜的考生和他们的亲友潮水般奔向张贴皇榜的地方。

章惇约好苏氏兄弟一同看榜。此时,他热情地护卫着苏洵,勇气百倍地在人丛中开路。其实他的心情异常紧张,不过别人难以察觉。

章惇是他父亲和一个乳娘生的儿子。在家里,章惇虽然也享受着少爷的待遇,却因母亲身份低贱而心灵扭曲:绝对地自卑又绝对地自尊。他事事争强好胜,不容自己在弟兄中有一点不如别人。正因如此,他的父亲反倒十分看好他,对他寄托着更多的希望。这次,是他第二次赴考。前一科他就考取了,只因与他同考的侄子中了状元,而他的名次却远落其后。章惇深受打击,便拂袖而去,发誓下一科也要考个状元。

今天,就是章惇的"下一科"!

皇榜前人头攒动。人群中的章惇还没有挤到榜下,老远就望见头名状元不是自己,二名榜眼竟是苏轼。接下去又看见了苏辙,却仍然不见自己的名字。章惇感到窒息,心里充满恐惧。他把眼光急速往后扫,终于找到了自己。但是,榜上虽然有名了,却仍旧不是状元啊!顿时,失望像天际坠落的陨石,重重砸在章惇的头上。他神志昏乱了:再拂袖而去吗?下一科再来吗?考不上状元就不当官吗?一辈子与官场绝缘吗?章惇心里翻江倒海,不知所措地待着。

这时,苏轼与苏辙正高兴得连声叫着:"爹!爹!"

苏洵喃喃道:"好儿子!好儿子!"忍不住热泪盈眶。

没人能体会苏洵此刻那又甜又酸的心情。据说,他后来曾感慨万端地对人道:"老夫登科如登天,小儿登科如拾芥。"

这是宋仁宗嘉祐二年(1057年)。苏轼进士及第,在三百八十八人中名列第二(原当第一)。这年,他实岁二十一岁。

呆着的章惇清醒过来:再不能拂袖而去了,考不中状元也认了,二十出头不能再等了,他必须尽早进入官场!

一旦清醒过来,他立刻意识到,自己的名字和二苏的名字,竟然有那么远的距离,可见自己大不如这苏家两兄弟!顿时,嫉妒之情又塞满胸臆。但是二苏就在身边,他要说几句恭维话才合乎礼仪。可是他说不出那样的话,于是他选择了悄悄撤退。谁知才退后几步,又被孙公子拦住。

孙公子道:"子厚兄,找到你的名字没有?看,在那儿,在我的前面。"

章惇道:"恭贺仁兄得中。"

孙公子道:"你不也中了吗?"他放低声音,"他们写太学体的,一个未中。你看,没精打采、垂头丧气、失魂落魄,一个个都像斗败的公鸡。嘻嘻。"

章惇心里一亮。他立刻挤回苏氏父子身边,向观榜的人们大声道:"诸位,诸位,今科榜眼苏轼在此,我等应向他致贺!"

立刻,人们把羡慕的、惊喜的、钦佩的、好奇的、嫉妒的各种目光,一齐投向苏轼。

章惇继续说:"这位乃苏轼之弟苏辙,今科也得高中。难得兄弟二人同榜进士及第,实在可喜可贺。"

其实,还有两兄弟和二苏一样同榜高中,那就是欧阳修的学生曾巩与他的弟弟曾布。此刻,他们也在看榜的人群中。只因没人提示,所以无人知道。

章惇夸赞苏轼兄弟的话音刚落,便听见赵公子高声嚷道:"我们一个不中,他兄弟俩倒中了一双!"

钱公子也叫起来:"为何太学体一个不取?"

赵公子指着马辉叫道:"为何神童马辉榜上无名?"

人群中传出七嘴八舌的声音：

"姓苏的兄弟俩是不是和欧阳修有什么瓜葛啊？"

"我就不信，兄弟俩的文章都做得那么好！"

"叫欧阳修把姓苏的文章拿出来看看！"

"找欧阳修论理去！"

考生们要和主考官当众论理！这可是自有科举以来不曾有过的新鲜事。

市民们闻风而动，齐涌向城中心的大十字路口。考生们不管榜上有名没名，也暂时放下喜悦或烦恼，齐向大十字路口奔去，其中当然少不了章惇。好事的曾布也拉上他沉静的哥哥曾巩去看热闹。

欧阳修下朝回家，坐轿子经过大十字路口，被考生们拦个正着。

轿夫见状停步，护卫们一字排开。

男仆欧阳仁跑到轿边禀报："禀大人，有民众拦路。"

欧阳修掀开轿帘看看外面的情景，吩咐道："落轿。"

欧阳仁说："大人不可出轿……"

欧阳修大声道："落轿！"

这时，王珪的轿子也走在大街上，前卫跑来轿边报告："禀大人，落第考生闹事，前面的路被堵住了。"

王珪在轿中问："可有官府出面？"

前卫答："未曾看见。"

另一侍卫跑来报："禀大人，闹事考生把欧阳大人的轿子围在了街心。"

王珪吩咐："改道！"轿子掉头而去。

大十字路口上，欧阳修走出轿来，看见人们已围成半圆面对自己。

以马辉为首，百多个做太学体的考生站在人群的前面，其余的落榜考生也跟在后面造势。街道两旁和街边的树杈上都挤满看客。

赵、钱二公子站在马辉左右，二人各举一面布制的竖旗。一面写着："欧阳羞　欧阳休"。另一面写着："还我功名　还我公道"。

欧阳修望见这两面竖旗，不觉微微一笑。他吩咐欧阳仁："把轿后的纸卷拿来。"说罢，他跨过轿杆，走到轿前站住。

马辉等不觉向欧阳修走去，侍卫们立刻冲到他们前面，"唰"地拔出腰刀。欧阳修哼了一声，挥手示意。侍卫们插刀入鞘，慢慢退到欧阳修的身后。

欧阳修问："你们，都是今科落榜的考生？"

马辉答："我们是做太学体的考生。"

欧阳修指着竖旗道："可是，这两面旗帜上的文字，却不像是做太学体的人写的。"

马辉和赵、钱二公子互相看看，不明白欧阳修的意思，便大声道："旗帜上的文字，正是我们所写！"

欧阳修说："不像！不像！你们看，这面旗上写着'欧阳羞欧阳休'。这'羞''休'二字正与老夫之名谐音。用得巧，用得妙。意蕴深邃，行文机趣。老夫与你们划个圈——好。再看这一面旗，'还我功名　还我公道'，不但意思清楚明白，读来通顺上口，且'功名'与'公道'又有一字谐音，又添一分机趣。老夫再与你们划个圈——好。"

所有的人都不明白欧阳修的意思了，一个个只有愣着。

欧阳修环顾一下人们，然后微笑道："你们，做太学体的人，为何不像写这两面竖旗那样，去做你们的文章呢？"

人们还是愣着，鸦雀无声。

欧阳修望着面前一张张瞠目结舌的面孔，问："你们说，文章是写给自己看的，还是写给别人看的？"

还是鸦雀无声。瞠目结舌的面孔上，露出了深深的困惑。

欧阳修缓缓道："我想，文章不是写给自己看的。若是写给自己看，那不成了自言自语？所以，文章是写给别人看的，是为了让别人知道自己对某事、某物之见解。这见解，便是你的想法、你的学问、你的真知灼见，以及你修身、齐家、治国、平天下的谋略。既是如此，你的文章就要让别人看得清楚明白，最好还能让别人看得赏心悦目。这样，人家才愿意看你的文章，才愿意去理会你说的什么，才能够知道你有些什么见解，才好对你的见解表示赞同或者反对。可是，太学体的文章却内容空洞、言之无物、堆砌辞藻、追求险怪，读来诘屈聱牙，读后不知所云。既令人毫无快意美感，又没有什么见识韬略。此等以文字为游戏之文风，乃乱世之流毒，于他人无补，于世事无益。这样的文章要它何用？你们，为何竟将它视如珍宝，而不将它弃如敝屣呢？"

做太学体的人面面相觑。马辉低下头去。

欧阳修接着道："我大宋常年内忧外患，朝廷急需有见识、有学问、有志有为的人才。诸位若肯潜心治学，改变文风，体察国事民情，提出安邦良策，他日必为国家栋梁。"他从欧阳仁手里拿过纸卷，说道："这是今科榜眼苏轼与其弟苏辙的应试文章。听说有人想看，我特意命人将它抄录在此，诸位不妨一阅。若有异议，请到舍下来，老夫将备酒沏茶相与详论。如何？"他望着众人。

还是鸦雀无声，人们怔怔地望着他。

欧阳修把目光落在马辉的脸上。

马辉迟疑着，终于慢慢向欧阳修走去，从他的手里接过纸卷。

从这天开始，汴京的大街小巷便添了一道风景：推着车、挑着担、背着筐的卖书人都在吆喝："谁买——今科榜眼苏轼和他兄弟苏辙的科场文章！"

没过几天，汴京的大街小巷里，一段民谣流行起来："苏文熟，吃羊肉。苏文生，吃菜羹。"

对于这次考试，榜上有名的章惇，比榜上无名的人更加气愤。"街头论理"后，他跑到王珪家中，对正在浇花的王珪说："做太学体的人太无能了！马辉太嫩，不堪重任！上街时，他们理直气壮、声势汹汹，可是，经不住欧阳大人三言两语，便不战而溃。我料来科进士，再无人做太学体文章。欧阳大人借苏轼兄弟的文章，开启一代文风。从今往后，天下文章皆姓苏了！"

章惇这话倒有些先见之明。欧阳修之后，苏轼的确成了北宋的文坛领袖。而中国文学史上著名的"古文八大家"中，宋代就有六家，欧阳修、王安石、苏洵、苏轼、苏辙、曾巩；另外两家，是唐代的韩愈、柳宗元。

| 第三章 |

帝后干杯

欧阳修的大厅里宾客云集。今天他宴请新科进士前十名,特邀韩琦等大臣出席。此刻,范镇、王珪和早来的几名新科进士已经在座。

传来仆人的通报声:"新科进士曾巩到。"随着声音,曾巩跨进门来,向众人拱手。

范镇立刻起身指着他道:"曾巩呀,你害人不浅哪。"

曾巩愣住,满座皆惊。

范镇道:"你老师把苏轼的文章当成是你的。为了避嫌,活生生把人家头名状元,压成了二名榜眼。可你呢,连个三名探花也没考上。"

曾巩老实地说:"学生不打草稿,总做不好文章。"他憨厚地笑道,"我就是笨。"

范镇道:"不是你笨,是你老师偏心。"他指着欧阳修道,"他认为天下的好文章,都是你的文章。"

欧阳修笑道:"夫子,别得理不饶人了。"

又传仆人通报声:"司马光、王安石二位大人到。"

在场的人除欧阳修与范镇外,都连忙站起。

司马光和王安石进门,向众人拱手,然后走到欧阳修面前:"学生来迟,老师恕罪。"

范镇一旁搭话道:"哪有那么多的罪?快快坐下。"

司马光和王安石正要入座,又传来仆人通报声:"苏老先生与新科进士苏轼、苏辙到。"

欧阳修道："贵客到了。"他起身迎到门边，向走来的苏洵拱手道："老夫恭候多时。"

苏洵还礼道："欧阳大人好。"

苏轼与苏辙上前，正要向欧阳修施礼，却传来仆人通报声："韩相国驾到。"苏轼与苏辙连忙闪开身子，让欧阳修与众人出厅。

韩琦穿过天井走来，众人夹道相迎。一阵寒暄之后，把韩琦让到主桌的上方坐下。

韩琦坐定，望了望品字形的三张大桌，说："我看在座的人，除了我和范大人还有苏老先生，余者皆出自欧阳大人门下。"他向欧阳修道："你真是桃李满天下，不愧一代文章之宗师了。"

范镇道："相国所言极是。今日聚会，可谓三代同堂。若把我与欧阳兄、苏老先生算作一代，那么，司马光、王安石、王珪可算第二代；而苏轼、苏辙、曾巩他们，就是第三代了。"

韩琦道："如此看来，只要欧阳大人的门下同心同德，大宋何愁国不强、民不富？"

欧阳修道："老夫今日请诸位大驾光临，一来为新科进士贺喜；二来，让尚不相识者得以相识。司马光、王安石、王珪已受朝廷重用；苏轼等人亦将是国之干才。正如韩相国所言，只要你们同心同德报效朝廷，则不愁外患不平、内忧不灭。为此，老夫今日要当着韩相国的面，敬你们一杯。愿你们携手合力，兴我大宋。"他举起酒杯。

司马光、王安石、王珪与苏轼、苏辙、曾巩等新科进士连忙起立，举杯道："谨记老师教诲。"

待大家干杯落座后，韩琦道："老夫借此时机报个喜讯。"他略微一顿，说："老夫与欧阳大人、范大人联名，向皇上举荐苏轼、苏辙参加制科特考。"

王珪惊诧，不觉大声道："制科特考！"

制科特考就是殿试。若文章与答对皆让皇帝满意，就可能直接进入朝廷，受到重用。虽然王珪已是翰林学士可算身居高位，但怀着野心的他立刻感到了威胁，就像一个人离熊熊炉火尚有一丈之遥时，已被那炙热的气流触动。

王珪意识到自己的失态,立刻机警地把惊惶变为关切:"皇上该恩准了?"

韩琦道:"已蒙皇上恩准,不日将在金殿御试。"他向苏洵道:"老先生,让二位公子好好准备准备吧。"

苏轼兄弟又开始备考。只不过,苏轼照样要喝点小酒,睡个小觉。

王闰之跑进苏轼的房间,叫:"姐夫……"却见苏轼正袒胸而眠,扇子掉在地上。王闰之踮着脚尖走过去,拾起扇子轻轻替他扇风。

苏轼感受到凉意,翻身。不知为何,王闰之竟吓得丢下扇子跑出门去,却又在门边露出半个脸,悄悄窥视她姐夫。

王闰之总是想亲近姐夫,常有事没事跟姐夫纠缠。她不明白这是为什么,也没想过要明白这是为什么,只是觉得和姐夫在一起很快乐罢了。

现在,她在门边悄悄看了一会儿,见苏轼熟睡不醒,便又跑进屋来,拾起扇子,"啪啦啪啦"拍着苏轼的床沿,叫道:"姐夫,姐夫,姐姐叫你到凉亭去。"

苏轼被王闰之弄醒了。他嘟哝着穿上鞋子,跟着王闰之去到凉亭。

凉亭里,苏洵、苏辙和王弗、史氏都已在座。

苏洵开心地笑道:"皇上恩准你二人一同参加制科特考,可谓千古幸事。如能考中,你们就会是皇上心中的贤才,前途不可估量。"

王弗说:"爹,依媳妇看来,兄弟同考制科,未必是好事。"

苏洵道:"啊?此话怎讲?"

王弗说:"他兄弟二人自幼及长,皆就学于婆母和爹爹,可谓所学、所长、所思、所用皆大同小异。两人同考制科,岂非自比高低?所谓两虎相斗,必有一伤。"

苏洵一愣:"这!"他没有想到这个。他一面赞赏媳妇见识周到,一面觉得这个问题必须解决。沉吟片刻后,他说,"那,你二人的文章,就一个人从正面论述,一个人从反面解说。如此,就不会相互抵消，反会相得益彰了。"

苏轼笑起来，说："爹，你老人家真是……"

苏洵问："是什么？"

苏轼道："是老姜，辣！"

苏洵抬须大笑，众人跟着笑起来。

苏辙便说："哥，你正说，我反说。"

制科特考的日子，转瞬即到。二苏先参加了"笔试"。笔试的文章受到皇帝的夸奖，接着便是皇帝的"面试"。

崇政殿内，宋仁宗看看他召来的六个大臣——韩琦、欧阳修、范镇、司马光、王安石、王珪，说道："苏轼、苏辙制科特考，文章不俗。今日面试，朕请诸卿与朕共评高低。"说毕，向旁边的大太监王仁宪示意。

王仁宪便向殿外呼叫："皇上宣苏轼、苏辙上殿。"

苏轼与苏辙一前一后走进殿来，并肩参拜后，起身恭立。

仁宗道："你二人的科场文章朕已阅过，算得见识超群、文采风流。昨日，你二人殿试所作《秘阁六论》，朕也仔细看了。你二人凡事皆一人正说，一人反说，如此作文，想必是你们事先商定的吧？"

二苏同声道："陛下英明。"

仁宗问："这是何人的主意？"

二苏答："家父。"

仁宗微微一笑道："难怪人称'三苏'。今日，朕只想问问你们，当今天下，以何为患？苏轼，你说。"

苏轼道："小臣以为，当今天下，实有三患。"

仁宗问："这一患？"

苏轼道："一患无财。国库空虚，捉襟见肘；民贫国穷，举步维艰。"

仁宗苦笑道："是呀，朝廷与百姓都缺银子花。"

其实，在宋太祖（开国皇帝赵匡胤）、宋太宗（第二代皇帝赵光义）两朝，大宋可谓国库充盈。但是，仁宗的老子真宗（赵恒）无能而昏庸，他大搞"天书运动"（伪造上天来信以证明自己英明伟大),大搞封禅泰山(到泰山上下去祭祀天地),大兴土木,建造豪华道观。在迎合皇帝所好的各种事件中,官吏们也有了许多中饱私囊的机会。到仁宗时,国库几乎已被掏空。

仁宗当然知道其中缘故,但那是他老子干的事,他什么也不能说,只能想办法补救。听了苏轼的话,他不觉微微叹息,接着问:"那么,二患呢?"

苏轼道:"二患无兵。北辽西夏,不时入寇。我军战不能胜,守不能固。面对强敌,无以自保。"

仁宗轻轻点头道:"这是朕的心病,再说三患。"

苏轼道:"大宋江山万里,人才患少不患多,而德才兼备之官吏犹患不多。世人一旦为官,不问政绩,终身为官。因而为官者大多因循守旧,不思奋发有为。致官吏越来越多,而吏政越来越坏。更有甚者,为官以权力谋私利,损朝廷之声威,招庶民之怨望……"

站在金殿下的王珪,用胳膊碰碰王安石,小声说:"你上书要求变法革新,说的也是这些道理。看来,你若变法,有了帮手了。"

金殿上,仁宗问:"苏辙,你兄长之言如何?"

苏辙答:"言之有理。臣以为三患之中,尤以官吏之患最为可忧,因朝廷靠官吏治国。而为官之人,效忠朝廷者少,造福百姓者少,开源节流者少,讲武习兵者少。陛下纵有德政良策,颁出后官吏不肯尽心推行,也难以收到成效……"

金殿下,王珪又碰碰王安石说:"你听,满朝文武俱被他说得一钱不值了。"

王安石道:"休要不服气,他说得对。"

金殿上,仁宗问苏轼:"你说,此三患当如何治理?"

苏轼道:"病,非一日之病,则治病,也非一日之功。既不能苟安拖延,知难而退,又不能猛药强攻,急于求成。小臣以为,既要变革根本之国策以求民富国强,长治久安,又要虑及民生之稳定而实事求是,循序渐进……"

金殿下,王珪再碰碰王安石,说:"循序渐进,这和老兄的变法革新,又大相径庭了。"

司马光突然回头,对王安石小声说:"我倒赞同他的'循序渐进'，不赞同老兄的'变法革新'。"

后宫中，曹皇后正在阅读奏章，宫女可人跑来道："禀娘娘，皇上驾到。"

曹后起身迎接时，仁宗已进了房间。他身后跟着总管太监王仁宪。

仁宗问："看什么？如此专心。"

曹后道："王安石论变法的万言书。"

仁宗拿过来顺手丢在案上，说："来，陪朕喝一杯酒。"

曹后问："陛下莫非有何喜事？"

仁宗道："朕为儿孙觅得两位宰相！"

旁边的总管太监王仁宪大吃一惊，立刻竖起耳朵听。

曹后欢喜地说："啊！两位宰相！是谁呀？"

仁宗道："四川的苏轼、苏辙。"

曹后道："陛下一日便得两位宰相，堪称百年难遇之喜，也是千古少有的佳话。"她敛衽而拜道，"臣妾，恭喜皇上！贺喜皇上！"

仁宗笑着扶起曹后，从宫女可人捧来的盘中取酒递给她，自己也执杯在手，说："朕与皇后为大宋江山万代，同饮此杯！"

皇帝与皇后举杯同庆。但是，他们怎么也想不到，"觅得两宰相"一语，竟为苏轼兄弟埋下终身的祸根。从这祸根上生出的第一枝毒芽，就在翰林学士王珪的小书房里。

王珪与太监王仁宪隔茶几并坐。两人都扭头望着对方，同时在心里琢磨"觅得两宰相"这句话的分量。

房里烛光闪烁，时明时暗，就像两人的心境。

王珪道："你说，皇上把王安石的万言书这么一丢，还说：'为儿孙觅得两位宰相。'你没有听错？"显然，王珪不愿相信这是真的。

王仁宪着急道："怎么会错？我就站在皇上身边，一个字也不会听错！"

王珪盯着他，问："皇后还贺喜？皇上叫干杯？"

王仁宪说："没错！没错！皇上认为苏轼两兄弟都是将来的

宰相！"

王珪起身，走来走去沉吟着。这个年长苏轼十七八岁的王珪，是个城府很深的野心家。自进入朝廷，他就盘算着怎么一步一步往上爬，怎么能爬上宰相的高位。他盘算着，等韩琦、欧阳修退下后，宰相将在王安石、司马光和自己之中产生。他觉得，仁宗似乎认为王安石做事不够稳健，故对他的变法迟迟不予回应。那么，王安石当宰相的可能性就不大。司马光为人刚直，深得皇上信任，但他的刚直也得罪不少人，成为他高升的障碍。这样分析之后，王珪便在"广结善缘"上狠下功夫。他要在人们的眼中，把自己塑造为老成持重、忠厚可靠的形象，这样，既有可能胜出王安石，又有可能胜出司马光。谁知现在，"半路杀出程咬金"，而且是兄弟两个！王仁宪的消息，对王珪无异于晴空霹雳。他决定，无论如何，也要阻止二苏前进。当然，首先要对付苏轼。

王珪站下来，盯住王仁宪道："皇上与皇后把苏轼兄弟视作宰相之事，千万不能让第三个人知道！"

王仁宪道："我又不是傻子！单是我俩今夜见面，犯的便是死罪！我会把这事让第三个人知道?！"

但是，已经有第三个人知道了，他就是章惇。

考后，章惇的父亲专程来京向王珪致谢，章惇就陪着父亲住在王珪家中。他想利用这机会，把父亲和王珪的亲密，变成自己和王珪的亲密。所以，他总是见缝插针地接近王珪，没话找话地套近乎。此刻，他刚好来到王珪的书房外，察觉房中有人，便忍不住偷听。于是，他不但成为知道这后宫秘密的第三人，还知道了王珪私交内侍这个要命的秘密。他想，等自己哪天进了朝廷，这两个姓王的人，都可以为他所用了。

从这个夜晚开始，野心勃勃的王珪和同样野心勃勃的章惇，都把二苏视为自己仕途中的头号敌人。当然，首当其冲的还是苏轼。

| 第四章 |

"二王"拦截

汴京大街上，鼓乐奏鸣，人群熙攘。这是新科状元、榜眼、探花分道游街，让人一睹风采的日子。只是，今科去看状元、探花的人，都不如来看榜眼的人多。满街群众你推我挤、分分合合。苏兴和秀嫂护着王弗、王闰之，而苏义和碧桃则护着苏辙与史氏，他们身不由己地随着人流蠕动。

鼓乐声引出千家万户的男女老少，也引出王安石的独生子王雱。

王雱来到门前，看见彩旗飘飘的仪仗队导出马上的苏轼后，忍不住愤愤转身，用脚把大门"咣唧"一下关上。

王雱走进王安石的书房道："爹，听见没有？苏轼打马游街，正从门外经过！"

正在写字的王安石没有抬头，只是问："怎么？"

王雱说："爹，难道您没老就糊涂了？别以为苏轼兄弟针砭时弊的见解与您相同，可他们治理朝政的主张和您的根本不一样。您让他们立身朝廷，就是给自己添两个对头。上边本来就有韩琦这一辈儿老的不理睬您的变法，这下倒好，下边又来了苏家两兄弟的'循序渐进'。您哪，就等着给您的'变法革新'送终吧。"

王雱的愤怒传不上大街，大街上的游行热热闹闹地进行着。

突然，一个年轻的醉汉从街边蹿到苏轼的马前，叫道："停一下！"

苏轼勒马。仪仗官正欲上前，醉汉抢先冲着他叫："别拦我！我与榜眼公说几句话。"仪仗官果然不加阻拦，而是让随护的卫队站成一圈，把苏轼和醉汉围在街心。看热闹的人立刻拥到卫士们的身后，熙熙攘攘引颈而观。

醉汉仰面向苏轼道："榜眼公，在下花二两银子买了一幅画。回头一看，这幅画不曾落款，请榜眼公瞧瞧，这幅画是何人所作？二两银子买来，在下是不是上当了？"说着，他展开画幅，高高举起。

这是一幅山水。苏轼凝目细看后，说道："此画格调高雅，气势雄浑，很像王诜的手笔。"

醉汉问："王诜？他是谁呀？你认识吗？"

苏轼道："王诜乃当朝驸马都尉。我不认识他，只是见过他的字画。你二两银子买得，占便宜了。此画未曾落款，也不止二两银子。若真是王驸马所画，只怕你买不起了。"

醉汉笑起来，说："你看它值钱，就送与你吧。"

苏轼道："萍水相逢，不敢领受。"

醉汉道："那就有劳榜眼公写几个字，与小民做个念想可好？"

苏轼问旁边的仪仗官："可以吗？"

仪仗官看看醉汉，点头道："可以。"

围观的人兴奋起来，热心地抬来桌子，放上笔墨。

苏轼下马，心想：今天是朝野同喜的日子。有这个醉汉前来索字，也算一段佳话。想着来到桌前，见醉汉已将那张画铺在了桌上。

苏轼提笔调墨，问醉汉："尊驾要我写点什么？"

醉汉道："就写：'是王诜之画'。"

苏轼道："我无书画鉴别专才，不敢说'是王诜之画'。我改'是'为'似'，可否？"

醉汉大笑道："还是榜眼公高明！改'是'为'似'，好极了！"

于是苏轼便在画上写下"似王诜之画"五字并落款。

苏轼还未搁笔，那醉汉又说："请榜眼公用印！"说着，已将印泥盒放到苏轼手边。

苏轼不觉笑了，说："尊驾像是有备而来呀。"一边说，一边摸出随身携带的印鉴来盖上。

这时，醉汉捋起自己的袖衣，说道："我也来写几个字。"

人群中立刻有热心的大声提醒道："写不得！写不得！"

醉汉回头问："为何写不得？"

热心人道:"榜眼公题了字,你这幅画可就值钱了。你要是写上几个字,又把它变得不值钱了。我劝你别糟蹋了好东西。"

醉汉道:"我的东西,我爱怎样糟蹋,便怎样糟蹋。不干你事!"说着就去拿笔。

人群中发出叹息声。还有人说:"等他酒醒了,慢慢后悔吧。"

苏轼一看这人提笔挥毫的神态,心里便觉诧异:"像是个行家!"只见那醉汉在纸上写出"是王诜之画"五个字,接下来的落款是"王诜"二字。

人群中有人高声叫出:"他就是驸马都尉!"

苏轼便微笑拱手道:"久仰。久仰。"

王诜也拱手微笑道:"失敬。失敬。"

两人都开心地笑起来。

王诜是开国元勋的后人,是大长公主的驸马。在以后的岁月里,苏轼与王诜成了莫逆之交。

正当仁宗皇帝要培养并重用苏轼之际,不幸的消息从四川传来:苏轼的母亲病故!苏轼一家立刻悲悲切切上路,按当时的伦理和孝道,回乡去守孝三年。

三年中,仁宗和曹后时常念叨苏轼。终于有一天,得欧阳修奏报:"苏轼守孝,三年期满,一家人已回汴京。"

宋仁宗满心高兴,很快在便殿里召见了韩琦、欧阳修、范镇、司马光、王安石、王珪等六人,说:"苏轼已回汴京。诸卿且说说,苏轼任何职为宜?"

御史中丞范镇是个爱才的人,且一贯喜欢提携后辈。他抢先发话道:"臣以为,可任苏轼为大理评事,入秘阁直史馆,留在朝廷培养。"

范镇提出的,是执掌案件处理、管理皇家经史、负责编修国史的中央部门,都是文职官员的重要岗位。

仁宗同意范镇的意见。他原本就想把苏轼留在朝廷培养,于是问:"有无异议?"按例,若无异议,范镇的提议就成定案,苏轼就留在朝廷了。

别人可以不出声，王安石却不能沉默。他正担心自己的"变法革新"不能实施，怎能把"循序渐进"的苏轼留在朝廷？于是他说："启奏陛下：苏轼之文，臣并不十分推崇。"

仁宗有点意外："啊？"

王安石道："臣以为，苏轼之文多策士之风，只不过如苏秦、张仪般能言善辩而已，不宜授予高位，更不宜留在朝廷。"

必须帮衬王安石！王珪赶紧接过话头道："启奏陛下，臣以为王大人所言稍嫌过分，不能以苏秦、张仪之流与苏轼并论。但苏轼年轻，仅凭考试，便登高位，恐怕于他的前程反为不利。"

司马光总是直杠杠的，他说："有何不利？是人才就当重用。"

司马光极不赞成王安石的"变法革新"。他认为，主张"循序渐进"的苏轼若能留在朝廷，就会多一份反对的力量，于是向仁宗道："启奏陛下，臣赞同范大人的意见，应将苏轼留在朝廷培养。"

王安石当了宰相后，被人叫作"拗相公"，现在他就拗起来了。他说："苏轼不宜留在朝廷！有文才未必便有吏才。为官治国，可不像吟诗作文。启奏陛下，臣以为还是按照大宋祖规，放他到外县当个主簿（书记官）也就够了。"

王珪的处世哲学，原是多栽花、少栽刺，平常尽量不说与别人意见相反的话。但自从知道苏轼是皇帝心中的宰相后，他在苏轼的事情上就不能装好人了，他一定要阻止苏轼进入朝堂！王安石是他的天然盟友，他不能不趁机跟进。于是他说："启奏陛下，王大人之言也有道理。"他的语气不像王安石那么武断，但听来却更有说服力，"苏轼的文才，天下倾倒。但苏轼的吏才，尚无人知晓。先让他到外县练练吏才，岂不是于他、于国，皆有好处？"

仁宗感到事情有点难办：四个大臣二比二！而他，一心要当个听得进不同意见的明君。

宋仁宗确实被后世认为是一位明君。据说，自视甚高的乾隆皇帝生平只佩服三个皇帝：他的祖父康熙、唐太宗、宋仁宗。

宋仁宗因善于纳谏（听取意见）而成就了千古流芳的"包青天"包拯。史书上有这么一则故事：说包拯为御史（负责考核官吏）时，认为三司使（掌管国家财政）张佐尧过于平庸，要罢免他的官职。

可是，张佐尧是仁宗宠妃的伯父。仁宗同意不让张佐尧在三司，但想调他为节度使（地方军事长官），哪知包拯不同意。仁宗说："节度使乃粗官（带兵被视为粗活），卿何用再争？"包拯道："节度使太祖、太宗皆为之，恐非粗官。"仁宗被包拯顶得无话说，只好罢了张佐尧的官。回到后宫，那妃子向仁宗哭哭啼啼，仁宗说："岂不知包拯为御史乎？"

现在，任命苏轼的问题，大臣意见二比二！仁宗不愿意由自己做出决断，于是转脸去问欧阳修："欧阳大人意下如何？"他想，欧阳修一定赞成苏轼留在朝廷。只要副相欧阳修表示赞同范镇的意见，相国韩琦也就不好反对。那么，在三比二的形势下，留苏轼在朝廷培养便可如愿了。

谁知欧阳修却犹豫起来。他虽然不知道皇帝认为苏轼有宰相之才，但也赞同范镇的意见：留苏轼在朝。只是，按当时的规矩，苏轼在欧阳修任主考官时中了进士，就算出自欧阳修的门下，也就成了欧阳修的学生。现在对苏轼的任命有了争执，爱惜名誉的欧阳修，又觉得自己需要避嫌了。他原本不想表态，可是被皇帝点了名，又不能不表态，于是他说："苏轼是难得的人才。我料十年之后，天下人尽知苏轼之文章，而不知我欧阳修之文章了。"这是他对苏轼的真实评价。同时他认为，自己说出这种分量的话，皇上就该明白他的意思，而无须直接说出"留在朝廷培养"几个字，所以他接下来只补充了一句，"这样的人才，朝廷应视为珍宝。"他把问题又留给了皇帝，相信皇帝能做出符合自己愿望的决断。

欧阳修虽然夸奖了苏轼，却对是否留他在朝廷没有表态。那么，二比二的格局就没有突破，这让皇帝为难。仁宗总希望自己的意见与多数人一致。现在，只剩韩琦没有说话了，于是他寄望于韩琦，问："相国之意如何？"

事到其间，韩琦的态度将是决定性的，在场人因此凝神屏气。

韩琦显然成竹在胸，他从容言道："依臣之见，可任苏轼为大理评事。但，不必留在朝廷，先让他出去磨炼磨炼。"

机不可失！王珪连忙接话道："韩相国之言甚为周到。凤翔县（陕西境内）离汴京不远，若让苏轼前往凤翔县任主簿，三年之内也就可以看出他的吏才如何。那时，再调他进京也很方便。"

王珪意在先发制人：明确提出外派苏轼的地点和职务。只要有人附和，苏轼就只能到偏僻小县去当个小吏。

仁宗沉吟着。他并未在意王珪的话，只是深深感到韩琦一贯的老辣。韩琦把双方的意见都照顾到了：让苏轼任大理评事，苏轼的名分就是在朝的官吏，照顾到皇帝和范镇等人的意愿；而让苏轼出外磨炼，实际上去了地方，也照顾到"二王"怀疑的吏才问题。仁宗对韩琦的建议虽不满意，却没有充足的理由反对，只好说：

"那就任苏轼为大理评事、凤翔府签判。"

仁宗顺口接过王珪提出的地点"凤翔"，但是，却改"县"为"府"，改县里的"主簿"为府里的"签判"。

仁宗的决断，在场的每个人都不遂心：范镇、司马光、欧阳修因为苏轼没能留在朝廷而遗憾；王安石、王珪因为苏轼没去最基层的凤翔县做主簿，而是去了堂堂的凤翔府做签判而不快。

南园里，苏轼一家开始收拾行装。

本来苏辙也放了外任，因不能让老父独自在家，苏辙便辞官不做，与妻子史氏留在汴京照顾父亲。这些天，史氏就帮着王弗收拾东西，苏辙就忙着买车买马，陪兄长四处辞行，等等。一眨眼，便到了苏轼动身的日子。

汴京城外有个亭子，供人们话别时遮阳避雨，被称为"十里长亭"。现在，亭子外系着两匹马，一马空鞍，一马驮着许多东西。亭子中站着曾巩，曾巩向亭外翘首而望，看见苏家老小骑马坐车而来，他赶快跨出亭子，叫道："子瞻贤弟！"

苏轼闻声而望："是曾兄。"他拍马向前，来到亭外，赶紧下马。

曾巩道："贤弟，愚兄特来相送。"

苏轼道："兄昨日已为小弟饯行，今日又何必劳驾至此？"

曾巩道："昨日别后，我想起凤翔乃苦寒之地，贤弟来自天府之国，哪受过黄土高原的贫瘠？何况贤弟在那里举目无亲，若是缺少什么，如何是好？故而与贤弟送来一些吃的用的和必备之物，便让这匹马替贤弟把东西驮了去。先安顿得舒适一点，以后再慢慢习惯吧。"

苏轼望着忠厚诚恳的曾巩，不知说什么好，只是连声道："小弟如何过意得去……小弟如何过意得去……"

曾巩说："三年后，愚兄再到此亭，迎接贤弟归来。"

这时，苏洵和苏辙等人也来到亭前。曾巩和他们见礼寒暄后，便站到一边，让他们一家人话别。

苏洵有些伤感地望着苏轼，说："长到二十出头，你才第一次离家，往后，什么都得靠你自己了。宦海风云，变幻莫测。今日长亭相别，我竟不知带你们出来求取功名，是对还是不对了。"他咳嗽起来。

苏轼忙从王弗手里接过披风替父亲添衣，说："爹，儿子年轻，经受点风雨坎坷都不算什么，只是放心不下父亲您的病。"

苏辙忙说："哥，你放心吧，爹这儿有我呢。"

苏兴在亭外叫："老爷、少爷，有人来了。"

众人回头望，只见三匹快马来到亭前，竟是驸马王诜和两名内侍。王诜下马和众人打过招呼后，向苏轼道："子瞻兄，我今日进宫和皇后娘娘说起你到凤翔之事，娘娘特地命我前来与你送行。"

苏轼和苏洵、苏辙等同声惊道："这如何敢当？"

王诜指着内侍手里捧的镏金盒子说："此乃皇后娘娘赐予苏兄。"内侍打开盒子，那里面是皇家所用的珍贵笔砚。

王诜接过盒子，说："皇后娘娘愿子瞻兄为大宋写出安民之策，为万代留下锦绣文章。"

苏轼接过盒子，激动地面北而跪道："苏轼叩谢娘娘，愿以微躯报效朝廷。鞠躬尽瘁始自今日。"

第五章
一百五十年也要改

连天黄土，风过沙飞。树少人稀，满目荒凉。

跋涉中的苏轼一行，显得渺小而寂寞。

他们经过村庄时，苏轼故意停下来休息，借机走进百姓家。他看见百姓们家徒四壁，十室九空，越走心情越沉重。

前面又是起伏延绵的黄土高坡。苏义从车后策马向前靠近苏轼，说："大少爷，您看见没有？"他指指黄土坡上的一个黑点。

苏轼说："看见了。像是一个骑马的人，在那儿一动不动的。"

苏义说："会不会是抢匪的探子？"

苏轼说："反正也无值价的东西，待我前去看看。"他拍马跑去。跑近时，果见那是一个人骑在马上。再近一些，便见那人滚鞍下马，向自己走来。苏轼看清来人，吃了一惊道："你！你是马辉？"

马辉道："在下候驾多时。"

苏轼道："等候我？仁兄有何见教？"

马辉道："请先生勿嫌在下愚鲁，让我做您的学生吧。"他跪下去。

苏轼赶紧下马相扶，连声说："仁兄不可如此！仁兄不可如此！"

马辉跪地不起，说："请先生答应我。"

苏轼道："仁兄，你我乃同考学友，怎能以师生相待？"

马辉道："我是诚心诚意的。"他从怀里掏出一本书，"读了先生的文章，才明白自己的无知。我决心从头学起，先生何忍拒我于千里之外？"

苏轼听他这么说，也连忙跪下，说："那么，你我就以兄弟相称，朝夕相聚，切磋诗文，你看如何？"

马辉道："那，谨遵台命。大哥受小弟一拜。"

待王弗的马车来到跟前，苏轼便拉着马辉的手，向妻子和姨妹做了介绍。王弗笑道："辉弟的举动令人感佩。"她向苏轼道："看来，辉弟也是个性情中人。二弟不在身边，你得辉弟做伴，真是好福气。"

大家又起程赶路。马辉与苏轼在前并辔而行。

马辉道："都以为大哥会留在汴京，不料把你放到这苦寒之地。"

苏轼道："韩相国说得对，我应当出来磨炼磨炼，日后方能有所作为。"

马辉道："可是别人都说，你是被'二王'排挤。"

苏轼道："二王？"他笑起来："从何说起？王安石大人乃有名的耿介之士，我与他相识不久，毫无恩怨，他为何排挤我？王珪大人乃成都华阳人氏，论起来我们还是同乡，无缘无故哪会排挤我呢？"

胸怀坦荡是苏轼的天性。他曾说："吾上可陪玉皇大帝，下可陪卑田院乞儿。眼前见天下无一个不是好人。"苏轼的人格魅力令无数人为之倾倒，却也为他招来不少祸端。

车上的王弗听苏轼与马辉谈话正听得有味，旁边的王闰之忽然说："姐，我们真是命好。"

王弗回头看她一眼，说："命好？没爹没娘，叫作孤苦伶仃，怎说是命好？"

王闰之道："我们有姐夫呀！"说罢，她趋前掀开车帘叫："停车！停车！"

苏轼回头问："小妹，你要做什么？"

王闰之跳下车来，说道："我不想坐车了，我要骑马。"她跑到苏轼身边。

苏轼板起面孔道："休得顽皮，快回到车上去！"

王闰之道："你不让我骑马，我就走路。"她向前跑去。

苏轼回头，向王弗道："管管你这个妹妹！"

王弗笑道："就让她在你的马上骑一会儿吧。"

苏轼无奈，只好叫道："来吧，王二小姐！"

王闰之发出一串快乐的笑声，奔回苏轼身旁。苏轼将她托上马背，替她牵马而行，马辉也就牵着马陪苏轼走路。

一行人到了集镇，便走进饭馆，准备吃午饭。

饭馆里顾客不多，苏轼主仆分坐两桌，一只黄狗在桌间游走觅食。

饭馆外，骑驴走来酒坊主。在他身后，是一辆装满酒坛的牛车。

酒坊主在门前拴了驴，向衣衫破旧的赶车人说："搬两坛进去。慢点，小心打了！"说罢，他走进大门，选了一张空桌坐下。

店婆过来招呼道："掌柜的您来了。"显然他们很熟。

酒坊主道："来了。吃的，喝的，都按老规矩。回头告诉你们掌柜，今天又送来两坛酒。账，还是等年底一块儿算。"

这时，赶车人扛着酒坛进来。黄狗一见这衣衫破旧的人，便狂吠着扑去。赶车人大惊，躲闪中酒坛落地，应声而碎。

酒坊主跳起来，吼道："我的酒！"他冲过去向车夫挥拳便打，车夫本能地闪身而避。拳头从车夫头上划过，将包头布打落在地，车夫发出惊恐的尖叫。众人立刻明白了：赶车人是个妇女。

酒坊主气急败坏，咆哮着："原来你是个女人！难怪我的生意一天比一天差。女人进了我的作坊，我哪有不倒霉的！"他一把揪住女人的头发，挥拳便打，还骂道，"打死你这害人精！打死你这害人精！"

苏轼从桌边站起，大喝："住手！"

酒坊主道："我打她，关你屁事！"

苏轼说："今日便关了我的事！"

酒坊主问："你是什么人？！"

马辉忙说："此乃新到任的凤翔府签判官，苏轼苏大人！"

酒坊主惶恐了，他连忙松开女人的头发，说："小人有眼不识泰山……大人恕罪……"

苏轼不理他，回头向那女人道："这位大嫂，你为何女扮男装，来做这样重的力气活？"

女人嘴角流血，不说话，只是哭。

店婆过来道:"大人,老婆子认识她,她是凤翔县的吴二嫂。她婆婆患病,长年躺在炕上。她男人欠下官府的钱,被抓去关在大牢里,她只好出来挣钱养家。"

苏轼诧异,问:"她男人怎会欠下官府的钱?"

店婆说:"凤翔的人,穷呀!没有几家不欠官府的钱的。"

百姓欠官府的钱!苏轼知道这是个此刻弄不清的问题,便向酒坊主道:"你打伤了她,应该赔她银子,让她就医。"

酒坊主嗫嗫嚅嚅地说:"那,她得赔小人一坛酒。"

苏轼说:"既是如此,她不赔你,你不赔她,两清了。"

这时,王弗已拿出一块银子放到吴二嫂手里,说:"先拿去用着。以后有事,再到衙门里来找苏大人。"

吴二嫂抬起泪眼,望望王弗又望望苏轼,恨不得把他们的样子刻在心里。

苏轼一行继续赶路,终于有一天,望见了凤翔府的城门楼。

凤翔府城外的"十里长亭"中,站着一群迎宾者,为首的是凤翔知府宋选。宋选身后是凤翔县令胡允之及府、县两衙官员。

府衙书吏江琥指着远处过来的车马,向宋选说:"大人,那像是苏贤良的车马。"

宋选问:"你称呼他什么?"

江琥有点不安,说:"小人不知叫什么好,因皇上考过他'贤良方正直言极谏'科,故而叫他'苏贤良'……"

宋选微笑着"嗯"了一声,见苏轼的车马已近,便走向亭外。

江琥连忙跑到苏轼的马头前,大声道:"请问可是苏大人?"

马辉代答:"是苏大人。"

江琥道:"凤翔府宋大人已等候多时。"

苏轼一听赶紧下马,疾步去到宋选面前施礼道:"下官苏轼拜见知府大人。"

宋选笑道:"免礼。免礼。"他扶起苏轼,"凤翔偏僻之地,以子瞻这样的名士,肯屈尊前来协理政务,实在万幸。故而,本官特率僚属在此迎候。"

苏轼道："大人与诸位如此抬爱，在下不胜惶愧，不胜惶愧。"

宋选说："来，我与你引见引见。"他指着胡允之道："这位乃凤翔县令胡允之。说起来，你们应是故交。"

胡允之便向苏轼道："在下曾在四川为官。当时，常向令尊大人请教学问，算是令尊的学生了。"

苏轼道："既是故交，日后望兄台不吝赐教。"

苏轼一家在凤翔府安顿下来。

曹皇后送的那套笔砚，端端摆在书房里的桌案上。现在，苏轼坐在桌案前，正望着那套笔砚出神。

已换上睡衣的王弗轻轻走来，说："子瞻，还不想睡？"

苏轼说："不想睡。"

王弗说："我知道你在想什么。"

苏轼回头望着她，问："你知道？"

王弗笑道："如果我不知道，我就不是王弗，你也不是苏轼。"

苏轼转过身来道："那，你说说看。"

王弗说："你在想饭馆里的吴二嫂，在想，百姓为何会欠下官府的钱。"

苏轼笑起来说："你真是我肚子里的虫！"

王弗道："大才子怎么说话呢？虫！多难听！要说我是你的知音！"

苏轼拉起王弗的手，笑道："是呀。知我者，贤妻也。"他让王弗坐在自己的腿上，搂着她道，"说说，你怎么总能猜到我的心思？"

王弗道："谁猜呀？是你总把心思写在脸上！"她说，"你呀，与其在这儿想，不如明天出去，四处走走问问，就什么都知道了。"

苏轼听了王弗的话，第二天起个大早准备出门，掀开窗帘，却见大雪纷飞。苏兴来问，今天还出不出去？苏轼说"去"。在四川很少见到下雪的苏轼，见到雪很是兴奋。他出门的时候，王闰之跑来说："姐夫，下雪了，多好玩呀，我跟你出去。"

苏轼说："我出去公干，你去做什么？"

王闰之无奈，便到院子里堆雪人。

过了一会儿,马辉走来,叫:"小妹。"

王闰之仰起面孔,问:"辉哥,冷不冷啊?"

马辉道:"你南方人都不觉冷,我北方人更不觉冷了。"他卷起袖子,"我来帮你堆雪人。"

王闰之推开他,说:"你堆不好。"

马辉说:"我哪个冬天不堆雪人?怎会堆不好?"

王闰之说:"我堆的不是雪人,我堆的是姐夫!"她退到一边端详着,问,"你看,像不像我姐夫?"

马辉不吭声了。他注视着王闰之,王闰之注视着雪人。

在那个男女"授受不亲"的时代,马辉这样的少男很难见到少女,没想到做了苏轼的兄弟,竟然接触到美丽活泼的王闰之,而且彼此间很快就非常亲近。渐渐地,一种说不清、道不明的情愫,于不知不觉间在他心底滋生。

苏轼首先拜访凤翔县令胡允之。凭印象,他觉得胡允之品格质朴,可以信赖,所以选定他为自己拜访的第一人。

胡允之热情接待。围着一盆炭火,二人品茗畅叙。

胡允之告诉他:"就我所知,还有比吴二嫂更穷苦的。凤翔地处边陲,西夏年年骚扰,战祸不断,民不安生,再加'衙前役',百姓之苦,确实苦不堪言了。"

苏轼问:"'衙前役'不就是官府征召百姓,替衙门当差吗?百姓充其量花费些时间,出力流汗而已,为何还会欠下官府的钱呢?"

胡允之道:"是这样的。官府叫百姓替衙门运送货物,比如木材呀,粮食呀。如果路上出了事,或者大水把木材冲走了,或者粮食让土匪抢劫了,那么,这些损失,就要由承担此项运输的百姓赔偿。赔不起的就只有逃亡他乡,或者被丢进大牢。"

苏轼说:"难怪一路上田园荒芜,十室九空。"

胡允之叹息道:"唉!叫百姓赔,真苦了百姓;不叫百姓赔,官府又如何交代?"

苏轼问:"难道就别无良策?"

胡允之道:"这'衙前役'从唐末五代施行以来,至今已有一百五十多年。一百五十多年都这么过来了，从来没人叫改。"

苏轼拍案而起道："一百五十多年也要改！一定要想个于官于民的两便之策！"

仁宗皇帝病了！

这一天，又是大太监王仁宪在殿上高呼："陛下有恙，今日免朝。"列队群臣散去时，王珪示意王安石延后。

王珪小声道："皇上已半月不理朝政，想必病得不轻。皇上无子，虽然将侄儿赵曙从小养在宫中，但至今未将他立为太子。现在皇上病重，也许不得不立太子了。依我看，事到如今，最有可能占据储君之位的，恐怕就是这个在宫里养大的赵曙。"

王安石正色道："以你我的官职，这等大事不能妄议！"

王珪道："你为何如此迂腐？立太子的事，既关系江山社稷，也关系你我前程。我问你，你倡议变法革新的万言书，皇上可有回话？"

王安石道："没有。"

王珪道："这不？你要想变法革新，只有盼望新君即位了。"他停了停，说，"三年后，万一苏轼真的做出点什么政绩回来，你我就很难立身朝堂。"

王安石停步，说："不至于吧？"

王珪道："你没有留意皇上每次提到苏轼的样子？好像，他恨不得马上任命苏轼为宰相！"他盯着王安石。

王安石默然，他其实同意王珪的话。

事实证明王珪的政治嗅觉可谓灵敏。不久，仁宗果然册立侄儿赵曙为太子。

一天，曹后来到仁宗的卧榻前，欢喜地说："陛下，臣妾要向陛下道喜。"

仁宗问："朕有什么喜？"

曹后道："陛下命臣妾清理奏章，有凤翔知府宋选上表，为苏轼请功。"

仁宗精神一爽，不觉坐起身来道："为苏轼请功？苏轼到凤翔不久，府台便为他请功？如此说来，苏轼不但有文才，也有吏才，朕未曾看错苏轼。"

曹后道："陛下哪会看错！"她回过头去，问侍立一旁的太子道，"皇儿知道各地施行的'衙前役'吗？"

太子道："知道。'衙前役'施行至今，已有一百五十多年。"

曹后道："可是，这'衙前役'弊端甚多，弄得民众苦不堪言。"她转向仁宗说，"苏轼到凤翔考察民情，革除弊政，改施《衙前役新则》。此《新则》于官于民皆有利。在凤翔府施行后，上下交口称赞。贫穷荒芜的凤翔府，如今变得生机勃勃了。因而知府宋选上书，表彰苏轼，请求在渭州一带推行。"

仁宗从皇后手里接过奏章和公文。公文的封面上写着《衙前役新则》，下面的落款是"苏轼"。他看见这两个字，心里便一阵高兴，说："既是如此，皇儿代朕拟诏，《衙前役新则》可在渭州一带推行。若行之有效，再遍行天下。"

太子道："儿臣领旨。"

仁宗把《新则》递给太子，说："皇儿先将《新则》拿去，抄一份留下，再与朕送来。《新则》对百姓有利，皇儿要仔细阅读。朕留一份在身边，有精神时也好看看。"

太子接过《新则》，施礼退去。仁宗长长叹了一口气。

曹后道："陛下应高兴才是，为何又叹起气来？"

仁宗道："革除弊政，朕寄望苏轼。可是，朕不知能等得苏轼回朝否。"

| 第六章 |
黑水谷的笑声

在渭州施行《衙前役新则》的诏书，到了章惇当差的商洛县。

苏轼回川为母亲守孝期间，章惇一直留在汴京，想做个"京官"。为此，他依靠王珪，频送大礼。在京滞留两年，最终未能如愿，还是被放到贫瘠的商洛县去当主簿。他满心怨恨王珪，又不敢有所表露，只得委屈上路。后来，听说苏轼出京就到凤翔府，他心里便打翻了五味瓶。现在，苏轼整出个《衙前役新则》，不但在渭州一带推行，还可能推行天下。章惇似乎看见，苏轼正向宰相的位子走去，这使他的妒火和怒火一齐燃烧起来。于是他向上司报告，说自己乃苏轼的好友，可去凤翔府向苏轼讨教。上司自然应允。章惇利用苏轼的声望，抬高了自己的身价，并且，可再次了解苏轼这个劲敌。

商洛县离凤翔府并不太远，两地的风土人情、贫苦状态原本差不多。可是，当章惇进入凤翔地界后，立刻发现这里和自己那里已大不相同。这里，黄土被麦苗覆盖，极目望一片翠绿。顿时，他心中又塞满了酸苦与无奈。他忍不住想：苏轼在政绩上先我一着。是不是命中注定，他永远要高我一筹？

心有纠结马行迟。章惇无精打采地在马背上一颠一颠地走着，突然想起一个人——凤翔府书吏江琥。这是他家大管家的儿子。江琥识文断字，为人乖巧，虽然是家生奴才，但甚得章惇父亲的赏识，所以替他在衙门里找了个差事。江琥父子自然心存感激，因此对章家越发忠心耿耿。

江琥的父亲是管家，章惇的母亲是乳娘，乳娘与管家一样是

"下人"。但章惇的父亲是老爷，他的身份就是"少爷"，他因此瞧不起管家的儿子江琥。在家时，章惇很少和江琥说话，更没想过要和他打什么交道。但是现在，既然江琥在苏轼身边，这层关系就必须用上。

章惇进城首先约见江琥，先向他弄清了《衙前役新则》出台的前因，又当机立断，出城去见那个女扮男装的"赶车人"吴二嫂。

章惇骑马来到吴二嫂的家，看见一个妇女正在窑前推磨，便说："看样子，你就是吴二嫂吧？"

吴二嫂诧异，抬起头望着他不吭声。

章惇微笑道："我是你们凤翔府签判官苏大人的朋友。"

听说是苏大人的朋友，吴二嫂立刻解除一切戒备，满脸笑容热情招呼："啊，先生请下马歇歇脚。"她忙着搬凳子，抹尘土。

章惇并未下马，只是说："我知道，你的男人和许多农户原来都欠了官府的银子，被关在大牢里，是苏签判施行《衙前役新则》才救了你们。苏签判对你们有如此大恩，不知你们何以为报？"

吴二嫂非常惶愧，说："先生，我们就是不知如何报答他！我们这些人家又无值钱的东西，就是有，苏大人也不会要。想给他叩个头，他都不受……"

章惇说："我替你们出个主意。"

吴二嫂热切地道："那就太好了，先生您说。"

章惇道："你叫上庄稼人一同进城，到苏大人家中送上一只鸡、几颗蛋。鸡和蛋原本不值钱，要紧的是人多！一大群人在城里走，碰见城里人就说，是去感谢苏签判的。这就是替苏大人扬名，对苏大人的前程有好处。明白吗？"

吴二嫂感激不已道："明白明白！先生好主意！多谢多谢！我们明日便去！"

章惇办完这件事，才重新进城住下。他叮咛江琥，找人去城外等着，见吴二嫂和农民来到城外了，就立刻通知他，他好去见苏轼。

苏轼一向喜欢交友又喜欢热闹，章惇的到来，使他觉得又遇见老朋友了。自从把章惇迎进厅堂，他那爽朗的笑声就不曾断过。

在汴京时，王弗就不喜欢章惇，总觉他言语机巧、行为夸饰，非忠厚诚实之辈。现在,这个章惇专程跑来看望苏轼,王弗很想知道他说些什么,便端了把椅子,静静地坐在厅堂的板壁后。

厅堂里,二人闲话别后情景。章惇对苏轼赞不绝口,夸完了从前又夸现在,说:"不是仁兄这样的大才,短短一年多,如何能做出这等大事?如今朝廷有令,在渭州一带推行仁兄的《衙前役新则》,故而小弟专程前来,向仁兄请教。今日我在途中,遇见许多庄稼人,一个个抱鸡提蛋,口口声声都说要来府上,向仁兄谢恩呢。"

板壁后的王弗大吃一惊!立刻起身,吩咐苏兴,套车出城。

凤翔府衙门外,书吏江琥匆匆跑来。他跑进衙门,一口气跑到知府宋选的公案前说:"禀大人,许多庄稼人进城来了。他们要去苏贤良家谢恩!"

宋选放下手中的公文:"啊?"

江琥说:"他们口口声声,是苏贤良救他们于水火之中,只字不提朝廷的恩典,更不提大人您的恩德。这也未免太……"

宋选呵斥:"不许说这样的话!庄稼人懂得什么!他们感激苏大人也是理所当然的。"

江琥不服,说:"庄稼人不懂,但是苏贤良懂。那个《新法》要不是大人您'准予照办',要不是大人您上报朝廷,他的《新法》再好,也……"

院子外忽然人声嘈杂,宋选和江琥都忍不住去到门边往外看。只见一个衙役跑过来禀道:"大人,衙门外来了许多庄稼人,吵吵嚷嚷要进衙门,说是要来叩谢朝廷和大人您的恩典。"

宋选回头盯了江琥一眼,吩咐那衙役道:"请他们到大堂坐下,香茶款待,说我更衣相见。"

这天夜晚,江琥在客栈里埋怨章惇道:"二少爷,您可害苦了我。庄稼人未去苏轼家,我却在宋大人面前,说了苏轼许多闲话。以后,不知宋大人会怎么看我了。"

章惇把桌上的银子推向江琥,烦躁地说:"随他怎么看吧。你在这里要是待不住,就去找我。"

江琥心里想:找你?你在县里,我在府里,我去找你做什么?

章惇转身把江琥抛到脑后,他沮丧地想着:"难道,吴二嫂听错了我的话？我分明叫他们去苏轼家，怎么会跑到府衙去了?!"但是他想："既然来了，就要和姓苏的周旋一下。我们都才二十多岁，日子长着呢。"

第二天，王弗抱着儿子苏迈走进卧室，看见苏轼正在更衣，便问："你真的要陪章惇游玩黑水谷？"

苏轼道："人家来看望我，我总得尽地主之谊，才对得起朋友。"

王弗叹息道："你呀！又忘了父亲说你的话'好交友而轻信'。章惇绝非忠厚诚实之人，况且，他还唆使农户前来……"

苏轼道："他想替我扬名也出于好意，这还是他自己说出来的。不然，你不知道，也无法前去拦阻。"

王弗道："这正是他的狡猾！他若不说，事后我们也会知道，那时他就原形毕露了。他以为，反正你已来不及阻拦，没想到我会去拦住。"

苏轼道："你把这事看得过重了。"他向门外走去。

王弗拉住他，说："我的话，你今天怎么一句也听不进去？"

苏轼笑道："因为我早就想游黑水谷，他正好做个游伴儿。"

王弗道："那么，你答应我，不与他深谈，更不要与他深交。"

苏轼笑道："好，不深谈，不深交。"

王弗还是不放心，叮咛着："和他相处时，多长个心眼儿。"

苏轼笑道："好，多长个心眼儿。"

王弗松手。苏轼凑过来亲了亲儿子，说："乖儿子，爹爹过两天就回来。"他拍拍王弗的肩道："放心吧！"他笑着，转身走出门去。

王弗目送着，不觉叹了一口气。这个冰雪般聪慧的女人了解自己的丈夫，她知道，他出门就会把自己的叮咛忘个精光。

苏轼和章惇到黑水谷时，天已黄昏，只得在附近的寺庙里借住。

昏暗的油灯下，苏轼和章惇对坐。他们一边喝酒，一边吃豆腐干。此刻，酒量浅的苏轼已进入醉态，而酒量好的章惇正处于亢奋中。

章惇斟酒，说道："今夜，既无公事，又无外人，你我定要喝个一醉方休。"

苏轼道："我已……醉了。"

章惇道："嘻！这才喝好一会儿？怎么就说醉？"

苏轼道："家父常说，说我……好酒……好酒而……而无酒量。"

章惇道："醉也无妨，一醉方休嘛。"他举起碗，"喝！"一干而尽。

苏轼说："喝！"他伸了伸手，却没有摸到碗边。

章惇道："子瞻兄，请你评评，在下的文章如何？"

苏轼问："你的？文章？"

章惇道："我要听实话。"

苏轼问："实话？"

章惇道："对。实话！小弟洗耳恭听。"

苏轼道："好。实话……"他的眼皮搭下来，但又努力睁开，"你说……什么？"

章惇道："说实话，评评我的文章。"

苏轼道："哦，文章……文章啊，要博观……而约取；厚积……而……而薄发。"

章惇道："你是说，要博览群书，而取其精华；多积累知识，而少些卖弄。"

苏轼笑道："对。说得……对。"

章惇道："那么，你认为，我读书不够多吗？"

苏轼还笑着："对。说得……对。"

章惇不悦："你认为，我喜欢卖弄吗？"

苏轼依旧笑着："对。说得……对。"

章惇压住怒火，叫道："喝酒！"他端起碗来。

苏轼跟着道："喝，酒……"他举起手来，人却仰面倒在床上。

章惇认为苏轼酒后吐真言了，他重重放下酒碗："你瞧不起我！"

苏轼发出鼾声。

章惇喘着粗气，盯着苏轼。酒力搅动着嫉恨在他心里翻腾，冲上脑门的怒火无处发泄。扭头看见桌上的笔砚，他突然灵机一动，拿起碗，把酒倒进砚台中，再拿起墨来磨了几下，提笔蘸墨在自己的前额画上个三横一竖，又在自己的上唇涂了两撇。然后，他去到苏轼床前，把苏轼的右手手指和虎口弄上些墨汁。

望着酣睡的苏轼，章惇想起那个让他至死难忘的夜晚，他听见王珪对太监王仁宪说："皇上与皇后将苏轼兄弟视为宰相之事，千万不能让第三个人知道。"

章惇咬牙切齿，盯着酣睡的苏轼说："苏轼，休以为只有你才了不起，我章惇也非庸碌之辈。你我二人，看日后谁个当上宰相！"

日后，章惇果然当了宰相。

不过现在，章惇只有忍住所有的愤懑与嫉妒，倒在床上。

第二天清早，和尚们正扫院挑水各司其职。章惇走出房门，和尚们一见，立刻笑弯了腰。

一个小和尚拉他到水缸边，指指缸里的水。章惇低头，水里映出他画了"王八"二字的面孔，他愤怒地向水面一拳打去。

苏轼出来，看见章惇的样子也笑得岔了气。

章惇向苏轼怒喝："你还有脸笑！？"

苏轼吃惊地愣住，旁边的和尚们也不敢笑了。

章惇吼道："你太过分了！你怎能在我的脸上画出这样的东西？为何如此羞辱于我？！"

苏轼不知所措，"我？你说，我画的？"他努力想着，说道，"我，我何曾画过？"

章惇道："昨夜同宿，只有你我二人，不是你，难道是我自己？"他叫道，"看你的手！"

苏轼伸出自己的手，手上有墨汁！他惶恐了："我，我，难道是我醉了……"

章惇道："醉了？为何偏画上这两个字？分明是你自恃才高，心中瞧不起人！"他转向和尚们道："列位师父，你们说，有这样对待朋友的吗？"

便有和尚道："这位施主不当欺负朋友！"

有和尚说："如此侮谩别人，太不像话。"

接着是七嘴八舌嚷嚷着：

"看样子也是读书人，开玩笑怎么没个分寸？"

"做出这等事，只有赔礼认错。"

和尚们意见一致，同声指指点点叫着："赔礼认错！赔礼认错！"

苏轼在和尚们的围攻中，尴尬、羞愧、惶惑，使他难堪得无地自容。但是，他很难相信自己给章惇画了字。活了二十多岁，也不是第一次醉酒，但自己从来都是醉了就睡，并没有别的毛病。昨夜怎会给别人的脸上画出这样的东西呢？他想不通。可是看着手上的墨汁，他又无法为自己辩解。他后悔没听王弗的话，后悔和章惇一起出来。

章惇成功地发动了一场突然袭击：让苏轼受到众人指责，让苏轼的人格受到贬损，让自己出了一口恶气。目的达到，他立刻换了一副面孔，说："算了算了。列位师父，也别说什么赔礼不赔礼了，这位先生与我乃是至交。醉后之事，不必认真计较。算了算了。"

和尚们也就息事宁人，都说："难得这位施主大量。"有人向苏轼道："你算交了个好朋友了。"也有人向苏轼说："还是赔个礼才对。"

苏轼不语，章惇推他一把，说："赶快洗脸用餐吧，还要游玩黑水谷呢。"

黑水谷一片美景。谷底狭长而深邃，谷畔树多而叶密。阳光照不到水面，潭水便幽幽的像是黑色。黑色的潭水顶端，却有一束雪亮的飞瀑。飞瀑之巅，是蓝蓝天空和白白云朵。飞瀑两侧，是劲干虬枝的松树，和高高垂下的藤萝。灌木里，石缝中，又伸出一枝枝红的、黄的各色野花。柔茎的野花在风中摇曳，像是些美丽的精灵在嬉戏。这真是个色彩斑斓而又惊险幽深的所在。游客的眼光无论落在哪里，那里的景色都奇特而好看。

章惇来到谷边，见两山之间，有独木横架。望着独木桥，他仿佛看见苏轼正走在桥上，脚下一滑，掉下谷去。章惇惊叫："子瞻兄！"

"哎。"苏轼在他背后应声。

章惇慢慢说:"看见了吗?对面那片石壁。"他指着对面山腰上一片石壁。那片石壁光滑而平整。其上是葱茏林木,其下是黑水深潭。

章惇接着说:"这石壁,好一个题字的所在。"他问带路的小和尚,"寺内可有题字用的漆?"

小和尚说:"漆倒是有,但小僧劝施主别去。"

章惇说:"为什么?"

小和尚说:"太险!前年有个读书人想过去题字,结果送了性命。"

章惇说:"休得啰唆,与我取来。"

苏轼问:"你真要去那石壁题字?"

章惇道:"有仁兄在此,我的字哪敢示人?自然是仁兄去题。"他认为,他可以煽动没心眼儿的苏轼下谷题字。

哪知苏轼笑道:"我才不去呢。"

章惇道:"仁兄如此胆小,就不怕别人笑话?"

苏轼道:"要笑,由他笑去。我没那本事,不敢逞强。"

章惇道:"你看!此处奇山异水,风景甚佳,游人不少。仁兄乃当今大名鼎鼎的才子,若能在此留字,当供万世瞻仰;若不在此留字,岂非平生遗憾?仁兄难得到此一游,万不可错过这题壁的机会。"

苏轼笑着摇头,任章惇怎么劝说,都不肯答应。

不一会儿,小和尚提着漆桶跑来。

章惇再劝:"子瞻兄,有小和尚在此,你不怕今后传出话去,别人将你做妇人女子看待?"

苏轼道:"妇人女子也罢,男子汉大丈夫也罢,反正我不去。"他突然转过话头,说道:"你也是荣登皇榜的进士。既然你认为,非题字不足以尽兴,你又不害怕,何不自己前去?"

章惇恼羞成怒,一股搏杀之气由心底飙升而出。他吼道:"去就去!我是敬你,让你在先。你不领情,我就去了!"他几步跨到桥头。

苏轼大惊,连忙劝阻:"仁兄不可!性命要紧!"他拉住章惇。

章惇一把推开苏轼,说:"我可不愿被人当作妇人女子看!"他踏上独木桥。

苏轼后悔不该拿话激他，赶紧奔去跪在地上，双手死死按住木头，使其不摇不动，并提心吊胆地叮咛着："小心！仁兄小心！"

章惇有惊无险地过了深谷，再攀树而下，到了那块光滑平整的石壁前。小和尚把拴好绳子的漆桶，荡几下荡到章惇的身边。章惇抓住漆桶，在石壁上写下一行大字："苏轼章惇到此"。

章惇把苏轼写在前面，并不是出于尊敬，而是出于自利。他知道，自己是个无名之辈，把名字写在石壁上也没人注意，过不多久就可能被人铲去。但有了"苏轼"二字，这一行字就将永世长存了。那么，人们在记住苏轼时，也就记住他章惇了。

章惇的盘算没错。这一行六个字，确实永远留在了黑水谷中。二人游谷之事，也永远记在了史书上。

章惇题壁后，攀树到了桥头，隔桥望着深谷对面的苏轼，得意地问道："子瞻兄，你看如何？"

苏轼轻轻摇头，道："仁兄，日后你必能杀人。"

章惇一愣，问："何以见得？"

苏轼道："敢如此不要命之人，定是敢于杀人之人。"

章惇道："那我就先杀你！"说罢放声大笑，"哈哈哈哈……"

苏轼也大笑："哈哈哈哈……"

笑声震动深谷，在山林中久久回荡。

两人都笑着，但两人心里都不痛快。这笑，其实是一种有意无意的掩饰。

章惇大笑着，心里却十分后悔，他后悔不该为泄愤而弄出些小伎俩。画脸之事，苏轼始终没有赔礼，说明他心存疑惑，再鼓动他下谷题字实无必要。苏轼对人虽不设防，但这种事情多了，恐也不免心生疑窦。倘若苏轼从此对自己有了戒心，以后再要对他使绊子，恐怕就不容易了。

苏轼大笑着，心里却想起王弗的话。和章惇出来才两天，就发生两起令人不快的事，他开始想到：这人性情乖张、喜怒无常。我对他所知太少，确实不能深交。以后，我真要多长个心眼儿了。

虽然苏轼的心眼儿还是没能长多，不过确实没有与章惇交往下去。

  但，树欲静而风不止！

  章惇当了宰相后，第一个要杀的人，果真就是苏轼！

第七章
有何贤良不贤良

苏轼到凤翔两年后，知府宋选调走了，苏轼的处境一落千丈。

宋知府在任时，对苏轼十分敬重，可谓言听计从。苏轼施展抱负，政绩不俗，可谓心情舒畅。谁知，新知府陈希亮上任伊始，就给苏轼一个"下马威"。

那天升堂，江琥抱着几本册子来，交与苏轼。苏轼接过来呈到桌案上，刚放下就听陈希亮说："送到我的书房去。"苏轼一愣，应声"是"，又抱起册子。

陈希亮向众人道："前任宋大人有宋大人的规矩，本府有本府的规矩。从即日起，事无巨细，须按本府的规矩办。"他起身离开公案，苏轼抱着册子随后。

忽有个衙役跑进门来，叫道："苏贤良，郿县来人，有急事求见。"

陈希亮停步转身，向那衙役道："你叫他什么？"

衙役答："苏贤良。"

陈希亮呵斥："签判官就是签判官！有何贤良不贤良的？"他向两旁人役道，"来！打他十个板子！"

那衙役大惊，咚地跪倒在地："大人！小的错了！"又忙向苏轼求情道，"苏贤良救我！"

陈希亮大怒："还敢叫苏贤良！打他二十个板子！"

苏轼受不了了，他叫："陈大人……"

陈希亮截住他的话头："你敢与他讲情，我再与他加上十个板子。"回头道，"给我打！"拂袖而去。

那衙役哭叫:"苏……"叫惯了"苏贤良",他竟改不过口来。

苏轼眼巴巴看着那衙役被按在地上挨打,觉得每一板都打在自己的心上。他手里抱着的册子,不觉稀里哗啦散落在地。

从此,落拓不羁的苏轼,需要谨小慎微;自有主见的苏轼,需要唯唯诺诺。

这天,苏轼一家正在吃饭,江琥匆匆走来说:"签判官,打扰了。"

苏轼客气地起身,问:"何事?"

江琥说:"您写的公文,知府大人说,有言语不通之处。请您修改后,抄写清楚呈上。"他递过公文,见苏轼不接,忙递给旁边的王弗,赔笑拱手而去。

苏轼"啪"一声把筷子拍到桌上:"言语不通!我写的东西言语不通!"他从王弗手里抓过公文,"我要当面请教请教,哪里不通?!"他掉头就走,王弗紧紧拉住他。马辉也过来拦住,夺下他手里的公文。

王弗说:"他无非是刁难刁难你,你重新抄一遍送去便是。"

王闰之问:"只是抄一遍?"

王弗笑道:"这知府偌大年纪,我不相信他能过目不忘。照样抄一遍送去,他也不会知道。"

苏轼说:"我一遍也不抄!"

经不住王弗的软磨慢劝,苏轼还是抄了一遍送去。

过两天,一家人正在吃西瓜时,马辉来说:"大哥,退回来了。"

苏轼问:"什么东西?"

马辉道:"那份公文,又给退回来了。"他出示手里的公文,"说是写得啰唆了,叫你重新写。"

大家望着苏轼。苏轼扔掉手里的西瓜皮,拿起另一块瓜,大声招呼众人道:"吃瓜!吃瓜!"递一块西瓜到马辉手上。

王闰之问:"姐,今日可不可以如法炮制?"

王弗笑道:"不可以。虽说老头记性不好,但看过两遍的东西,总会有点印象,特别是前几句。因此,前几行文字须得改改。"

王闰之说："姐夫，你就改几句。"
　　苏轼把瓜皮砸到地上："几句也不改！看老杂毛把我怎么样！"
　　王闰之问："什么是老杂毛？"
　　苏轼道："白里有黑，黑里有白；不白不黑，不黑不白。"
　　王闰之说："哦，你说的灰头发、灰胡须啊！"
　　吃瓜的人都笑起来。
　　这一天，轮到苏轼去衙门当班，可是他称病不去。王弗洗罢脸回到卧室，苏轼还赖在床上。王弗道："起来吧，赖在床上，陈大人也不会变成宋大人。"她推开纱窗，坐到镜前，拿起眉笔。
　　苏轼叫："等等。"他披衣下床道，"我来与你画眉。"
　　王弗笑道："你许久没画了，手艺还行不行啊？别把我画成妖怪。"
　　苏轼道："这种手艺是不会回潮的，我肯定比你自己画得好。"
　　苏轼托着王弗的下巴细细描眉，正巧王闰之从窗外走过，她看见了便大呼小叫起来："姐夫，我也要画，我也要画。"
　　王弗嘀咕道："小妹被我们宠得长不大了。"
　　王闰之跑进屋，不住声地叫："姐夫，替我画，替我画。"
　　王弗道："不许和姐夫这样闹。"
　　王闰之道："谁闹呀！从前，姐夫替你画了，就替我画的。"
　　苏轼道："好好好，姐夫与你画，与你画。"他转身托起王闰之的下巴，一边替她画眉，一边说，"唉，真不如回眉山去。读读书，作作诗，写写字，替你们画画眉，上山种种树，在母亲坟前添一筐土，也不必看人脸色，受人闲气。"
　　王弗一边戴钗环一边道："既然走上仕途，便会遇见各样的上司和下属，只有想办法对付。否则，你怎么治国平天下？"她从抽屉里拿出一份公文说，"这东西，我已替你改了些句子，拿去抄一遍吧。"

　　凤翔三个月不下雨了，旱情严重。陈希亮召来所属各县官吏开会，商议如何救灾，单单不让苏轼和胡允之参加。
　　苏轼和胡允之被晾在后衙客厅里。胡允之谨慎地端坐着，苏轼不耐烦地走来走去。胡允之道："子瞻，知府大人把我们叫来，却不许我们与会,又久久不肯相见,不知他葫芦里卖的什么药?"

苏轼道:"没有什么药!不过是刁难我而已,只是连累了仁兄。"

胡允之叹气道:"陈大人与你是同乡,加之你们祖上有过交往。原以为,他会对你另眼相看……"

苏轼冷笑道:"这不是对我另眼相看了吗?"

话音刚落,陈希亮跨进房间,说道:"胡知县,你即刻动身前去龙王庙,为凤翔百姓求雨。"

胡允之觉得自己小小县令,代表不了凤翔府,便道:"大人,在下官卑职小,犹恐神祇嫌弃。大人若不能抽身,何妨请签判官……"

陈希亮打断他:"签判官自会与你前往,从旁相助。去吧。"说罢转身出门。

苏轼本不在乎官阶身份,可他在乎陈希亮的态度,他认为这是有意辱谩自己。虽然憋着一肚子气,但身为下级,他也只好听命,跟着胡允之前去求雨。

王闰之听说了求雨的事,忙跑进马辉的房间,叫着:"辉哥,别写了别写了,快跟我出去。"她拉起马辉跑向后院。

马辉边跑边问:"到哪里去?"

王闰之把他拉到马厩前,说:"快挑一匹好马。挑一匹性情温驯的马给我。"

马辉问:"给你?你要做什么?"

王闰之说:"姐夫在龙王庙求雨!我要去看!"

马辉问:"大嫂答应你去吗?"

王闰之道:"她说,只要你肯陪我,就让我去。辉哥,你不是也没见过求雨吗?我们一起去!"

马辉问:"大嫂同意你骑马去?"

王闰之道:"龙王庙出城十里,不骑马怎么去?"

马辉想了想道:"你不会骑马,摔着了怎么办?"

王闰之道:"不怕不怕。"

马辉道:"你不怕,我怕。这样吧。你骑马,我给你牵着。"

王闰之叫起来:"你走路呀?那多慢呀!去晚了看不见,不是白跑路了吗？你骑马。我也骑马。"

马辉说："不！你骑马，我牵马。不让我牵马，我就不去。"

王闰之道："让你牵马，姐会骂我的！"

马辉道："想看求雨，只有让她骂几句。"他把马牵出来，望着王闰之说："我尽量走得快一点，如何？"

王闰之道："好吧好吧，就这样吧！"她让马辉将她扶上马背。

马辉无论走多快，当然还是去晚了。

龙王庙外，早已聚集很多百姓。有人还拿着香烛，准备跟着官员叩拜。衙役们在四周维持秩序，让叩拜的人近前，让看热闹的人靠后。

庙内，胡允之指挥人役设香案、摆供品。苏轼背着两只手，优哉游哉地欣赏庙里的神像和各种雕饰，路过供品担子时，顺手拿了一壶酒。他走出庙门，见前面的小山坡上有座凉亭，便向那里走去。

凉亭里有石桌石凳，亭柱间有长条木板供人歇息。苏轼坐在木板上，背靠亭柱喝起酒来。

求雨仪式要开始了，不见苏轼的身影，胡允之便叫人去找。他当然理解苏轼的心情，也不想让苏轼"从旁相助"什么，但苏轼总得来叩个头，回去才好向知府大人交代。

过一会儿，有衙役来报："禀大人，签判官来了。"

胡允之回头，见两个衙役搀扶着醉酒的苏轼进来。他连忙指着身边的位置说："签判官，快来叩头。"

苏轼醉眼微睁，挣扎着嘟嘟囔囔道："叩头？我才不，不与他叩头！凤翔百姓花……花银子建庙，让他住……住得如此……此宽敞舒服，他却不肯下……下雨。"他指着龙王，大声道，"喂，你要做官，便须施……施德政！若不想与皇上分……分忧，为百姓消……消灾，你就不要做……做官。好好下雨，还则罢……罢了。若不下雨，我便拆……拆了你的庙……"

苏轼骂龙王，吓坏了跪在地上的府衙中人。胡允之给苏轼的暗示与阻拦都不管用，忙叫那两个衙役："快扶签判官出去。"

苏轼被两个衙役架着往外走，口里还嘟囔着："不下雨，就拆你的庙……"衙役架着苏轼从后门走出，再把他搁到凉亭里躺着。

当王闰之和马辉来到时，求雨仪式早已开始。他们绕着庙子走了几圈，也没能突破人丛，也看不见庙里怎样求雨，更没有看见苏轼。

苏轼睡在凉亭的木板上。一个衙役在旁边守着，替他驱赶蚊蝇。

"咔嚓！"一声霹雳惊醒了苏轼，他差点从木板上落下，旁边的衙役赶紧用膝盖将他顶住。

苏轼坐起，抬头望天。天上风起云涌。

衙役道："签判官，要下雨了。百姓免灾了，您也免祸了。"

苏轼道："我免什么祸？"

衙役道："今日求雨，您醉了，骂了龙王爷，把小的们吓坏了。要是不下雨，知府大人岂不怪罪于您？"

苏轼笑道："龙王爷是神仙！神仙岂会和凡人一般见识。"

衙役笑道："龙王爷知道您是好人，不愿您为几句醉话受到责怪。"

苏轼道："你说得对！看来，龙王爷也是个好龙王爷。哈哈哈哈！"苏轼开怀大笑。笑声未落，雨点已吧嗒吧嗒落下。苏轼立刻冲进雨里，像孩子似的挥舞着双手又蹦又跳，口里还叫着，"下雨啦！下雨啦！"

胡允之与一个衙役淋着雨跑来，老远叫着："子瞻兄，下雨了！旱情缓解，黎民得生。逢此好雨，不可无记。"

苏轼道："啊呀，是该有记！可是，笔墨纸砚都没有呀！"

跟来的衙役已进了凉亭，解开衣襟，露出怀抱里的纸笔墨砚，大叫："有！"还说，"小的来磨墨！"

胡允之进了亭子，说："亭中写记，应该先与这凉亭起个名字。"

苏轼道："那就叫它'喜雨亭'。"

胡允之道："好，此记便是《喜雨亭记》。"

浑身湿漉漉的苏轼提笔而书。

这时，龙王庙外的马辉正把王闰之扶上马背，叫着："快回去！小心着了凉生病！"他拉着马跑起来。

王闰之在马上叫："辉哥，要想早点回去，你也得上来！"

马辉跑着，迎着风雨道："我跑得快！"

王闰之道："你能跑得比马快？你再不上来，我就下来了。"说着，她就往马下滚。马辉急了，连忙叫道："别动别动，我上来，我上来。"他跨上马去，护着王闰之，向城里飞奔。

曾有过拥抱这姑娘的幻想，不料这幻想竟变成了现实；曾因那幻想而感到羞耻，不料现实的感觉竟幸福无比。就在马辉希望这一刻变为永恒时，他看清了深藏在自己心底的东西——那困扰他许久的思绪——原来，他早已爱上胸前这个姑娘，他渴望和她如此贴近，他想一辈子和她在一起！

狂风，吹得马辉心里的烈火飙升；暴雨，浇得马辉滚油似的血液沸腾。他觉得自己在驭风而飞！不，他自己就是风！他已化作一股旋风，卷起心爱的姑娘飞上九天……

这一天，给了马辉终生难忘的、最最美好的记忆。

风雨中骑马飞奔，也刺激得王闰之兴奋不已。她不顾满头满脸雨水长流，拼命睁开眼睛东张西望。她尖叫着："辉哥，凤翔人都疯了！都疯了！"

的确，凤翔人都沉浸在疯狂的欢乐中：农夫在田地里嬉笑打闹，市民在街道上击节而歌，孩童在雨里扑跌尖叫，衙役在衙前雀跃欢呼。

苏轼的《喜雨亭记》写着：

> 丁卯大雨，官吏相与庆于庭，商贾相与歌于市，农民相与忭于野。忧者以乐，病者以愈……五日不雨可乎？曰：五日不雨则无麦。十日不雨可乎？曰：十日不雨则无禾。无麦无禾，岁且荐饥。狱讼繁兴，而盗贼滋炽……

第八章
"庆历"之痛

仁宗由王仁宪搀扶着走来,曹后迎住,说:"陛下怎么出来了?"

仁宗说:"朕觉得今日精神还好,我来看看你替朕清理的东西。"

曹皇后指着一堆奏折和文章道:"都在这里呢。"

仁宗向王仁宪道:"你把这些东西与太子送去。"

王仁宪过去抱起那堆东西,看见全是王安石和苏轼的奏折与文章。晚上,王仁宪把这个信息传给了王珪。

王珪认为事态严重。他想:"皇上是在给自己准备后事了。从各种迹象看来,下一任宰相,不是王安石,就是苏轼,反正没有我。"他焦虑地思考着,忽然心里冒出一个念头:"如果他们两败俱伤呢?"他凝神细想:"如果他们两败俱伤,机会也许就落到我的头上。虽然,我的旁边还有司马光。但司马光的人缘没有我好。"他轻轻一笑:"这些年,我栽了多少花呀!"他开始在房中走来走去,同时集中思路,想着如何才能让王、苏二人两败俱伤……陡然,一个主意冒上心头。

"对!这样做一定能成!"他带着狂喜的心情,快步去到桌边坐下,磨墨提笔,在纸上写下三个字:"辨奸论"。又在其下写出两个字:"苏洵"。

为了让苏轼和王安石两败俱伤,王珪开始伪造一本书,一本痛骂王安石的书《辨奸论》,而作者的名字赫然就是苏洵。

苏洵这时在汴京,已颇有名气。因为他文章写得好,又经欧阳修、韩琦等人推荐,仁宗便让他做了校书郎,后来又让他为本朝皇帝写传记。这官职是苏洵喜欢的,因为写书是在家里,不必到衙门上班。

这天，苏洵正在书房内写书，苏辙突然急匆匆走来，说："爹，您看这书。"他把一本《辨奸论》放在父亲面前。

苏洵诧异，说："噫，我何时写过这样的东西？"

苏辙道："书肆上卖的，说是从外地购入。我看了好生奇怪。"

苏洵翻着那书，问："书中所言奸人，莫不是指王安石？"

苏辙道："虽未指名道姓，但大家都猜，所谓奸人就是王安石。"

苏洵道："别人都认为，此书是我所写？"

苏辙道："是这样，因此书的文风与爹爹的文风很相似。能模仿爹爹的文风而写出此书的人，我料绝非等闲之辈。"

苏洵说："那会是谁呢？"父子俩搜尽脑子，怎么也想不到王珪身上。

《辨奸论》在市上出售后，王珪便等着王安石来找自己。

当仆人通报"王安石大人到"时，王珪便在心里打着"哈哈"，阔步走进客厅。

王安石怒气冲冲进门，不待让座便一屁股坐下。

王珪问："你这样子，像是有何不快之事。谁惹恼你了？"

王安石道："谁？还不是你的四川老乡！"

王珪道："我的四川老乡？"他想想，说："难道是范镇范大人得罪了你？嗨。范老头心直口快……"

王安石道："不是他，是姓苏的！"

王珪道："哦，三苏啊。"他笑起来，"那是我们四川人的体面。一门三才子：老才子，大才子，小才子……"

王安石把一本刻印成册的书扔到桌上，说："看看吧。"

王珪拿起那本书，念道："《辨奸论》。啊，是老才子的大作，待我拜读拜读。"王珪翻书，边看边问，"他这是骂谁呢？谁是这'必定误尽天下苍生之人'呢？"

王安石道："你说他骂谁？不是骂我，还有何人？"

王珪惊讶道："骂你？你与苏洵有何恩怨？"

王安石道："想必是，我曾将苏轼比作苏秦、张仪之流，不赞同他留在朝廷。如今，老子便为儿子报仇来了。"他端起茶来猛喝。

王珪道:"就为这点事儿?不至于吧?苏家父子既有苏秦、张仪之风,此举就不仅是为苏轼出京泄愤。"

王安石问:"不为了泄愤,还为什么?"他重重放下茶盅。

王珪道:"嗨!你老兄洋洋洒洒写下万言书,要变法革新,怎么连这点小事也看不透?"

王安石道:"我的心思都用在变法上了,哪有工夫琢磨这些鸡鸣狗盗的伎俩。"

王珪道:"在下无老兄的雄才大略,但比老兄善于识别诡计。我想,老苏此举,是为大苏鸣锣开道。"

王安石问:"怎讲?"

王珪道:"你主张'变法革新',苏轼主张'循序渐进',老苏要阻止你变法,等他儿子回来,才好参与朝政。"

王安石瞪着王珪,仔细琢磨他的话。

苏轼尚无归期,已有人为他刮起邪风,下起冻雨。

金銮殿上,皇帝的座位空着,太子站在殿前。

太监王仁宪叫:"今日免朝。有奏章交与太子殿下转呈皇上。"

别人都站立不动,只有王安石出班,把奏章呈送到太子手中。

当众人走向殿外时,欧阳修问王安石:"贤契真要告假回金陵?"

王安石道:"家母病危,不得不归。"

欧阳修道:"怕是还有别的缘由吧?"

王安石迟疑一瞬道:"老师可曾读到苏老先生的大作《辨奸论》?"

欧阳修道:"读到了。但苏老先生并未写过这等文章,并为此十分气愤。我也仔细看过,那确实是一篇伪造之作。"

王安石道:"文章真伪难辨,人之真伪更难辨。老母有恙,学生想回到金陵,一边侍奉老母,一边将变法之策再加完善。"

欧阳修明白,因皇上对"变法革新"始终未置可否,使自己这个学生深感落寞。可是他无法劝说什么,便道:"贤契既已拿定主意,老夫也不多说了。等令堂病情好转,你就速速回来。"

王安石道:"学生记下了。"

欧阳修自去，王珪走过来，问："老兄决定告假？"

王安石道："我的万言书呈上去许久，皇上不予搭理。如今有了苏轼的'循序渐进'，再加上一本《辨奸论》，我的变法主张，只怕难以施行。不如回到金陵，侍奉老母，等上天召我之时，我再来收拾残局。"说罢自去。

王珪望着他的背影微笑，心想：一本《辨奸论》便赶走了一个。等苏轼明年回来，我只需对付他一个人了。

王安石走后，仁宗的病日益沉重，心情也日益沉重，不仅是为了自己的病，也为了自己之后的大宋江山。

一日，仁宗在卧榻上问太子赵曙："朕叫你看苏轼与王安石所写文字，可曾看完？"

太子答："儿臣已仔细阅读数遍。"

仁宗问："皇儿有何见解？"

太子道："二人所写文字，忧国忧民之心皆跃然纸上。但二人之主张相左，孰优孰劣，儿臣难以判断。"

仁宗叹息道："是呀。难以判断。"稍停，他问，"皇儿可知'庆历新政'？"

太子说："知道。不过，儿臣未亲身经历，不甚了了。"

仁宗道："庆历三年（1043年），朕亲政不久。年富力强，锐意革新……"他咳嗽起来，示意旁边的曹后接着说。

曹后便接着道："庆历三年，范仲淹、富弼、韩琦执掌政务，皇上授权三人，改革弊政。范仲淹提出十条革新政纲，重在改革吏治，皇上准予实施。不料竟遭各级官吏反对，致政局动荡，难以推行。仅一年零八个月，便不得不终止革新，恢复旧制，并罢黜了宰相范仲淹，使风波得以平息。"

说起这"庆历新政"，那是仁宗皇帝心里的痛。若从宋太祖"陈桥兵变"（960年）自立为帝算起，到仁宗实施"新政"（1043年），宋朝建国已八十余年。确实积弊如山，其中尤以吏政为最。当时已是：当官的终身为官，为官只要无过，三年便可升迁，官吏不思作为；同时，候补官吏（被录取的进士）很多，拥挤着等候缺额。官僚队伍因此越来越大。这样的吏政，就是"新政"改革的重点。

改革采取了裁剪不称职官员、降低薪俸、减少科举录取名额等措施。可是，这就触动了各级官员和读书人的利益，遭到上上下下的强烈反对，以失败告终。

仁宗接着道："朕有'庆历新政'教训，不敢轻易实施王安石的'变法革新'，犹恐重蹈覆辙。"说到这里，他剧烈咳嗽起来。

曹后忙从宫女手上接过热茶，递给仁宗润喉。过了一会儿，仁宗慢慢缓过气来，继续对太子说："大宋江山，已近百年。天长日久，积弊如山。若不改革，难以中兴。苏轼主张'循序渐进'，甚合朕意。只是……"他又咳嗽起来。

曹后一边替仁宗轻轻捶背，一边向太子说："皇上有意培养苏轼，不拘一格提拔重用。可惜苏轼尚未立身朝廷，加之为官不久，阅历不多，一时间，实难委以治国重任。"

太子道："父皇、母后提到苏轼，前些日，朝廷收到苏轼的奏章《思治论》，建言朝廷，及早革新。"

仁宗说："是啊，改革需早，拖不得了。"

稍停，太子试探着道："近日，凤翔知府陈希亮上表，参劾苏轼。"

仁宗诧异道："啊？参劾苏轼？"他回头望着曹后。

曹后笑道："确有此事。原凤翔知府宋选离任，如今的知府是陈希亮，他与苏轼好像不怎么投缘。中元节府宴，官吏们都去了，唯有苏轼不肯去知府厅赴宴。知府怒其不恭，便上表参劾他。"

仁宗微笑道："文人的性情，才子的毛病。"他问太子，"皇儿如何处置？"

太子道："那知府拣这等芝麻小事参劾苏轼，儿臣不知他为何如此，因此也不知如何处置才好。"

仁宗问曹后："爱卿之意如何？"

曹后笑道："依臣妾之见，将苏轼罚铜八斤。"

太子觉得奇怪："罚铜八斤？"

仁宗却说："好。好。罚铜八斤。"他和曹后都笑起来。

太子赵曙明白了：皇帝与皇后对苏轼的"错误"，没有当真。

|第九章|
物之兴废　不可得而知也

"罚铜八斤"的公文到了凤翔府。苏轼既存心"犯错",也不把这处罚放在心上。

这一天,苏轼正在自家的堂屋前,招呼工匠挂匾。匾上书写着三个大字"避世堂"。

马辉说:"大哥的字,写得真好。"

王弗说:"字好话不好,年纪轻轻避什么世呀!"

苏轼说:"遇着这个陈大人,我只好避而远之。"他叫:"苏兴,带师傅们喝酒去。秀嫂,拿酒来,庆贺'避世堂'挂匾功成。"

秀嫂笑道:"大少爷,不用您吩咐,今日不但有好酒,还有好菜。"

苏轼向王弗道:"啊?如此隆重?"

王弗道:"不是为你的匾,是为她!"她向堂屋里道:"出来吧。"

苏轼好生奇怪,问:"谁呀?!"

门框边,慢慢挪出一个少女的背影。

苏轼又问:"谁家的女孩儿?"

王弗笑着走进堂屋,扳过那女孩子的身子,原来是王闰之。她改了服装与发式,羞答答亭亭玉立,完全是一个成熟的少女。

苏轼大笑道:"原来,我家还藏着一个美人儿呀!哈哈哈哈……"

大家都望着王闰之笑起来,羞得她躲到姐姐的身后。

王弗说:"今日是小妹的生日。"

苏轼说:"哦,想起来了,小妹该满十四了。"

王弗说:"瞧你这姐夫当的!小妹满十五了!"

苏轼惊讶:"啊?十五了?"

马辉惊喜:"啊!十五了!"他心里开始翻江倒海。

那个年代的女孩,满了十五岁就可以谈婚论嫁了!

王弗说:"女孩儿满十五岁,是一道关口。"她拉出身后的王闰之道:"小妹,你要记住:从今日起,你再不是小姑娘,而是大姑娘了。"

苏兴来报:"大少爷,衙门里来人了。"

苏轼向他身后看去,见江琥老远在拱手招呼:"签判官,您好!"

苏轼说:"江书吏,今日有何喜事?穿上这一身新衣。"

江琥近前,满脸堆笑道:"签判官,今日府衙凌虚台落成竣工,知府大人请您前去观赏。"

苏轼道:"本官感冒风寒,不是告假了吗?"

江琥赔笑哈腰,几近乞求道:"签判官,大人请您一定要去。"

苏轼道:"不去!你回去说,我有病未愈,不能去。"

江琥无言而退。

王弗道:"子瞻,知府毕竟是你的上司,你能不能婉转一些,不要如此直杠杠地顶撞?"

苏轼道:"士可杀而不可辱!我看他再上一本奏章,到皇上那里告我!"他转向马辉:"贤弟,那日你说,你打算回家?"

马辉道:"家父来信,要我回去商议明春赴考之事。"

苏轼道:"赴考赴考!考上了,放个官儿,又如何?遇着好上司,像宋大人,虽然吃苦受累,总能做点事。要是遇着不好的上司,像这位陈大人,就是愿意吃苦受累,也别想做什么事情。"

马辉道:"大哥,您是叫我不要赴考了?"

苏轼道:"啊?哦,不是的。你下了偌大的功夫读书,如今学业已成,文章出众,不赴考又做什么?去考吧。只要考官公正,你定能考中。如能做官,多少能为百姓做点儿事。再说,碰见的上司也不会都像这个陈大人。"他站起来,想往外走,不料迎面来了胡允之。

胡允之也是老远就招呼道:"子瞻兄!"

苏轼道："怪了！你也穿戴一新。陈大人今日到底要做什么？"

胡允之道："子瞻兄，你不到凌虚台，只怕各县来的官吏与府衙中上下人等，今日都不得归家了！"他不容分说，上前挽起苏轼的胳膊往外走去。

在府衙后院里，在刚竣工的凌虚台前，以陈希亮为首的官员们俱着盛装，按等级高低依次而坐。座前皆有茶几摆放着茶碗，但谁也不喝。正襟危坐的人们一个个状似木雕。

胡允之匆匆来到陈希亮身后道："禀大人，签判官到。"

众人提起精神望去，只见苏轼日常便装未改，头上还缠了一块布以示有恙。于是，他的样子在人群中十分刺眼。

陈希亮指着旁边的空座，向胡允之道："叫他过来坐。"

胡允之犹豫："这……"转身高叫："大人有请签判官近前入座。"

苏轼懒洋洋走过来。胡允之忙伸手示意，让他在陈希亮身旁的空位上坐下。

陈希亮向众人道："先前，此府衙后院外，有一土坡，地势墙外高、墙内低。有利盗贼出入，不利府衙防犯。因此，本府将墙外土坡移于墙内，建成此台，也算为后来之人做一件好事。今日台成工竣，特邀众位欢聚，以表庆贺。"他端起茶来喝。众人见了，也端起茶来喝。唯苏轼不喝茶，只抬眼观赏亭阁。

陈希亮放下茶盅，说道："既要庆喜，不可无记。诸位说，当请何人为此台作记？"

众人面无表情，两眼平视，不出一声。

胡允之生怕有人推举苏轼会造成尴尬，便抢先大声道："郿县李大人文采风流，请李大人作记吧。"

那李大人吃了一惊，连忙站起，不住拱手道："在下才疏学浅，不堪当此重任。作记……还是请扶风县邱大人吧。"

邱大人吓得一迭连声叫着："千万不可，千万不可……"急得把面前的茶盅也打翻了。

陈希亮咳嗽，四下静声。他道："作记之事，还是有劳签判官吧。"

众人的眼光齐刷刷射向苏轼。苏轼一动不动,也不知听见没听见。

空气好像凝固了!

少顷,苏轼忽然一笑,回头问陈希亮:"叫我作记?"

陈希亮点头道:"非你莫属。"

苏轼道:"好,拿纸笔来!"他起身,把头上缠的布带扯下扔掉。

衙役们将摆好文房四宝的桌子抬到苏轼面前。

苏轼提笔向众人道:"本签判官奉知府大人之命,作《凌虚台记》,愿就教于方家。"说罢,笔落纸上,挥洒自如。

人们望着苏轼,惊讶、钦佩、不安,只有陈希亮闭目捋须。

忽听得"啪"的一响,苏轼搁笔道:"记成。本签判官读与众位一听。"他清理一下喉咙,读道:"物之废兴成毁,不可得而知也。昔者荒草野田……"

胡允之赶紧去到苏轼身后。他刚往纸上瞄了几行,便紧张起来。因为苏轼写着:台是可以修成的,也是可以毁坏的。正如,人有得势之时,也有失势之时。只有造福万民之业,方才千古不朽……胡允之想,凌虚台修成,知府好不得意。苏轼这样写,不是在教训他吗?不能让他念下去。于是他低声道:"子瞻兄,不可造次!不可任性!"

苏轼不予理睬,只顾高声念着:"夫台犹不足恃以长久,而况于人事之得丧,忽往而忽来者欤?而或者欲以夸世而自足,则过矣。盖世有足恃者,而不在乎台之存亡也。"

鸦雀无声中,苏轼慢慢放下手里的纸,扭头去望陈希亮。

暴风雨即将来临!凌虚台下,人们似乎听得见自己的心跳声。

少顷,陈希亮慢慢睁眼,缓缓说道:"签判官此记,堪称传世佳作。本府将寻找上等石工,一字不改地刻于石碑之上,竖于凌虚台下。"

事出意料,苏轼不知所措。

陈希亮向苏轼道:"坐吧。"

苏轼恍恍惚惚坐下,头脑一片空白。

陈希亮捋捋胡须，侃侃而谈道："诸位尽知，本府与签判官不和。其实，我与他并无不和。"他略微停顿一下，接着说，"本府未到任之前，便听说签判官如何殿试得中，誉满京都；又听说签判官到凤翔之后，断案决狱公正清明，改行《衙前役新则》精明干练。如此一帆风顺，满耳赞扬，难怪他受不得一点儿委屈。然而，官场不是科场考试，也不是文人聚会，既不以才学定优劣，也不以文章论高低。本府自青年为官，到如今须发皆苍，终悟得一个道理：官场就是官场。官场中，无有才能与文章之别，唯有官职大小之分。人若为官，便须明白这个道理。否则，轻者碰得头破血流，重者死无葬身之地。"又一个暂短的停顿后，他说，"我与子瞻虽相识于此地，然与其祖父早有交情在先。今故意刁难于他，就是要让他明白这个道理，也算我对故友的儿孙尽的一份心意。可惜直到此刻，子瞻他并未明白这个道理。"他长长嘘出一口气，扭头向身旁的苏轼说，"子瞻，老夫也不想再为难你了，只是你要记住：欧阳修那样的长者，宋大人那样的上司，总是为数不多的。宦海，无风三尺浪，有风浪千尺。愿子瞻日后，好自为之。"

苏轼望着陈希亮，突然觉得这老人十分仁慈，那神态亲切得简直就像自己的父亲。霎时间，羞惭与后悔塞满了他的喉咙，使他说不出一句话，只是任视线变得模糊了。

回到家中，苏轼赶紧把刚刚挂上的"避世堂"门匾撤下。

马辉在房间收拾行装，王闰之静静走来。

自从过了十五岁生日，王闰之好像变了一个人，除了吃饭，马辉很难见到她。纵然见到，她也不再像从前那么风风火火、说说笑笑。这使马辉心里充满遗憾，也因此更想见到她。但是今天，她却主动来到马辉的房中，忧郁地说道："辉哥，你真的要走了？"

马辉道："是的。后天动身……"

王闰之显得很惆怅，说："以后，更没人和我说话了……"

马辉道："我只是回家看看父母，上京赴考。我会再来的！我们还会见面的！"

王闰之悠悠地说："等你再来时，也许看不到我了……"

马辉问:"为什么?"

王闰之道:"也许,我死了……"

马辉惊诧道:"小妹,怎么说这样的话?"

王闰之道:"我满十五岁了……姐姐十六岁出嫁。过些时候,他们也会把我嫁掉……可是,我宁愿死,也不愿离开这个家。"她伏在门框上哭起来。

马辉不知如何是好。他很想说:嫁给我吧。嫁给我,你会和在苏家一样。但这样的话他不能说,他只能望着她,心里一阵阵发痛。

王弗走来道:"小妹也在这里。"王闰之闻声走开。

王弗目送着妹妹,心想:小妹舍不得辉弟。他二人原是天生的一对儿。她回头对马辉道:"辉弟,你大哥和我商量好了,你明日登程,让苏兴送你回家。"

马辉道:"不用。大嫂,我自己可以。"

王弗道:"就这么定了。否则,我们不放心。"

马辉道:"大嫂,虽然我们还会见面,可是,我还是舍不得走……"

王弗道:"我们也一样。你就是我们的弟弟,便分别几日,也会想念的。"

马辉道:"大嫂,我……我真希望永远和你们在一起……"他很想说,他回去就要父母邀媒前来,说合他与王闰之的亲事。

王弗说:"我们也想啊……"善解人意的王弗注视着马辉,似乎明白了他的意思,便说,"辉弟,你回家看看,要是你父母尚未与你定亲,就让大嫂与你说一个姑娘……"

马辉喜出望外:"真的?"

王弗道:"真的!"

马辉与王弗互望着,都从对方的眼里看见那姑娘就是王闰之。

马辉激动得无以表达,不觉"咚"的一声跪下:"多谢大嫂!"

| 第十章 |

晨曦里的钟声

仁宗的病，日甚一日。曹后坐床边垂泪，太子赵曙立床前伤心。

太子妃高氏端药走来，到床边向曹后说："母后，药得了。"

曹后扶仁宗坐起，轻呼："陛下，吃药吧。"

仁宗喃喃道："请……二位……相国……"

这几天，韩琦与欧阳修一直在寝宫外没敢离开，听皇上传唤，赶紧来到仁宗的榻前，轻呼："陛下。"

仁宗睁开眼睛，说："赐……座。"

王仁宪端来两个绣凳后，退出了房间。

等二人坐下，仁宗便有气无力地说："朕的日子，不多了……朕拜托二卿，尽心辅佐太子……皇后，见识过人……朝中有事，勿忘与皇后商议……"说到这里，咳嗽起来。曹后忙替他轻轻捶背，太子忙拿来小痰盂。

韩琦与欧阳修心疼地望着仁宗，都明白皇帝之意是让皇后辅政。他们知道，眼前的太子并非皇帝满意的人选。可是，仁宗有过的三个儿子都已夭折，后宫佳丽无数，竟没人再生皇子，使仁宗不得不将这个秉性柔弱的侄儿赵曙立为太子。皇上一旦驾崩，朝事还真难把握。皇帝愿皇后辅政，那是最好不过。他俩还不约而同地想起，后宫内曾经发生过的一件大事——

前年某日，夜深人静，万籁俱寂。后宫中，仁宗与曹后并枕而眠。

突然，隐隐传来呼叫声和杂沓的脚步声。曹后先醒，忙披衣下床。

仁宗问："什么事？"

曹后道："寝宫中有些奇怪的声音，只怕是内侍谋变。现在黑夜仓皇，陛下万勿轻动。待臣妾出去，召兵入卫。"

仁宗见说，忙下床穿衣。

曹后从帐后取出宝剑道："此有宝剑一口，陛下防身。"又从妆盒内拿起剪刀，走到门边回头道，"陛下把门窗关紧了。不是臣妾前来，任何人来都不要打开门窗！"说毕，她走出房间。

当曹后走到殿前时，正有几名内侍跑来，曹后问："伍树芳、张德可在？"

伍、张二人应声："在。"

曹后道："你二人分作两路，去王守忠大人处。传我懿旨，召他速速领兵入宫。"

二人应声，分头而去。这时，外面的嘈杂声更大了，还夹杂些女人的哭喊声和呼救声。同时，许多内侍和宫女从前面一道宫门跑来，叫着："娘娘，有贼！"

曹后高声道："快把那道宫门紧闭了！"

几个内侍赶紧转回去紧闭宫门。

曹后道："你们不必惊慌。王守忠大人马上就要带兵过来了。眼下，你们都去取盆、取桶，打些水来，凡能盛水的东西都盛满水拿到这里来。水越多越好。"

黑暗中，只见打水的内侍和宫女们来回跑动。

曹后站殿前，大声说："你们，每人都到本后面前来一下。本后替你们每人剪下一绺头发，在鬓角留个小缺口。望你们随本后奋力守门，保护圣驾，以待后援。明日平定贼乱，本后将对今夜剪发之人赐予重赏。"她举起本为防身之用的剪刀，给来到面前的人一个个剪去一小绺鬓发。

有人叫："贼子放火了！"

曹后抬头，看见紧闭的门缝里，透进火光，便吩咐道："拿水向门上浇去！把宫门上下泼个透湿！"

人们闻声而动。厚重的宫门和门檐湿透了，火很难烧起来。等王守忠带着御林军赶到，一场内侍之乱便告平息，想侥幸得手的内侍也被抓获。从此，曹后的临危不乱和她的勇敢智慧，便在朝野间广受称颂。

现在，仁宗让曹后辅政，两位宰相都觉得肩上的担子轻了许多。

仁宗喘过气，让太子站到面前，断断续续地对他说："皇儿，日后要多听二位相国的意见，要遵从你母后的教诲。朕盼你们早日议就兴邦良策，解我大宋内忧外患……"他又咳嗽起来。

以后几天，仁宗一会儿清醒，一会儿昏迷地挨着时光。

这天晚上，寝宫内暗淡的灯光下，仁宗在床上安详地睡着。旁边的躺椅上靠着曹后，太子妃高氏轻轻走来。

高氏是曹后娘家的侄女，是曹后在众多贵族女孩中为太子精心挑选的贤惠妻子。在曹后的心里，"贤惠"不仅要表现为不妒忌、不骄纵、守妇道、懂礼法等标准，还要有政治的眼光和胸襟，能成为皇帝精神上的盟友和依靠。其实，她是下意识地用自己的标准，在挑选并培养一个皇后；下意识地希望未来的帝后关系，就像自己和仁宗那样，像唐太宗和长孙皇后那样。她认为，贤德的皇后对皇帝的治国十分重要。高氏入宫后的表现，令她十分满意。两人相处，也融洽得如母女一般亲密。

高氏轻轻来到曹后身边，见她一脸倦容，便心疼地说："母后，您太累了，去睡一会儿吧。"

曹后说："此时此刻，我哪能离开陛下。"

高氏说："父皇这儿，有孩儿我呢。"

曹后说："你年纪轻轻，哪里经过这样的事。万一……"她忍口，叹气，从躺椅上撑起身来，到床边去观察仁宗。忽然她有点惊慌，用手背去试仁宗的鼻息。

高氏紧张地望着。曹后慢慢缩手，喃喃道："陛下……去了……"

高氏一听就哭，曹后立即回头道："噤声！"她望着泪眼婆娑的高氏，强忍悲痛，小声道，"不是哭的时候！夜深人静，皇上驾崩，万一有人趁机作乱，我两个妇道人家如何是好？"她略一沉吟，"你在此守着皇上，我到门外把望着。"

曹后出门，对侍立门外的宫女可人说："叫王总管前来见我。"

王仁宪这些天当然不敢走远，他就在近旁的房间里，一叫便到。

曹后问他："陛下病久，内侍们可有懈怠？"

王仁宪道："奴婢每日查看，见他们尽皆守职，无人懈怠。"

曹后道："好，你再看看各道宫门是否关严。若已关严，便将各道宫门的钥匙收来，本后看看你是否收得齐。"

王仁宪答："是。"退开。

曹后抬头望天，见一片乌云飞来，把月亮遮住。曹后叹了一口气：只不过一片乌云，却能使天地间黯然无光。

王仁宪跑来道："启奏娘娘，各道宫门俱已上锁。钥匙在此，请娘娘过目。"

曹后接过钥匙，一把一把从自己手中，放到宫女可人的手中，慢慢数着。

王仁宪站在旁边，一动不动地看着，不时偷眼望望曹后，他不明白曹后为何这样做。想来想去，认为曹后日夜守着病人，无聊得难受，故意找点事做。

钥匙从曹后手里，转到可人手里，发出轻微的金属撞击声。

好不容易数完了，曹后却说："坏了。刚才我走了神，好像没有数对。"她从可人手里拿过全部钥匙，对王仁宪说，"你也留点神，看我再数一遍。"她比刚才更慢地从头数来，将钥匙一把一把放到王仁宪手里。

王仁宪更加相信，这个女人是故意找点事做，好熬过漫漫长夜。

这回数完时，远处传来鸡啼。

曹后道："好了。天已拂晓，打开宫门吧。再传我懿旨，召太子与二位相国入宫。"

宋仁宗嘉祐八年（1063年）的一个早晨，皇宫里传出钟声，这钟声叫作"丧钟"。

丧钟告诉大宋臣民：在位四十一年的仁宗皇帝驾崩，享年五十二岁。

据史书记载，仁宗去世时，"京师罢市巷哭，数日不绝。"据说，死讯传到洛阳，市民自动停市哀悼，烧纸焚香，烟雾蔽空，以致

"天日无光"。

很难想象，一个皇帝之死，平民百姓竟如此悲痛。仁宗死后，庙号曰"仁"，所以史称"仁宗"。据说，因为他比较符合儒家对帝王"仁"的理想，史书和民间都传说着他作为"仁君"的一些故事。

一则故事说，仁宗某次公干至深夜，忽觉腹中饥饿，想吃一碗羊肉汤。可是他忍住了没说，情愿一直饿着。后来皇后知道了，便说："一碗羊肉汤乃一件小事，叫御厨做来便是。国君之体，关系江山社稷，不当受饿如此。"仁宗道："朕是想，如果朕说饿，御厨就会杀羊熬汤。今后，只要朕夜间公干，御厨便会杀羊以待，这就太多事、太靡费了。"

另一则故事说，仁宗某次散步时，不断回头看。随侍之人不知他看什么，回去对皇后说了。皇后便问仁宗，仁宗道："朕口渴，看看可有人带水。"皇后道："随侍未曾带水，可以叫他们回来拿呀。"仁宗道："那样他们就会受到上司的责罚。为小事让其受责，朕心不忍。"

这类故事很多，讲的都是仁宗是个心地仁慈的皇帝。

但是，这类事情都发生在皇宫里，与百姓无关，照说百姓也不会知道，为何百姓对仁宗的死亡竟如此悲痛？推测起来，可能是仁宗当政的那些年，完全不像他父亲真宗皇帝那样扰民生事。他不巡幸，不奢靡，不兴土木。他用的大臣如包拯、范仲淹、文彦博、富弼、晏殊、韩琦、欧阳修等，都清正廉明，凡事以国家大局为重。所以那时的政治，被史学家称为"贤人政治"。

仁宗皇帝一心学唐太宗，可惜的是只学了些皮毛，没有学到唐太宗的英明、决断。当他从垂帘听政的刘太后手里接过政权时，宋朝开国已半个世纪，因政策而导致的内忧外患，积弊很深，急需改革。对此他也是明白的，所以叫宰相范仲淹等人搞"庆历新政"。新政失败后，他把范仲淹当替罪羊抛出了事，却不曾认真总结经验，改进方法，继续必需的改革。从此，他有点"谈改色变"，让明摆着的弊端延续着。他在永远的犹豫中、在各种各样的顾虑中、在大臣七嘴八舌的议论中，虚掷了改革的最佳时期。在位四十一年，他只求平安无事。对他的臣民来说，宋仁宗是个仁厚之君，但是对国家来说，他主要是个守成者，没有做出多少自己的贡献。

宋仁宗驾崩时，苏轼还在凤翔。他和府衙官吏一起，祭奠了他生命中的第一个皇帝。对苏轼本人来说，仁宗就是殿试时见过面的、那个十分和蔼的皇帝。苏轼感激他恩准自己与弟弟"制科特考"，感激他同意推行自己的《衙前役新则》，但仁宗认为自己是宰相之才这件事，苏轼却永远也不知道。

从苏轼考中进士算起，他与仁宗的君臣关系共计七年。其中，苏轼母丧守孝三年，在凤翔府三年。仁宗虽然对苏轼念念不忘，却始终没有再加提携的机会。君臣二人失之交臂，也不免令人遗憾。

仁宗驾崩，太子赵曙即皇帝位，是为宋英宗，改年号为治平。

依仁宗皇帝遗嘱，尊曹后为皇太后，垂帘殿侧，与英宗皇帝共同处理军国大事。

宋朝有好几个皇太后垂帘听政。

第一个是宋真宗的皇后，也就是仁宗皇帝的养母、四川人刘氏。仁宗十一岁即位，其父真宗皇帝遗诏"皇太后权同处理军国事"，刘太后因而垂帘听政。

如今，仁宗皇帝的曹后，是宋朝第二位垂帘听政的皇太后。

接着，太子妃高氏受封为皇后，是为高皇后。

谁也想不到，曹太后与高皇后这两个深宫女人，将影响苏轼的荣辱生死。

第十一章
朝堂之争

仁宗驾崩的第二年,苏轼在凤翔三年期满,举家迁回汴京。

驸马王诜与曾巩等人,为苏轼的归来而喜如节庆。一群人与苏辙相约,出城到十里亭迎接苏轼。

但苏轼的政敌却忧心忡忡,不知他的归来,会对自己的前程造成何种冲击,其中最着急的是王珪。他想来想去,只有保守、固执、讲究论资排辈的韩琦,是他唯一可以借用的力量。他决定前去拜访。

韩琦在书房写东西,闻仆人报王珪来访,便说"请他进来吧"。待他搁笔抬头时,王珪已进门施礼道:"相国可好?"

韩琦道:"好。坐吧。"

待王珪坐下,仆人上茶后,韩琦问:"王大人到此何事?"

王珪道:"这几日朝堂上不见相国,闻说相国有恙,特来问候。"

韩琦道:"老夫到京郊一带考察去了,哪有什么病,都是闲人信口胡说。"

王珪道:"相国无恙,下官就放心了。眼下,新主登基不久,朝政尚不熟悉,一切军国大事全赖相国料理。相国康健,乃社稷之幸。"

韩琦问:"近日朝中,有事无事?"

王珪道:"并无他事。只是有两日皇上未能上朝,说是病了……"

韩琦叹气道:"陛下体弱多病,非社稷之福呀。"

王珪道:"此外,苏轼由凤翔回京了。"

韩琦道:"知道了。前日他来见我,因我出门在外,未曾见着。"

王珪道:"苏轼回京,京城的文人学子尽皆出城十里相迎。众人都在猜测,苏轼会任什么高官,还有人猜他要当宰相呢。"

韩琦好笑:"他当宰相?又不是放风筝,一下子便可以飞上天去。"

王珪道:"苏轼乃先帝钦点的才子,也许皇上会破格重用。"

韩琦道:"都是些轻薄文人的胡思乱想。他们如此恭维苏轼,将他捧上云端,只会害了他!"

王珪暂时放下悬着的心。他明白,苏轼的路上本来就挡着韩琦这块"巨石"。今天,他把这块巨石搬到路中央,让苏轼绕也绕不过去。

苏轼一家回了汴京,马辉也考中进士,南园里热闹了好一阵子。等苏轼慢慢静下来,大大咧咧的他也发现,家里的情况和以往不同了。

首先是,他父亲苏洵的身体已大不如前,天一凉就喘不过气。

其次是,他的爱妻王弗快速地消瘦着,在凤翔有些疼痛的膝盖,现在痛得更厉害了,急得他四处托人请医。

最后是,很难听见王闰之的声音了。有时,苏轼会忘了还有这个姨妹。而马辉也和凤翔时不太一样,话也少了,人也有些忧郁。

不过,苏轼要应付的里里外外的事情太多,除了父亲和爱妻的病,其他的虽有些感觉,却没能往他心里去。

一天,王弗靠在床边,把双膝平放在床沿上,揉着她疼痛的膝盖。

窗外传来马辉的声音:"大嫂。"

王弗问:"是辉弟吗?进来吧。"说着,努力把双脚放下。

马辉进来,见状连忙上前,说:"大嫂,你不要起来。"又说,"大嫂,你这腿上的病,我觉着比在凤翔时重了许多。"

王弗道:"是重了。有时,痛得我都忍不住了。"

马辉道:"大哥说,要找欧阳大人帮忙,请个御医来看。今天他已经去了。"

王弗道:"唉,你大哥在家里,原是个百事不管的人。为了我的病，也把他累得不成样子。"

马辉道："大哥为了您，什么都愿做，我看他并不觉得累。"

王弗笑道："是他前世欠了我什么吧。"又说，"辉弟，我们刚回到汴京不久，家里事太忙太乱，我的精神又不好，还没来得及慢慢和你说话。我问你，你父母与你定亲了没有？"

马辉道："没有没有。我回去时，家里正为这事着急。说我二十多岁了，怎么还不成家！母亲说，做媒的每日都有。可是他们怕我不喜欢，将来埋怨他们，一直等着我回去拿主意。我说，我大嫂答应替我说个好姑娘，我父母便高兴得不得了，把前来说媒的都给回绝了。"

正说着，王闰之抱着苏迈进了房间。她先招呼："辉哥。"接着对王弗道，"迈儿睡了。"她去小床边放下苏迈。

马辉知趣地道："大嫂，我看看大哥回来没有。"便退出了房间。

王闰之来到床边，说："姐，我替你捶腿。"

王弗拦住她，说："小妹，你也歇歇，陪我坐一会儿，姐跟你讲讲你辉哥的笑话。"她把王闰之拉到床边坐下，把马辉家里为他做媒的事添油加醋地说了一遍，笑道，"做媒的人把马家的门槛都踩平了，可是辉弟居然一个也看不上。我说：'辉弟，你怕是有了心上人吧？'他笑而不答。也难怪，像辉弟这样的男子，是可遇而不可求的。姐想，辉弟喜欢的，一定是个十分出色的姑娘。姐便问他……"

王闰之打断："姐，你不该问！"

王弗一愣，问："为什么？"

王闰之说："万一……万一那姑娘不与他好，以后相聚，岂不彼此难堪？"

王弗一听这话，便明白妹妹其实知道马辉对她的感情，也知道自己说的那姑娘就是她自己，于是问："那姑娘，会不与辉弟这样的男子相好？"

王闰之道："难说呀。比如我，我喜欢辉哥，可是，我永远不会与他相好。"

王闰之这是故意把话挑明了，为了不让这事进行下去。王弗第一次觉得妹妹真的长大了，有她自己的主见了，也就只好说："姐也防着这个万一，因此后来也没有问他……"

王弗想，我怎么弄错了呢？小妹不嫁给马辉，嫁给谁呢？难道她心里有别的男子？可是她到哪里去认识别的男子啊？妹妹的终身大事当由我操办，我必须把她的心事弄清楚。想到这里，王弗便说："小妹，姐该与你找婆家了。再耽误两年，你就成老姑娘了。快跟姐说句心里话，你想要什么样的男子？"

王闰之道："姐，世上没有我想要的男子……"

王弗道："不会的！小妹，只要你说出来，天涯海角，姐也替你找来！"

王闰之道："找不到的……"

王弗道："你说呀，小妹，姐会替你去找。姐牵挂你这事，心比脚还痛呢。"

王闰之道："姐，不要逼我。你们一定要我出嫁，便是要我去死。"

王弗抓住王闰之的手："怎么说出这样的重话！姐怎会让你随便嫁到什么人家？你想要什么样的男子？说实话！说呀！"

王闰之只好嗫嗫嚅嚅地说："姐，天底下还会有……还会有，第二个……第二个，像姐夫这样的男子吗？"

王弗盯着王闰之，慢慢松开她的手。

王闰之看到姐姐的神情，突然心中一惊："天哪！姐该不会以为……"于是忙说，"姐，我是说，天下再没有像姐夫这样好的男子了。别的男子我都看不上，怎和人家过一辈子？我情愿在苏家帮你料理家务。日后你还会生孩子，让我替你带孩子……"她突然说不下去，觉得越说越说不清楚了。

王弗这才知道了妹妹的心结所在，许多往事一齐涌上心来……

新帝宋英宗记得，父亲仁宗一直想破格重用苏轼，也知道，重用苏轼是母亲曹太后的心愿。这一天上朝之前，他就和曹太后商量好，要把苏轼的任职确定下来，以便苏轼能立身朝堂，早日进入权力核心。

散朝后，英宗把几个重臣留下，说："朕在潜邸，即闻苏轼贤名。苏轼任凤翔府签判时，断案决狱公正廉明，改革百余年'衙前役'之弊政，官民交口称赞，政绩卓著。故而，朕欲召苏轼入翰林知制诰。"他向欧阳修道："欧阳大人，你意如何？"他想，欧阳修一定表示赞同。只要欧阳修赞同，先就有个重量级大臣站在自己这边了。

欧阳修不是政客，而是个有理想的文人，他的思想很正派也很单纯。他认为苏轼入翰林知制诰，仁宗皇帝就曾经赞同，现在任此职当然没问题，这事由太后与皇上决断就可以了，自己还是按规矩避嫌吧，于是答道："苏轼乃臣之门生，臣不便多言。"

韩琦可不像欧阳修那么天真，他见英宗开口先问欧阳修，立刻明白了皇帝的意图。他不能等到有人附和皇帝后，再加反对，于是抢先发话道："启奏陛下，臣以为苏轼不可入翰林知制诰。"

英宗问："有何不可？"

韩琦道："依大宋官制，苏轼升一级足矣。"

英宗道："大才自当大用，不可拘泥一格。"

韩琦道："苏轼若连升数级，犹恐天下之士不以为然。"

英宗道："天下之士中，有几个苏轼？"

韩琦道："入翰林知制诰，出入宫禁，随侍君侧，非寻常官吏可比。"他斩钉截铁道，"苏轼资历过浅，不宜如此重用。"

"启奏陛下。"司马光一声高叫，立刻吸引了众人注意。他大步出列，说道，"臣以为，若不分贤愚高低，人人按部就班、级级升迁，如此一来，有大才者，岂不要须发苍苍，才能担当大任？"

晚辈司马光如此顶撞，韩琦十分恼火，便道："担当大任者，必得阅历多，威望才高，是要年长方好。否则，官吏将不为所用。"

面对老相爷，司马光毫不退让："今日大宋吏治衰颓，朝政不兴，正是庸人占据庙堂，尸位素餐者太多之故。"

范镇出来响应："司马大人所言在理，苏轼就当入翰林知制诰！"

韩琦来了气，也高声反对道："无视祖规，必乱朝纲。本相既在，绝不容胡作非为！"

大臣如此争吵，英宗感到紧张。初登大位，他很在意朝堂上的气氛，既怕伤了和气，又怕有碍观瞻，连忙道："韩相国既坚持不可,那就让苏轼参与修注(记录皇帝言行)吧。"

范镇立刻表态道:"陛下英明。让苏轼参与修注,臣无异议!"

司马光也道:"臣无异议!"

韩琦还是不依:"臣仍然以为不可!"

英宗问:"这是为何?"

韩琦道:"修注与知制诰,官阶相似。既不可任知制诰,亦不可任修注。"

英宗心里窝火,但也只好说:"相国之意,授以何职为宜?"

韩琦说:"在馆阁(掌管图书经史)中授一职位即可,且须经过考试。"

英宗好笑道:"不知其才学者,方考而试之。难道相国不知苏轼的才学吗?"

韩琦道:"此事无关知与不知。留馆阁任职者,以往皆须考试,不可坏了规矩。苏轼不怕考试,考考何妨。"

英宗道:"如此考试,岂非儿戏?"

韩琦道:"大宋百年之规,不容任意更改。"

欧阳修后悔了。新帝对苏轼的任命,竟遭韩琦如此反对,实在出他意料。现在他很想说话,可是他已经放弃了话语权,没法开口了。

"皇上,"珠帘后的曹太后开了口,她说,"便依韩相国之意,再考考苏轼吧。苏辙候职已久,放他出任大名府推官。皇上意下如何?相国意下如何?"

英宗道:"朕以为甚好。"

苏辙的任命,本当另题研究,但曹太后却在对苏轼问题做出妥协时,顺手解决对苏辙的任命。韩琦虽然不知道仁宗对苏轼有"宰相"之说,但还是从曹太后和新皇帝的态度中,感受到皇家对苏氏兄弟的眷顾,他因此觉得有点不舒服。依曹太后的提议,苏辙就跟他哥差不多,直接做了州府之官,而不是从县里的官做起。在他看来,这也不合规矩。不过,已为苏轼的任命顶撞了皇帝,不好再顶撞太后了,他只得说:"苏辙出任大名府推官,臣无异议。"

在两千多年中国的帝王专制中,像上述这种大臣当庭顶撞皇帝的事，在别的朝代里很少，可是在宋代却屡见不鲜。这是宋太祖赵匡胤"杯酒释兵权"后，一心想要实现的"文官政治"。他还曾制定法律，不许在朝廷上鞭打大臣，不准辱骂公卿，不杀士大夫及上书言事者，等等，开创了君主专制中有限的"政治民主"。在那个年代，也算难得了。韩琦等大臣胆敢如此说事，正是北宋政治比较宽容的缘故。

在关于苏轼任命的争论中，王珪始终没有发言，他可不想得罪两位新主子。他知道有韩琦出头，自己就无须出面。果然，韩琦阻止了苏轼进入朝廷的脚步，这给王珪留出了往上爬的时间。王珪因自己能够未雨绸缪，先对韩琦"下药"而暗自得意。

新帝宋英宗回到后宫，一头倒在榻上，闷闷不乐。

高后听说了朝堂上的事，赶过来慰问他。英宗气恼地道："朕与太后事先商量好了苏轼的官职。不想韩琦一反对，太后竟临时变卦，附和了韩琦之意，将朕孤立起来。"

高后劝道："陛下要体谅太后的苦衷。陛下初登大位，立足未稳；而韩琦受先帝之托，辅佐朝政，是现任相国。陛下若与韩琦闹僵，满朝文武作何感想？陛下想想，太后对苏轼何等赏识，难道不愿重用苏轼？但为了息事宁人，也只有暂且让步。陛下不见，太后还趁机把苏辙的官职任命了吗？"

英宗叹气道："唉！朕的前面是相国，朕的后面是太后。朕这皇帝，该如何当呀？！"

外面传来太监声："太子到！"

太子赵顼自外而入。这太子青年俊朗、英姿飒爽，完全不像他体弱多病、性情怯懦的父亲。他进门后朗声道："儿臣拜见父皇、母后。"

英宗道："平身。"

赵顼道："父皇，儿臣听说，韩相国在朝堂之上对父皇无礼，儿臣十分气愤。怕父皇不快，特来与父皇问安。"

英宗叹息道："做皇帝，也并非事事都能称心如意的。"

太子赵顼道："儿臣原道韩琦一代名相，必定眼光远大、胸襟宽广。如今看来，名不副实。面对杰出人才，依旧用寻常尺寸算计，论资排辈。如此一来，那些庸才、蠢材，岂不要永远高居人才之上？"

英宗道："皇儿之话，颇有见地。朕终归要设法理顺这样的局面。"

宫女端药进来，高后道："陛下，服药吧。"

太子赵顼接过药碗，尝了一口，奉与父亲英宗。

英宗接过药碗，又叹了一口气道："唉。朕原来就说，以朕体弱多病之身，哪堪国事之累……"

高后忙截住话头道："陛下，药凉了，快喝吧。"

英宗看宫女一眼，低下头去喝药。

| 第十二章 |

唯有泪千行

苏辙带着妻儿到大名府上任去了。不怕考试的苏轼通过考试，去了官诰院（管图书经史的地方）。幸好马辉还在等候任命，闲住京都可助苏轼一臂之力。

通过欧阳修到御医房请的太医，已来为苏洵和王弗诊断几次。苏洵的病虽不见好，但也未加重，而王弗的病却一天比一天沉重。

这天，太医为王弗号脉后，出了房间。苏轼跟出来，马辉随后。

太医收拾着他的小箱子，向苏轼道："先去看看老先生的病吧。"

苏轼领太医去苏洵的房间，马辉跟着。

太医给苏洵看病后，开了处方交给苏轼，微笑道："老先生的病，还是那两个字：保养！注意不要受寒、受冻、受累，切忌大喜大悲！"

太医出了苏洵的房间，便向大门外走去。

苏轼说："太医，您还有一张方子未开。"

太医不语，继续往前走。苏轼和马辉莫名其妙地跟着。跟了几步，苏轼忍不住上前拦路："太医……"

太医停下来，看看四面无人，低声道："苏大人，尊夫人的病，属罕见之病。御医房内，只有两三人见过这种病，但他们均未治好。老朽平生只遇见两人罹患此病，也未能保得他们平安。尊夫人的病，痛在脚上，但病根却在心肺上。恕我直言，二竖为虐，病入膏肓。老朽才疏学浅，无能为力，请大人另访高明。眼前，可将老朽往日的药方，继续煎与尊夫人喝着。那些方子医不好病也坏不了事，看尊夫人的命数如何吧。"

马辉把太医送出门去，回来时，看见苏轼坐在树下，哭成了一个泪人儿。马辉忍不住了，也蹲到地上和他一起哭。

两个男人不知哭了多久，还是马辉先清醒过来。他扶起苏轼，让他坐到石栏杆上。苏轼忍不住眼泪，边哭边说："辉弟，这是什么病呀？怎么单单让你嫂子害上了？我要是没有了她，该怎样活呀……"

马辉不知道怎样安慰他，只有说："大哥，大嫂已病成这样，你不能乱了方寸。太医的话，还要瞒着家里的人，也不要让大嫂知道。你有时间，尽量在家里陪着大嫂，我再出去寻访名医。说不定，山野草泽间会藏着高人呢。"

这个夜晚，不少人难以安眠。

王弗腿痛得睡不下去，苏轼坐在床上替她捏腿。

王弗道："子瞻，韩相国那里，上次你去拜望，他不在，你还须再去。"

苏轼道："等你的病好了再说吧。"

王弗道："我这病，一时半会儿好不了，还是见韩相国要紧。有了他与皇上那一番争执，你更要去。"

苏轼道："好吧，过两天我去。"

王弗道："子瞻，别为我的病弄得失魂落魄的。我就是现在死去，也心满意足了，因为我做了你的妻子……"

苏轼忙用手指头按住王弗的嘴唇，温存地把她抱在怀中。

夜已深了，曹太后还心事重重地在室内徘徊。她想着仁宗皇帝临终的嘱托，想着眼下新帝与重臣的关系，以及自己应该做些什么。

王仁宪轻轻走来，轻轻说："太后……"

曹太后停步，回头望着他。

王仁宪说："太后，有件事，奴婢不知当讲不当讲……"

曹太后问："什么事？"

王仁宪走近两步，低声道："皇上在寝宫里对皇后说：'朕的前面是相国，朕的后面是太后。朕这皇帝，该怎么当呀？！'……"他观察曹太后的反应。

曹太后面无表情，只是说："知道了，去吧。"

王仁宪退去，曹太后目送着。

过了两天，曹太后召见高皇后。

高皇后走来施礼道："母后，媳妇来了。母后有何吩咐？"

曹太后道："你且到内室稍坐，我先与司马光说几句话。"

高皇后进了内室，太监引司马光走来。

司马光施礼道："臣，司马光，参见太后。"

曹太后道："平身。"她挥手令太监退去，说，"哀家召卿而不召二位相国，皆因此事与二位相国有关，由卿出面处置，更为妥当。"

高皇后站内室里，倾听外面的对话，只听得曹太后说："日前，王总管对哀家说，皇上说他的前面有相国，后面有太后，不知这个皇帝该如何当。"高皇后大惊，不觉倒退一步，落在椅上。

只听得司马光道："内侍进谗，离间两宫，当处以极刑。"

又听得曹太后道："明日朝堂再议。"

接着是司马光之声："臣告退。"脚步声离去。

高后颤巍巍扶椅而起，去到门边向外哭叫："母后恕罪……"

翌日上朝，英宗端坐，侧后方的珠帘里坐着曹太后，珠帘旁站着太监王仁宪。殿下，群臣肃立。

司马光出列道："启奏陛下，内侍王仁宪，伪造谗言，离间两宫，乃国之蛀虫。若非太后贤明，皇上诚孝，必将祸起萧墙。臣请援引国法，将王仁宪处斩。"

王仁宪大惊失色，立即跪倒求饶道："太后恕罪！皇上恕罪！"

英宗道："姑念他服侍先帝多年，且褫夺他的品级俸禄，逐往南方，永不叙用。太后以为如何？"

曹太后道："皇上仁慈。就按皇上的意思办。"

王仁宪连连叩头："谢皇上不杀之恩！谢太后不杀之恩！"

司马光道："逐出宫去！"

两个近卫上前，抓起王仁宪向外走。

列队群臣中，王珪不眨眼地注视着王仁宪。

王仁宪的眼睛找着了王珪，他心里叫着："救救我……"

王珪死死盯着王仁宪，他的眼睛在说："不要牵连我。否则，你难免一死。"

王仁宪当然明白：有了"离间两宫"之罪，若再加上"内侍结交外臣"之罪，他便死无葬身之地了。他不得不低下头去，让人押着从王珪面前走过。

殿上，曹太后道："皇后将整饬内宫，另选忠厚诚实之人接替总管；并晓喻内侍，再有谗间后宫，或有结交外臣者，格杀勿论！"

事后，曹太后召高皇后同到后园散步。

曹太后向她的媳妇，也是她的侄女轻声细语道："皇上虽不是我亲生儿子，但他自幼入宫，由我抚养，我与先帝皆深知他的禀性，任何人也不能离间我们的母子亲情。你身为皇后，须将宫里的人梳理清楚，小心自己的身边有别人的耳目。"

高后道："媳妇记下了。"

曹太后说："我自认精细，身边尚有个王仁宪，所以，你一定要多加小心。"

高后应道："是。"

曹太后说："先帝仁德英明，故朝中大臣上自几位相国，下至司马光、王安石等皆忠义之士，唯独王珪叫我放心不下。"

高后问："这是为何？"

曹太后道："我考察王仁宪以往行径，发觉他与王珪似有往来。因无凭证，不能处置。你告诉皇上，以后用人之时，对王珪要加一个小心。"

朝廷上的这些事，苏轼不知道，也与苏家无关。

王弗趁苏轼不在，叫两个仆妇拿椅子把自己抬到苏洵的房中。

苏洵责怪道："怎不好好养病？有什么事，我可以到你那边去，何苦如此费神地过来！"

王弗笑道："好久不曾与爹爹请安了，怪过意不去的。再说，我在房里闷得久了，也想出来透透气。"她向两个女仆说："忙你们的吧。我要回去时，再叫你们。"

等两个女仆走后，苏洵道："你有什么话要对我说吧？"

王弗笑道："是的。爹爹，您看小妹也长大了，媳妇该为她操办婚事了。"

苏洵道："你妹妹早该出嫁了。我早提醒过你，现在还让她留在我们家，别人会说我们不关心她呢。"

王弗道："媳妇明白，媳妇也为这事发愁呢。可是，小妹就是不肯出嫁，说是舍不得离开我，舍不得离开苏家……"

苏洵叹气道："唉。女大当嫁，这是没有法子的事啊。"

王弗道："爹，媳妇有个两全之策，就让她……嫁与子瞻吧。"

苏洵诧异道："你说什么？"

王弗道："古代，有娥皇、女英，姐妹同事一夫。我想让小妹嫁与子瞻……"

苏洵打断她："媳妇你糊涂！怎能让你妹妹做妾？"

王弗道："我们姐妹之间，无所谓妻妾……"

苏洵道："你们无所谓，别人有所谓！你就不怕子瞻被谤言中伤？"

王弗道："许多人三妻四妾，子瞻两妻何妨？"

苏洵道："子瞻也愿意？"

王弗道："媳妇未得爹爹允许，尚不曾对子瞻说……"

苏洵道："那就不要再提此事！"

王弗看着父亲斩钉截铁的模样，心想：今天说不通，只有下次再说。

可是王弗没有多少时间了！以后，她时不时地处于昏迷状态。

一天，王弗从昏迷中醒来，问守在床边的苏轼："辉弟呢？"

苏轼答："辉弟找到一个单方，说是好得很，正在替你煎药呢。"

王弗长长叹了一口气，说："你去煎药吧，让辉弟过来，我和他说说话。"

苏轼答应着去了。

马辉来到床边，说："大嫂，我到洛阳白马寺向老方丈求来一味药方，许多你这样的病人喝了都好了。"

王弗道："让你受累了。"她拍拍床沿，示意马辉坐下。待马辉坐下后，她说："辉弟……"两个字刚出口，便不禁泪下如雨。

马辉连忙道："大嫂……您会好起来的……"

王弗哽哽咽咽，慢慢说道："辉弟，大嫂对不住你……我原想与你说合的姑娘就在汴京。可是，我们去凤翔三年多，回来再打听，那姑娘已有了婆家……"

马辉急了，连声道："大嫂，怎会这样？怎会这样？"

王弗泣不成声，说："大嫂对不住你……大嫂耽误你了……"

马辉泪流满面道："大嫂……我，我，我真的没有希望了吗？……"

王弗抓住马辉的手："辉弟，大嫂对不住你……对不住你呀……"

马辉不愿接受这个事实，但是他只有说："大嫂，不怪你……"

两天后，苏轼抱着王弗坐在床沿上，王弗的身上裹着一层薄棉被。

王弗道："子瞻，我要走了……"

苏轼道："不许胡说……"

王弗道："子瞻，你再不许我说，我就永远也不能说了。趁我还有一点力气，你就让我说几句吧。"

苏轼望着她，眼泪成串掉下。王弗伸出一手替他拭泪，微笑道："都说你豪放爽朗，十足的大男子、伟丈夫，只有我知道你儿女情长，爱起来也生生死死丢不下。可惜我福薄，只能与你做十年夫妻，不能与你白头偕老……子瞻，你要答应我一件事，我才能瞑目……"

苏轼哽咽着问："什么事？"

王弗道："你先答应我……"

苏轼道："我答应，你说吧。"

王弗道："我死之后，你要娶小妹为妻。"

苏轼惊诧道："你说什么？"

王弗道："子瞻，你娶小妹为妻吧……否则……你二人我都放心不下，我会死不瞑目的……"

苏轼道："她是小妹呀，我比她年长许多……"

王弗道："小妹喜欢你，她一直喜欢你。她非你不嫁……"

正被痛苦与困惑纠缠的马辉，见秀嫂和王闰之从天井里惊惊慌慌慌走过。他叫住秀嫂问，秀嫂便说"大少奶不行了"。马辉一听，也向王弗的房间奔去。当他来到门边时，看见苏轼与王闰之并立在王弗的床前。他意识到不宜近前干扰亲人间的道别，便在门边刹住了脚步，只听得王弗在说："小妹，从今往后，我把子瞻托付与你了……"

"啊！"马辉像被人兜头泼下一盆凉水，在大吃一惊的同时完全清醒过来。

他听见王闰之哭着："姐……"

又听见王弗在说："子瞻，我把小妹托付与你了……"

他听见苏轼哭着："娘子……"

泪水模糊了马辉的眼睛。隔着眼里的水帘，马辉模模糊糊看见：

王弗拿起王闰之的手放在苏轼的手中……

苏轼与王闰之在床前跪下，失声痛哭……

但是王弗却笑了，她道："这样，我就放心了……"她突然喘息起来，上气不接下气地叫着，"迈儿……迈儿……"

苏轼与王闰之从床前跳起，向门外奔去。

马辉赶紧来到王弗的床前，哭叫着："大嫂……"

王弗抓住他的肩膀，喘息着："辉弟，你真的，不……怪我？"

马辉泪水长流，跪在床前大声道："大嫂，你做得对。其实，我早就明白。真的，我早就明白，在凤翔的时候我就明白。只是，我自欺欺人，不愿相信罢了。以后，大哥还是我的大哥，小妹还是我的小妹。他们永远是我最敬最亲的人。我为他们赴汤蹈火也在所不辞！"

王弗断断续续道："好……弟弟……"

这时，苏轼抱着六岁的苏迈跑来，连声叫着："迈儿来了。"

苏迈不住声地哭叫着："妈妈……妈妈……"

马辉赶紧让开，让苏轼抱苏迈到床前。

王闰之和乳娘紧跟着进了房间，秀嫂与苏兴等仆人也跑进来。

众人一起围在床前。人人都屏住呼吸，只有苏迈哭叫"妈妈"的声音。但突然，人们爆发出一片震天动地的哭喊。

哭声传到苏洵的屋里，他顿时明白发生了什么事。

"媳妇!"苏洵颤巍巍向门外走去,哭喊着,"我贤德的媳妇呀……你不能走呀……"他一头栽到地上。

时为宋英宗治平二年(1065年)五月八日,王弗逝世,年仅二十六岁。

第十三章
流水尚能西

命运对苏轼的打击，并未到此为止。

王弗去世的第二年，五十八岁的苏洵与世长辞。

范镇私下里对欧阳修说："苏轼的命运实在不济。先是母亲病逝，兄弟俩守孝三年不能入仕。现在，遇着一心要重用他的英宗皇帝，偏又丧父，又不能不回川守孝三年。仅仅这两个三年，再加上前前后后的时日，一耽误就是七八年。唉！人一辈子有几个七八年哪！"

遗憾归遗憾，不幸的事情和既定的规矩都无法改变。

英宗和曹太后、高皇后闻苏洵逝世，命太监李守忠送去丝绢和纹银表示慰问。

韩琦、欧阳修也送去丧礼。司马光、范镇，还有王诜、曾巩等一干好友及同僚们，均前去吊唁并奉送丧礼。

王珪也免不了做一番表面文章。

宋英宗治平三年（1066年）六月，苏轼兄弟雇一艘大船，载着苏洵与王弗的两口棺木，取水路由淮入蜀。他们将父亲与母亲合葬，将王弗安葬在母亲墓旁。苏轼在墓地的小山上，亲手种下三千棵松树。他只有用这种方法，来寄托他的哀思。

这一阵，最高兴的就数王珪了。他兴奋不已地想着："三年之后，等苏轼兄弟从四川回到汴京时，只怕沧海桑田，早已换了人间。哈哈哈哈！"王珪独处时，常常忍不住笑出声来。他许久没有这么开心地笑了，他想："至少有三年可以高枕无忧了。三年时间，可以做许多事情了。"

某日，朝廷上发生了一件众人意想不到的大事，主人公是韩琦。

自从仁宗皇帝驾崩，韩琦有了不小的变化。

韩琦认为，自己作为顾命大臣的相国，就是宋朝这只大船的掌舵人了。为了不负先帝之托，他要把一切他认为不利朝政之事加以改变。于是，老成持重的韩琦，变得刚愎自用起来。前些天为了苏轼的任命，在朝堂和英宗当众顶撞而获得胜利后，更坚定了他的这种信念和信心。现在，他进一步认为，新帝英宗以侄儿的身份入宫，多年未被立为太子，自卑和畏惧之情使他如履薄冰、如临深渊，养成了谨小慎微的习惯、柔弱怯懦的性格。而曹太后精明干练，很有主见。曹太后垂帘日久，英宗必成傀儡，他决不能坐视这样的局面出现。他认为副相国欧阳修瞻前顾后，大事不堪与谋。因此，他酝酿着一个重大行动：为大宋的江山万代，他要独立实施一个伟大的计划，要干净利落完成一项复杂而重大的朝政转变。

当群臣叩拜后，韩琦便出列说："日前所奏十件事，不知皇上可有裁决？"

英宗道："有了，已送太后过目。"

曹太后说："皇上明断，裁决皆合机宜。"又道："李总管，可将奏章发还相国。"

王仁宪的接任者，是总管太监李守忠。此刻，他正侍立在曹太后的珠帘外，听见曹太后发话，便应声道："遵旨。"

韩琦不等李守忠送来奏章，便道："皇上亲断万机，更兼太后训政，此后，朝政应无不善之处。臣年近花甲，智力将衰，恐不能胜任相国之职，愿就此退休，幸祈赐准。"说罢，跪下。

事起突然，朝臣俱惊，不知他是何用意。

欧阳修诧异地望着韩琦。这位共事多年的同僚，他自认为是了解的，但自从仁宗驾崩后，韩琦好像天天在变。他想不出，此刻韩琦又要做什么。

只有精明的曹太后听出了韩琦的弦外之音，而且立刻明白了他的用意，便道："相国乃国之梁柱，哪朝哪代也不可或缺。相国如何能走？倒是哀家不妨退居深宫。"她知道，自己最后的这句话一说，韩琦的用意就公之于众了，别的大臣也可以说话了。

但是，有备而来的韩琦不容别人开口，他立刻起身道："太后训政不久，便拟退居深宫。毫无权势之恋，圣德昭如日月。即使历朝历代之贤后，也无可伦比者。但不知太后何日撤帘？"

曹太后听韩琦这样一说，知道他早已谋划停当，既不容别人置言，也不容自己选择。她想，要撤帘就要撤得漂亮，让众人明白，自己毫无贪恋权势之心，于是说道："哀家并不想揽权干政，只因先帝临终有托，不得不在此暂助皇上。要撤帘便可撤帘，何须选什么日子。"言罢站起，大声道，"哀家退位。撤帘吧！"她转过身去，头也不回地走了。

英宗大惊而起，慌乱地叫着："母后……母后……"

韩琦却高声道："太后有旨撤帘，銮仪司何不遵行？"

惊呆了的銮仪司连忙上殿，去撤珠帘。

殿下群臣瞠目结舌，呆若木鸡。

欧阳修、范镇、司马光等都十分愤怒，认为韩琦的独断专行太过分了！他不但藐视大臣，而且藐视太后。以曹太后之贤德，完全可以事先与她商量。曹太后并无武则天的心思，完全可以让她体面地退位，何须用逼宫的方式，让这样一位贤后难堪？但韩琦的突然袭击，让他们没有说话的余地。事已至此，再说什么都是徒增不快，徒起纷争而已，大臣们只好把一肚子的不满压在舌下，闷在心中。

只有王珪高兴极了！自王仁宪被逐往南方，他便失去了宫中耳目。加之曹太后曾说"或有结交外臣者"，更让他心虚胆颤。他又知道，曹太后曾和宋仁宗"干杯"，一样认为苏轼是宰相之材。所以他一直盼望着，能早些撤去她的垂帘听政，免得这位精干的太后明察秋毫，免得她寻机把苏轼推上朝廷。不过他也没有料到，会在这么短的时间内，韩琦就实现了他的愿望。

当臣子们惊的惊、怨的怨、喜的喜、叹的叹，各自沉浸在自己的思绪中而忘了英宗时，这个新皇帝正捂着胸口嘶声呛咳。突然，一口鲜血喷在龙案上。

新帝英宗病了，不能上朝，朝政由韩琦与欧阳修两位相国处理。

王珪还期待着"逼官"能引起曹太后、新帝英宗、宰相韩琦和欧阳修等大臣间的鹬蚌之争,那么他就好渔人得利了。谁知他们君臣间竟然相安无事,这使王珪很感失望。这正是宋仁宗"贤人政治"的结果。仁宗时代虽然内忧外患深重,但朝中大臣正气凛然。大事明言,小事不争。为私利而钻营的宵小之辈,难成气候。

苏轼回乡后两年,即宋英宗治平四年(1067年),三十五岁的英宗皇帝驾崩,在位仅仅四年。

苏轼在四川得知英宗驾崩的消息,他依照当时的礼制,遥遥祭拜了英宗皇帝。

宋英宗,是苏轼生命中的第二个皇帝,也是一心要重用苏轼的皇帝。可惜,他和他的父亲仁宗一样,未能如愿。当初,仁宗对苏轼的任命,被"二王"拦截;后来,英宗对苏轼的任命,被韩琦阻挡;接着丧父守孝,又蹉跎三年。苏轼就这样一而再地和看重自己的皇帝失之交臂。为苏轼惋惜的人只有说,这是命运对苏轼的捉弄了。

苏轼在眉山,居丧三年期满,依王弗遗愿,与王闰之完婚,然后与苏辙夫妇一起,动身出川。他们从此漂泊异乡,再也没能回来,就是死后,也未能尸骨还乡。

出川时,苏轼三十三岁。

回到汴京,苏轼未曾先回自家南园,而是策马直奔欧阳修家。

欧阳家大门紧闭。苏轼下马,跑上台阶,叩响门环。

门开一缝,露出男仆欧阳仁半个面孔。他一脸惊喜道:"啊,苏大人回来了!"

苏轼说:"天色尚早,为何闭门?"一边说,一边兴冲冲向里走。

欧阳仁从身后追来,叫着:"苏大人,我家老爷……"

苏轼道:"不要通报。我连南园都还没去,特意先过这边来,就是要让老师欢喜欢喜。"但是他突然放慢了脚步。

前面是大厅,他的眼前,陡然出现了十二年前来此赴宴的情景:

——欧阳修迎到门边,向苏洵拱手道:"老夫恭候多时。"

——座中韩琦向欧阳修道:"你真是桃李满天下,不愧一代文章之宗师了。"

——范镇道："相国所言极是。今日聚会，可谓三代同堂。"

——韩琦道："只要欧阳大人的门下同心同德，大宋何愁国不强、民不富？"

——欧阳修举杯道："老夫敬你们一杯。愿你们携手合力，兴我大宋。"

——苏轼和王安石、司马光等起立举杯道："谨记老师教诲。"

欧阳仁打断了他的回忆："苏大人，我家老爷说，苏大人来了，请到书房里坐。"

苏轼觉得奇怪，回头问："老师知道我今天要来？"

欧阳仁说："不知道。老爷说，苏大人回京后，一定会来的。"

苏轼笑道："那还差不多。"转身随欧阳仁走去。

欧阳仁到了书房前，推开房门道："苏大人请。"

苏轼欢声叫着"老师"，跨进门去，顿时呆住。

书房里仅存家具，三面墙的书柜全空着，连一本书也没有了。

苏轼好生纳闷，心里想："出了什么事？！老师为何叫我到这里？"他慢慢走进房间，目光落到空荡荡的书桌上，看见那里用镇纸压着一方手稿。苏轼拿起手稿，上面是欧阳修亲笔所书：

别后不知君远近，触目凄凉多少闷。

渐行渐远渐无书，水阔鱼沉何处问。

夜深风竹敲秋韵，万叶千声皆是恨。

故倚单枕梦中寻，梦又不成灯又尽。

苏轼喃喃："老师……"他知道，朝中一定发生了非常的变故。

朝中情况确实大变。

英宗驾崩后，十九岁的太子赵顼即位，是为宋神宗，改年号为熙宁。

宋神宗尊曹太后为太皇太后，高皇后为皇太后，封太子妃向氏为皇后。这位向皇后，也将是决定苏轼命运的人。

神宗皇帝召回在金陵的王安石，雄心勃勃要实施"变法革新"。

韩琦与当时的名臣如欧阳修、富弼、文彦博等都向神宗力谏，说变法务必慎重,等等。但年轻的神宗心高气盛、自命不凡,王安石又言辞煽情、果敢自信。君臣二人对反对意见,一律加以排斥。所谓"道不同,不相为谋",许多德高望重的大臣开始了消极抵抗:有的告老还乡,有的称病不朝,有的请求外放。一心变法的神宗也听不得絮絮叨叨,便做了个顺水推舟。于是,朝廷局势果如王珪所想:"沧海桑田,换了人间。"

几辆马车在慢慢行进。安静的林间小路上,只有马蹄声和车轴的吱嘎声。

最后一辆车中,坐着低眉合眼的欧阳修。他正把自己几十年从政经历中的重要事件,像翻阅旧书似的一页页翻着。刚刚翻过他也参与的"庆历新政",再体味一番改革失败的苦涩,又翻过了陪仁宗"殿试",听苏轼说国有"三患",而革新之法为"循序渐进"。而后,翻到了为苏轼的任职问题,前后两次大臣间的争执。欧阳修的思绪在这里停顿下来。

他想:头一次,如果我明确赞同仁宗皇帝的意见,将苏轼留在朝廷培养,那对苏轼是不是更有利呢?他的答案是否定的:苏轼留在朝廷,只能按皇上和大臣的意见行事。哪像他去了凤翔府,能断案决狱积累些从政经验;哪能提出《衙前役新则》,改变实施了一百五十多年的弊政。凤翔府三年,将苏轼从一介书生,变为国之重臣打下了根基,不让他留在朝廷是对的。

那么第二次,如果,我明确赞同英宗皇帝对苏轼的任命,和范镇、司马光等一起压下韩琦的意见,让苏轼入翰林、知制诰,得以位列三班又如何呢?肯定,这对苏轼个人的前程比现在有利,但能不能使今日的朝政,换成另一种局面呢?他的答案还是否定的:多病的英宗无力改革弊政;性急的神宗倾心王安石的"变法革新"。如今的朝政,连韩相国和我等一干老臣俱徒唤奈何,后辈苏轼纵然站在朝堂之上,又岂能扭转乾坤?

欧阳修不觉长叹:"唉——时耶?命耶?大宋啊!黎民啊!以后的朝政会是什么样子,只有天知道了……"

忽隐隐约约听见有人呼唤:"老师……老师……"

欧阳修睁开眼睛倾听，终于判断出这不是幻觉，忙叫："停车！"

车停。欧阳修掀开车上窗帘，伸头向后看去，看见一骑奔来。片刻后，他认出骑马的人是苏轼。没等苏轼来到跟前，他已泪眼模糊了。

苏轼奔到车边，一声声叫着"老师，老师"，却说不出别的话。欧阳修只说了句"你回来了"，也说不出别的话来。两人就这么互相望了一会儿，欧阳修道："前面住下，慢慢说吧。"苏轼点头，勒马跟在老师的车后。

车马来到驿站，有当差的接着，一行人下车进院。

欧阳修没进驿站，向驿卒说要到旁边转转，便与苏轼漫步走去。

驿站旁景色不错，有松，有柳。远处是层峦叠嶂，近处是芳草野花。闲行几步，发现松下沙土洁净无泥。往前看，有个用树枝与树皮搭起来的凉亭。亭外，一条小溪弯弯曲曲流过，溪边的兰花已长出新芽。来到亭前，见柱上挂着一块木牌，牌上写着十个字："过客请留意，此水流向西。"

苏轼道："都说水是向东流的，这水怎么向西？"

欧阳修道："可见世上万物，总难免会有有悖常情者。"

驿卒来说："请回驿馆用饭。"欧阳修叫他弄点酒菜到亭中。驿卒拿来酒菜也拿来坐垫，二人进入小亭，隔石桌相对而坐。

欧阳修捋捋胡须，轻声慢语说起来："仁宗皇帝时，曾实施'庆历新政'。那时就是十来件措施一起做，以为这样方可迅速改变局面。结果，因为铺陈太宽，牵涉太广，导致局面失控，而以失败告终。范仲淹大人因此罢相，使我等至今心怀愧疚，所以，我们不能赞同王安石的'变法革新'。韩相国因此走了，他是自请外放的。富弼大人、文彦博大人也都是自己请辞。"说到这里，他端起酒杯，轻轻抿了一口，接着说，"想当初，仁宗皇帝有革新之雄心，苦无革新之良策。以后他罹患疾病，也无力做这种麻烦事了。到先帝英宗，又体弱多病，即位不过四年，朝政尚未把握。这等状况，何谈革新？唉，也是大宋国运不佳呀。唉，也许这是天意吧……"

欧阳修叹息着，又自己抿了一口酒，道："王安石'变法'万言书，朝中大臣谁人不曾细读？新法九条，俱为'理财'而设，希望能充实国库,其志可嘉。但充盈国库的银子从何而来?田里的庄稼,收成再好也只有那么多。大宋疆域如此之大,有地方丰收,就有地方歉收。而充实国库的银子,除了从百姓身上取,别无他途。此干系举国之事,焉能操之过急?过急,则欲治反乱,欲速不达。我若留在朝堂,实难再次面对失败。吾老矣,功名利禄都无所谓了。"

苏轼听着,无话可说,心里塞满许多的无奈和难以名状的愁绪。

欧阳修拿起酒杯,把剩下的酒一饮而尽,然后慢慢吟道:

把酒祝东风,且共从容。

垂杨紫陌洛城东,总是当年携手处,游遍芳丛。

聚散苦匆匆,此恨无穷。

今年花胜去年红,料得明年花更好,知与谁同?

这时,天上下起毛毛雨。苏轼道:"老师,下雨了。喝了这杯酒,回驿馆去吧。"说着,他拿起酒壶,一边给老师斟酒,一边吟道:

山下兰芽短浸溪,松间沙路净无泥,萧萧暮雨子规啼。

谁道人生无再少?门前流水尚能西,休将白发唱黄鸡。

黄昏时,他们进入驿站,登楼而上,在最高一层停下。

他们漫无目的地望去,才察觉这馆驿宽阔而华丽。大概因为此地离京城较近,高官往来不少的缘故,从大门到内馆,庭院左一个右一个,一个套一个。庭院内的房间,左一间右一间,一间套一间。房内、庭内,还挂着一层层锦帘,大概是为了入住官员多时,放下帘幕可以遮挡一下彼此的视线。

苏轼陪欧阳修站着,不时瞅瞅老师灰白的须发,心里阵阵痛楚。不知今日与老师一别,何时才能再见,但他不愿把这样的情绪向老人家倾诉,只有静静地陪他站着。忽听欧阳修吟道:

庭院深深深几许,杨柳堆烟,帘幕无重数。

玉勒雕鞍游冶处,楼高不见章台路。

雨横风狂三月暮,门掩黄昏,无计留春住。

泪眼问花花不语,乱红飞过秋千去。

楼台上,两个文化巨人在斜风细雨中并肩站着,看楼外风过树摇,落花纷飞……

第十四章
官诰院与温香楼

王安石回朝时，四十八岁正当壮年。他身体健康、精力充沛。为了多年的理想有可能实现，这些日子他夜以继日地忙着。现在，他正低头写东西，一人闯进屋来，叫着："姻兄，姻兄……"

来人名叫谢景温，是王安石兄弟的儿女亲家。见王安石大权在握了，亲朋好友都想来个"鸡犬升天"。

聚精会神的王安石被他吓了一跳，抬头问："何事慌张？"

谢景温说："苏轼兄弟回京了！"

王安石道："哎，意料中事，何须大惊小怪！"

谢景温说："姻兄！你正要实施变法，他回来岂不多一个对头？"

王安石搁笔道："要说对头，写《辨奸论》的老苏算一个。至于大苏、小苏，他们也看见了朝政的弊端，也主张变革，其目的与我相同。"他站起身来，在房中踱步，说道，"如今，蒙皇上恩宠，我大权在握，无须再顾忌他二人如何，反要使他二人为我所用。"他停下来，又说，"当然，也要看他们是否能够为我所用。"

现在的金銮殿上，端坐着的是年轻的新皇帝宋神宗赵顼。

自从曹太后撤帘，皇帝身边的总管太监就换成了张元振。此刻，便由张元振在朝堂宣读诏书："自即日起，任翰林学士王安石参知政事。钦此。"

王安石执笏出列，叩拜道："谢陛下隆恩！"

王珪两眼发直。眼前事虽在意料之中，他的心还是难以平静："到底还是让他抢在前头当了副宰相。我十年的心机，白费了！我的

《辨奸论》，白写了！"

司马光和范镇也两眼发直，满心矛盾纠结："我该学韩琦、欧阳修等人离去，还是该留下来力挽狂澜？"

站在朝堂上的人，可以说没一个心里平静的。

神宗的声音打断了人们的思绪。他说："朕思之再三，决意采纳王安石所奏'变法革新'之策。望众卿从此摒弃异议，协力施行。"

王安石出列道："启奏陛下，变法须设置三司条例司，以便调剂权力，变通旧制。"

范镇出列道："启奏陛下，我朝原有三司，何须新设？"

王安石道："启奏陛下，原有三司施行的乃是旧法，而今变法革新，自当另设三司。"

司马光出列道："启奏陛下，所谓旧，也是法之旧，非三司之旧。三司听命于朝廷，陛下令其行旧法，乃行旧法；陛下令其行新法，乃行新法。三司原本无过，奈何弃之不用？！"

王安石道："启奏陛下：掌管三司之人，即以往施行旧法之人。他们对新法或心中反对，或异议纷呈，若不另设三司，新法难以施行。"

司马光道："启奏陛下……"

神宗打断他道："司马大人，便依副相国所奏，另设三司吧。参与其事者，亦由副相国选定。"

王安石道："臣领旨。入三司者拟有吕惠卿、章惇、曾布等人，待臣拟定名录，再一一奏呈。"

范镇出列道："启奏陛下，苏轼、苏辙回京，依例请求注册。"

神宗道："宣他们上殿。"

张元振呼："苏轼、苏辙上殿！"

苏轼、苏辙相继走进殿中，同声道："臣，苏轼（苏辙）叩见皇上。"二人叩拜，"吾皇万岁万岁万万岁！"

神宗道："平身。"待二苏起立后，他说，"朕久闻二卿才名，也读过二卿不少文章，眼下朝廷正欲变法革新，急需二卿这样的人才。苏辙。"

苏辙忙上前一步道："臣在。"

神宗道："卿在奏章中曾要求裁减冗官、冗兵、冗费，甚合朕意。此'三冗'，也是朕要变法的一个原因。故而，朕授卿为新设置三司的检详官，不知卿愿当此任否？"

苏辙稍一犹豫，旋即答道："臣领旨。"

神宗道："修中枢条例尚缺一人，苏轼正可……"

王安石连忙截住神宗的话头，大声道："启奏陛下，修中枢条例已有人补上。"修中枢条例在权力核心中，是个有实权的位置。在不了解苏轼的意向时，王安石不愿这个位置被苏轼占据，他说，"苏轼大才，不如以殿中丞值史馆判官诰院，以备大用。"

神宗不以为然。王安石给苏轼的官职听起来很不错，但却没有实权，做不了实事。苏轼的才干无从发挥，实在是人才浪费。他正欲提出反对意见，却忽然想起了：苏轼的革新主张与王安石相左！既然决定用王安石的变法，就不能再把苏轼放在重要的职位上，以掣王安石之肘。怎样用苏轼为好，只有看看情况再说了。于是他道："那么，暂依副相国的安排吧。苏轼，你意如何？"

苏轼只能回答："臣领旨。"

神宗看张元振一眼，张元振便呼："退朝。"

神宗起身，群臣跪送后，各自起立散去。章惇和曾布本想上前与二苏打个招呼，却见王安石正向二苏走去，于是转身出殿。

王安石来到二苏面前招呼道："子瞻、子由。"

二苏拱手道："王相国。"

王安石道："朝房中，有变法革新的条例和本相的万言书，请二位仔细研读，有什么想法，可来舍下与本相商议。"

二苏同声道："遵命。"

王安石走开了，一张带笑的新面孔过来，说："在下吕惠卿，久仰二位仁兄大名，只恨无缘相识。今日得见二位，总算了我心愿。更喜者，在下与子由兄同属新置三司，今后朝夕相处，望子由兄不吝赐教。"

苏辙道："吕大人过谦了。"

吕惠卿道："二兄初回汴京，不知朝政变化，在下愿为二兄详说。"

苏轼道:"你们先行一步,我随后便来。"

吕惠卿道:"好。"他亲热地与苏辙并肩走去。

朝堂上,只剩下一个苏轼。他的眼光慢慢扫过宏伟的大殿,耳边隐隐响起鼓乐声,鼓乐声越来越大……

他看见仁宗皇帝微笑着坐在金殿上……他感觉自己和弟弟正向仁宗走去……仁宗微笑的面孔越来越近……近到眼前却突然消失了……

苏轼面对帝座,慢慢跪下。他心里呼喊着:"陛下,臣出夔门至汴京赴考,算来已十有二年。蒙陛下恩准特考,御笔亲录,臣日思夜想为陛下分忧,为国家效力。可是,岁月蹉跎,臣什么事也不曾做。臣满怀痛楚,一腔惶愧。臣何时才能报答陛下的知遇之恩呀?陛下!"他伏跪在地上。

宽大的殿堂中,伏跪在地上的苏轼显得非常孤单,又十分渺小。

南园中,王闰之和秀嫂在王弗原来的卧室里,按王弗生前的样子把东西收拾好,不做一点改变。秀嫂心有疑惑,问:"少奶奶,你和大少爷搬到这间房子来住,是大少爷的意思吗?"

王闰之道:"是我的意思。"

秀嫂说:"少奶奶,别怪我多嘴,你还是应该和大少爷住你的房间,不该住到这个房间来。"

王闰之问:"为什么?"

秀嫂说:"大少爷在这里会想念大少奶的。"

王闰之说:"我就是要让他想。他想起我姐,心里也许会好受些。你没见吗?他回到汴京就不曾笑过。"

秀嫂盯了王闰之一眼,没有再说什么。她不知道,王闰之并不愿意苏轼忘掉姐姐。要是这样,她就觉得对不住姐姐。她愿意苏轼在这里想起她姐姐,希望久而久之苏轼就把自己当成姐姐。啊,要是那样,姐姐泉下有知也会快乐,苏轼也会快乐,自己会更加快乐!

房间刚收拾好,就听见苏迈叫:"姨妈妈,姨妈妈,爹爹回来了。"

王闰之赶紧出门相迎,只见十岁的苏迈拉着他爹的手走来,嘴里正说："爹，您和姨妈妈搬家了。以后，你们就睡妈妈的房间。我还是睡隔壁的小房间。"

看见苏迈这么高兴，王闰之想，苏轼必定也很高兴。但苏轼没有什么反应，他低着头，漫不经心地由着苏迈拉进房间，一言不发地倒在床上。王闰之忙对苏迈小声说："爹爹要睡觉，出去玩吧。"她转身到床边便嗅到了酒气，同时听见苏轼发出了鼾声。

王闰之吩咐秀嫂"打洗脚水"，拉起被子搭在苏轼的胸口上，免他着凉。然后，她端来屋角的小凳坐下，给苏轼脱掉鞋袜。接过秀嫂端来的脚盆放在床前，她便开始替苏轼洗脚。

每夜入睡前用热水烫脚，是苏轼雷打不变的习惯。有人说，苏轼身体健康、经得折磨，都得益于他的这个习惯。过去，王弗从不让苏轼自己洗脚，说他成天在外，心疼他累了；或说他喝了酒，自己洗不好。那时，小小王闰之看见姐姐替苏轼洗脚，常叫着嚷着要替姐夫洗脚，可姐姐怎么也不答应，现在，苏轼是她的丈夫了，她可以像姐姐那样，替苏轼洗脚了。

王闰之把手伸入盆底试了温度，然后把苏轼的一只脚托在手掌上，用另一只手把水浇到他的脚掌上。这样一只只浇过一会儿，苏轼的双脚慢慢变成了粉红色，盆里的水温也降低许多，这时她就把那双脚放进水里浸泡着，开始一只只捏他的脚底。姐说过，这么捏脚，有利血脉流通，人的疲劳就能消除。婚后的王闰之，晚上替苏轼洗脚，是她最爱做的事。这时，她心里会感到特别熨帖、特别惬意。似乎只有这时，她才深切地感到，这个男人真的属于自己了！她喜欢这样的感觉，特别喜欢苏轼喝酒后熟睡在床，让她静静地洗脚，慢慢地品味着幸福。直到她觉得水的温度已不宜再洗时，她才拿起那双脚来搁在自己的腿上，用擦脚布轻轻擦拭。然后，她常常会情不自禁地俯下头去，亲吻一下那双热乎乎、红彤彤的脚。当然，这都是在苏轼熟睡不知的情况下，如果苏轼醒着，她可不好意思这样做。

床上的苏轼忽然嘟嘟哝哝："娘子……娘子……"

王闰之赶紧把他的双脚放到床上，一边拿被子捂着，一边问："子瞻，你说什么？"

苏轼还是嘟嘟哝哝："娘子……"

王闰之把脸贴近他，问："子瞻，你说什么？"

苏轼迷迷糊糊地嘟哝着："我将你留在眉山，自己回到汴京，我回来做什么呢……"

王闰之望着半睡半醒的苏轼，不知如何是好。

苏轼被王安石搁置在官诰院闲着，完全可以不理睬变法。他的表兄文同也在官诰院任职，当然也是闲职。

文同曾任湖州太守，故人称"文湖州"。他以善画墨竹闻名，开创了绘画史上的"文湖州竹派"。文同性情沉稳、内向，对闹闹攘攘的变法不闻不问，每日干完那点"小菜一碟"的公事，就写自己的字，画自己的画。但苏轼做不到。苏轼性格外向、爱憎分明，又加"治国平天下"的儒家理想已融入他的血液中，他是抱着实现这理想的热情来从政的。他知道大宋的"国病"！远在十二年前，他在金殿对策时就曾对仁宗皇帝说："病，非一日之病。则治病，也非一日之功。既不能苟安拖延，知难而退，又不能猛药强攻，急于求成。要变革根本之国策以求民富国强，长治久安，又要虑及民生之稳定而实事求是，循序渐进……"现在，眼见王安石将"猛药"灌给一个"久病虚弱之体"，这是多么危险的事！他怎能无动于衷！他怎能不闻不问！他怎能不说出心中的焦虑！

"我须得见见王安石。"有一天，他坐在文同对面，自言自语。画画的文同停笔，抬头看着他，问："你去见王安石，说什么？"

苏轼道："我说，他想变法革新是对的，他要变的也是弊政。可是，要变的条例太多了，能不能斟酌完善后，再逐条加以实施……"

文同不待他说完，便笑起来道："你这样说，不是要他放弃自己的'变法革新'，改用你的'循序渐进'吗？你是想去吵架呢，还是想去碰钉子呢？"

苏轼瞪大了眼睛。

文同感到苏轼心里烧着一团火。他认为自己有责任管束这个表弟，免他招祸，便想方设法把他弄来和自己一起写字、画画。痛苦而无奈的苏轼也发现，只有在写字画画时，他可以得到片刻安宁。

后来，苏轼的画能够自成一格，以致开创了"文人画派"，应该和他这段时间每日写字作画并与表兄文同相互切磋有关。苏轼的字原本写得不错，曾师法王羲之、颜真卿等大家。过了"而立"之年，又添许多人生阅历，富于创造性的苏轼，结合诸家之长再融入自己的个性，其书法乃自成一家，被誉为"苏体"。

这种写写画画的生活，看来像神仙过的日子。可是有一天，他那一腔忧国忧民的愤懑，还是忍无可忍地爆发了。不过这是后话。

当苏轼在官诰院里闲得无聊时，因"变法革新"而登堂入室的新贵们却分外忙碌。他们打听到王雱在"温香楼"，便相邀同去见他。

在五光十色的妓院"温香楼"里，王雱坐在椅上，妓女荷香坐在他的腿上，正端着酒杯往王雱的嘴里倒酒。

吕惠卿掀帘而入，叫："荷香姑娘，给吕老爷也喂上一口。"他跑到荷香面前凑上嘴巴，荷香风骚地啐着。王雱和吕惠卿一起大笑。

这吕惠卿原是王安石在金陵的学生，因头脑灵活、办事能干而深受王安石器重，所以带他来到汴京，做自己变法的帮手。吕惠卿遇见这天赐良机，往上爬的野心被大大激活。他在王安石的手下非常积极，在变法的新贵中十分活跃，和王雱的关系也搞得格外亲密。此刻，他是到温香楼来打前站的，目的是先把屋里的气氛搞邪，才便于不分你我。所以，屋里笑声未停时，谢景温、章惇、曾布已相继而入。

王雱见了谢景温有些不自在，因为那是他叔叔的亲家，论规矩是自己的长辈，所以他欠了欠身，招呼道："姻伯也来了。"

谢景温诏笑道："贤侄不必拘礼，姻伯我也是个风流老头。反正，这温香楼之事，别向你那古板的老子说，也别让我那亲家翁、你的叔叔知道就行了。"他冷不丁一把抱住荷香，叫道，"与我来个香喷喷的！"伸过灰白胡须的嘴便去亲她。荷香挣扎着逃掉了，众人放声大笑。在这样的气氛中，确实很容易模糊掉长幼尊卑的界限而形成团伙，这正是进来的几个人所需要的效果。他们需要与王雱结盟，因为王雱是王安石的独生子！

王雱挥手让几个女人退出房间，指着曾布问："这位是……"

吕惠卿介绍道："这位是曾布……"

王雱打量着曾布，说："曾布……曾巩是你何人？"

曾布道："曾巩乃是家兄。"

王雱道："你那家兄乃欧阳修的门生……"

曾布道："王公子，令尊大人也是欧阳修的门生。"

王雱道："那么，你与你兄长不同道啰？"

曾布道："正是。我兄长不赞同令尊的变法，但本人赞同。大丈夫以天下为己任，岂能因与兄长之意相左而自弃!?"

吕惠卿向王雱补充一句道："他也是令尊新设三司中的人。"

王雱转向众人，问："诸位相邀前来，不是为了狎妓寻欢吧？"

吕惠卿道："当然不是。今日朝堂，令尊大人已被皇上任命为副相国了。"

王雱道："这算什么。家父要是听我劝告，早当上副相国了。"

谢景温说："贤侄，有道是，一朝权在手，便把令来行。须劝你父亲抓住时机，把谏官全行撤换。"

章惇道："对。谏官们沽名钓誉，想学魏徵，整日在皇上耳边嘀嘀咕咕。若不让拥戴变法之人占据谏台，皇上随时可能改变主意。"

谢景温道："御史一职至关重要。官吏们的考查与升降，全归御史掌管，贤侄可向你父亲举荐姻伯我担任御史。"

吕惠卿道："范镇、司马光反对新法，务必除去。范镇老儿胆子大，敢说话，不能让他倚老卖老、压抑后辈。司马光一根筋，说话不留情，也不能留在朝堂。"

王雱说："苏轼与苏辙这两个劲敌，也须及早将他们挤出去。"

曾布说："令尊大人既决心施行新法，就必须起用新人，必须大量提拔后辈。"

王雱听见这话有些不快，瞪着两眼道："你曾布不就是家父起用的新人吗？"又指着章惇道，"他章惇不也是家父提拔的后辈吗？"

曾布赶紧解释："在下的意思是……"

章惇打岔道："王公子！你一定要跻身朝堂，还要能够接近皇上,才好助令尊一臂之力。"

在场人纷纷点头:"对!此事至关紧要。至关紧要!"

这次的温香楼聚会,吕惠卿、谢景温、章惇、王雱、曾布等人结成了团伙,商定了占位抢权、排除异己的策略。从此,这些野心家、阴谋家举起"变法"的长剑,向一切不利自己攫取功名利禄的人刺去。

这五个人中间,以后居然出了三个宰相:吕惠卿、章惇、曾布。

第十五章
熙宁变法

夜里，勤政的神宗还在便殿上批阅奏章。他身后是一面巨大的屏风，屏风上是一幅巨大的全国地图。

内侍来报："太皇太后，皇太后驾到。"

神宗连忙搁笔起身：母亲和祖母一同前来，必有要紧之事！

年近五十的曹太皇太后、年近四十的高太后一同进殿，施礼道："参见皇上。"

神宗连忙相扶道："免礼。赐座。"

内侍端过绣凳，曹太皇太后坐下，不语。高太后看看左右，不语。

神宗见状，便挥手让内侍们退出。

神宗问："太皇太后、皇太后驾临，对孩儿有何训示？"

高太后道："听说，皇上任命了王安石为副相国，还下令施行他的'变法革新'？"

神宗道："确有此事。"

高太后道："皇上还记得先帝临终之言否？"

神宗不知她想说什么，便道："太后所指……"

高太后道："自皇上为太子之日起，先帝就屡次叮咛，大臣不可轻易贬谪，任命相国务必慎重。如今呢，韩琦、欧阳修等人相继离去，苏轼回朝，也将他放在官诰院闲置起来不用……"

神宗忙说："太后，朕原拟用苏轼修中枢条例……"

高太后道："王安石不赞同，皇上就让步了。"

神宗道："朕不能在朝堂上与副相争吵……"

高太后道："范镇、司马光俱在，为何定要任王安石为副相，并由他执掌朝政？"

　　神宗尽量使自己平静，他说："太皇太后、太后，朕今日所为，也是出于不得已。"他努力缓和语气，并搀扶高太后坐下，慢慢说道，"韩琦伴三朝皇帝，确系良臣。但他年事已高，且跋扈而固执，尤其在用人上，讲究论资排辈，不肯破格录用。若非他一再阻拦，苏轼早已立身朝堂，何致今日尚劳太后与太皇太后操心？韩琦不去，难以奖掖后进。说到欧阳修，他确系一代文章之宗师，也是难得的正人君子。可是，他过于爱惜自己的名声，动辄避嫌，不肯多言。不然，苏轼也早就立身朝堂，何须今日还在为他的任命而争执？"

　　两个女人互相望望，不语。

　　神宗继续说着："范镇、司马光也是忠良之臣，但他们偏偏反对变法革新……"

　　曹太皇太后冷冷丢出一句话："哀家也反对。"

　　高太后道："皇上欲大有作为，也无须变尽祖宗之法，以免动摇根基。苏轼亦有救国安邦之策，皇上为何不用？"

　　神宗突然爆发，叫道："朕等不得了！"他不顾两个女人的惊吓，继续大声道，"大宋等不得了！"他转身奔到屏风前，指着那上面的地图道，"请太后、太皇太后仔细看看吧，这就是眼下的大宋！辽在北方，俯视我头顶；夏在西域，窥视我胸腹；而今辽、夏结盟，犄角之势已成，我腹背皆是强敌。强敌年年入侵，掠我财物，烧我房舍，杀我子民。而我，国库空虚，民贫兵弱；攻不能胜，守不能固。为求太平无战，每年须送与敌国一百二十五万两银子。"他声泪俱下道，"太皇太后、太后，一百二十五万两银子呀！那是从穷苦百姓身上搜来的民脂民膏呀！可是全送与了谁？送与了大宋的敌人哪……"他失声痛哭，伏到桌案上。

　　两个女人不住流泪。

　　神宗猛抬头道："朕不能等了！朕不能用苏轼的'循序渐进'。'循序渐进'太慢了，时间太长了，朕等不得了！朕要尽快地富国强兵！朕要用王安石的变法革新！"他向两个女人跪下，叫着："祖母、母亲，欲除历世之弊，务振非常之功，就容孩儿试上一试吧。"他伏到地上。

两个女人只是哭，再没有说话。

熙宁二年（1069年），王安石变法正式拉开帷幕。

史称这一事件为"熙宁变法"。

王安石变法的初衷当然是好的。他进士及第后，曾担任过地方官。他以忠心报国之志、清正廉明之德，在今日的宁波、潜山和常州等地，实施过一些改革措施，效果不错。此后，他把这些经验加以扩大和丰富，写成万言书呈与皇上，一心在全国施行变法。他变法的重点是"理财"，几乎每一条"法"的出发点和终结点，都和"钱"有直接关联，都是为了增加国库的收入。

十来条变法的告示，先先后后贴在了城门口，贴在了大树上，贴在了墙壁上：青苗法、免役法、均输法、市易法、将兵法、保马法、方田均税法、农田水利法，等等。

在南方，素称"鱼米之乡"的秀林县，衙门里，县令邓绾与赵师爷对面而坐。邓绾埋怨说："要变法，也当一条一条地变。十来条新法稀里哗啦轰下来，连本官也弄不清楚，百姓们哪里弄得明白。难怪他们一个个惊恐不安，好似灾祸临头。上边的人，颁发一张告示何等轻便，可是到了下边，纵有三头六臂也变不过来呀。"

赵师爷笑道："变不过来才好呢。"

邓绾道："怪了。变不过来好什么？"

赵师爷道："好浑水摸鱼呀！"

邓绾会意过来，不觉哈哈大笑。

这赵师爷不是别人，就是当年赶考住在迎贤店里，"百家姓"中第一人赵公子，那个做"太学体"文章、打竖旗找欧阳修论理的人。眼见做"太学体"无法求取功名了，他又无心像马辉那样从头学起，于是跑到衙门里混点事做，好歹也算个"公事人"，有时候还可以来点狐假虎威。

实施青苗法时，有几个乡镇抵制。邓绾派出兵勇，把那几个乡镇的户主驱赶到大树下聚集。邓绾坐着官轿，带着衙役前来，气派地在太师椅上落座。赵师爷和书办站在他的两旁，武装兵勇围在他们身后。

邓绾大声道："本县奉皇上圣旨，施行新法。各地皆雷厉风行，唯尔等几个乡镇拖拉抵赖，不懂朝廷苦心。以往，每到青黄不接时，尔等便不得不借高利贷度日。如今，朝廷颁布青苗法，专为搭救尔等性命。尔等无钱，可向官府借贷，而官府只收一点点利息。不料，尔等居然不愿借贷，实实岂有此理！今日，本县亲自前来坐镇，青苗法必须按户落实。"

必须按户落实！告示上没有这样写。但是朝廷有令，将用落实青苗法的情况，来考核官吏的政绩。

一个户主道："大人，告示上写得明白，借钱不借钱由人自愿。我家尚能糊口，不想向官府借钱付利息……"

邓绾道："什么话？官府只收薄利，你还嫌多？"

那人道："薄利也不是一点点！官府一年放两次青苗钱，偿还起来就是两次利钱了。我家尚可糊口，为何要白白付与官府利钱？"

邓绾呵斥道："支付一点利与官府，官府拿去修桥补路，抗击入侵敌寇，有何不好？你家既能糊口，更要借钱才对！"

那人道："不付利钱，我家尚能糊口。要付利钱，我家反要挨饿。"

邓绾道："区区利钱，便会让你挨饿，分明是胡说八道。再敢抗旨不遵，我就把你抓起来！"

一衣着华丽的富人道："大人，小人愿意借钱。只是，小人不愿借那十贯、八贯的小钱，小钱借来无用。"

邓绾问："你想借多少？"

那人道："大人能借出多少，小人便借多少。"

邓绾没想到会有这种事。他拿不定主意，忙回头和赵师爷低语。

一兵勇趁机问书办："他为何要借许多钱？"

书办小声道："官府的利息一年才四分，他把借得的银子拿去放与商家，至少可以翻个一两番。"

这时，邓绾已和赵师爷商量好了，正回头大声道："好，你的事回头到衙门里来商量。只是，你借得多了，利息也要加一点。"

那人道："好，我到衙门商议。"

一个衣衫褴褛的人说："小人没米下锅了。小人愿借官府的钱。"

邓绾将他上下一打量，便问："你借了钱，连本带利还得起吗？"

那人说："还不起，拿命抵债。"

邓绾说："嘻！你的命不值钱，本县要它何用？"

那人叫起来："大人不是叫我们借钱吗？我不是因为穷才要借钱吗？"

邓绾说："我知道你穷。不论何处，人皆有穷有富，不论穷富，都得向官府借贷青苗钱。穷户借钱，由富户担保。日后穷户若是无钱归还，便由担保的富户代为偿还。若有富户不愿代为偿还，本县便将其田产折价没入官府，抵当债务。"

树下响起一片惊叫声："大人……"有人急得向前拥来。

兵勇们立刻冲到邓绾前面，杀气腾腾，抽刀出鞘，一字排开。

民众见状，连忙止步。

邓绾站起，大声宣告："本县，限尔等十日之内，将担保者与被担保者之花名册，以及借钱之数目，上报县衙。否则，本县将以抗旨论罪，严惩不贷！"

强行摊派，是青苗法实施中最为严重的弊端。

"青苗法"的本意，是想救助贫苦农民，帮他们度过青黄不接的初春或遇旱遇涝的夏季，想使他们摆脱高利贷的盘剥，想抑制富豪的土地兼并。可是，因为要收取利钱，因为要富人担保，因为和官吏的政绩挂钩，因为贪官污吏的恶意发挥，总之，因为此法不够周密严谨，于是出现了上述种种情况。这，恐怕是神宗皇帝与王安石始料未及的。

再如"免役法"，王安石的初衷也不错，是想在减轻农民负担的同时，又能给国库增加收入。实施中，也确实对一部分农民有利。只是，"免役法"也要收钱。于是，有钱人因为多交一笔钱，而怨声载道；穷人原本没钱你还要他交钱，自然怨气冲天。

"保甲法"往简单里说，是为节省国防开支，要百姓练兵习武。可是，要农民承担他承担不起的责任，他就宁可自残了。

"新法"十来条，各条不相同，在此不必多说。

神宗皇帝和王安石并不清楚民间详情，所以新法引起的吵闹纷扰，丝毫也没有影响他们的决心。而一心攫取私利的吕惠卿、章惇等政客，也是报喜不报忧，只顾摩拳擦掌，按"温香楼策略"行事。

这天晚上，王安石正准备睡觉，王雱忽然闯进房来大叫："爹！"

王安石不悦："天色已晚，来此做甚？"

王雱道："天色不晚，还见不着您呢，孩儿都找您几天了。"扭头向旁边的年轻女人说，"妈，耽误您跟我爹睡觉，您别见怪。"

这年轻女人是王安石的续弦之妻李芳菲，她闻言一笑而去。

王安石斥责："混账东西！何时方能懂点规矩？"

王雱坐下，说："等孩儿当了大官，跟爹似的，有了官架子，自然便有了规矩。再说，人家虽是后妈，可后妈也是妈。孩儿与她母子之间，何必讲许多规矩。"

王安石无奈，问："你到底有什么事？"

王雱道："孩儿要当官！"

王安石道："前年你考中进士，朝廷放你到外县任职，你自己不去。"

王雱道："去县里任职也算官？孩儿要当官，至少也像苏轼似的，入史馆判官诰院。"

王安石说："哼！苏轼从考取进士到如今，历时十二三年才得入史馆。你要是入史馆，岂不让人将为父的脊梁骨戳断？"

王雱道："不入史馆便入经筵吧。"经筵是为皇帝讲书而设的御前讲席。

王安石说："那也不可！为父初登副相之位，骤然间让你做了大官，必然招致众人非议。不能让你坏了我的变法大事！"

王雱抓起手边的花瓶朝地上扔去，暴跳道："人说您当了副相是我的福气，谁知你当了副相是我的晦气。您不让我做官，我如何帮您推行变法？我如何成就一番事业？不如让我死了算了。明日我就搬到温香楼去住！去喝酒，醉死！去嫖妓，长毒疮烂死！您就等着与我收尸吧。"说罢，转身就走。

李芳菲从门外跨入，伸手拦住道："公子，公子，有话好好说。你爹难道不愿你做官？但如果你爹的相位不保，公子做官也做不长久。"她把王雱推回房中坐下，说道，"父子俩该平心静气，商量一个两全之策。"

王安石气得脸色铁青,牙关紧咬,浑身打战。他瞪着王雱,恨不得扑过去给他一顿老拳,可他的修养使他挪不动脚步;他恨不得把这忤逆的东西赶出门去,可他又怕家丑外扬;他恨不得没有这个儿子,可他又怕断子绝孙。

李芳菲看王安石气得说不出话,忙过来替他抹着胸口,劝慰着:"相爷别生气,慢慢想法子……"片刻后,李芳菲忽然说,"相爷,我记得您夸奖过公子的文章不错。什么《策议》呀,《老子训解》呀,有二十多篇呢。那苏轼不就是文章好才得到皇上的赏识吗?您为何不把公子的文章送与皇上看呢?"

王安石听她这么一说,触动心机,便向王雱吼道:"还不滚出去,把你的文章都拿来!"

王雱转脸望望父亲,怒气未消地走出房门。

王安石长叹一声,道:"孽障!真是孽障!我只有一个儿子,偏偏如此禀性!"

李芳菲问:"相爷可是有了主意?"

王安石道:"只有一个法子。将雱儿的文章刻印成书,送与人看,再拿些到市上去卖,然后再托人转入宫中,让皇上看到。只要皇上肯召见他,肯赐他一个官做,别人也就不能说我的闲话了。"

过些日子,市面上果然出现了王雱的书。

吕惠卿悄悄向王雱问明出书的意图后,连忙来见王安石。他装作不知内情的样子道:"听说公子出书了。我来向他讨要一本,不巧公子不在家中,不知老师这里有没有?"

茶几上正堆着王雱的书,王安石便取下一本道:"不知哪个好事之人,把雱儿的文章拿去刻印了。你愿意看,就看看吧,看后指点指点他。"

吕惠卿说:"学生一定拜读。"又指着那堆书道,"老师把那些书都给我吧。许多亲友向我要过公子的文章。有了书,便可送与他们了。"

王安石笑道:"不值钱的东西,你想要多少,自己拿。"

吕惠卿做万分欣喜状,说道:"谢谢老师。"他一边取书,一边又说,"皇上喜欢好文章。如有机会,我要设法将此书呈与皇上,让皇上也看看公子的文章。"

这话刚好说到王安石的心坎上。当然,他只是不置可否地笑笑。

吕惠卿的动作属温香楼计划之一:按章惇所言,设法让王雱接近皇上。吕惠卿也觉得,这对自己的仕途很重要。王安石也觉得,这对他的变法很重要。

在温香楼定下的占据谏台的计划,也以冠冕堂皇的理由取得王安石的认可,即将付诸实施。

这天,神宗皇帝在金銮殿上坐定后,总管太监张元振照例向群臣说:"有事启奏,无事退朝。"

王安石出列道:"启奏陛下,御史之位有一空缺,臣奏请,任命谢景温为御史。祈陛下恩准。"

范镇立刻反对道:"启奏陛下,为御史者,须忠直之士。谢景温为官多年,并无建树。"

司马光紧接着道:"范大人所言极是。谢景温才德不备,不堪担此重任。"

王安石道:"拥戴变法革新,乃是最大才德。"

司马光道:"所谓拥戴,实为裙带。"

范镇道:"谢景温与副相国之兄弟乃儿女亲家,理当避嫌。"

"拗相公"王安石又不顾一切地拗起来。他怒道:"便是裙带又如何?古人有'内举不避亲,外举不避仇'者。谢景温纵然是我兄弟的儿女亲家,我也无须避嫌。"

范镇道:"放着才德兼优的苏轼不用,偏用兄弟的儿女亲家!王大人是何居心?启奏陛下,臣举荐苏轼为御史。"

司马光马上响应道:"臣赞同范大人所议,苏轼堪为御史!"

王安石叫起来:"苏轼反对变法,谢景温拥戴变法。御史之职,只能由拥戴变法者担任!"

司马光与范镇同叫:"启奏陛下……"

神宗抬手制止,慢慢道:"便如副相国所奏,命谢景温为御史吧。"

皇帝很清楚：既要变法，就不能让人掣肘王安石，哪怕是苏轼。

眼见朝廷上小人日益增多，朝政日益是非混淆，前朝旧人不约而同开始第二波辞官还乡，曾巩就是其中的一个。

汴京城外，长亭依旧。当年是曾巩送苏轼去凤翔府上任，如今是苏轼送曾巩出京了。

暮春初夏之际，柳絮飘飞之中，苏轼与曾巩并骑走来。

苏轼道："我也想走啊，可是我无处可去。眉山没有亲人了，那里只有三座坟茔，家乡已成断肠之地。再说，变法必败。那时，总要有人出来收拾局面吧？曾兄，你一定要保重。他日，朝廷还需倚重你。"

曾巩勒马道："子瞻，再往前去，也须离别，送至长亭足矣。你回去吧。"

苏轼默然片刻后，慢慢下马。

曾巩也下马，说："子瞻，我们离开汴京的人会平安无事。你与子由留在这里，凡事要多加小心。"

苏轼点头。他想起自己去凤翔时，曾巩备马驮着东西来这里送他；又想起自己回汴京时，曾巩和许多人一起到这里来接他。而现在……他不觉酸楚地感慨道："今日曾兄远行，不料送行者仅我一人。可惜子由与王驸马都被公事缠身……"

曾巩道："子由与王驸马昨日已经作别。其他的人不来更好，免得虚与周旋，徒惹不快。"

苏轼道："我未料到令弟也不来相送……"

曾巩道："休提他！如今，他巴不得与我不是一母同胞，生怕我连累他往上攀爬。我看他们那一伙人，也不过就像这些柳絮而已。"

话音刚落，一阵风来，树上柳絮像网一般飘下，随风变成一团团、一片片，迷迷蒙蒙地在空中狂舞乱飞，把人的视线也变得模糊了。

曾巩见景生情，吟道：

乱条犹未变初黄，倚得东风势便狂。

解把飞花蒙日月，不知天地有清霜。

第十六章
拍案而起

黄昏时，苏轼懒洋洋坐在马背上，一颠一颠地低头回到南园。

大门口，王闰之牵着苏迈引颈而望。

站得更靠前一些的苏义叫："大少爷回来了。"

苏迈也看见了他爹，老远就叫着跑过去："爹爹，家里来了贵客！"

苏轼抬头，定了定神，问："哪个贵客？"

苏迈来到马前："姨妈妈不让说。这个贵客贵得很，要爹爹自己看才好。"

苏轼下马，把缰绳交给苏义，去王闰之跟前，问："真来了贵客？"

王闰之笑道："来了。二哥陪着，在书房里说话呢。"

性急的苏轼便跑进大门，三步并两步往前奔去。到了天井，离书房还有一段距离便大声喊着："谁来啦？谁来啦？二弟，家里来谁啦？"这么叫着来到书房门外，却突然停了脚步。

门边出现了马辉。

马辉在苏轼回川守孝后，被任命为凤翔县令。马辉去到任上，发现凤翔知府是胡允之。因为当年已互相认识，又因为苏轼这层关系，马辉这个县官便和府台大人胡允之成了莫逆之交。二人上下一心，做起事来都觉得很顺手、很开心。这两年凤翔地区无大灾，官民的日子都过得不错，若不是因为变法，马辉这时也不会来到汴京。

"大哥！"马辉叫着，冲上去紧紧抓住苏轼的手。

"辉弟！"苏轼竟一时无话，只是不眨眼地望着马辉。

苏辙在屋里叫："哥，进来吧。哥，进来说话。"

苏轼拉着马辉进屋，埋怨着："你要来也不先说一声。万一我不在，错过了可怎么好？"

马辉说："来不及先送信了，我是偷偷跑来的。最迟明天一早就要赶回去。"

苏轼惊讶："偷偷跑来？明天就走？这是何意？"

苏辙说："哥，先坐下，让辉弟慢慢与你说。"

这是个多事之秋的多事之夜。

章惇的书房门边，有仆人来报："禀老爷，凤翔府书吏江琥求见。"

章惇诧异道："哦？他来了？叫他进来。"待章惇放下笔，归整了写着的东西，江琥已跨进门来。

江琥施礼道："二少爷好。"

章惇问："你怎么来了？"

江琥道："二少爷您说过，我要是在凤翔不行了，就来跟着您……"

章惇问："你怎么不行了？"

江琥近前一步，小声道："凤翔知府胡允之与凤翔知县马辉违抗圣旨，至今不肯认真推行青苗法。故而几个县的官绅，联名告他二人，要我将词状送来汴京。这样，我就回不去了……"

章惇接过他递上的联名状，展开来看。

这时的南园里，马辉正在说："一年两次，强行摊派青苗钱，南方、北方大多如此。到偿还之期，无力还债的穷人只有逃亡。一些富裕农户也因替人担保而变穷了，或者破产了，以致有卖田地者，卖妻儿者，甚至投河悬梁者。赃官们中饱私囊后，将一些银子上交朝廷。朝廷以为他们推行新法有功，还给予奖励，真叫人啼笑皆非。"

苏轼震惊不已，连声道："竟有这等事！竟有这等事！"

苏辙道："胡知府不许下面摊派青苗钱，也不许强迫富户担保，辉弟在县里也不肯摊派和强迫。这样一来，赃官不能得利，便怨恨胡知府和辉弟，竟联名告他们的刁状。"

马辉道："联名状若是落到王安石手里，若是皇上不肯详查，我和胡知府也许会身首异处了。"

苏轼拍案而起道："我要把凤翔府的实情告诉皇上！把各地推行青苗法的怪事告诉皇上！我要对皇上说，青苗法既为救助穷人，就不该收取利钱；青苗法既为救助穷人，就不该强行摊派。我还要对皇上说，无论推行什么法，都需要清官良吏。若是赃官执法，再好的法，也会变成很坏的法；十全十美的法，也会变成祸国殃民的法。皇上要变法，须先有防止与惩治赃官之法！我即刻上疏皇上！"

马辉起身道："大哥，我替你磨墨。"

苏辙起身道："辉弟，我与你备马。拂晓前你就动身，小心被人到家里来堵住。"

苏辙出去了，王闰之端着五支烛的大蜡台进来，放在书桌上。这也是她姐姐的动作：每逢苏轼夜里写东西，就给他添亮，还笑说，免得苏轼变成瞎子。

马辉看苏轼已提笔调墨，心想不要在这里打扰他，便向王闰之道："大嫂，迈儿睡了吗？我想看看他。"

王闰之道："刚睡下，也许还没睡着呢，去看吧。"

王闰之与马辉出了书房，便说："辉哥，大嫂这个称呼还是留给我姐吧。你还是叫我小妹，我还是叫你辉哥，让我们记着我姐在的那些好日子。"

马辉道："是呀。凤翔地方虽然苦寒，但那个时候，没有变法这么让人为难的事，也没有性命之忧。那几年，也许是我一生中最快活的时候了。只是，叫你小妹有点失礼。"

王闰之说："我们两家还要什么虚礼？按老称呼叫更亲切呢。"

说着，他们来到苏迈的床边，见他已经睡着了，王闰之笑道："真是小孩子，说睡就睡。"

马辉在床边坐下，轻轻抚摸着苏迈的头，说："下午看见迈儿，长得都到我的肩膀高了。十一岁了吧？"

王闰之在桌边的椅上坐下，说："就要满十一了。若按虚岁算，该十二了。"

马辉叹息道："孩子长大五岁，我们就老了五岁。"

王闰之笑道："辉哥说什么老呀。你的样子，和五年前一点没变。"

马辉道："你们的样子才没有变呢。大哥也没变，就是有了些胡须。大哥的性情更没变，还那么热心直肠、嫉恶如仇、天真坦诚。这性情在官场上，我真怕他会吃亏。"

王闰之道："是呀。二哥子由，还有表哥文同，都替他担心，但是没办法。我姐从前老说他，老叫他多长个心眼儿，可他的心眼儿就只有一个。姐总是叹气，说'江山易改，禀性难移'。"说到这里，她转换话题，问她最想知道的事，"辉哥，你有几个孩子？"

马辉笑道："能有几个？就一个男孩。"

王闰之笑道："也是男孩啊。要是女孩，我们就可以打亲家了。"

马辉笑道："好，等我有了女孩，就来打亲家。"又说，"你与大哥生个女儿也行啊，生女儿就嫁给我的儿子。"说完两人都笑起来。

王闰之说："辉哥，我姐泉下有知，也可放心了。她总觉对不住你，说她耽误了你的婚事……"

马辉明白，这是王闰之借王弗的名义说自己的话，忙道："大嫂多虑了。我的媳妇很贤惠……"

王闰之道："我早就说过，辉哥你这样的人，一定会娶到很好的姑娘。"

马辉闪烁其词道："为我的婚事，我父母真是淘神费心了。"他起身道，"我该去书房看看，怕大哥有什么事要问我。"

王闰之道："好的。你们熬夜，我去弄点吃的喝的来。"

当他们起身出房时，他们感到，彼此真是亲密无间的好兄妹。

时过午夜，一般人早入梦乡。

但此刻王安石的书房里还坐着章惇，他的汇报已接近尾声："别的地方一个县，半年就能挣下几百两银子的青苗钱交与朝廷。可是，凤翔府有十个县，半年才挣得二百多两银子交与朝廷。这二百多两银子不过是做做样子，欺哄朝廷罢了，实则是违抗圣旨，拒行新法。估计别的地方也有这样的官吏，相国何妨重惩凤翔，来个杀一儆百？"

王安石道："把词状给我看看。"接过词状又问，"你说，凤翔县令未向朝廷报请，便私自潜来汴京？"

章惇道："送信人是这样说的。"

王安石道："胆子不小！单凭这个，便可治罪。他冒险来京，要见何人？"

章惇道："想必要见苏轼，因这县令与苏轼乃是把兄弟。"

王安石道："那，最好能在苏轼家里见到他，不然不好说。"

章惇恨不得立马去苏家搜查，可惜他无权这样做，便说："明日我一早就去拜会苏轼。我突然前往，也许能和那人碰个正着。"

第二天，章惇果然找了个借口，早早地去拜访苏轼。不过，他不仅没能碰见马辉，而且没见到苏家两兄弟。

苏辙送走马辉就去上班了。苏轼也提早去了官诰院，把昨夜写给皇帝的奏章按程序送上。同一天，王安石也把"联名状"呈与了皇帝。

章惇到苏家扑了个空，回到家里，先去后堂跟妻子李氏要了两包银子，接着把江琥叫到书房里，先递给他一包银子道："你丢了差事来汴京递状子，这是朝廷给你的赏钱。"

江琥接过银子，面北而跪，叩头说："多谢皇上。"

章惇道："明天你启程到秀林县去。"

江琥道："秀林县在南方……二少爷为何不将我留下？"

章惇道："苏轼与胡允之、马辉的交情，你不会不知道吧？"

江琥道："当然……"

章惇道："你来到苏轼的眼皮底下，不怕他收拾你？"

江琥道："这……"

章惇道："秀林知县邓绾是我的朋友，你去他那里可保平安。我已替你写好了举荐信。"他拿出一封信，又递上另一包银子，说，"这是我给你的三十两银子，足够你到秀林县安家了。"

江琥接过信和钱，说："多谢二少爷。"退出门去。

章惇的老婆李氏走进来，望着江琥的背影，问："明明是自己的钱，为何说成是朝廷的钱？"

章惇道："你不懂。"

李氏道："那，为何要花银子打发他去南方？"

章惇道："江琥来告发苏轼的把兄弟，不能让他留在我家，须防他日后咬我一口。"

李氏撇嘴道："哼。说来说去，你就是畏惧苏轼。"

章惇怒道："你懂什么！江琥的爹是我家的管家，江琥从小在我家长大，我家什么事他不知道？我不能将一个了解我家底细的人，搁在我的身边！"

章惇并未对老婆说出全部心里话：江琥知道自己是乳娘生的。因为这个缘故，他面对江琥时，总觉得很不愉快。

苏辙打听到，江琥送来的"联名状"，已由王安石呈到皇帝手中。只是，皇帝那里对"联名状"没有下文。

奇怪的是，苏轼的奏章递上去也有些日子了，皇上那里也没有下文。没有下文，马辉他们的安全就没有保障。苏轼再也无法执行表兄文同为他制定的"鸵鸟政策"，再也无法像往日那样静下来写字画画。

睡眠好的苏轼失眠了。

王闰之心疼苏轼，不知怎么才好。有一天，她忽然想起在凤翔时，苏轼和陈知府闹别扭，她姐就让苏轼晚上喝酒，说："让他喝酒。他这人，喝了就睡。反正他酒量浅，喝不了多少，伤不着身子。"

王闰之决定如法炮制，便每天和厨子苏味商量，做什么好吃的引诱苏轼喝酒。苏辙也很愿意陪他哥哥喝，好让苏轼的牢骚在餐桌上尽情发泄。三两杯下肚，苏轼就醉了，不再说话了，苏辙就帮忙把他扶到床上，让他睡。苏轼醉后，不哭不笑不闹，也不多话，没有任何怪德行，只是乖乖地睡。所以苏轼到哪里喝酒都很受欢迎。

有个晚上，苏轼喝了酒先上床睡着了。半夜，熟睡的王闰之好像听见有人说话，她猛地睁开眼睛，听见说话声就在枕边，原来是苏轼，只听他喃喃道："娘子，我掉进一口枯井里了。死又死不了，上又上不去，孤零零的，冷飕飕的，黑沉沉的。你说，我如何是好呢？"王闰之想，他是在说梦话吧？他叫的娘子，是我呢，还是姐姐呢？也许他正梦见姐姐，那就不要惊醒他的好梦，于是她静静地躺着，稍停，又听苏轼喃喃道："娘子，你说得对。天意如此，人力难违。我听你的，养精蓄锐，以待来日。"王闰之听着，发现每一句话都说得很清楚，不像是梦话，便扭头去看，却见苏轼睁着两只眼睛。

王闰之问："子瞻，你梦见我姐了？"

苏轼道："不是梦。刚才她来了，坐在床边和我说了一会儿话。"

王闰之道："子瞻，姐没有来，是你想我姐了。离天亮还早呢，再睡会儿吧。"她向苏轼依偎过去，伸出双手抱住他。心想，要是我像姐姐那么有学问、有见识就好了，我就懂得他的烦恼，我就可以为他分忧，那么他就不会孤独地难过了。她开始怨恨自己，恨自己没有学问。

苏轼很焦虑，自己的奏章没有下文。

王安石也很焦虑，凤翔的"联名状"没有下文。

王安石想，凤翔的"联名状"没有下文，反映出皇帝心中的犹豫。或者皇帝想在变法与反变法之间，取个"中立""观望"的态度。王安石觉得问题严重。新法初行，不肯认真实施者岂止一个凤翔，应该采纳章惇的建议，杀只鸡给猴儿看看。

某日，王安石利用与神宗见面的机会，拐弯抹角地说："陛下，臣近日听说，'联名状'所告凤翔县令，乃苏轼的结拜兄弟。小小县令胆敢抗拒朝廷，不行新法，是否仗着苏轼有陛下的恩宠呢？"

王安石想的是一石三鸟：激神宗表态，可杀鸡儆猴，捎带压一压苏轼。

不料，神宗竟来个王顾左右而言他："哦，你说苏轼啊。前次朕想用他修中枢条例，卿以为不可。近日朕想了想，那就改用苏轼修起居注。卿该无异议了吧？"

王安石心中一惊，立刻说："臣有异议！朝堂上反对新法之人尚多，陛下何苦再添一个苏轼？"

神宗默然。

王安石没能达到一石三鸟的目的，反而差点给了苏轼官居要职的机会。这使他再一次深深体会到，皇帝对苏轼何等宠爱，也体会到苏轼对变法的巨大威胁。同时，他也深深体会到宋太祖赵匡胤的名言："卧榻之侧，岂容他人酣睡。"现在，他的卧榻之侧，正酣睡着苏轼！

吕惠卿是王安石的学生。是王安石把吕惠卿带到汴京，进入朝廷，而今他自然成了王安石心腹。

王安石对吕惠卿道："想和你商量一下，如何安排苏轼为好。"

吕惠卿道："苏轼早已安排，老师为何又提这事？"

王安石说："唉！皇上还惦记着他呢。皇上对我说，要用他修起居注。如果这样，他不但可以在朝堂上说话，还可与皇上朝夕相见，与皇上亲密相处了。到那时，只怕我说的话，皇上就听不进去了。因此，不能等皇上再提安置他的事，我要先把他安置了。"

吕惠卿道："老师，您原来是打算用他的，所以把他放在官诰院。"

王安石道："是呀，我也是爱他之才。我亲口叫他仔细研读我的万言书，然后来与我磋商。可是，他兄弟二人，一个也不来见我，同时，却上疏皇上，力陈变法之弊。"

吕惠卿问："苏轼和司马光他们一样，所有的新法都反对吗？"

王安石道："有点不一样。苏轼认为免役法稍改即可，其余的，需做极大改动，再分期施行。你想，要我取其一而舍其九还算变法革新吗？要将新法做巨大改动再分期施行，还叫变法革新吗？这是他的'循序渐进'嘛。他既不能为我所用，便不能留在朝廷之中。"

吕惠卿默默想了一会儿，说道："那就，让他直史馆，权（暂且担任）开封府推官吧。"见王安石不明白，便解释道，"让他直史馆，就是让他的名字还挂在朝廷，这样可以安抚皇上。但是他到开封府任推官，实际上只是个地方小官，还可以随时撤换。"

王安石笑道："我想起来了，许多年前，韩琦就是这样把苏轼弄到凤翔去的。当时我也在场，我怎么把这个办法给忘了。不过，凤翔远在他乡，去了就不足为虑，而开封府却在天子脚下。"

吕惠卿道:"在天子脚下也无妨。他当了地方官就不能进宫,不能进宫便无法见着皇上,就是递个奏折也不容易了。这样便很难妨碍变法大业。"

王安石道:"好吧,那就让他去开封府。等变法初见成效后,也许他能回心转意。那时,调回朝廷也方便。唉,这个苏轼!他若肯助我,我就省力多了。"

吕惠卿心里"咯噔"一下。在现在的朝臣中,他和王安石最为亲近,倘若苏轼真的回过头来赞同变法,自己在王安石面前便难以和他争个高下。本来,吕惠卿想在对待苏轼的问题上保持中立,因为他内心深处对变法并无信心。但为自己的前程算计,他必须向苏轼开战。

这年大雪纷飞之际,苏轼奉命"权开封府推官"。

|第十七章|
是罢官　还是下狱

苏轼到开封府上任已近春节。开封府的行政长官是知府大人，家喻户晓的包拯"包青天"就做过开封知府。传说中，他刀铡驸马陈世美，就在这个府衙里。现在，苏轼只是知府大人属下一名官吏，没多少自己可以做主的事。何况，衙门内外正忙着过年，更没什么事好做。过了年又要过元宵节，这段时间里，从来没有多少公事。

这天雪住了，太阳射出冷冰冰的光来刺人眼球。苏轼在院子里站着，他不想去衙门混日子，但又不能不去，所以懒洋洋的。

王闰之对苏轼说："子瞻，去衙门没有公事做，能做点私事吗？"

苏轼问："什么私事？"

王闰之道："回家从街上走过，买几个花灯回来，挂在家里添点喜气。"

苏轼想起，以往过年家里都挂着花灯，只不过，这些事过去都有王弗，自己从来不曾操心。而今，王弗不在了……他说："好，我买。"

王闰之问："你知道买什么样的花灯吗？"

苏轼道："花灯就是花灯，还有什么讲究吗？"

王闰之道："当然有。花灯分两种，一种是本地花灯。这种灯做工粗糙，样式简单，颜色也差。不过这种灯价钱便宜，家境不好的人就买这种本地花灯。另一种叫浙灯，说是杭州、苏州做的灯。其实，凡是从江南来的灯，大家都叫它浙灯。这种灯做工精细，样式新颖，色彩鲜艳，特别喜庆，特别好看，富裕人家都买这种灯。"

苏轼问："我们买哪一种？"

王闰之道:"当然买浙灯。"

苏轼道:"算了,我家不富裕,就买本地花灯。"说着向外走。

王闰之在他身后道:"以往,我姐买的都是浙灯!"她见苏轼没吭声也没回头,但她知道,苏轼买回来的,一定是浙灯。

苏轼下班回家时,看见各色各样的花灯几乎满街都是,除了店铺里在买卖,街边也站着买卖花灯的人。看来,百姓们无论多么贫穷悲苦,春节和元宵还是要尽量过得好点。因为他们希望,一切不幸都随着过去的一年过去;企盼新的一年,会给自己带来好运。

苏轼背着双手,在街上东张西望地慢走,耳边全是小贩的吆喝声:"元宵的花灯卖啊……花灯的便宜卖啊……"这些人一边扯着嗓子吆喝,一边在刺骨的严寒中呵手跺脚。

前面,围着一群人。人群中突然传出哭叫声。

苏轼驻足眺望,见那边的卖灯人四散奔逃。两个半大男孩扛着花灯向苏轼这边跑来,后面还有个衙役在追赶。

两个男孩边跑边喊:"快跑啊,官府低价收购浙灯哪,快跑呀……"但他们怕碰坏了肩上的花灯而跑不利索,后面的衙役赶上来,一手一个将他们抓住。

苏轼赶紧过去看,四周的人也都围了过来。

衙役骂着:"好你两个兔崽子!你们敢跑,还敢煽动别人跑。你找死了!"他又踢又踹那两个孩子,其中个子矮的孩子便哭起来。

人群中冲出一个中年妇女,她上前拉住衙役,怒叫:"为何欺负小孩?!"

那衙役说:"欺负?踢他两脚算便宜。他们犯的是掉脑袋的罪!"

妇女问小孩:"你们犯了什么罪?"

个子矮的男孩哭得说不出话。个子高的男孩桀骜地指着衙役说:"他要低价收购浙灯!"

矮个子男孩呜咽道:"俺家揭不开锅了。俺爷爷奶奶都快饿死了,俺一家老小就指望这几盏灯了……"他大哭起来。

桀骜的高个男孩说:"要低价收购,俺挣不了钱还赔钱,俺就不卖了。俺情愿把它砸了!"他丢下一个花灯,用脚死劲儿踩踏。

那妇女拦住孩子,向衙役道:"你凭什么低价收购人家的花灯?"

围观的人都指责那衙役："官差不当欺压百姓，何况还是小孩。"有人叫起来道："这人不让老百姓活了，衙门里告他去！"

衙役翻着白眼儿说："告我？要告的快去，晚了就告不着了！"他一边说，一边从怀里掏出一张告示，"看！官府公文，我正要贴出去，先让你们瞧瞧。元宵佳节，宫中需要浙灯四千余盏。皇上有诏，减价收购！"他高举公文，向四周展示。

闹嚷嚷的人群顿时鸦雀无声，出人意料的事让大家找不到反应。

两个男孩的花灯齐掉到地上，他们惊吓得都不会哭了。

苏轼也呆住了。要是什么赃官恶吏低价收购浙灯，他就会挺身而出，打抱不平了，但是，要低价收购浙灯的却是皇上，这抱不平他没法打。他只有不声不响地把两个男孩拉出人群，拉到一边，问："家里还有浙灯吗？"矮个男孩说没有了，高个男孩说还有几个。苏轼说，"还有就留着，以后再卖。"他把身上的钱全掏出来，大部分给了矮个男孩，小部分给了高个男孩，说，"回家过年吧。"

苏轼空着两手回家，一言不发地走进书房，直奔桌前，舀水磨墨。王闰之一见，肯定苏轼遇见什么事了，而且不是小事。他现在要写的，一定是重要的东西。她不敢问，她知道自己没有姐姐的能耐，去问他反倒是给他添麻烦，让他越说越生气，而自己听了，又不能给他出什么主意。每到这时，她觉得自己能够做的，就是悄悄地不打扰他。夏天，她就在一旁替他扇风赶蚊子；冬天，她就赶快烧盆炭火放进房间，再拿件棉袄披在他的肩上。

苏轼提起笔来，慢慢在砚台边调墨，忽然问："还记得这砚台的来历吗？"

王闰之说："当然记得。这是我们去凤翔时，王驸马送到长亭来的，是曹皇后——就是现在的太皇太后——赐予你的。还说，要你写出安邦良策和锦绣文章。"

苏轼不再说话，落笔疾书。

王闰之忍不住伸头去看，看见纸上写出了几个字：谏买浙灯状。为民请命不顾生死的苏轼，决定给皇帝本人提意见！

要阻断苏轼的言路，真不是那么容易。虽然很多人对朝廷的事不敢说话，但他们却希望别人出来说话。苏轼的奏章《谏买浙灯状》，很快摆放在神宗皇帝的御案上。

神宗一向爱读苏轼的文章。据史书记载，如果神宗吃饭时读什么东西读得忘了吃饭，不用问，那一定是在读苏轼的奏折或文章。

这会儿，神宗皇帝就忘了吃饭。他右手拿着筷子，左手拿着《谏买浙灯状》。太监张元振站一边看着，心想："皇上今天忘了吃饭，是喜欢呢，还是生气呢？这奏章，可不是说别人，而是数落皇上的不是！"

这天苏辙下班归来，进门就大喊大叫："大哥！大哥！"

这样的举动苏辙少有。苏辙和苏轼的感情可为兄弟之楷模，但两人的性情却完全相反。苏辙沉默寡言，喜怒不形于色，说话写文章都比较委婉谦和，不像苏轼那么尖锐雄辩、锋芒毕露。所以苏辙得罪的人比他哥哥少得多，招祸的概率也低得多。但是今天回来，他也变得风风火火的了。

家里人都被他的反常吓着了。王闰之立刻想到苏轼的奏章惹了祸。她跌跌撞撞从房间里奔出来，急煎煎地问："二哥，出了什么事？出了什么事？"

苏辙只是一连声地叫："大哥！大哥！"

王闰之忙跟着叫："子瞻！子瞻！"

苏迈也叫："爹爹！爹爹！"

秀嫂、苏义、碧桃等便四下寻找，叫着："大少爷！"

史氏从厢房里出来，脸都吓白了。她哆哆嗦嗦道："子由，出……出了什么……"

苏辙正要答话，忽见苏轼站在堂屋门口，大声说："皇上降罪了吗？是罢官，还是下狱？我都准备好了。看你这样子，莫非要杀头？"

苏辙说："哥！皇上下诏——"

在场人的心一下子提到了喉咙口，王闰之差点晕了过去。

苏轼问："下什么诏？"

苏辙道："罢，买，花，灯。"

苏轼愣了："当……当真？"

苏辙道:"真的!皇上下诏,罢买花灯了!"

王闰之吐出一口长气,泪水也夺眶而出。她说:"二哥,你吓死我了!"

苏辙说:"听宫里传出的话,说皇上读《谏买浙灯状》,读得忘了吃饭,读罢热泪盈眶,说:'朕一心变法,乃为民富国强。如今,民未富,国未强,朕竟与百姓雪上加霜,是朕失德了!'饭未吃完,立马下诏,罢买花灯!"

苏轼一步跨过门槛,跑下屋前台阶,到天井里仰天大叫:"朝廷之事,尚有希望!朝廷之事,尚有希望!"

苏辙跟到天井里说:"皇上不但下诏罢买花灯,还下诏,今后宫中一切事务皆须简约,不得靡费。看来,皇上是位英明之主。"

苏轼只是重复着那句话:"朝廷之事,尚有希望……朝廷之事,尚有希望……"

王闰之见苏轼好久没有这么高兴了,连忙去到厨房,吩咐苏味备下好菜好酒,让全家上下一起痛快痛快。饭桌上,两兄弟与两妯娌捉对儿猜拳。苏轼划不过苏辙,老输。而史氏又划不过王闰之,也老输。苏迈就在一边跳着叫着:"哈哈!姨妈妈替爹爹报仇了!"

划拳老输的苏轼很快就醉了。别人还兴致正浓时,他已趴在桌上睡去,照例由苏辙把他弄到床上。

苏轼向来是少饮即醉,少睡即醒。一觉醒来,他觉得口干,便要水喝。

王闰之听见苏轼醒来,便从梳妆台前站起。此时她已卸下发钗耳环,散开满头青丝,脱下棉衣厚裙,剩一袭贴身衣裤,尽显出女性丰腴的酮体与优美的曲线。

床上的苏轼转过身来,蒙了:一时想不起这年轻女子是谁,便觉得自己是在梦中。

自从由凤翔回到汴京,苏轼就坠落到生活与仕途双重不幸的深渊。丧父丧妻的悲痛和忧国忧民的情怀,使他迷惘彷徨的心找不到安顿处,没有一天舒畅。今天皇上下诏罢买花灯,算是这些年来最让他开心的事情。也许正因为这样,他才会有个轻松的心情,于醉后醒来时,能发现面前有个美丽的女人。

王闰之款款来到床前，见苏轼直瞪瞪睁大眼睛，便道："子瞻你醒了？要喝水吧？我与你拿。"

　　王闰之走开后，苏轼清醒过来，明白了自己不是做梦，这个美丽的女人就是自己的妻子、曾经的小姨妹。他替她牵过马，画过眉。她姐姐说，她一直喜欢自己，非自己不嫁，于是他娶了她，可是他还没有仔细看过她。虽然这应该是个很熟悉的她，但又觉得是个很陌生的她。他怀着一种莫名其妙的、既惊喜又不安的情绪起身下床……

　　王闰之用托盘端着一盅茶水过来，递到苏轼面前。

　　苏轼怔怔地望着：是她，是那个小妹。只是比从前大了，也更加好看了。

　　王闰之拿起茶盅送到他的唇边，说："喝吧。"

　　苏轼一边喝水，一边不由自主地看着王闰之。

　　王闰之放下茶盅回来，见苏轼还站着，便说："快上床去。小心着凉。"

　　苏轼不言语，只定定地看着她。

　　王闰之近前，问："你怎么了？"

　　苏轼一把将她抱在怀里，在她的耳边说："小妹，你真的一直喜欢我，非我不嫁吗？"

　　王闰之先是惊诧，接着是狂喜。这梦寐以求的热烈拥抱虽然来得迟，但毕竟来了！她流下眼泪。

　　泪水湿润了苏轼的面颊。苏轼慢慢推开她，替她拭着眼泪，还问："真的吗？你不嫌我老吗？不是你姐为了我而委屈你吗？"

　　王闰之说："不是的！姐夫。我真的喜欢你，非你不嫁。可是，我没有我姐那么好，你不会喜欢我的。"

　　苏轼又把她紧紧抱在胸前，说："傻丫头，我怎会不喜欢你呢。我是不好意思喜欢你，觉得委屈你了。"

　　王闰之也紧紧抱住苏轼，一迭连声说："不委屈，不委屈。我愿意，我愿意。姐夫，我喜欢你，从小就喜欢你，我喜欢你……"她不住声地重复着这句在心底说过千万遍的话，直到苏轼用热吻将她的嘴唇封住。

少顷，苏轼道："你怎么这样香？"

王闰之道："不是我香，是窗外的梅花香。"

苏轼道："你听见了吗？好像有鼓乐之声。"

王闰之道："城隍庙里演习除夕的歌舞，每晚都听得见。"

苏轼道："好啊，就让他们为我们奏乐吧。今天，我们好好过一个新婚之夜。"说着，他抬起头来，正好看见窗外一轮欲圆未圆的明月，于是他吟道：

春宵一刻值千金，花有清香月有阴。

歌管楼台声细细，秋千院落夜沉沉。

他将王闰之抱起来放到床上，深情注视着，轻轻叫着："小爱妻……"久违了的某种感觉又回到苏轼的身上，性爱的激情又在他的血管里奔涌。他亲吻着怀里的女人，在她耳边喃喃道，"我的小爱妻……"

苏轼在南园里享受新婚快乐，王安石在家里气急败坏。

好不容易把苏轼弄去了开封府，不料他一本奏章居然使皇帝朝令夕改。这使王安石等人受到极大震撼，他们不约而同在心底发出吼叫："绝不能让苏轼留在京都！"

王安石去见神宗。谁知不等他开口，神宗便说："朕决心用苏轼为御史。"

王安石怔住。从神宗抢先说话以及说话的语气看，神宗已拿定主意，此刻不过是知会他一声，并不是要和他商量。有备而来的王安石决定拿出自己的撒手锏。他问："皇上为何想起此事？"

神宗扬扬手上的奏章，说："朕读了苏轼的《谏买浙灯状》，竟不觉热血为之沸腾。苏轼岂但有满腹文章，更有一腔孤忠。朕不能将这等良臣置于朝堂之外，朕要免去他开封府推官之职，用他为御史。"

王安石道："陛下知道苏轼与臣政见不合吗？"

神宗道："这有何妨？苏轼也是一心想要富国强兵。有他在朝，对变法之事也好……"

"拗相公"王安石每到关键时刻，就会不顾一切地拗起来。他好像忘了面前的人是皇上，竟愤然打断神宗的话，叫道："好整日挑剔臣的不是！挑剔新法的不是！"

神宗愕然。王安石反应的激烈出乎他的意料，反让他不知所措。

王安石接着道："皇上召臣回朝，决定用臣变法革新之际，臣便说过，皇上任人须专。若用人不专，必然诽谤丛生，异议纷呈，则朝堂势将成为喋喋不休之地。当时皇上曾亲口允诺用人必专。不料，今变法不过一年，皇上便自食前言，欲用苏轼掣臣之肘，眼见变法将有始无终。"他脱帽而跪道，"请皇上准臣辞官还乡，好让苏轼来推行他的'循序渐进'。"

神宗望着他，一言不发。

神宗觉得自己的想法没错，也觉得王安石的话有理。他一直想解决这个矛盾，可是他一直没有办法解决。既然推行新法是不能改变的事，他只有放弃自己的意见了。这个回合，还是神宗皇帝在王安石面前败下阵来。

带着胜利的喜悦，王安石曾吟诗道：

飞来山上千寻塔，闻说鸡鸣见日升。

不畏浮云遮望眼，只缘身在最高层。

得意归得意，心病归心病。自己才把苏轼弄到开封府，有什么理由马上又把他弄出京城呢？王安石为此很伤脑筋。他的儿子王雱、他兄弟的亲家谢景温也没有办法。

王雱就埋怨道："爹，您曾说苏轼不在朝堂便不碍事了。可是他一道花灯奏章，竟差点坏了您的变法大业。"

王安石说："有什么法子？他的文章好比苏秦、张仪之口，其愤激之情足以融化铁石心肠；其煽动之风足以动摇三山五岳；其雄辩之理足以使人闻之信服。虽然他官卑职小，但他的力量却比范镇、司马光等人更大。过去，我小看他了！"

谢景温道："但是他终究斗不过姻兄您。如今，我已是御史，他还当不成御史。"

王安石喃喃道："卧榻之侧，岂容他人酣睡……"

谢景温道："那就想个法子，把他弄出京城！"

王安石叹道："弄他出京总会有法子，可是要他沉默不语却没有法子。只要他手中还有一管笔，把他弄到哪里，他都可以写出奏章呈与皇上。"

王雱道："那就找个碴儿，趁早把他杀了！"

王安石拍桌而起，怒斥道："混账东西！事无大小，你都没个正经韬略，尽出些卑下的主意。不知我前世作了什么孽，竟会有你这么个儿子！哼！"他拂袖而去。

第十八章
金殿风暴

谢景温等王安石出了屋,便走到王雱身边,小声道:"贤侄,我有个主意,能将苏轼弄个半死。"

王雱问:"什么主意?"

谢景温道:"这主意,万不能让你老子知道。"他凑到王雱面前道,"苏轼回四川葬父,不是走的水路坐的船吗?"

王雱道:"是呀,那又如何?"

谢景温道:"我们把那个船老板找来……"

送苏轼回川的那只大船,这天停靠到码头上。等船上的货物卸完,天色已晚。为了表示自己的仁义以笼络人心,每次大船靠岸的当夜,船老板总是让水手们上岸寻欢作乐,而独自留下来守船。

这一天,他照例弄了一壶酒,自斟自饮,自唱小曲,自娱自乐。因为平安无事地赚了钱,每一次的这个夜晚,他总是非常快活。

突然,船身急速晃动。他吃惊地抬头望去,只见一个腰配钢刀的壮汉站在面前。

壮汉问:"你这船只,曾送苏轼苏大人回四川老家,是也不是?"

船老板见这人凶神恶煞的样子,不免有些害怕,忙道:"是。是。"

壮汉说:"你没有记错?"

船老板道:"没,没错。只有我这平板大船,才放得下两口棺材……"

壮汉说:"好,你跟我走一趟。"

船老板说:"请问壮士,您……您是何人?要我到……到哪里去？"

壮汉说："你发财的机会来了。跟我走吧。"

船老板看这架势，知道不去也是不行的。虽然满心疑惑与恐惧，他还是不能不站起身来。

当谢景温与王雱暗施阴谋时，王安石也准备了一套阳谋。

先是，章惇见谢景温与王安石本系裙带，又见吕惠卿成了王安石的心腹，只有自己势单力薄，他便想以王珪为靠山，却又发现王珪对王安石心怀嫉恨。章惇怕得罪王安石，但又不能得罪王珪。结果，他在朝廷里就既无伙伴，也无后援了。无奈之间，他想起了老熟人，秀林知县邓绾。他了解，邓绾是个有奶便是娘的家伙，只要他能把邓绾弄进汴京，他就是邓绾的"娘"了。他也知道邓绾在秀林县强行摊派、假公济私的那些勾当，但从那些勾当中弄来交给朝廷的银子，正是他此刻可以利用的东西。于是，他一面致信邓绾，叫他进京；一面去拜见王安石，说秀林知县邓绾推行新法如何如何得力，为国家挣了多少多少银子。王安石闻言大喜，认为秀林县是变法成功的一个榜样，是向皇帝证明变法正确的一个实例。

又到了金銮殿上，一切如故：神宗端坐，群臣列队。张元振高呼："有事启奏，无事退朝。"

王安石出列道："启奏陛下，凤翔府官绅的'联名状'，臣已呈陛下御览，不知陛下可曾阅过？"

神宗说："知道了。"

王安石道："凤翔知府胡允之，与知县马辉等人，违抗圣旨，拒行新法，当严惩不贷！"

神宗说："知道了。"

司马光出列道："启奏陛下，臣近日察看京东数县，见各处推行青苗法均有强行摊派之弊。更有甚者，城市中并无青苗，却也强迫市井小民借贷青苗钱。"

神宗问："果有此事？城市中也放贷青苗钱？"

王安石抢答："如能增加府库收入，便在城市中放贷与贫民，又有何妨？"

司马光抢白:"那就不要叫青苗法,改叫官府放贷!"

王安石不示弱:"官府不放贷,穷百姓也会借贷。与其让高利贷者赚取大利,盘剥百姓,不如让官府放贷,赚取小利充盈国库!"

司马光道:"自古以来,哪有放贷之官府?"

王安石道:"古人未做之事很多。若古人不做,今人便不能做,不如退回古代,以狩猎为生、茹毛饮血便了!"

范镇出列道:"若不茹毛饮血,就要变尽祖宗之法吗?"

神宗忙息事宁人道:"好了好了,都少说一句,少说一句。"

章惇赶紧出列道:"启奏陛下,今有秀林知县邓绾,专程进京向陛下报喜。"

神宗问:"报什么喜?"

章惇道:"秀林县推行新法成绩斐然,仅青苗法一项,每年即向朝廷上交银子二千两。请皇上宣他进殿详奏。"

神宗道:"不必了,你已经奏明了。"他不愿在火药味很浓的时候,表彰一方,打击一方。

但王安石不肯罢休,他道:"陛下,凤翔府拒行新法,不予惩处;秀林县力行新法,不予嘉奖。朝廷如此行事,只恐变法革新,难以有效施行。"

神宗道:"不必性急,容朕三思。"

王安石大惊,不觉高声道:"陛下!新法早已公诸天下,施行已然两年有余,陛下为何突有三思之说?"

神宗指指桌案,说道:"苏轼有两道奏章,力陈推行新法之种种弊端,朕觉得言之有理……"

王安石再次抢过话头道:"苏轼与臣政见不合,其反对之言何足为凭?"

神宗道:"可是,前相国韩琦也连上数道奏章,极言变法操之过急之害……"

王安石道:"韩琦辅佐三朝皇帝,所行俱是旧法,他懂得什么变法革新?!"

很久不肯参与争辩的王珪,想出了皇帝愿意听的话,便出列道:"启奏陛下,既然大臣们对变法革新的见解相去甚远,何不派出八路巡察使，往各地察访民情，以供陛下决策？"

面对大臣间激烈的纷争，神宗希望能暂缓矛盾，于是不假思索便道："好吧好吧，那就派人到四处看看再说。"他回头向张元振道，"张总管，此事由你筹划办理。"

张元振喜出望外，没想到会从天上掉下这么大个馅饼来，皇帝居然派自己筹划"八路巡察使"之事！试想朝中官员，谁个不想当这"巡察使"？打着皇帝的旗号巡察各地，也就捏住了各个地方官的命脉。地方官为了让"巡察使"说自己的好话，那还不竭尽所能讨好卖乖。巡察回京时，必定满载而归。其所得之利，也许超过十年俸禄。而组织"八路巡察"之事由他张元振掌管，可想而知，会有多少人来疏通他的关节，会有多少好处落入他的腰包，以后他要办事会有多少人替他卖力……张元振高兴得一颗心"怦怦怦"跳个不停，急忙忙走向皇帝，准备谢恩。当他弯腰欲跪而言未出口时，忽听得有人高声道："启奏陛下，此事万万不可！"

弯腰欲跪的张元振陡然僵住，活像一只大虾躬在那里。他扭头一看，说话人竟是平素间寡言少语的苏辙。张元振心中大怒，很想问一句："有何不可！？"

"有何不可？"是王珪在问。他替张元振说出了心里话。

苏辙道："启奏陛下，八路出巡，浩浩荡荡。小民见而生畏，赃官见而有备。小民不敢说真情实话，赃官则可弄虚作假。其结果不但空费朝廷资财，更会因骚扰百姓而落得怨声载道。从前，也有朝廷有过类似之举，派去巡察之人趁机搜刮聚敛、中饱私囊；回朝后又为赃官遮掩，编织谎言，迎合上意。前车之覆，后车之鉴。祈陛下明断！"

张元振在苏辙说话间慢慢退回原处，只是把一双眼睛死死盯着苏辙，恨不得把他一口吞下。苏辙说完后，张元振希望有人出来反对他而赞同"八路巡察"，但抢先开口的却是司马光。

司马光道："启奏陛下，苏辙所言极是，臣请陛下慎行！"

范镇也道："陛下，韩琦远在河北，苏轼近在开封，两人地方不同而所见相同。正可谓不论远近，变法之弊如出一辙。难道，陛下认为韩琦、苏轼二人的话，皆不足为信，而别人，反比他们更加可靠吗？"

神宗没了主意："这……那，那这事就缓议吧……"

由张元振筹划"八路出巡"的好事，就此被苏辙、司马光和范镇破坏了。总管太监张元振从此站到了王安石一边，和苏轼兄弟等为敌。其所作所为，更胜当年与王珪勾结的总管太监王仁宪。不过，张元振接受了王仁宪的教训，言行比王仁宪更加谨慎和隐蔽。

而此刻的朝廷上，自然轮到王安石说话了。他道："陛下，臣奉诏推行新法，每每举步维艰，皆因朝堂之上有阳奉阴违、欺君抗上之辈。三司检详官苏辙便是此辈中人。他身在推行新法之三司，却屡屡阻扰新法之推行。故而，臣决定撤去苏辙之官职，并不再录用。"

范镇立刻大声道："陛下！圣人云：'兼听则明，偏听则暗。'苏辙仅对'八路巡察'之举提出异议，副相国便要将他罢黜并不再录用，如此执掌朝政，朝政还有清明可言吗？"

司马光也大声道："副相国不顾天理人言，一意孤行。臣犹恐社稷之乱，始自今日！"

王安石立即大声反驳道："人言不足畏，祖宗之法不足守。非旷世之新法，不足以中兴大宋！"

范镇道："副相国如此武断专横，老臣在朝亦难为陛下效力。"他脱帽而跪，道，"臣请辞官还乡，祈陛下恩准。"

司马光道："朝堂不容忠谏之士，臣亦请求辞官还乡。"脱帽而跪。

反对变法的大臣如范纯仁、吕公著、刘挚、陈襄、孙觉、宋敏、赵抃、李大临等人也纷纷出列道："祈陛下容臣辞官还乡。"说罢脱帽而跪。苏辙也脱帽跪下。

年轻的皇帝有点慌神，他道："众卿……众卿皆先帝旧臣，朕之股肱，朕岂能让众卿皆去？"

"拗相公"王安石决心破釜沉舟，一拗到底。他道："陛下，一朝无二法。是继行新法，抑或改行他法，请陛下裁决。若改行他法，或复行旧法，臣亦不能立身朝堂，祈准臣辞官还乡。"说罢，也脱帽而跪。

吕惠卿、谢景温、王珪、章惇、曾布等一干人见状，也脱帽而跪，同声道："臣请辞官还乡。"

朝堂上剩下了不多几个官员，皆惊慌失措，不知如何是好。

年轻的皇帝望着这乱糟糟的情景，不觉大怒。他掀翻面前的桌案，站起身来吼道："走！你们都走！都走！走得一个不留！朕不信，你们走了以后，大宋便再也找不到忠臣良将！"

跪着的人齐声叫："陛下息怒……"

站着的几个人也连忙跪下，跟着叫："陛下息怒……"

神宗气吁吁瞪着眼睛。虽然说了叫大家都走，但他知道没人敢走，而他也不敢让大家都走。这样的局面，在他的先祖们当皇帝时何曾有过？他也觉得惶恐不安了。变法把朝廷变成这样，实在是他始料未及。他认为全面变法以图国强民富并没有错，国库里每年都多进了银子，但他也不愿出现苏轼他们说的那些弊端，他希望那些弊端能设法避免。他真不知道怎样解决这对立双方的问题，可是眼前这局面又必须马上收拾。他想起王安石的话："皇上任人须专。若用人不专，必然诽谤丛生，异议纷呈，则朝堂势将成为喋喋不休之地……"是啊，两年多来，朝堂真成了喋喋不休之地了。这种情形，确实不能继续下去了。

变法，是他们三代皇帝的愿望。祖父仁宗皇帝年纪大了，没有精力变法；父亲多病早逝，没有时间变法。可是他神宗才二十出头，他有的是精力和时间。变法的重任既然落在了他的肩上，他就责无旁贷，他就义无反顾，他就豁出性命也要完成变法。诚如他对祖母和母亲所言："欲除历世之弊，务振非常之功。"有什么艰难险阻，都来吧！

小太监已摆正桌案，张元振过来小声提醒道："皇上……"

神宗使自己归于平静。他慢慢坐下，看着伏跪在地的朝臣们，一字一句铿锵有力地说："苏辙直言忠谏无罪，但不宜再任三司检详官，到陈州任学官去吧。"

苏辙道："谢陛下圣恩。"叩头起身，出殿自去。

神宗又道："变法革新，有进无退。"他略一停顿后，说，"吕公著，出知颍州。赵抃，出知潭州。陈襄，出知杭州。宋敏，出知密州。孙觉，出知广德军。李大临，出任亳州推事……"他把坚决反对变法的大臣悉数调出汴京，最后说，"朕相信诸卿，去到各地，也将一如既往忠于大宋。"

那些人同声道："谢陛下圣恩。"叩头起身，走出殿去。

神宗道："范大人、司马大人，朕望二卿留任。"

范镇道："臣去意已决，祈陛下恩准。"

司马光道："臣去意已决，留任无益。"

神宗长叹一声道："既是如此，朕也不勉强了。司马光可出知永兴军。范大人年事已高，不必外任，留在汴京安度晚年如何？"

范镇、司马光道："谢陛下圣恩。"叩头起身，庄严地向外走去。

自神宗决定"变法"以来，这是朝廷的第三波，也是最大的一波"辞官潮"。

神宗望着殿下稀稀拉拉的朝臣，脸上掠过一丝苦笑，但是他语调坚毅地道："自今日起，由王安石任相国之职，主持政事。"

吕惠卿、谢景温等人心下狂喜。

王安石叩头道："谢陛下隆恩。"

妒恨之情又在王珪的心里翻涌。王安石升任宰相，自己离宰相之位就越来越远了。除了妒恨，他还添了一丝绝望。

忽然，他听见皇上在说自己的名字："……王珪参知政事。"

王珪抬起头，他不敢相信自己的耳朵——参知政事，这不是副宰相之职吗？！当他的眼睛对上神宗的目光时，他明白了这是真的！于是连忙叩头伏地："谢陛下隆恩！"他在心里喊着："老天有眼，我终于当了副相国，离相位只有一步之遥了！"

神宗道："王相国，别人的任命你看着办吧。反正，都是拥戴变法革新的人了。"

王安石心里的石头落地，忙道："臣领旨。"

神宗说："朕变法革新，为求国强民富。请相国与众卿牢记，强行摊派、横征暴敛等事，绝不容发生；也不容贪官污吏借机中饱私囊、祸国殃民。谁敢胡作非为，一旦被朕查知，严惩不贷！"

众人应声："臣领旨。"

神宗站起来，指指案桌上的几本奏章道："此有苏轼与韩老相国的奏章，请相国细看、详查、处置。"说罢转身。

张元振叫："退朝！"

王安石等人高呼："万岁万岁万万岁！"

张元振将御案上的奏章交与王安石，曾布在一旁见了，赶紧似随从般替王安石接过。

张元振向王安石拱手道："恭喜大人荣升相国！"又转身向王珪拱手道，"恭喜大人荣升副相！"说罢，快步向神宗追去。

人们向王安石和王珪围过来，七嘴八舌地道贺："恭喜大人荣升相国！恭喜大人荣升副相！"

王安石面色严峻地说："并不可喜！"

众人不解地望着他。

王安石道："朝廷旧臣辞官殆尽，有何可喜？我与王珪大人执掌朝政，手下并无德高望重的大臣，有何可喜？"

众人尴尬地互相望望。

王安石道："今日之事，皆为推行新法不得已而为之。如今急需网罗人才，诸公注意，但凡拥戴变法而又有志有为者，不论其是否有功名在身，也不论年纪大小与出身贵贱，均可向朝廷举荐。"他向外走去，众人赶紧簇拥着，往石阶下走。

王珪道："反反复复两年多，皇上总算下了决心，今后的事会好办多了。"

吕惠卿道："今后之天下，将是变法者之天下。"

谢景温道："对。各地推行变法不力之官，须尽行撤换，如开封府之苏轼，凤翔之胡允之、马辉。"

曾布道："是该杀鸡给猴看了。"

一群人走下殿前台阶时，章惇看见了站在远处探头探脑的邓绾。正是他把邓绾弄进宫来等候皇上召见的，没想到皇上对"报喜"不感兴趣，这时他便叫道："邓知县，快过来吧。"

邓绾颠颠地跑过来，满面堆笑，向众人拱手哈腰。

众人站下来，打量着邓绾。

章惇向王安石道："王相国，这便是秀林知县邓绾。就是他，一年上交朝廷青苗钱二千两。相国曾说要给予嘉奖，何不赏他个官做？"

王安石道："好。"他向邓绾道："推行新法有功，本相命你……"他想了想，回头向谢景温道："就让他到你那里做个谏官吧。"

邓绾纳头便拜："多谢相国。"

王安石摆摆手，向前走去，众人紧跟着。

邓绾从地上爬起来，看见章惇还站着，忙道："章兄，你的大恩，在下没齿不忘。"

章惇笑道："我知道你那二千两银子的来路，也知道你兜里装了不少。如今你升了官，不怕有人骂你？"

邓绾笑道："啊呀仁兄！笑骂由他笑骂，好官我自为之。此乃仕途通达之诀窍也。"

两人一起大笑。

邓绾因此而成为"历史名人"——一个遗臭万年的赃官。他的名言"笑骂由他笑骂，好官我自为之"，也因此在史书上留下一笔，成了千古赃官的行动指南。

第十九章
相府酒宴

　　太阳透过纱窗,把苏轼的卧室照得明亮耀眼。
　　正所谓日上三竿了,但苏轼两口儿还躺在床上。苏轼睁着眼一动不动。王闰之撑起身子侧着头,贪恋地注视着他。她伸手轻轻理着苏轼凌乱的胡须,又亲亲他的面颊,掀开被子准备起床。
　　苏轼将她一把拉住,说:"再陪我睡一会儿。"
　　王闰之顺从地回到被窝里依偎着他。
　　苏轼道:"子由去陈州,今天都两个月了。"
　　王闰之说:"子瞻……"她温柔地用抚摸来安慰他。
　　苏轼道:"我与子由从小到大,亲密无间。三十多年来,我二人只分别过两次,一次是我去凤翔府,一次是他去大名府。那时,我们未经世故,父亲尚在身边,虽然十分难舍,却并不十分难过。可是这次分别后,我竟觉得度日如年。每天都想着他,心里真是难过极了。"
　　王闰之道:"陈州不远,等到过年时,我们去陈州看望他们。"
　　苏轼道:"我想,是我太过孤单了。朝廷中相识相知的人走得一个不剩,连表兄文同也走了,一起论论书画的人也没有了。唉……还记得爹爹送我们去凤翔时,在长亭说的话吗?"
　　王闰之道:"记得。爹爹说,宦海风云,变幻莫测。他不知道带你们出来求取功名,是对还是不对。"
　　苏轼转脸望着王闰之,说:"你记得这么清楚!"
　　王闰之微笑道:"因为爹爹这话是对你说的。虽然我那时不懂事,但不知为何,凡与你有关的事,我都会刻骨铭心地记着。"

苏轼动情地搂住她，亲着她的额头说："我的小爱妻！"少顷，他问："那么你说，我们离开四川，出来求取功名，对不对呢？"

王闰之说："怎么不对？你不是对马辉说过吗？读那么多的书，就是为了治国平天下，为了与百姓做好事。不求功名，又怎样治国平天下，怎样为百姓做好事呢？子瞻，错的是这个世道，是老天爷的安排，不是爹爹带你和二哥求取功名。"

窗外传来秀嫂的声音："大少爷、少奶奶……"

王闰之问："什么事？"

秀嫂的声音："王相国命人送来请帖，请大少爷相府待宴。"

王闰之说："知道了。"扭头对苏轼道，"王安石请你赴宴，会不会是鸿门宴？"

王安石是个对物质生活并无奢求的人，还可以说他是个简朴的人。史书上记述着这样的故事：

一次，有朋友对王安石的夫人说："原来你家相公爱吃鹿肉丝。"王夫人很惊讶："你为何这样说？我都不知道他爱吃鹿肉丝。"那朋友说："前几天，我们在一起吃饭，见他只吃鹿肉丝，别的菜他一口不吃。"王夫人问："那鹿肉丝放在饭桌的何处？"朋友说："就放在他的面前。"王夫人便笑了，说："他根本不知道自己吃的是鹿肉丝。他是面前有什么菜就吃什么菜。"那朋友不太相信。过了一阵，那朋友又和王安石一起吃饭时，就故意把鹿肉丝放到远处，而把另外的菜摆在王安石面前。果然，王安石又是只吃面前的那盘菜，根本没注意到桌上还有鹿肉丝。

另一则故事说：王安石难得换洗袍子。他的袍子总是皱巴巴、脏兮兮的。有一次，同僚们约他去洗澡。洗完后，同僚故意把他的袍子拿走，另外放一件袍子在房里。王安石出来也不看看，拿起那件袍子就穿在身上，也许他根本就弄不清自己的袍子是什么样子，对他来说，有件袍子就行了。

这类故事很多，说的都是王安石不拘小节，不在乎吃穿，不追求享受，甚至把自己弄得蓬头垢面、邋里邋遢。于是，有人因此赞扬他，有人因此讨厌他。

现在，王安石当宰相了。虽然他不讲排场，但宰相府邸也不容寒酸。朱门前的两头石狮，延伸两侧的八字红墙，其威武庄严还是足以让百姓见而生畏。今天为迎接贵客到来，平日紧闭的大门洞开。此刻，王雱正从门里走来，身后跟着几个小厮。他走出大门时，谢景温正在门前下轿。王雱迎上去，拱手道："姻伯来了。"

谢景温道："贤侄，你父亲为何请苏轼吃饭？还要我们作陪？"

王雱道："我也不知道他老人家想些什么，还逼我到门外来迎接苏轼呢。"说着，他拉谢景温到一边，问，"那船老板可曾答应？"

谢景温说："他敢不答应吗？何况还有好处。"

王雱说："怎么许久不见动静？"

谢景温说："不要急。事情得一样一样地做，还要做得不让人起疑心。那些反对变法的人才被赶走，马上就整治苏轼，只怕在皇上那里就不占便宜。再说，朝廷的人事尚未理顺，需得过些日子再说。不过，也快了。"

王雱道："姻伯这么说，我就放心了。"

这时，一个内侍骑马到来，向门前的几个小厮叫着："皇上宣相国公子王雱进宫。"

小厮们齐应："是。"

王雱欣喜若狂，大叫："备马！备马！"

谢景温也欢喜地叫着："贤侄，皇上召见你，你要做官了。"

一小厮牵马过来，王雱道："请姻伯对我爹说一声，我见皇上去了，不能接那个苏轼了。"说罢，他跨上马鞍，挥鞭而去。

谢景温追着叮咛道："答话小心！别像在家那么任性！"他目送王雱去远，想起和吕惠卿、章惇、曾布、王雱等五人在温香楼商量的事，眼看一个一个都实现了，心里万分高兴。等他喜滋滋转身走向大门时，却见大门的另一侧，苏轼骑着一头毛驴，正面带微笑一颠一颠地过来。谢景温想："瞧苏轼这副模样，今天有好戏看了。"心里这么想着，脚下却急步趋前，打着哈哈拱手相迎道："哈哈哈，苏大人到了。王雱奉旨进宫去见皇上，由我在此迎候尊驾。"

王安石招待苏轼，真可谓煞费苦心，不但为他准备了盛宴，还为他准备了文娱节目,并指定歌舞者要用苏轼的诗词。对于了解王安石的人来说,这都是前所未有的事。

宴会在花厅中举行。厅外,红花绿叶、碧水奇石,目光所到皆美景;厅内,宽敞明亮、华丽舒适,几个姑娘的指尖下,流淌着清新悦耳的乐曲。

酒席边,站着王安石、吕惠卿、谢景温、章惇、曾布、邓绾和苏轼七人。众人皆穿着华丽,就是王安石,也比平日穿得整齐,唯独苏轼身着日常旧衣。

王安石面带微笑道:"诸位请坐。哦,子瞻,坐到我身边来。"

苏轼摇头,笑道:"岂敢岂敢!那位子可不是下官坐的。"

王安石道:"哎,今日家宴,不谈公事,不分上下,过来坐!"

章惇上前拉苏轼,一边说:"子瞻兄,客听主安排。相国请你坐哪里,你就坐哪里吧。"

王安石待苏轼过来坐下,便拿着酒杯起身道:"今日的贵客是子瞻,余者皆是陪客。你们好好向子瞻敬酒,让他多喝几杯。"他转向苏轼道:"来,子瞻,老夫先敬你。"

苏轼起身道:"相国有所不知,下官最不胜酒力。三杯下肚,便会入睡。下官还是学学相国,以茶代酒吧。"

王安石道:"老夫五十余年滴酒不沾,子瞻你却是素来饮酒的。我的酒你不喝,岂不辜负我一番美意?"

苏轼道:"倘若酒后失言,下官如何吃罪得起?"

王安石道:"我若计较酒后之言,岂不成了小人?"他环顾道:"今日在座的,除谢、吕二公,其余皆出自欧阳大人门下。我们便来个同门相聚,无拘无束,痛痛快快,如何?"

苏轼道:"相国既如此说,下官遵命便是。"他举杯道,"谢相国美意。我干。"仰面而尽后,说,"诸位,请。"

众人饮酒。王安石为苏轼布菜。丫鬟斟酒。

曾布执杯起身道:"子瞻兄,在下敬你一杯。"

苏轼坐着不动,笑道:"曾布兄,你这一杯来得太迟了吧?我原打算,在你为你兄长送行的宴席上喝你几杯。不承想,你又未曾与你兄长送行。所以,你这杯酒,我不喝,改日,你若与我送行,我再喝你的酒吧。"

曾布脸上一阵青,一阵白,举起的酒杯也不知该不该放下。但他心里明白,自己今天再不能说话了。

恰好仆人来上菜,吕惠卿见机忙与曾布解围。他说:"苏大人,这是相国特意为你点的川菜。又麻,又烫,我是不敢尝的。"他站起来,殷勤地一边为苏轼夹菜,一边说,"苏大人你多吃点,在汴京要吃川菜也不容易啊。"

苏轼依然坐着,面无笑容地说:"在下吃川菜,一点也不稀罕,我家每餐都是川菜。"

吕惠卿很是尴尬,只好说:"那也是。那也是。"

章惇见状,立刻在心里给自己下了一道命令:"今日酒席间只许随声附和,不许与苏轼搭腔,以免自讨无趣!"

别人也连忙转换话题,东拉西扯地没话找话。

与花厅一板之隔的后厅,是有歌舞表演时的演员休息处。这里有座椅,有铜镜,也有茶水和点心。此刻,王安石的续弦之妻李芳菲,已装扮成舞者,正由一群歌伎舞娘簇拥着走来。花厅那边的一个丫鬟见了,忙跑过来向李芳菲施礼道:"夫人。"

李芳菲问:"酒过几巡了?"

丫鬟答:"酒过三巡了。"

李芳菲道:"怎么还不叫歌舞上去?"

丫鬟道:"快了吧。"

李芳菲问:"弄清楚哪个是苏大人了吗?"

丫鬟答:"清楚了。挨着相爷坐的、身穿旧衣的便是。"

李芳菲问:"有无三头六臂?"

丫鬟笑道:"没有。不过,席上的大人们都在讨好他。"

"相爷这么隆重地宴请他,不也是在讨好他吗?"李芳菲转身向镜子走去,"所以我要看看,这个人是什么样子。"

丫鬟跟去小声道:"夫人不怕相爷见怪?"

李芳菲对镜顾盼,笑道:"不怕。反正除了谢大人,别的人谁也不认识我。相爷若要见怪,让他责骂几句也就是了。"李芳菲真的不怕王安石。天下有几个少妻怕老夫呢?但她却有些怕老夫的儿子王雯。这是个横蛮无理、说话无情的粗人，粗得就像根本不曾读过书，她想不通他怎会写出好文章。王雯要是在家，她就不敢出来跳舞了。

酒席上的大人们不敢再讨好苏轼，便转而讨好王安石。当李芳菲盼着出场时，席上的谢景温正在说："相国的《字说》一书，真是奇书。书里将中原文字的来龙去脉，说得一清二楚，可谓空前绝后之作。"

这回苏轼主动搭话了，他道："相爷的《字说》一书，我也读过，有许多不解之处，正好在相爷跟前请教。"

王安石很高兴，说："子瞻还会有不解之处？"

苏轼道："有啊有啊。相国，你说那'笃实'的'笃'字，应作何解？"

王安石拈须自得地说："笃者，以竹条鞭马也。驽马行走迟缓，故而以竹条鞭之，是谓之'笃'。"

苏轼道："哦，原来以竹条鞭马谓之笃。那么，'笑'字当是以竹条打狗了。请问相爷，竹条打狗，有何可笑呢？"

王安石一愣："这……"回答不出，颇为尴尬。

苏轼又道："还有一字，下官不解。"

王安石问："什么字？"

苏轼道："'波浪'之'波'。"

王安石道："波者，水之皮也。"

苏轼道："哦……那么，'滑'，便是水之骨了。"

王安石又一愣："这……"他不免难为情了。

这时，花厅窗外，扑腾腾飞过一只鸟。

苏轼道："相爷，看见这只鸟，下官又想起一字。"

王安石问："什么字？"

苏轼道："斑鸠的'鸠'字，为何要以九、鸟二字相傍呢？"

王安石沉吟片刻，不敢再胡乱开口，只得说："我也想不明白。"

苏轼夸张地道："啊！下官倒想起来了！"

王安石问："想起什么？"

苏轼道："《诗经》上有两句：'鸤鸠在桑，有子七兮。'"

王安石想了想，说："这两句诗只是说，鸤鸠养了七只小鸟而已。"

邓绾道："是呀，还缺两只呢。"

苏轼笑嘻嘻道："七只小鸟加上他爹跟他妈，不正好九只吗？"

邓绾"扑哧"一声笑出，赶紧捂嘴。众人咬住嘴唇，欲笑不敢。

苏轼笑吟吟望着王安石。

王安石瞪着苏轼，片刻之后，突然也"扑哧"一声，接着便哈哈大笑，笑得非常开心。众人见状，才一起笑出声来。

苏轼却不笑了，只顾一箸接一箸地吃菜。

王安石笑出了眼泪，说："苏子瞻，苏子瞻，老夫服了你了……"

席间气氛顿时轻松了许多，人们互相有说有笑。

李芳菲的丫鬟来到王安石身边，正欲说话，忽听谢景温大声叫着："姻兄。"丫鬟只好闭嘴后退。

谢景温向王安石道："如今推行新法，讲究开垦农田与蓄水灌溉。昨夜我忽然想起，中原湖泊甚多，何不围湖造田呢？"

邓绾立刻道："谢大人高见。下官在南方时，曾路经洪湖。那洪湖占地数百里，若将湖水排尽，便有良田万顷了。"

王安石盯着他，问："你说，那湖水排往何处？"

邓绾愣住："这……下官未及细想。不过，一定有办法排尽的。谢大人，您说是不是？"

苏轼道："办法，我已经替你想出来了。"

王安石斜眼看着他，说："这个，你也有办法？"

苏轼道："有啊。请相爷发布告示，动用百万民夫，花上三年五载，在洪湖旁边，挖出一个比洪湖还要大的土坑，再将洪湖之水排入土坑，那洪湖不就变成万顷良田了吗？"

邓绾尴尬至极："这……"

王安石盯着邓绾，正要说他几句，谢景温连忙打岔道："歌舞呢？姻兄。今日宴请苏才子，怎么不歌不舞？"

王安石道："自然有歌有舞，唱的还是子瞻之词《蝶恋花》。"

众人热烈响应："好啊，我等可饱耳福了！"

苏轼冷淡地说："信口胡诌的东西，我劝诸位还是不听为好。"

王安石道："子瞻不必过谦。为今日欢聚，老夫还特意命人为它编了舞呢。"他回头吩咐那丫鬟："歌舞上来。"

丫鬟们便一声一声往后传："歌舞上来。"

音乐起，舞伎们出来摆开队形亮相。李芳菲随后出来站于中场。

谢景温一见李芳菲，不觉吓得叫了一声："姻兄！"

王安石同样惊诧，但是他立刻以目制止谢景温，说："且看歌舞如何。"谢景温会意，便装出若无其事的样子。

吕惠卿道："相爷艳福不浅，家有如此美姬。"

王安石用咳嗽避免答话，谢景温忙替他解围道："噤声！"

李芳菲领舞，舞姬们伴舞。歌女们站在乐队身后唱起来：

　　花褪残红青杏小，燕子飞时，绿水人家绕。

　　枝上柳绵吹又少，天涯何处无芳草。

　　墙里秋千墙外道，墙外行人，墙里佳人笑。

　　笑渐不闻声渐悄，多情却被无情恼。

桌边的人，不管多么嫉恨苏轼，甚至想将他置于死地，可是，当他们听着这样的词，也不能不佩服他的才情。在这心平气和的酒席旁，他们也不禁为这样的美词而心动。这一刻，"美"把他们征服了。

但苏轼却陷落到哀思中。他想起十几年前的那个黄昏，他和子由从考院出来，无比轻松地走在路上。两人意气风发，觉得前程似锦。他的心就像燕子似的高飞低翔，伴随他飞翔的，是王弗姐妹的欢笑。可是现在……

突然，一声号叫惊动了人们，只见李芳菲闪电般向后厅跑去。同时，王雱像一股狂风刮进屋来。王雱忘乎其形地喊叫着："皇上召见我了，给我官儿做了！皇上给我官儿做了！"

王安石呵斥："嗯！不见这里有客吗！？"

王雱一愣，像突然想起什么似的，把目光落到苏轼身上。只见苏轼正执杯抿酒，并未看自己一眼。他心下很是不悦，却不能不上前拱手赔笑道："苏大人，久违了。"

苏轼放下杯子，说："并不久违。适才我来到相府大门口，还看见你骑着马儿在跑呢。"说着站起身来,向王安石道:"多谢相国盛筵,下官告辞了。"

王安石拉住他:"子瞻酒未尽兴,多坐一会儿。"

苏轼道:"酒醉饭饱,该走了。只是,下官穷家小户,还不起相国这一餐人情。"

王安石道:"子瞻说到哪里去了。"

吕惠卿见状起身道:"相国,下官也告辞了。"

章惇等人也站起来道:"打扰已久,我们也该走了。"

王安石起身说:"好吧,雱儿替我送客。"

王雱让到门边,说:"请。"

吕惠卿客气地让苏轼:"子瞻兄,请。"

王安石道:"子瞻稍慢,待老夫亲自相送。"

苏轼忙道:"岂敢岂敢。"他欲走,却被吕惠卿等抢在前头,他只好跟在最后。

王安石故意放慢脚步,让自己和苏轼与前面的人拉开距离,苏轼便按礼节跟在王安石身后。他俩走出花厅,走到绿树荫浓、花团锦簇的庭院。王安石回头道:"子瞻上前来,你我并肩而行,好说话。"苏轼应声上前,与王安石漫步向外。

王安石道:"子瞻今日未曾畅饮。"

苏轼道:"下官已醉。相国您看,我头重脚轻了。"

王安石道:"休得哄我。你把此宴当作了鸿门宴,哪肯畅饮至醉。"

苏轼笑道:"相国多心了。"

王安石道:"我也听人说过,子瞻你并无酒量,说你少饮即醉,醉则酣睡。老夫不想将你灌醉,怕你睡着了无法与你说话。"

苏轼笑道:"多谢相国杯下留情。不知相国对下官有何见教?"

王安石停步,转过身来望着苏轼道:"子瞻,你可知老夫今日为何请你?"

苏轼道:"相国足智多谋,下官哪能猜透。"

王安石道:"我不是要对付你,我是想给你一个机会,让你骂骂人,出出气,散散心。"

苏轼不太相信："相国是否过于抬举下官了？"

王安石轻轻叹息道："朝中故人离朝殆尽，老夫知你心中难过。其实，老夫心中何尝又不难过。我原指望旧臣故友，都能助我变法，不料众人竟竭力反对。子瞻，眼下的大宋，能提出富国强兵之策的，只有你与老夫。可惜你我二人又政见各异，但老夫敬重你的才学与人品，不愿与你为敌。你让我将变法之事理顺，再看看变法的实效如何。好吗？"

苏轼望着王安石，为其诚恳所动，于是庄重地说："那么，容下官再进一次忠言，好吗？"

王安石道："你说。"

苏轼说："有道是，君子去而小人来。变法干系大宋兴衰，请相国万勿因手下一时无人，便使小人乘虚而入，让小人坏了您的大事。"

王安石道："说得对。你给皇上的几道奏章我都读过了，说得也中要害。你且少安毋躁，待老夫把那些事一件件地理顺吧。"

苏轼道："也不只是用人的事。愿相国能亲自到民间察看察看，新法自身有不少弊端，须得修改完善才好。"

王安石大度地说："好。待忙过这一阵，我就去民间看看。"

苏轼拱手道："相国保重！"

三十年后，苏轼与王安石成为好友，也许就是今日这宴会种下的果子。

第二十章
太后做证

变法再也没有阻力。按王安石的部署，层层贯彻下去。

"哐哐哐"，两个衙役敲锣走过大街小巷。在没有报纸、电视、广播、高音喇叭的古代，官府就靠这"鸣锣通知"向百姓发出指令。与此同时，还有两个衙役跟在敲锣人的后面张贴告示。这也是发布通知的重要手段。

几个衙役来到十字路口，见一粉墙。二卒往墙上贴告示，另二卒便一人敲锣，一人吆喝："朝廷变法革新，为求富国强兵。不论士农工商，务必拥戴推行。不得造谣诽谤，不许混淆视听。若有违抗此令，王法绝不容情。"

告示贴好，四卒敲锣而去，听吆喝的市民又去围观告示。一个识字的人看着看着，不由得念出了声："置逻卒巡查京城，遇有谤议时政者，不论贵贱，一律拘禁，严加惩办……"

一老者听到这里便问："惩办谁呀？"

一青年说："还不明白？不许人说新法的坏话！以后每日有逻卒在街上巡查，若听见有人说新法的不是，逻卒便把他抓去严办！"

老者说："我活了七十多岁，没听说过有什么逻卒不许人说话。"

青年说："不是不许说话，是不许说新法的坏话。"

老者说："我女婿住在朱仙镇，杀猪卖肉，不种庄稼。可是，官府也逼着他们借贷青苗钱，那镇上的人每日都在说新法的坏话。"

青年笑道："您老要是也想说几句新法的坏话，您就赶紧说。趁告示贴出来糨糊未干，还没有逻卒来抓您。"

"大胆！"一声雷吼，人丛后冲出两人，四只大手抓住了青年与老者。这便是如打手一般、身穿便衣的逻卒。他们共有四人,还有两个站在人堆外。

老者与青年大叫:"做什么?!做什么?!"

两逻卒抓着人,吼道:"你们敢说新法的坏话……"

那青年挣扎道:"我没有说!是那个老头在说!"

逻卒道:"你在教唆他说!"

两逻卒抓走老者与青年,围观的人群跟去。

一个老太婆追着那老者叫:"白太公!白太公!"

被抓走的老者回头叫:"快与我儿报信,叫他前来救我……"

老太婆止步,悲愤自语:"作孽呀!这样抓人,是哪个坏东西的主意呀……"

"是我的主意!"王雱在王安石的书房里大声道。

王雱狂喜地转来转去,对拉长脸子的王安石道:"我对皇上说,若无商鞅的变法,哪有始皇的统一天下?商鞅说过:'不诛异法,法不得行。'如今,大宋要变革数百年之旧法,好比当初秦王变革周朝之旧法。若让人七嘴八舌,随意诽谤,则变法大业必将半途而废。因此,我请求皇上设置京城逻卒,每日巡查街头,捉拿非议变法之人。皇上不但听从孩儿所请,还当场与孩儿授官,命孩儿为太子中允兼崇政殿说书。以后,孩儿便能出入宫廷,侍立皇帝之侧了!"见王安石毫无喜色,便说,"爹,您怎么不高兴?孩儿是爹爹的顶梁柱呀。再说,孩儿能当这样的官,也是您的主意好。皇上是看了我的书才召见我的,爹爹您应当高兴才是。"

王安石长叹一声道:"儿呀。你不是没有才学。论文章,你也不在爹爹我之下。可是,你的性情瑕疵太多,难成大器……"

王雱立刻愤懑地嚷起来:"爹!孩儿所作所为,皆为帮您推行变法!您怎么不给一句夸奖,还怨三怨四的!"

王安石慢慢站起,轻轻叹息,走到房门前,怅然远望,悠悠地说:"我怕你这个京城逻卒……会在史册之上,留下笑柄了……"

南园外,一骑飞奔而来,到门前猛勒缰绳。马扬前蹄,引颈长嘶。

虚掩着的大门打开，门里跑出苏义。苏义一见，连忙施礼："驸马爷！"

王诜下马，把缰绳抛与苏义，问："你家大少爷在否？"

苏义答："在，在。驸马请进。"忙向门里叫："驸马爷到！"

苏兴应声而出，施礼道："请驸马爷稍候，小的去请大少爷出来接您。"

王诜说："不用了，我自己进去。"一边说，一边走进大门。

苏兴赶紧给王诜带路，走到天井，便向前跑去，同时大声叫着："大少爷，驸马爷到！"

待王诜走上堂前台阶，苏轼已迎出堂来。他惊喜地一边拱手，一边把王诜往屋里让："驸马爷！什么风把您吹到寒舍来了？"

"不是好风，是邪风！"王诜没有坐下的意思，一把将苏轼拉到窗下，小声道，"子瞻，我特来与你报信。有人将你告了！"

苏轼觉得奇怪，问："告我？告我何来？"

王诜道："告你那年回川葬父时，利用船只，贩卖私盐，牟取暴利，知法犯法。"

苏轼道："这丧尽天良的坏蛋是谁？"

王诜道："是你雇的那只大船的船老板。"

苏轼道："定是有人支使他！皇上怎么说？"

王诜道："皇上下旨详查。"

苏轼觉得意外，"哦？"他感到失望，又有些伤心，喃喃道，"那就让他们查吧……"

自己一身清白、两袖清风，居然被告贩卖私盐、牟取暴利！凤翔知府陈希亮的话，陡然响在苏轼耳边："宦海无风三尺浪，有风浪千尺。愿子瞻日后，好自为之。"苏轼想，我未曾做过不好之事，怎样才算"好自为之"呢？

想象力异常丰富的苏轼，也想不清如何"好自为之"才能免祸了。

神宗接到御史台的报告，说关于苏轼贩卖私盐一案，详查结果案情属实，应按大宋条律如何如何处置。这使神宗感到意外，只因常有人在他面前说苏轼的坏话，他就想通过详查此案，证明那些人对苏轼存有偏见。没想到，结果居然证明苏轼确有犯法之事。想来想去，他难以相信苏轼会犯法，但他又难以相信查案之人胆敢欺君！于是，他决定亲自审问。

这一天，君臣们又来到了金銮殿上。神宗让谢景温宣读了御史台查案的奏章后，问王安石道："相国可知苏轼贩盐一事？"

王安石答："启奏陛下，臣此刻才听说此事。"

神宗又问："那么，依相国看来……"

王安石道："依臣看来，苏轼断不至此。"

谢景温出列道："陛下，臣原也以为苏轼断不至此，但因已有人证，臣不能不秉公奏报。"

神宗道："既有人证，可传来问话。"

谢景温向外叫："带人证上殿！"

殿外应声走来船老板，他何曾见过这等场面？何曾想过会来到皇帝面前？原以为照人家的吩咐胡诌几句，就可以免灾还可以得钱，没想到陷入泥潭脱不了身了。在皇上面前，一言不对，说杀就砍，也许今天就活不成！这么想着，他进殿时就没留神门槛有多高，后脚一绊便向前扑下去，摔了个狗吃屎。他爬起来再不敢往前挪动一步，就那么哆哆嗦嗦跪在门槛边，伏在地上连头也不敢抬。

谢景温向他厉声道："船老大，把苏轼回川葬父贩盐之事，细细奏明皇上。若有半句虚谎，小心你的脑袋！"

船老板叩头如捣蒜地唯唯答应着，随后便上牙磕下牙、口齿不清地把事先学会的话一句句背出。

神宗没听几句就不耐烦了："他嘟嘟囔囔说些什么？"

谢景温赶紧道："陛下，这等市井小民见了皇上哪还说得出话。他的证词，奏章上都写着了。"

走江湖的船老板不傻，他一听就明白，说话的这位大人在掩护自己，心里顿时闪过一念："也许这假案背后的指使人就是他。"正想着，又听得这位大人道："船老大，知道苏轼贩盐之事者，还有何人？"

朝廷上有人庇护，船老板的心稳定下来，说话也清楚许多："犯法之事，苏大人自不会让别人知道，小的们也不敢乱说。但除去小人之外，还有两名帮忙搬运私盐的船工知道，大人可找他二人讯问。"

谢景温道："早就问过了，何须你说。"又呵斥道，"下去候着！"

船老板应声："是。"爬起来退出去。

谢景温向神宗道："启奏陛下，王子犯法，与庶民同罪。朝廷不能因苏轼会写文章便任其犯法。下官职责所在，将对之缉拿审问。"

神宗犹豫道："缉拿……先不忙吧，此案恐还须再行清查……"

谢景温道："陛下，案子已经查清了，已有三个人证……"

"这里还有一个人证！"殿侧传来一个女人的声音。

众人惊诧地望去，见高太后正从殿侧走来，身后跟着太监李守忠。

神宗连忙起身道："母后……"

高太后向神宗施礼道："参见皇上。"

神宗赶紧趋前扶住，"母后免礼。"一面吩咐，"赐座。"

太监张元振搬来椅子置于帝座之侧，神宗扶高太后坐下。

高太后道："皇上，哀家是来做证的。"

神宗道："母后有话请讲。"

高太后转向群臣，缓缓说道："哀家请教众卿，苏轼乘坐的船只，可装载多少盐，可赚得多少银子？"

群臣无声。

高太后指着谢景温道："这位大人，你既然说案子已经查清了，该能回答哀家所问吧？"

谢景温只得答道："启奏太后，那船老大说，装载了两千斤私盐，可赚二百多两银子。"

高太后冷笑一声道："哼，二百多两银子！"回头向李守忠道："呈与皇上御览。"

李守忠应着"是"，把手里捧的诏书文稿呈放到御案上，说："皇上，这是先帝爷亲笔所拟诏书的文稿。苏大人的父亲去世之时，先帝爷曾下诏抚慰，还命奴婢由内库取出丝绢百匹、纹银百两相送。"

高太后又指着谢景温道："请问这位大人……"

神宗忙道："他乃御史中丞谢景温。"

高太后拖长声音道："哦，是御史大人啊……请问御史大人，内库丝绢百匹，价值几何？"

谢景温嗫嗫嚅嚅道："价值三百多两银子。"

高太后向李守忠示意，李守忠向神宗道："启奏陛下，奴婢送去价值三百多两银子的丝绢和百两纹银，可是苏大人只领诏谢恩，银两与丝绢皆辞而不受。此事可查内库账目。奴婢领走的东西，又都退了回去。"

高太后又面向群臣道："王珪王大人可在？"

王珪出列答："臣在。"

高太后道："哀家记得，苏洵老先生故去之时，韩琦相国曾赠银三百两，苏轼辞而不受，可有此事？"

王珪道："确有其事。"

高太后道："哀家还记得，当时欧阳修大人也曾赠银三百两，苏轼也辞而不受。可有此事？"

王珪道："确有其事。当时，臣与范镇大人、司马光大人等也送去丧礼，苏轼皆辞而不受。"

高太后道："当年，王驸马去苏轼家吊唁回宫，向太皇太后与哀家谈及此事，太皇太后与哀家便感慨良久。故而数年过去了，哀家还记得此事。哀家不明白，先帝与大臣所赠银子当有二三千两之多，但苏轼都不肯要，为何偏去贩卖私盐，图那犯法的二百多两银子？"她站起身，"请教御史大人，苏轼贩盐所得的银子，与先帝所赐、大臣所赠的银子，有何不同？"

"哗啦！"一个细瓷盅摔到地上，碎了！

王安石气得二目圆睁，青筋暴跳，嘴唇颤抖。

房里垂头站着谢景温，门边站着王雱。

王安石咆哮着："说呀！谁支使他诬告苏轼？"他指着谢景温，"是你？"谢景温赶紧说："下官不敢。不敢……"王安石指着王雱：

"是你?"王雱道:"本少爷没那闲工夫。"

王安石吼道:"不是你们还有谁?天下之人都会以为是我支使的!"他顺手抓起一个物件来使劲摔去,怒吼着,"你们陷我于不义之地!你们陷我于不义之地!"

"哗啦!"神宗在后宫里也摔碎茶盅,在卧室中烦躁地走来走去。张元振忙叫小太监去请皇后。

少时,向皇后走来,见神宗正往床上一倒,拉起被子蒙在脸上。

向皇后走到床边坐下,轻声道:"陛下……"

神宗不理。

向皇后轻轻说:"陛下,何不将那船老大交与大理寺审问,查出背后支使之人,加以严惩。看今后谁个还敢欺君罔上。"

神宗摔开被子坐起道:"有什么可查的?诬陷苏轼的,分明就是那些人!他们不把苏轼弄出汴京不甘心!要查,只有把事情越闹越大。闹得朕把许多人都撤了,朕用谁来变法?如今,朕恨的是自己!"

向皇后道:"陛下有何过错?陛下还不教缉拿苏轼呢。"

神宗道:"可是朕允许查办此案!"

向皇后道:"陛下也是好意,想证明苏轼的清白……"

神宗道:"苏轼倒是清白了,可朕却成了昏君!"

向皇后道:"怎么会?不会的!"

神宗道:"朕根本就不该允许他们查办此案!史官必将此事写进史书。后世之人若将此事拿去添油加醋,朕便成了昏君。纵然朕是出于好心,可谁又知道?谁又相信?"他丧气地仰面倒下,又拉过被子蒙在脸上。

一心要做个"宋室中兴"的皇帝,神宗非常看重自己的声誉。他不愿因为苏轼这件事,自己被臣民看扁、看轻。他懊恼:这件事的影响,自己无法控制了。

那天,驸马王诜向苏轼报信后,又进宫向曹太皇太后和高太后奏报。高太后听说了,便去替苏轼辩冤。而曹太皇太后就闷闷不乐地等候结果。

高太后来了。她向曹太皇太后叙述了殿上审理苏轼一案的经过，最后说："苏轼的案子也算了了，太皇太后您别担心了。"

曹太皇太后道："苏轼不会留在汴京了，也不能留在汴京了。"

高太后道："太皇太后料事如神。苏轼已上表请求调出汴京，皇上命他通判杭州。"

曹太皇太后说："杭州倒是个好地方，可惜任通判是副职。"她愤懑起来，"如果还要论资历，苏轼为官十余载，资历也不浅了。如果要论政绩，最早变法的就是苏轼。他在凤翔府变革'衙前役'，使官府与百姓俱得受益，仁宗皇帝曾下令在渭州一带推行。后来他到了开封府，就上书谏买花灯，助皇上纠错，保朝廷声誉。这些事别人何曾做过？为何他就不能出任杭州知府？！"

高太后道："明摆着，那些人惧怕苏轼掌权。如今呀，朝堂上的许多人，不是想置苏轼于死地，就是想弄得他翻不了身。就是这杭州通判，也是皇上的恩典。要是依了别人，便要将他调去偏远之地。杭州毕竟是个好地方，苏轼去了，至少可以少吃些苦头。"

曹太皇太后惆怅地遥望天际，自语般说道："想当年，仁宗皇帝殿试归来，兴高采烈地对哀家说：'朕为儿孙觅得两宰相。'那时，哀家与皇帝还饮酒相庆。如今，苏轼已效力三朝皇帝。三朝皇帝皆有意重用苏轼，可迟至今日，也未能重用。"她长叹一声，"哀家不知，这是苏轼的不幸呢，还是大宋的不幸……"

曹太皇太后说的，也是高太后的思绪。在对待苏轼的问题上，她俩完全一致。听太皇太后这么说，高太后除了叹息，也说不出别的话。

当太后与太皇太后在为苏轼惋惜时，章惇来到王安石家中。

寒暄之后，章惇对王安石说："相国，可还记得从凤翔来到汴京送'联名状'，控告凤翔知府和苏轼把兄弟的那个人？"

王安石道："记得，叫江琥嘛。他怎么啦？"

章惇笑道："他跟苏轼一样，到杭州去了。"

王安石道："哦……他是不敢回到凤翔去吧？"

章惇道:"是的。他来状告上司怎敢再回去?可是,那时苏轼在汴京,他也不敢留下。当时,我叫他去秀林县投奔邓绾,不想邓绾又进京报喜来了,来了就没有再回秀林县。于是江琥辗转去了杭州,在府里还是当个书吏。"

王安石淡淡地"哦"了一声。他不明白,这么一个小人物的去向,章惇为何巴巴地来向自己禀告。

章惇见王安石对这消息不感兴趣,知道他没有明白其中奥妙,便小心地提示道:"苏轼被人告了状,不得不离开汴京,想必不肯善罢甘休。相国要不要提防他东山再起呢?"

王安石大不以为然。他说:"有什么好防的?待新法见效后,苏轼可能回心转意。那时,他不想回来,我也要把他调回来。倘若他冥顽不化,他就是想回来,本相也不许他回来。防他做什么?"口里这么说的时候,他心里已明白了章惇的用意:在苏轼身边安一个"探子",以便拈过拿错打击苏轼。于是他想:"此人有蛇蝎之心。可用他做事,不可让他掌权。"

章惇碰了个软钉子,悻悻地告辞出来。

章惇牢记着他和苏轼游玩黑水谷时的心底誓言:"看我们两人谁个先当宰相!"自从他来在朝廷内而苏轼尚在朝廷之外,他就觉得自己比苏轼离宰相更近。现在他的心思,和当年王珪造《辨奸论》时一模一样。当年,王珪算计着:韩琦、欧阳修之后,就轮到王安石和自己为相了,殊不知半路杀出个程咬金——苏轼。苏轼威胁了他的前程,他不得不将苏轼排挤出朝,又促使王安石告假回乡。现在,章惇也算计着:王安石、王珪之后,能接替相位的人只有吕惠卿和自己了。吕惠卿与王安石亲近在先,自己很难将他挤走。那么,自己也只有跟王珪一样,先当副相,再徐图相位。

怀着这样的谋划,章惇决定:首先,不能得罪吕惠卿,以免招致他的反对。其次,努力修补和王珪的关系。虽不能像从前那样亲密无间,也要使他不成为自己前进的障碍。再次,也是最重要的,是尽可能取得王安石更多的赏识和信任,最好能成为他的第二心腹。这就是他今夜前去相府的目的。他要私下里向王安石透露,自己在杭州有可用之人。没想到王安石对苏轼的态度不是面子活儿,而是真的希望苏轼能回心转意。

　　章惇冷笑：就算苏轼真的回心转意，也不能容他立身朝堂！我章惇一定要在他之前当上宰相，否则，我就永远也当不上宰相了。于是他想，对付苏轼的事，再不能和别人商量了，还是自己悄悄干起来吧。待苏轼有了东山再起之机，他便有话可说，让那些假好人、伪君子都佩服自己的远见。

　　可是，有什么办法能改变皇帝对苏轼的宠信，而使他永远不能回朝呢？

　　章惇能够放心支使的人，只有小小的书吏江琥。做什么事才是江琥力所能及的？从这一天起，章惇每日下朝，便潜心琢磨此事。终于，他想出了一个办法。这个办法，江琥可以轻而易举办到；这个办法，很可能将苏轼推到鬼门关前。

第二十一章
除夕之夜

熙宁三年（1070年）四月，朝命下达，令苏轼出任杭州通判。

这回，苏轼可不像去凤翔那样精神振奋、雄心勃勃了。这回，他是没法待在汴京而请求外放。他也明白皇上的用意：让他避开变法的中心和是非的旋涡。朝廷不寄望他做什么，自己也不能做什么。变法的结果、国家的兴衰、百姓的命运，都只有付与苍天。

这年六月，苏轼带着王闰之和十三岁的长子苏迈，还有去年才出生的次子苏迨，以及家人苏兴等一行，到陈州与苏辙一家相聚，在苏辙家住了两个多月。其间，苏轼和苏辙一起，专程去颍州看望欧阳修。

大门前的欧阳仁看见来了苏轼兄弟，高兴得扑扑跌跌奔进院子，边跑边叫："老爷老爷，苏大人来了！两位苏大人来了！"

须发如银的欧阳修从大厅里走出，看见了跑着进来的苏轼、苏辙。

苏轼、苏辙叫着"老师"奔上台阶，在厅前一人拉着欧阳修一只手，三人痴痴相望，一时间都欢喜得说不出话。还是性情冷静的苏辙想起了礼节，连忙跪下说："老师别来可好？"苏轼见了也要下跪，却被欧阳修一把拉住说："不必了。"又扶起苏辙说："快起来吧，进屋叙话。"

进入大厅坐下，欧阳修知道他们是专程来看望自己，更是高兴得合不上嘴。他说："我也想念你们哪。老夫今年六十五了，与你们见一次算一次了。"

苏轼忙道："老师不要这样说！"

苏辙也说:"老师一点不见老。"

欧阳修笑道:"年轻人都听不得我说'人老了,要死了'这些话,可人总是要老的。子由你长出胡须啦,子瞻你鬓角也见白发啦,我焉得不老呀?"

苏轼兄弟在欧阳修家里住了二十多天。这二十多天,他们心里都装着一个彼此关切的话题,那就是朝政,是变法,是天下苍生,是理想与现实之间无可调和的矛盾。正因为都知道无可调和,所以又都避免触及这个话题。他们希望在难得相聚的日子里,多一些快乐,少一些烦恼。虽然,那烦恼堆积在心的深处,不但没有减少,反觉比原来更多。于是,他们每日里饮酒填词赋诗。只有诗酒可以给他们些许快乐,只有诗酒可以使他们暂时麻痹。

这一天,是欧阳修的六十五岁生日。他躲开亲朋的祝贺,领着二苏去到城外,在湖边的凉亭中摆下酒菜,只三人一起过生。

几杯下肚,欧阳修尚未尽兴,苏轼已带醉八分。他说:"老师,您不老,我也不老。不信,学生舞剑与您看看。"

那时的读书人除了读书、写字,还要学学琴、剑、棋、画等技艺。苏轼舞剑水平不高,此前除了苏辙,谁也没见过他舞剑。今天是欧阳修的生日,而且,这生日只和他兄弟俩一起过。老师这份深情厚谊,在苏轼的心里翻滚着。他不知怎样表达自己的感动,于是想起了舞剑。

欧阳修笑道:"啊,我还不曾见过你舞剑呢。舞吧,让我开开眼。"

苏轼说:"此处无剑。借老师的拐杖,权当宝剑,让我比画比画。"

欧阳修说:"好,好,拐杖借你。"

苏轼拿过拐杖,顺手摘一朵野花插在头上,说:"老师,我戴上一朵花,再加上一支歌,以花添色,以歌佐舞,权与老师祝寿。如何?"

欧阳修笑道:"歌也好,花也好,舞也好,只要是你子瞻的,什么都好。"

苏轼出亭,头重脚轻,手执拐杖,歌舞起来。他边舞边唱道:

> 谓公方壮须似雪，谓公已老光浮颊。
>
> 竭来湖上饮美酒，醉后剧谈犹激烈。
>
> 湖边草木新着霜，芙蓉晚菊争煌煌。
>
> 插花起舞为公寿，公言百岁如风狂……

唱到这里，苏轼想做个转体动作，谁知身体还没有转过去，便一跤摔到地上。欧阳修和苏辙笑得前仰后合，等他们好不容易住了笑声，却见苏轼已经睡着了，躺在地上一动不动。

欧阳仁过去，想要扶起苏轼，却被欧阳修一个"慢"字拦住。

欧阳修伸手一指，欧阳仁这才注意到，两只蝴蝶正在酣睡的苏轼头上，绕着野花飞来飞去。

欧阳修道："子由，你说那蝴蝶像谁？"

苏辙问："像谁？"

欧阳修道："像如今朝廷上的那些忙人……"他用筷子击打着杯碟，轻轻唱道：

> 江南蝶，斜日一双双。
>
> 身似何郎全傅粉，心如韩寿爱偷香，天赋与轻狂。
>
> 微雨后，薄翅腻烟光。
>
> 才伴游蜂来小院，又随飞絮过东墙，长是为花忙。

这是苏轼、苏辙和欧阳修的最后一晤。在他们离去的第二年，一代文章宗师便与世长辞了，享年六十六岁。

苏轼内心的孤独，在欧阳修面前表露无遗。临行时，欧阳修便向他介绍了金山寺的高僧佛印，说与佛印交友，可以消除烦恼。当苏轼前往杭州路过润州时，便带着苏迈去金山寺拜访佛印。

苏轼父子来到金山寺外，见一个白须白发、仙风道骨的老和尚正在庙门前眺望。苏轼便上前施礼道："请问禅师，莫非法号佛印？"

老僧道："山僧正是佛印。"

苏轼道："在下四川眉山苏轼，特来拜会禅师。可容我进殿一叙？"

佛印微笑道："进殿倒无不可，只是没有大人的座位。"说着，闪过身子让苏轼进殿。

苏轼一边进殿,一边笑道:"既无座位,愿借和尚四大暂作禅座。"

佛印道:"山僧有一句转语,大人若能回答便罢。若不能回答,须解下腰间玉带,留镇我寺山门。"

苏轼笑道:"好。"说罢,解下腰间玉带放在香案上,"禅师请讲。"

佛印说:"适才大人说,要借和尚四大暂作禅座。可是,和尚四大本无,五蕴皆空,大人在何处坐下?"

苏轼语塞:"这……"

佛印大声道:"收了玉带,永镇山门。"有小和尚应声上前,捧起玉带便走,佛印道,"多谢大人。阿弥陀佛。"

苏轼对苏迈笑道:"爹爹班门弄斧来了,活该丢失一条玉带。"说罢,他不觉开心地笑起来。但是,当他的眼光落到观音座上时,他突然问:"观音自己是佛,为何还要手数念珠?"

佛印道:"佛也念经,好比世人求佛保佑自己。"

苏轼道:"那么,观音菩萨又求什么佛来保佑她呢?"

佛印道:"求她自己。"

苏迈好奇怪,说:"大法师,观音菩萨自己就是佛呀,怎么求她自己呢?"

佛印笑道:"小公子,你没听人说过吗?求人不如求己呀。"

苏迈好像明白了:"哦,求人不如求己!"

苏轼向儿子道:"好,我们都记住,求人不如求己!"

苏轼在金山寺盘桓数日,与佛印相谈甚欢,二人从此成了好友。

直到十一月底,苏轼才慢条斯理到达杭州。这年他三十五岁。

当时的杭州府已有一个通判,住在府衙南厅,人称"南厅通判"。知府陈襄接到公文,吩咐打扫北厅,让苏轼一家居住,于是苏轼被称为"北厅通判"。

知府陈襄对苏轼心仪已久。苏轼的诗文,凡能找到的,他都读过;苏轼的奏折,他虽未眼见,却早有耳闻。他对变法的观点与苏轼相同，所以参加了司马光、范镇的那一波"辞官潮"，从而外放杭州。他因为自己没有苏轼直言上疏的勇气，从而对苏轼更加佩服。现在，苏轼来到他的麾下，他决心在自己力所能及的范围内，善待苏轼并与他交友，让他在杭州过得舒服。就这样，不幸的苏轼，来到了一个还算幸运的环境中。

等长途跋涉的苏轼安定下来，已近年关，家家户户都在打扫庭院，更换楹联，张挂花灯。偶尔听见的"嘣嘣"声，是小孩在街头巷尾玩耍零星炮仗。

除夕之夜，苏轼住的北厅也灯火通明，一派过年景象。王闰之抱着一岁多的苏迨，看苏兴与苏义在门上张贴对联，看秀嫂与碧桃摆果品点花灯，看苏味做全家都喜欢的菜肴和点心。王闰之刻意备办了一个喜庆的大年三十，好除掉晦气的去年，迎来安乐的新年。

黄昏时，天上飘起了针尖大的小雪，一家人便开始等待苏轼回来。但，大年三十夜，苏轼却回不来。他正由江琥带路，走出府衙。

江琥，如今是杭州府的书吏了。对苏轼的到来，江琥满脸堆笑地接着。当然苏轼知道，他就是送"联名状"进京的人。而江琥也清楚，苏轼虽然不知自己是章惇的"暗探"，却一定知道自己是拥戴新法那边的人。见面后，他们都不提凤翔之事，别人还以为他们本不相识。

江琥把苏轼带出府衙，带到杭州府的监狱。这是个昏暗、拥挤、封闭、肮脏的监狱，里面关满了衣衫褴褛的犯人。虽是寒冬，一步跨入也能嗅到刺鼻的臭气。

木栅后飘出一个女囚的歌声：

　　雪花飘飘风凄凄，铁窗人儿把头低。

　　有恨无言箭下鹿，生死未卜笼中鸡。

苏轼那悲天悯人的情怀顿时透不过气来。他停下脚步，回头问江琥："今夜是除夕，为何定要今夜点名？"

江琥答："这是衙门旧例。每年除夕夜，都由通判大人将狱中囚犯提出来，一一点名过目。大人未来时，由南厅大人点名。今年您来了，南厅大人说，让大人来点名，也就顺便知悉了情况。"

苏轼转身走去，说："那就点吧。"

当苏轼来到大堂时，武装衙役已环列于大堂上下。苏轼坐到公案后，江琥便捧来早已备好的一堆名册。

苏轼惊诧，问："一个杭州府，怎会有这许多的犯人？他们都犯了什么罪？"

江琥答道："有偷盗的，有抢劫的，有杀人放火的，有贩卖私盐的，有借了青苗钱而不肯偿还的。总之，各种各样的犯人都有。"

苏轼道："从重犯开始，你来点名我来看。"他把那堆名册推开。

在府衙的北厅里，苏家人眼巴巴等着苏轼回来团年。苏迨早已在王闰之的怀里睡熟了，大人小孩的肚子都饿得咕咕叫。

秀嫂问："少奶奶，大年三十的，大少爷怎么还不回来？"

王闰之道："想必有什么难办的事，让众人先吃饭吧。"

秀嫂说："那如何使得！团年饭是一定要等大少爷回来吃的！"

苏迈也说："爹爹不回来，我不吃饭！"

王闰之拍拍他的头说："真是个孝顺儿子！可是，姨妈妈不能让你饿着。你正是长身体的时候，饿着了，你爹爹会心疼的。我们不能让你爹爹难过，对吗？"她扭头向秀嫂说："你们忙了一天，早饿了。让众人饿着肚子等他，大少爷回来会责怪我的，叫苏味把点心热了，众人先吃些点心垫垫肚子，等大少爷回来再正经吃饭。"

这时，苏轼正坐在监狱的大堂上，听江琥一一点名。杀人放火的、抢劫偷盗的都过堂完毕了，只剩下几个贩卖私盐的，被点名的犯人正从堂下走过。

突然，墙外爆发了惊天动地的鞭炮声，还有冲天而起的烟花。

大堂上下的人，不论点名的还是被点名的，顿时都扭过头去，盯着高墙外夜空里的七彩烟花。

桌旁的江琥又拿起一本花名册，说："大人，以下是借贷青苗钱未曾归还者。"

苏轼像被蜜蜂蜇了似的，浑身一颤。江琥的声音响在他耳边："罪囚郑青云。"苏轼坐直身子，提起精神向堂下看去，见一个须发皆苍的老者拖着镣铐颤巍巍走过。江琥的声音："罪囚李小三。"苏轼看见一个十几岁的瘦弱少年，拖着镣铐木呆呆走过。江琥的声音："罪囚冯王氏。"苏轼看见一个四十多岁的妇女蓬头垢面哭哭啼啼走过。苏轼的耳边只有一个声音了:"罪囚……罪囚……罪囚……"苏轼陡然觉得烦躁不安,觉得胸口疼痛。他欲哭无泪,欲喊无声,头昏手凉,身冒冷汗。

夜深了,王闰之还在北厅倚门而立。秀嫂拿来一个取暖的铜水壶,放在她的手上。她摸摸热水壶,拉起苏迈的小手放到水壶上。

除了小苏迨睡在被窝里,苏家的人都在厅堂里等待苏轼。

苏兴过来说:"少奶奶,我们放鞭炮吧。除除晦气,明年的日子就好过了。"王闰之无言地点点头。

当苏兴正要点燃鞭炮时,忽有人闯进大门,一迭连声叫着:"苏大人病了!苏大人病了!"

厅堂里的人闻声,一齐发疯似的向屋外奔去。

北厅通判苏轼病了,继续点名的事,只有南厅通判杨典去顶着。面目白净的杨典从饭桌边站起,剔牙咂舌地向外走,嘴里嘟哝道:"人有点名气,生病也会拣时候。前几年都是我除夕点名,只道今年可以落个清静,不承想人家偏挑这时候生病,害得我还是过不好一个除夕。"他走出有"南厅"二字的院门,站在门前,望着对面的"北厅",问:"苏大人患了什么病?"

衙役说:"小的不知什么病,只见苏大人吐了一口鲜血……"

杨典鼻子里"哼"了一声,说:"只怕是心血来潮吧。"

除夕之夜,苏轼在公干时得病了!知府陈襄十分过意不去,特准苏轼休假养病两个月。苏轼便带着王闰之、两个孩子和秀嫂,住到小孤山的寺庙里。

这天,王闰之端着药碗来到苏轼的房中,见他手里握着一卷书,口里正自言自语:"我本不违世,而世与我殊……"

王闰之问:"看什么书呢?"

苏轼答:"佛经。"

王闰之笑道:"你看佛经,也看不破红尘的。"

苏轼道:"总可以帮我看开些。否则,岂不将我憋死?"

王闰之只有叹气,她端着药碗坐到床边:"喝药吧。"

苏轼正喝药,苏迈跑来,叫着:"爹爹,您看谁来了?!"

苏轼扭头看，见一个体态壮硕的身影站在门边，不觉兴奋地叫起来："佛印大禅师！"

佛印哈哈笑着走来床前，道："人家都是有了病来杭州休养，唯有你苏大人到了杭州才生病。山僧看大人这病，不是身病，而是心病。"

"吾身与心俱病也。"苏轼指着端椅子过来的王闰之，说，"禅师，这是贱内。"

佛印向王闰之稽首道："阿弥陀佛。"

王闰之赶忙还礼道："大禅师请坐。"

佛印道："山僧是特地来与苏大人治病的。"又向苏轼道："山僧赠大人衲衣一件，求我佛保佑大人平安。"他把捧着的衲衣递与苏轼。

佛印到后，也在小孤山庙里住下。每日清晨，苏轼便穿上佛印所赠衲衣，在松树前跟着他练气功。佛印说，气功可强健身体，还可驱除烦忧，苏轼这样的人非常需要气功来调和身心。佛印还与苏轼谈佛说禅，帮助他抚平心中的万顷波涛。

其实苏轼也明白：他既不能反对皇帝，又无法匡正新法，他只有和所有不赞同变法的人一样，把这段人生稀里糊涂敷衍过去，一切交付天意。在与人无争的寺庙里，他的心渐渐平静下来，也渐渐适应了新的生活。

半月后，佛印要走了，苏轼想写几个字送他。和尚们知道了，便抬一张桌子到小院里，在桌上放好文房四宝，把身穿衲衣的苏轼围在中心，要看他写字。

面对高僧佛印，苏轼一时竟想不出写什么才好。

这时，苏迈正在桌边伸长脖子看，苏轼便问："迈儿，佛印大禅师要回去了，你说爹爹写什么文字送他为好？"

看热闹的和尚都笑吟吟望着苏迈，想听这小孩说点什么。佛印忙与苏迈解围道："孩子你就说，禅师只稀罕爹爹的字，写什么都可以。"

谁知苏迈却说："不可以。禅师您是高僧，爹爹须得写一个很高很高的什么送您才行。"

佛印笑道："山僧不高，比起那竿竹，矮多了。"

苏迈便叫："爹爹写竹！"苏轼道："好，爹爹爱竹，禅师也爱竹。今日，我便来写写竹。"说罢，他挥笔而书："可使食无肉，不可居无竹。无肉令人瘦，无竹令人俗。人瘦尚可肥，士俗不可医……"

第二十二章
山色空蒙雨亦奇

苏轼的病渐渐好了。待精力恢复后,他便带着苏迈去西湖"白堤"。这天,他穿着便衣,像所有的父亲那样,牵着儿子的手闲走。

这天天气很好。春风拂面,桃花满枝。波光粼粼,杨柳依依。

苏轼牵着苏迈,一边走,一边对儿子讲白居易的故事。走不多远,忽见堤上围着一堆人。人堆旁的柳树上,有竹竿挑着一方布帘。布帘上有四个字:"圣手医诗"。

苏迈问:"爹爹,世上除了医病的,还有医诗的吗?诗,如何医呢?"

苏轼道:"我也不知,且去看看。"他牵着儿子挤进人堆。

人堆里,草地上铺了一块布,布的四角用石头压着。布上有纸笔墨砚。布后的矮凳上,坐着一位眉清目秀的少年书生。他的身旁,站着一个水灵灵的童儿。

看见苏轼挤到前面,那书生便问:"先生有病诗要医吗?"

苏轼未及答话,背后有人开口道:"我有病诗求医。"

苏轼回头,见一个读书人要上前,却被一个商人般的中年男子拉住。商人说:"别去!别跟这些骗钱的人耽误时间。"

那水灵灵的童儿立刻说:"没人骗钱!我家公子医诗,分文不取,只是借此操练学问而已。"

读书人听说,便向那商人道:"人家是操练学问,何妨与他操练操练。"说着挤到最前面。

矮凳上的少年忙起身,拱手道:"仁兄有何病诗?是否要写到纸上?"

读书人说:"不必写,你听着就是了。"于是念道:

久旱逢甘雨,他乡遇故知。

洞房花烛夜,金榜题名时。

医诗少年听了,说:"仁兄所念之诗,乃五言绝句。每一句说的都是'喜',但所言之'喜',并非非常之喜。若加上二字,变为七言绝句,就是了不得的大喜了。"

读书人道:"请讲。"

医诗少年道:"请听。"他念:

十年久旱逢甘雨,千里他乡遇故知。

和尚洞房花烛夜,老童金榜题名时。

读书人笑道:"嗯,每句添上两字,果然意趣不同。"

围观的人都笑起来,觉得这个游戏很有趣。

苏迈问:"爹爹,医诗的哥哥医得可好?"

苏轼微笑道:"好。好。"

又有人凑趣说:"医诗兄弟,我也说一首病诗,请你医上一医。"

医诗少年道:"请讲。"

那人念道:

清明时节雨纷纷,路上行人欲断魂。

借问酒家何处有,牧童遥指杏花村。

旁边有人说:"仁兄可曾弄错?此乃晚唐大诗人杜牧的诗,为何说是病诗?"

那人道:"卑人姓杜,杜牧乃卑人的先祖。卑人说此诗是病诗,它就是病诗,但不知这位医诗圣手能否医治?"

便有人笑道:"啊,来了一个抬杠的。"

苏迈说:"他是想考考医诗的小哥哥吧?"

医诗少年笑道:"考我也欢迎。既是杜家之人求医,学生就大胆医来。"他向那求医人道:"你家尊祖这诗,患了浮肿之症,我用一剂泻药,使它清瘦下来。由七绝变为五绝,好去掉那些多余的油腻。"

求医人道:"好大的口气!"

医诗少年不慌不忙地说:"请听。"他念:

清明雨纷纷，行人欲断魂。

酒家何处有？遥指杏花村。

求医人不服："遥指杏花村，谁人遥指杏花村？是你，还是我？"

医诗少年道："当然是行人啰。行人来往，互相问路，乃寻常之事，何必写出张三李四呢？你家尊祖说'借问'，也没说向谁'借问'呀。"他忽然转向苏迈道："小弟弟，你说是也不是？"

苏迈说："是。"又仰起头问："爹爹，您说是不是？"

苏轼笑道："是。能自圆其说就好。"

苏迈道："爹爹，我也想请小哥哥医诗。"

苏轼很高兴："好呀好呀，你想医什么诗？说给小哥哥听。"

苏迈便晃着小脑袋念道：

黄河远上白云间，一片孤城万仞山。

羌笛何须怨杨柳，春风不度玉门关。

旁边的读书人先笑起来，说："小弟弟，莫非你是王之涣的后代？"

苏迈说："不，我姓苏。"

读书人笑道："你念的诗，是唐代大诗人王之涣的杰作，有什么病呀？"

苏迈道："这样的好诗，我看小哥哥能不能也改改。"

读书人笑道："哦，是小弟弟来考小哥哥了。"扭头向医诗少年道："这诗，你也敢医？"

医诗少年道："医。此诗有病，病得不轻。"

围观的人都发出笑声。

医诗少年道："此诗的题目叫《凉州词》。既然是'词'，就应该写作长短句，怎么成了'七绝'呢？"

读书人道："小兄弟有点机巧，能抓住一个'词'字做文章。那么，你又如何医呢？"

医诗少年道："不才献丑了。"他念：

黄河远上白，云间一片，孤城万仞山。

羌笛何须怨，杨柳春风，不度玉门关。

念完他问苏迈："小弟弟，你看如何？"

苏迈抬头望着苏轼,苏轼笑道:"难为这小哥哥了,小哥哥医得不错。"

围观的人来了兴致,几人同声说:"我也要医诗……"却突然听人叫道:"哎呀,只顾医诗,没留神下雨了!"

苏轼抬头,发现太阳不知何时缩进了云层,湖上已是细雨如雾。医诗少年身旁的童儿大声说:"那边有亭子,可以避雨。"

苏轼牵着苏迈,跟着几个围观的人跑进亭子,看见亭子里已站着一个避雨的拄杖老人。

一同跑进亭子的读书人说:"早知今日有雨,我就不出门了。"

商人说:"出门没错,只是你不该医诗,等来了下雨。"

苏轼笑道:"二位仁兄,今天我们好福气,适才赏过了晴天的湖景,此刻又赏雨中的湖景。一日之中,晴雨皆得,不容易呀。"

读书人笑起来道:"听先生如此说,我等还需感谢老天爷了。"

苏轼道:"是要感谢老天爷。请看,雨中之湖,何其美也。"他忍不住随口念来:

水光潋滟晴方好,山色空蒙雨亦奇。

欲把西湖比西子,淡妆浓抹总相宜。

医诗少年立刻鼓掌赞道:"好诗!好诗!"

亭子里的人都同声附和,那商人也忍不住赞道:"好诗。好诗。"

拄杖老人欣然搭话,"确系好诗。"他向躲雨的人说,"此湖历来没个正经名字。《水经注》上称它为'明圣湖'。唐代称为'金牛湖'。白居易治湖时作石涵泄水,百姓又称它为'石涵湖'。大宋以来,官府每年在此放生,故又称为'放生湖'。也有人因其位置在城西而叫它西湖。老朽世世代代居住湖边,在湖畔开馆教书也有四十余年,每与学生论及此湖,都不知叫它什么为好。今日闻此好诗,何不便将此湖定名为西湖,或西子湖。"说罢,他环顾众人,"老朽此言,诸公以为如何?"

众人欣然附和道:"好,这名字好。"

读书人说:"西施,越国之美女也。以其名为湖名,最恰当不过。"

那商人竟也非常兴奋,他说:"好,明日我便在家门外的湖岸上立一石碑，刻上'西子湖'三字。"

医诗少年向众人道："我们都到湖边来立块牌子，好让众人都管它叫西湖或西子湖，再不胡乱叫了。"

因为苏轼这首诗，美丽的西湖从此有了正儿八经的名字，再无人叫它"石涵湖""放生湖"，或者什么"明圣湖""金牛湖"了。而苏轼的这首诗，也成了赞美西湖、妇孺皆知的千古绝唱。

有趣的是，苏轼病愈后回到府衙，竟认识了那位"医诗少年"——原来，她是女扮男装的姑娘琴操。这琴操，正应了"心比天高、命比纸薄"的俗话，原来，她是官府所属"明月楼"的乐伎。琴操恃才自负、不入俗流，最喜与人谈诗论文。可是作为一名乐伎，她没有与人切磋诗文的机会。于是，这姑娘便常于空闲时改装出门，想方设法做点自己喜欢的事，不料因此遇见苏轼。也因此，她觉得与苏轼有一份特别的亲近。苏轼也因为她的才情，对她多一分怜惜。

这时期的苏轼比较闲散。知府陈襄知道他反对新法，也就尽量少给他派差，免得他难堪，于是苏轼随了当地的大溜：三天两头应官吏豪绅或文人雅士之邀，相与吟风弄月、诗酒唱和。

在陵州任职的表哥文同，遣人给苏轼送来一信。信里告诫道："北客若来休问事，西湖虽好莫吟诗。"

苏轼感谢表哥的关心，也很想照表哥说的去做。可是，要他不过问国事已经很难很难了，若要他连诗也不做，他怎么活得下去？这个为国为民、为诗为文而生的人，不可能不谈国事还不写诗文。苏轼不能不写诗！

可悲的是，表哥言中了：诗，给苏轼招来了杀身之祸。

当灾祸尚未降临时，苏轼写下了一千多首令人悲喜无尽的诗词。那些脍炙人口的佳句，流传千年，读来仍觉口齿留香。单是咏西湖的就不胜枚举，如：

放生鱼鳖逐人来，无主荷花到处开。

水枕能令山俯仰，风船解与月徘徊。

黑云翻墨未遮山，白雨跳珠乱入船。

卷地风来忽吹散，望湖楼下水如天。

夏潦涨湖深更幽，西风落木芙蓉秋。
飞雪暗天云拂地，新蒲出水柳映洲。

西湖天下景，游者无愚贤。
深浅随所得，谁能识其全。

　　王闰之赞成苏轼的这种诗酒生活。她认为，这样可以减轻他内心的痛苦，又可以使他得到人身的安全。故而每有邀请，她总是怂恿他赴会。没人邀请，她就怂恿苏轼邀请别人。

　　某日，苏轼宴请南厅通判杨典和手下几个办事人，召琴操、傲雪、孤芳三个著名乐伎助兴。其中，还有琴操湖畔"医诗"时，站在她身边的那个"童儿"——女扮男装的小丫头王朝云。

　　当姑娘们簇拥着苏轼和他的客人来到酒楼前，忽听见有人高叫："抓住他！抓住他！"

　　苏轼等人停步张望，见一个白发老汉在前面跑，一个中年壮汉在后面追。老汉手里拿把木勺，壮汉手里操着扁担，路人吓得躲躲闪闪，老汉跑得踉踉跄跄。老汉跌倒了，汉子追来举起扁担，乐伎们见状尖叫。苏轼忙向那里跑去。

　　但是，壮汉的扁担并没有打下来。扁担举在空中停住了，片刻之后陡然放下，只是冲老汉吼叫着："还钱来！还钱来！"

　　杨典说："让苏大人去管吧，我们先上楼喝茶去。"琴操等人跟着杨典上楼，在雅间里坐下，开始喝茶、嗑瓜子聊天。

　　琴操笑道："苏大人真是'名士风流大不拘'。今日他做东，却把客人晾在这里，说不定已经把我们忘了。"她向小丫头王朝云说："你去看看他在做什么。他看见你，兴许能想起我们来。"

　　王朝云应声下楼。还没有走完楼梯，她就看见楼下大堂里，苏轼已在一张饭桌边坐下。桌前，站着那老汉和那壮汉。周围那些喝酒用餐的顾客，正推杯搁碗向苏轼的桌子围过来。人们兴奋地互相招呼着：

　　"那是苏轼苏大人！"

"快去看苏大人审案!"

王朝云听见苏轼发问:"说吧,是什么债务纠纷?"

壮汉道:"禀大人,他借了小人五两银子去做买卖,说好三个月后归还,可是,至今已有一年零两个月了,他还不把银子还我。这几个月更是躲着我不肯见面,好容易今日在这里碰着。大人,小人也是小本生意,丢不起五两银子……"

苏轼抬手,示意他不要说了,问那老汉:"你可是借他银子不还?"

老汉愁眉苦脸道:"是……"

苏轼问:"为何借钱不还呢?"

老汉道:"禀大人,老汉年纪大了,做不了力气活,便想卖扇子糊口。谁知去年雨水多,太阳少,扇子没有卖出几把,就到八月十五了。老汉无奈,改卖藕粉为生,连糊口也难。大人,老汉不是不想还钱,实在是没有钱还哪!"

苏轼向壮汉道:"今年端阳已过,马上就是酷暑热天。就等他今年卖了扇子,再还钱如何?"

壮汉未答,老汉先叫起来:"大人不可!大人不可!"

苏轼问:"有何不可?"

老汉说:"老汉的房子破,上面漏雨,下面浸水,把扇子都潮坏了,烂了……"

苏轼问:"全坏了?一把好的也没有了?"

"全坏了。"他想了想说,"剩下不多,也都发霉了。"

苏轼想想,道:"你把发霉的扇子拿来我看看。"

老汉道:"看也无用。发霉的绢扇,不会有人要的。"

苏轼道:"叫你拿来,你便拿来。"

老汉觉得莫名其妙,但还是答应着,转身向外走去。

王朝云也就转身上楼,来到雅间,向在座的人说:"苏大人在断案呢。是那老汉欠了别人的银子,没钱还。"

杨典对众人笑道:"啊呀,我们今天兴许没酒喝了。兴许苏大人会把请我们的酒钱,赏给老汉了。"

孤芳笑道:"反正有杨大人您在,我们不愁没酒喝。"

杨典笑道:"那可不行。不能便宜了苏大人。这样吧,要是苏大人真的没钱请客了,我就替他付账。不过,付账的钱,算是我借给他的,叫他回去加倍还我。"

傲雪笑道:"好啊好啊,杨大人您赚下的钱,改日再请我们喝酒。"

杨典哈哈大笑道:"一言为定!不过,你们都要帮着我,向苏大人讨要加倍的钱!"

众人一齐笑道:"好好好,我们帮杨大人要钱!"

琴操就说:"朝云,快去看看。看苏大人是否把银子舍光了。"

王朝云应声,笑着转身跑向楼下。等她来到楼梯半腰,看见老汉正把手里的扇子,放在苏轼面前。那些扇子都是丝绢做成的,有方的、圆的、菱形的,还有几把折扇。相隔仅仅十来步,所以王朝云在楼梯上也看得见:扇面上有或大或小、或深或浅、或疏或密的霉斑。

围观者见了扇子,便有人说:"霉成这个样子,哪里卖得出去!"

还有人说:"这等扇子,送我也不要。"

苏轼叫:"小二哥!"

店小二应声跑来,挤进人堆。

苏轼问他:"店里有笔墨吗?"

店小二说:"有,有,账房就有。"

苏轼道:"与我拿来。笔嘛,大小各拿几只。再拿两个碟子两个碗,碗里盛上清水。"

王朝云见状上楼,说:"苏大人要作画。"

杨典道:"怎么又作起画来了?"

琴操说:"杨大人,您不去看看苏大人作画?"

杨典说:"我看不出多少门道。你们谁想看,就去看吧。"

琴操便说:"我还没见过苏大人作画呢,我去开开眼。那,杨大人,我就失陪一会儿。"

傲雪、孤芳道:"你是风雅人儿,你去看吧。杨大人这儿,有我们陪着呢。"

琴操便和王朝云一起来到楼梯上,见苏轼正拿起一把扇子,端详片刻,落笔扇上。懂得绘画的琴操看出,苏轼是借那霉斑的态势,画出几片竹叶,使霉斑与竹叶浑然一体,使有的霉斑变成一只小虫,让人再也看不出那是霉斑。

一扇画成,围观者发出赞叹。

苏轼落款后,拿起扇子要递给老汉,不料旁边伸来一只手,将扇子抓过去,叫着:"这把扇子我买了!"

有人说:"老兄门槛精哪。苏大人画的扇子,寻常哪里去找!"

苏轼向那抓扇人说:"要买扇?可以。你出多少钱?"

抓扇人说:"二两银子。"

苏轼问老汉:"卖不卖?"

老汉几乎不敢相信,他结结巴巴地说:"二两?二两银子……卖!卖!"

苏轼笑道:"你个呆老汉!我跟你说,少了五两银子,别卖!"

抓扇人立刻道:"我愿出五两!"

壮汉沉不住气了,他说:"大人大人,这霉扇经大人一画,他卖出一把,就还了小人的债。可是,小人借给他一年多,耽误了小人许多生意。再说,还应该有利息……"

苏轼道:"不要说了。适才,你举起扁担没有打下去,我看你是个好人。这十来把扇子我全画了,你二人拿去平分。如何?"

老汉与壮汉一听,"咚"的一声跪到地上,连连叩头道:"多谢大人!多谢大人!"

苏轼说:"起来吧。"他提笔画扇。

旁边立刻响起一片叫声:"我要一把!我要一把!"同时,大大小小的一坨坨银子放到了桌面上。

王朝云和琴操站在楼梯上看着,不知为何,两人眼里都盈着热泪……

| 第二十三章 |

惊险明月楼

苏轼的诗酒生活使王闰之少了担心。她想,这样的苏轼总不会有人陷害了吧?但是王闰之错了。如果有人存心害你,你怎么小心都很难幸免。一个小小的陷阱已挖在苏轼脚下,一旦落入其中,虽无性命之忧,却将身败名裂。

那天,是杭州的传统节日——吉祥寺牡丹会。

这牡丹会不仅赏花,还赛花。凡栽种了牡丹的百姓,都可以在这天选出自家最好的牡丹,写上家主的名姓,捧到吉祥寺来参赛。主持评选的是当地缙绅,颁奖者是府衙官员。牡丹获奖,被视为牡丹爱好者的最高荣誉。

知府陈襄从未亲临牡丹会。今年特殊,因为苏轼来了!能和他一起饮酒赏花,乃一大幸事,于是他欣然前往。知府既然要去,府衙官员自会全体出动。下午未时一过,官员们便齐聚衙前,一人一顶轿子,跟随陈襄向吉祥寺进发。一路上彩旗飞扬,鼓乐喧天。市民们也将日常烦恼丢在身后,夹道观看这长长的轿子队,鼓掌欢迎父母官来到他们中间。

轿子在吉祥寺门前停下,陈襄率众官走向大殿。这时,等候在殿前天井里的十个绅民代表,便用铜盘托着牡丹走来,当着围观的群众,为官员们头上戴花。

苏轼想,自己是个半老大男人,头上戴朵花成什么样子?他想躲开,但见知府陈襄等都微笑着让人把花插在头上,他也只好就范。戴完花他不好意思地偷觑身旁,却见周围的人,不分男女老少,头上都戴着一朵牡丹花,而且互相看着嘻嘻笑。苏轼见状,也不觉嘻嘻笑了。

接着，官员们走上殿前宽大的走廊，在事先摆好的椅子上入座。

江琥站到台阶上，向围观人群宣告："今年牡丹花会，难得知府大人亲临，与民同乐。知府大人特请苏大人为今日盛会咏出牡丹诗。少时，由明月楼姑娘歌唱苏大人的诗，并献上牡丹舞。请列位大人与众位乡亲观赏。"他举手向一旁示意，殿侧便响起丝竹之声。

围观者闪开一条路，领舞的琴操带着乐伎孤芳、傲雪和伴舞的姑娘们，手执牡丹来到殿前。她们载歌载舞唱着苏轼的诗：

一朵妖红翠欲流，春光回照雪霜羞。

化公只欲呈新巧，不放闲花得少休。

一曲之后，围观百姓按惯例退出此院，到寺内外其他地方去赏花、评花。这里便摆出酒席，让府衙官员进餐。

今天，因为有知府大人出席，府衙官员都异常兴奋。苏轼、杨典等数人与知府陈襄一桌。陈襄也想借此机会，和同僚们一起高兴高兴。为了解除众人的拘谨，他说："诸位，只是吃菜喝酒也无趣，我们来行行酒令如何？"

众人一听，连忙凑趣："好哇好哇。大人说，行什么酒令？"

陈襄道："行这样一种酒令。说出一句与历史事件或历史人物有关的话，就可以独吃一盘菜。最后没有菜吃的人，便要罚酒。"见众人不太明白，他说："我先来吧。姜子牙渭水钓鱼。"说罢，伸手把一盘鱼端到自己面前，笑道，"这盘鱼归我了。"

众人笑道："明白了。这酒令好，没得菜吃的，罚酒三杯！"

笑声未停，便有人大声叫："秦叔宝长安卖马！"端走了马肉。

又有人叫："苏子卿匈奴牧羊！"一盘羊肉被端走。

杨典赶紧叫："张翼德涿县卖肉！"伸手端去肉碗。

苏轼站起身来，伸开两手叫："秦始皇吞并六国！"他指着剩下的六盘菜，"都归我了！都归我了！"

桌边发出大笑声，连知府陈襄也笑得前仰后合。

心情愉快的苏轼，尽兴喝了几杯，结果当然醉倒。知府大人出去为牡丹发奖，他也没能同去。有人将他搀到轿中，要把他抬到哪里，他也全然不知。夜幕降临时，他的官轿进了明月楼。

明月楼里，住着琴操、孤芳、傲雪三名乐伎。乐伎，人称"乐籍女子"，身份是"贱民"。因为她们抛头露面，以声色事人。所以，她们都是从穷家小户或犯罪人家的女子中挑选而来。她们不但个个面目靓丽，而且都学会了琴棋书画。她们唯一的任务，就是在官府的社交场合中助兴；或应官员的召唤陪他们饮酒、品茶、下棋、赋诗。鉴于这个职业的特殊性，宋朝的法律规定：乐籍女子要年老色衰时，或久病不愈时，才可申请"脱籍"，脱籍后方可谈婚论嫁。同时，法律禁止官员与乐籍女子有男女私情。如果有了这种事，官员就要革职问罪，乐籍女子也会受到严惩。

明月楼分三个小院，分别居住着琴操、傲雪、孤芳，以及为她们伴奏、伴舞、伴唱和伺候她们的丫头婆子，这些人都由官府供养。每年的今天，因姑娘们都去吉祥寺出差，婆子丫鬟们便趁空回家，去忙自己的事。只有小丫头王朝云无家，在楼上倚着栏杆闲看。天黑时，她看见有乘官轿进来，直接去了孤芳的小院。接着听见脚步声，分明有人上了孤芳的楼，然后，又见轿夫抬着空轿走了。

王朝云觉得蹊跷。这丫头虽然只有十四岁，却聪敏过人。她想，当官的今天都在吉祥寺，谁会黑灯瞎火来孤芳的楼上？他不怕别人知道后，不仅自己倒霉，还会连累孤芳吗？王朝云觉得，需要去提醒这人，让他赶快离开。于是她跑下琴操的小楼，跑到院子里拐个弯，再跑进孤芳的小院，跑到孤芳的楼上，跑进她的客厅。

客厅里没人！从孤芳的卧室传出男人的鼾声。天！

王朝云感到事态严重。她放胆走进孤芳卧室，顿时惊得魂飞天外：烛光下，横躺在孤芳床上的，竟然是她崇拜得五体投地的苏轼。她奔到床前，嗅到了酒气。苏大人醉了！必须让他马上离开这个房间！她去叫他。可是，叫不醒！她去搬他，可是那高大的身躯一动不动！她连忙一口吹灭烛火，希望黑暗能掩护苏轼不被人看见。她六神无主地站在房中，忽然想起，孤芳也许参与了这件事。若不然，别人怎敢把苏轼弄进她的卧室？！

这么一想，王朝云更加心慌意乱。这时，她听见楼外有了杂沓的脚步声，那是她熟悉的、轿夫们的脚步声。这脚步声告诉她：姑娘们回来了！她立刻冲下楼向琴操的小院奔去，同时决定：先不让孤芳知道自己看见了苏轼。若是孤芳参与了这件事，她上去至少要点灯、更衣，等等，这就给了自己想办法的时间。但是她又想，孤芳与苏轼无冤无仇，为什么要害人害己？那么，今夜之事，她也许是被迫的。于是她产生了一个念头：既要保护苏轼，又要保护孤芳。

当孤芳上楼进屋时，发现里里外外一团漆黑。她站在小客厅里，听见了男人的鼾声。

苏轼还没来到杭州时，明月楼的人早已知道他，而且熟悉他，因为她们唱过他很多的诗词。苏轼来到杭州后，他的爽朗与亲和，使她们忘了贱民的伤痛。要孤芳陷害苏轼，实在非她所愿。可是，她又不能不这么做，因为她必须保护另一个男人，那男人也是个官员。他不幸爱上了自己，更不幸此事被江琥发现。江琥答应为孤芳保密，条件是，让他当场抓住苏轼对她图谋不轨。江琥还说，苏轼是举国闻名、皇上宠爱的大才子，一点男女之事，朝廷不会把他怎样。听见这个说法，孤芳稍微宽心。她哭着点了头，为自己心爱的男人，她答应与江琥共设陷阱。

听见苏轼的鼾声，孤芳的心忍不住战栗。但是她知道，江琥正在墙外的黑暗中等待，只要她发出信号，江琥就会跑来"寻找""失踪"的苏大人，就会看到苏轼穿着内衣睡在她的床上。那时，她就要说出事先准备好的谎言，把一切责任推给苏轼。

孤芳颤抖着摸索到梳妆台前，慢慢打开抽屉，摸出火镰，哆哆嗦嗦打火点燃蜡烛。借着昏暗的光亮，孤芳看见苏轼横卧在自己的床上。她颓然落坐在梳妆台前的凳子上，觉得没有力气把这事进行下去。

床上的苏轼开始抬手动脚了。他口齿不清地嘟哝着："茶……""娘子，茶……"等了一会儿，他翻身坐起，闭着两眼说，"我要喝茶……"

孤芳战战兢兢站起。她望着苏轼，不知该不该与他送茶。

苏轼费力地睁开眼睛，叫道："娘子……"他摇摇晃晃站起来，迷迷糊糊晃到了梳妆台前，看见了铜镜。他落坐在凳子上，镜子里便映出一个戴牡丹花的人头。苏轼笑起来，说："这老头是谁呀？头上还要戴花？"他凑到镜前细看，"哦，是苏轼。哈哈！苏子瞻呀苏子瞻，你才三十多岁，怎么就变成老杂毛了呢？"他对着镜子，左看右看，然后迟声悠悠吟起来：

　　人老簪花不自羞，花应羞上老人头。
　　醉归扶路人应笑，十里珠帘半上钩。

他嬉笑着扯下牡丹，放在梳妆台上。

孤芳渐渐镇定下来，她决定见机行事。她端着茶盘，故意走到苏轼身后，小声道："茶来了。"

苏轼咂咂嘴："嗯。我渴了，渴了。"他接过茶盅，咕嘟咕嘟一口喝尽，却打量着茶盅道："这茶，怎么与往日的味道不同？"

孤芳从他身后拿过茶盅，低声道："睡觉吧。"她放下茶盘，蹲到苏轼旁边，低着头去与他解衣带。

苏轼道："我才起来，如何又睡？"他晃晃悠悠地站起身，"可惜你身怀有孕。不然，我让秀嫂她们陪你去看牡丹会。我们眉山呀，成都呀，都没有这样的花会。你若去了，也会戴上一朵牡丹花。"突然，他的蒙眬醉眼圆睁，问："你，你是何人？"他一把将跟在身边的孤芳推开，环顾四周道："这是何处？"

孤芳"咚"一声跪下道："我是孤芳。这里是，是我的卧室……"

苏轼问："我如何会在这里？"

孤芳道："大人您醉了，说要来我这里……"

苏轼厉声道："闭嘴！就算我醉了，可是你没醉！难道你不知朝廷的王法？你竟敢将朝廷命官抬入卧室之中！你是何居心？是否有人支使你？速速从实招来！"他大步走出卧室，来到客厅，到桌边掸衣正冠而坐，看样子就要审案了。

正在这时，琴操和王朝云闯进门来。琴操叫道："苏大人，快下楼去，姐妹们都在等着您呢。"

苏轼又吃一惊，问："等我？等我做什么？"

琴操道："等大人听琴呀。我收了个颇有天赋的小徒弟。大人您说，牡丹会后就来听她弹琴。孤芳请您上楼品尝她的新茶，让我的小徒弟先准备着。这会儿，弹琴的已准备停当了。大人您要喝茶，就下楼一边听琴一边喝吧。"说着，琴操和王朝云上来，一边一个挽住苏轼的胳膊,不由分说地架着他向楼下走去。

在下楼的过程中,苏轼已彻底清醒。他想不起有听琴这事,便明白琴操是故意前来打岔。他十分感激她们来打岔,否则,这件事真不知怎样收场才好。他断定孤芳没有这么大的胆子,也没有必要陷害自己,她背后定有支使的人。这件事若不追究,别人知道了又有点说不清楚;若要认真追究,自己和府衙上下都不免难堪。有琴操这么一岔,便可顺水推舟,装个醉酒糊涂,让这事不了了之。

自从被诬"贩卖私盐"后,苏轼才明白竟有那么多人仇恨自己。他发誓决不喝醉,以免酒后误事。今天的牡丹会,他放松了警惕,因为在座的都是府衙官员,还有知己知心的知府陈襄,他认为不会有什么意外。喜欢热闹又是初次参与牡丹盛会,他真的开心了,他已很久很久没有这样开心了,便忍不住多饮几杯,谁知就出了这种叫人难堪的事。

当苏轼的脚还在楼梯上"咚咚咚"往下走时,他已在心底给了自己一个严重警告:"牢记有人想要陷害你!时刻检点自己的行为!凡有外人的场合再也不许喝醉!"

楼下的厅堂里,傲雪和几个弹唱女正嗑着瓜子儿聊天。苏轼进来笑道:"琴操的小徒弟何在?"

琴操一边让他坐下,一边笑道:"我的小徒弟嘛,远在天边,近在——"她拖长了声音,把王朝云推到苏轼面前。

苏轼乐了:"就是这个小丫头呀!你真的会弹琴吗?"

王朝云笑道:"会弹琴说不上,会献丑差不多。"

苏轼道:"那你就献丑吧,让我看看你有多丑。"

王朝云回头望着琴操,琴操说:"要献丑就献呀。不过你尽量别太丑,省得连累师父我挨骂。"

在场的人笑着安静下来,再没人嗑瓜子儿或走动,只有小铜炉中的香烟在袅袅飞升。苏轼喝一口浓茶闭上双眼,便听见了"大珠小珠落玉盘"的琵琶声。片刻后,琵琶声戛然而止。

王朝云和琴操不眨眼地望着苏轼,姑娘们也都扭头望着他。人人都想听听苏轼说些什么。

苏轼慢慢睁开眼睛,慢慢端起茶盅呷了一小口,再慢慢起来走到王朝云面前，背着双手摇头晃脑地慢慢说：

若言琴上有琴声，放在匣中何不鸣？

他拿起王朝云的手来看着，说：

若言声在指头上，何不于君指上听？

他把王朝云的手举到耳边，逗得大家都笑起来。

琴操道："苏大人，我每次听您说话，心里总在想，您的肚子里到底装的什么？为何您说的总与别人不同呢？"

傲雪叫道："这就是才学呀！苏大人满腹文章呀！"

琴操道："还有满腹经纶，治国安邦呢。"

苏轼摇手道："不对。不对。我这肚里装的什么，你们都不知道。"

王朝云说："我知道！"

众人说："我们都不知道，你知道什么！"

王朝云："我就是知道。苏大人肚里装的是……"她忽又忍住。

苏轼笑："是什么？知道就说。"

众人也好奇，追着问："是呀，知道就说呀！"

"是……"王朝云壮起胆子，说，"是一肚子的不合时宜！"

众人有点莫名其妙："一肚子不合时宜？"

苏轼大笑："哈哈哈哈！知我者，小丫头朝云也。"

王朝云的一曲琵琶像是节日的余兴，给苏轼的牡丹会画上完满的句号。苏轼回到家里，把这有惊无险的故事说给了王闰之。王闰之明白了，在杭州还有人对苏轼施放冷箭；同时也记住了，有个聪慧的小丫头叫王朝云。

用这种下三烂的计谋来陷害苏轼，可不是章惇的主意，而是江琥自作聪明。章惇只要求他收集苏轼的言论和诗词。章惇相信"言多必失"这句老话，而苏轼爱说话，又爱写诗。只要他敢非议朝政，就可按王雱"京城逻卒"的方式对他治罪。纵不能置他于死地，也让皇帝对他心生厌恨。

可是江琥发现，来到杭州的苏轼，已不是凤翔时的苏轼了。那个锋芒毕露、年轻气盛、硬顶硬碰的苏轼不见了。知府陈襄又对他格外敬重，难办的差事都不叫他去办，所以，人们见到的苏轼都是笑呵呵的，江琥收集不到他的什么言论。至于苏轼的诗，那倒是收来不少。但江琥横看竖看，找不出可以给苏轼治罪的理由。直到发现孤芳的私密时，他才想起可以利用美人计，在牡丹会上陷害苏轼。他知道苏轼好酒而无酒量，只要他醉倒，就让他身败名裂。那时，皇上再怎么偏袒他，他也不能回朝了。

江琥急于这么做，还有他的个人原因：他不甘心永远当个书吏！现在，章惇的官做得不小了，他答应过自己，若能替他除掉苏轼这心腹之患，便可让他当个七品知县。面对"七品知县"这样的诱饵，陷害苏轼便不仅是章惇的需要，也是江琥的需要了。可是，江琥只知苏轼"少饮即醉"，却不知苏轼"少睡即醒"。在周密的计划中，苏轼竟过早地醒来，实在是江琥始料未及的。而且，他醒来后又要审理案子，这让江琥想起都后怕。幸亏琴操来把苏轼拉走，否则后果不堪设想。计谋失败虽然使江琥深深遗憾，却也庆幸苏轼不曾追究。否则，他偷鸡不着蚀把米了。

以失败告终的这件丑事，江琥决定不让章惇知道。不过，他心里还是不能释然：当酒和色同时作用时，苏轼为何没有就范？

有一次，江琥陪南厅通判杨典出差，路上无聊，不免闲谈。他知道，由于知府陈襄对苏轼的特别关照，使得杨典对苏轼有三分醋意的不满，于是他大胆地说："杨大人，人说'才子风流'真不错。您看，苏大人和明月楼的姑娘走得多近。有人说，那个眼睛长在头顶上的琴操，便是苏大人的'红颜知己'。依您看，苏大人风流不风流呢？"

杨典道："依我看，说他风流也对，说他不风流也对。他是个爱色而不好色之人。"

江琥不解，问："爱色、好色，还有什么不同吗？"

杨典卖弄地道："当然不同！爱色者，只是爱色之美而已，爱观赏而不欲占为己有。好色者，见美色而起淫心，必欲得之而后快。爱色与好色，是大不相同的。"

江琥连忙恭维道："杨大人真是学识渊博，把个'色'字说得如此透彻，属下今天长见识了。"他口里说着，心里想着："早知道在女人身上还有这些讲究，我就不必枉费心机了。"

但，命运多舛的苏轼并没能就此平安无事。

|第二十四章|

行歌野哭

平日，知府陈襄很少给苏轼派差。他认为，这是对苏轼的一种爱护：少让苏轼去执行他反对的变法，少让苏轼去接触苦难的现实。只有人手不够时，或有苏轼愿做的事时，他才支派苏轼：比如，疏浚六井（水渠），让杭州人有清甜的淡水吃；比如，去常州、润州赈济灾民；比如，去湖州督办堤堰工程，等等。这些事都是苏轼乐意做的，而且，也一定是做得很好的。

有一天，陈襄把苏轼请到书房，说："上司公文到来，朝廷命翰林学士沈括，前来江南考察农田水利。沈大人到后，总需有人陪同。我想来想去，只有子瞻你最合适，但不知你愿不愿意？"

苏轼道："大人吩咐，下官敢不从命。何况，沈大人乃当今名士。其算学之精绝，无与伦比。自汉代有了张衡，天下可与之齐名者，唯今日之沈括而已。此外，沈大人还通晓天文、地理、律历、医药。如此博学多才之人，下官很愿陪他同行。有许多事情，正好向他请教。"

陈襄笑道："这就好了，我还怕你不愿呢。那就让江琥跟着去，去伺候你们的起居，还可叫他办事。你看如何？"

"好。"苏轼随口答应。虽然他不喜欢江琥，但也不会刻意反对。在胸怀坦荡的苏轼眼里，江琥不过是一个听命于人的小吏，一个在凤翔认识的旧人罢了。

四十六岁的大学问家沈括到了杭州。苏轼见他温文儒雅，意气风发，因此对他印象不错，估计此行应当愉快。

苏轼与沈括走在农村的阡陌之间，他们的身后跟着江琥。

沈括边走边说:"看江南这多好水,不由得想到汴京一带的干旱。如果我的天文星象推算不错,今年北方的干旱,非同小可。"

苏轼道:"那么,百姓又要遭殃了。"

沈括说:"朝廷一样遭殃。所以,三司颁布了《农田利害条约》,奖励各地开荒耕地,兴修水利,成绩卓著者加官晋爵。王相国变法,为的是富民强国,此乃朝廷德政。"说到这里,他回头望着苏轼道:"听说苏大人上疏反对,不知为何如此?"

苏轼微笑道:"听沈大人之言,必定未曾读过下官的那些奏章。"

沈括亦笑道:"是的。以往我无权过问,今日愿闻其详。"

苏轼道:"远在十五年前,下官即向仁宗皇帝奏明,大宋外患内忧,需变革国策以求民富国强。故而,在要求变革这一点上,下官与王相国原本相同。新法中之免役法,是利民之法,下官在开封府也曾努力推行。"

沈括似笑非笑地问:"这么说,苏大人赞同变法了?"

苏轼道:"也不能这么说……"他忽然犹豫起来,想起表兄文同的叮咛:"北客若来休问事。"他不应该与沈括谈论变法之事!

可是沈括却停下脚步,追问道:"那该怎么说呢?"

苏轼抬头看着沈括,看到对方儒雅的神态,和善的眼睛,这是个有学问、有修养的人,也应该是个胸怀坦荡的君子。既然话已说到这个份儿上,便没有理由不说下去,否则,自己倒成了多疑的小人了。

沈括再问:"苏大人既赞同变法,却又被目为反对变法。其中缘故,可否与我道明?"

苏轼道:"下官主张之变法,与王相国有所不同。下官主张缓变、渐变,不赞同相国之急变、骤变。其次,下官若要变法,便要先有严肃政纪、惩治贪官之法;下官还主张实事求是,有错必纠,不能只管推进变法,而不问变法之后果如何……"说到这里他有些激动,不觉扭头去看沈括,却见沈括已心不在焉,便也不再多说。

沈括眼望远方,对苏轼的话不置一词。片刻后,他回头笑道:"本官是来考察农田水利的,也是来向苏大人索取诗词的。你我一路同行,苏大人要多作几首好诗。"

苏轼客气道:"愿在大人近前候教。"

某日,他们走在富春江畔,见水中鸭群悠游,岸边芦苇抽芽,竹间伸出几枝桃花,沈括便说:"此处颇有野趣,苏大人何妨吟诗一首。"

苏轼笑道:"好吧,我就来胡诌几句。"于是随口吟道:

竹外桃花三两枝,春江水暖鸭先知。

蒌蒿满地芦芽短,正是河豚欲上时。

他们乘船过江时,沈括指着岸上说:"那里可是东汉时的大隐士严子陵的钓鱼台?"

苏轼道:"正是。"

沈括道:"据史书记载,这个严子陵曾与东汉光武帝同榻而眠。酣睡中,竟把自己的脚压在皇帝的肚子上,而光武帝竟不肯弄醒他。君臣间有如此情义,实在千古难得。过此富春江,观严子陵钓鱼台,苏大人岂能无诗?"

苏轼便吟道:

一叶轻舟,双桨鸿惊,水天清、影湛波平。

鱼翻藻鉴,鹭点烟汀。过沙溪急,霜溪冷,月溪明。

重重似画,曲曲如屏,算当年、虚老严陵。

君臣一梦,今古空名。但远山长,云山乱,晓山青。

沈括击掌道:"好词!"

某夜,苏轼陪沈括在住所的庭院中漫步。闲谈之间,沈括忽然指着前面的台阶道:"苏大人,您看。"苏轼抬眼望去,见白净的台阶上,一簇簇树影在轻轻晃动,煞是有趣。沈括说:"月下小景,颇有雅趣,苏大人何妨一咏。"

苏轼一笑,吟道:

重重叠叠上瑶台,几度呼童扫不开。

刚被太阳收拾去,却教明月送将来。

沈括赞叹道:"苏大人才思敏捷,天下少见。"

江琥在一旁搭话:"沈大人不知,人都说苏大人是文曲星下凡呢。"

又一个夜晚，苏轼依沈括的习惯，陪他饭后散步。见宽敞的庭院左右，有两棵古桧。两桧相对，直干凌空，枝繁叶茂。沈括绕着两棵桧树转圈，一边转一边啧啧称赞，说："苏大人您看，这两株桧树，凛然相对，傲然独立，好比人间志士，气节不凡。苏大人当为之咏诗一首。"苏轼便吟道：

凛然相对敢相欺，直干凌空未要奇。

根到九泉无曲处，此心唯有蛰龙知。

又一天，他们来到一座瀑布前。沈括说："看见水，我就想起北方的旱，可惜这些水不能弄到北方去。但是，在这里任其流走，也太可惜。应在下面筑坝屯水，以利灌溉才好。"苏轼听他谈到筑坝屯水事，赶紧向他请教水利问题。沈括见问，也就滔滔不绝地说起来。两人一个听，一个说，兴致勃勃而行，不觉来到一所农舍前。沈括见农舍外有桌有椅，便笑道："说累了，也走累了，就在这里歇歇吧。"转向身后的江琥道："我是又渴又饿，你到这户农家弄碗茶水来喝喝。再看看他家，有什么吃的东西可以充饥。"回头又向苏轼道："顺便也问问农耕之事。"苏轼表示同意，二人便在破椅上坐下。

不一会儿，江琥捧来一个破瓦罐，说："二位大人，农家无茶。此乃山上泉水，聊与大人解渴。"他将瓦罐放在桌上。

苏轼问："连个茶盅也没有？"

江琥道："没有。只有几只破碗，都脏兮兮的，不如就着这瓦罐喝，倒还干净些。"

苏轼将瓦罐推到沈括面前，道："沈大人喝水吧，我不渴。"

沈括捧起瓦罐看看，皱着眉头，下不了决心喝这个水。他问江琥："有吃的东西吗？"

江琥道："没有二位大人吃的东西，屋里只有一钵玉米粥。菜吗，那老汉说，可到房后去挖山笋。"

苏轼觉得很抱歉，说道："沈大人，要不您在这里多坐一会儿，让江琥下山，给您找点吃的上来。"

沈括道："算了，等他下山再上山，只怕天都黑了，我们该露宿山野了。"他向江琥道："有什么就吃什么。别弄得没力气下山了。"

江琥应声而去。苏轼对他背影叫着："先把银子付与人家！"说完回头，见沈括已捧起瓦罐，大口大口喝水，连胡须上都洒下水珠。

苏轼待沈括放下瓦罐喘气，便道："让沈大人受饥渴了，真是令人惭愧。江南乃鱼米之乡，谁知农家竟一贫如此。"

沈括道："故而，要推行新法。否则，农家永无富裕之日。"

苏轼笑笑。这时，江琥端来两碗玉米粥，放到桌上。不料破桌一晃，那粥便泼洒出来，橙黄色的水顺桌子往下流，吓得江琥赶紧撩起自己的前襟把黄水堵住，以免弄脏沈括的衣服。苏轼也赶快起身帮沈括挪动椅子，换个地方再坐。

这时，一个白发稀疏的老汉过来，把一碗切成碎块儿的鲜笋和四根当作筷子的细竹棍，放在两位大人面前。

苏轼向老汉道："老人家，打搅了。"

老汉听不清，答非所问地说："老爷，没有别的菜。这山笋是小老儿才挖来的，新鲜得好。"

这时，沈括已试着吃了一口笋，说："这是什么味？忘了放盐了。"

江琥便向老人道："老人家，拿点盐来！"

老人侧耳问："什么？"

江琥大声道："盐！盐！"

老人听清了，"没有盐哪。"他向沈括说，"老爷，小老儿三个月没有尝到盐味了。连走路都没有力气了。"

沈括把细竹棍儿放到桌上，说："怎会连盐也没有？"

老人道："朝廷有新的王法，不许百姓自己熬盐、卖盐。谁个私自熬盐、卖盐，都要抓去坐牢。只是，官家的盐又不多，价钱又贵，百姓便没有盐吃了。老爷休要见怪。"他回头对江琥说："不信你去屋里搜，一粒盐也没有呀！"

沈括沉默了。他慢慢端起碗来，把稀稀的玉米粥喝光，便起身向山下走去。路上，三个人都没有怎么说话。

因为沈括累了，晚饭后不再散步，苏轼便在自己的房间里写东西。刚写了一会儿，江琥来到窗外，说："苏大人，沈大人请您过去说话。"苏轼应声："知道了。"他写完最后几个字，用砚台压住纸边，起身出门，走向沈括的房间。

江琥跟着苏轼去到沈括那里，问明没有自己的事了，便转身走开。但是他没有回自己的房间，而是去到苏轼房里，看他写了些什么，只见墨迹未干的纸上是一首诗：

老翁七十自腰镰，惭愧春山笋蕨甜。

岂是闻韶解忘味？迩来三月食无盐。

江琥翻开这页纸，看见下面是一首词：

回首乱山横，不见居人只见城。

谁似临平山上塔，亭亭，迎客西来送客行。

归路晚风清，一枕初寒梦不成。

今夜残灯斜照处，荧荧，秋雨晴时泪不晴。

江琥往下翻，发现还有诗：

烟雨蒙蒙鸡犬声，有生何处不安生？

但令黄犊无人佩，布谷何劳也劝耕。

江琥再翻，发现下面还有诗：

行歌野哭两堪悲，远火低星渐向微。

病眼不眠非守岁，乡音无伴苦思归。

重衾脚冷知霜重，新沐头轻感发稀。

多谢残灯不嫌客，孤舟一夜许相依。

江琥翻翻下面，还有诗。他怕苏轼回来，决定赶紧抄录。他看不出这些诗有什么问题，只有抄下来交与章惇处置。他拿出早已备好的纸，慌忙抄写，可是只抄了两首，就听见沈括那边有响动，急忙溜走。

沈括回京时，苏轼代表知府陈襄送到江边。

二人下马后，沈括说："临别之际，我有一言想问问苏大人。"

苏轼说："大人请问。"

沈括道："以大人之才，难道甘心在此诗酒度日，不想再回汴京？"

苏轼不知怎么说好："这……"

沈括诚恳地道："你我之间，何妨直言相告。"

苏轼道："倘若皇上召我，下官敢不奉命？"

沈括微笑道："我想，不久以后，你会回到汴京的。"

苏轼目送沈括的船只离岸，心里琢磨着：他的话是什么意思呢？

苏轼回到家中，见王闰之抱着婴儿苏过，笑看三岁的苏迨走路。看见两个可爱的孩子，他的心情顿时开朗许多，便抱起苏迨来，亲一下，高举一下；再亲一下，再高举一下，逗得苏迨"咯咯咯"地笑个不住。他放下苏迨，又去亲吻王闰之怀里的小儿苏过。

王闰之说："沈大人走了，你该喘口气了。"

苏轼道："沈大人临行之言有些奇怪。"

王闰之问："他说了什么？"

苏轼道："他说我不久以后会回到汴京。莫非，他此行目睹了民间疾苦，回去要请求对新法做一些改动？"

沈括回到汴京，第二天，便去相府拜见王安石，向他汇报江南之行的情况。最后，他将一沓诗稿双手奉上。

王安石把那些诗认真地一一看过，问："都是苏轼写的？"

沈括道："是的。相国您看，苏轼的诗词尽皆诋毁朝政、讽刺新法之作。其中还有少许，竟直指皇上！"

王安石道："我如何看不出来？"

沈括站起来，走到王安石身边，一张纸一张纸地翻着，说道："您看这两句……您看这首诗……看，下官皆签注于此。"他指着贴在旁边的小纸条。

王安石道："文人写诗、填词，抒情而已，顶多发几句牢骚，哪有那么深的用心！"

"相国！苏轼非等闲之人，他的用心原本很深。"沈括近前机密地说，"临行之际，他还对下官说，他等着皇上召他回京呢。"

王安石道："这也是人之常情嘛。你若在外，难道不想回京？何况我对他说过，倘若变法不利天下，我情愿请他回来试试他的主张。"

沈括说："相国万万不可！苏轼留着，必成后患。不如将这些诗词呈与皇上，将他拘捕回京问罪……"

王安石打断他："沈大人！你把江南农田水利之情，尽快写出与我。至于诗词的事，以后不要再提了！"他把那沓纸还给了沈括。

　　沈括走后，王安石许久想不通："这个沈括！与苏轼无冤无仇的，为何想陷害苏轼？"

　　沈括在王安石这里碰了钉子并不甘心。离开王安石的相府后，他让轿子半道拐了个弯，直奔副相国王珪家而去。见了王珪，沈括照样奉上那一沓诗词。当王珪一页页翻看诗词时，他在一边说："下官一片好心，谁知相国竟然不予理会。"

　　王珪一边看，一边说："相国自有相国的想法。"

　　沈括说："苏轼借诗词诽谤朝廷，理当拘捕回京治罪。"

　　"沈大人忠于变法大业，维护朝廷声威，我会奏明皇上，给予嘉奖。"王珪站起来，掂掂手上的纸张，"这件事，既然相国还有疑议，你就暂且勿对他人提及，交由我来处置。"

　　沈括拱手道："多谢大人，下官告辞。"

　　走出王珪客厅，沈括很不高兴。王珪虽表示要处置苏轼，但并没有说马上处置苏轼。他想：日子长了，这事可能就会不了了之。就是以后要处置苏轼，也不像现在这样热辣辣地功在自己。今后再处置，首功可能会被王珪抢了去。

　　王珪目送沈括走出客厅，心里想着："料不到，像他这样的学问家也会如此……"他也不明白，沈括对打击苏轼何以如此上心。

　　沈括自己明白，虽然他官至翰林学士了，但环顾朝堂，有权有势者不是两位宰相的亲信，就是推行新法的干将。而沈括他，只是靠学问立身朝廷。在这样的朝廷上，仅凭学问没有多少发展的空间。要想在仕途中更进一步，就必须在推行新法中立功，以靠近宰相或取得皇帝的信任。杭州之行，苏轼陪同，这是天赐良机。打击反对新法之人，特别是打击重量级人物苏轼，必然会博得群臣喝彩、宰相青睐、皇帝重视，为加官晋爵做好铺垫。万不料，他的"立功"表现，竟未能引起两位宰相的响应，这使他不能不深感遗憾。

　　沈括不知，王珪没有积极处理苏轼的事，其原因与王安石不同。是他认为，现在不是整治苏轼的时候。

第二十五章
流民狂飙

在沈括去杭州的日子里，北方的旱灾蝗灾闹得朝野一片惊慌。而且，这惊慌正日甚一日。

这一天，在群臣等待上殿的朝房里，气氛诡异。王安石独自闭目而坐。王珪双手背在身后独自徘徊。谢景温和王雱在墙角低语。邓绾满脸谄笑地在向吕惠卿和章惇说悄悄话。曾布站在门边出神。这些人都是王安石阵营中最得力的干将。

沈括走进房来，向众人拱手道："列位大人好？"

众人道："沈大人回来了。"然后又各说各的，不再搭理他。

沈括看情况异常，便向门边的曾布走去，小声问："曾兄，朝中出了何事？"

曾布叹气道："京畿一带，去秋少雨，冬又少雪，可是今春仍然无雨……"

沈括说："我早就料到了。我推算历法又观测天象，我早就料到。"

曾布道："你料到又能如何？久旱不雨，麦收时便遇蝗灾。我长到这个岁数，首次见到这样的蝗灾。铺天盖地，日月无光，煞是骇人。结果，庄稼颗粒无收，百姓流离失所，盗贼遍地蜂起。皇上急得不知如何是好，已三日不曾上朝，每天在太庙烧香祈祷，求神佛与祖宗保佑。今日我等也只有在此候着，不知宫中是何光景。"

后宫里，曹太皇太后正在喝茶，高太后与向皇后双双走来，进门就跪在地上哭泣。曹太皇太后诧异道："出了什么事？"

向皇后边哭边说:"禀太皇太后,皇上已三日不肯进食。昨夜又通宵未曾回宫歇息。早上内侍来报,说皇上在怀德殿哭了一整夜……"

曹太皇太后惊问:"到底出了什么事?快起来说。"

高太后起身拭泪道:"皇上昨日收到一张图。"

曹太皇太后问:"什么图?"

高太后道:"《流民图》。"说着,对向皇后示意。向皇后便将手里的一卷纸在桌上慢慢展开。

这是一幅长卷,卷首题有"流民图"三字。下面画着一组组人物,尽皆流民惨状:有的号寒,有的啼饥,有的嚼草根,有的剥树皮,有的典妻,有的卖儿女,有的奄毙道旁,有的披枷戴锁,其身后还有凶恶的官员令士卒鞭笞……

曹太皇太后双手按住图纸道:"不要看了!"她闭上眼睛喘息着。政治敏感的人都明白,国家出现这样的情景,往往意味着江山动摇。

曹太皇太后待自己情绪稍定后,再问:"这图是哪里来的?"

出乎所有人的意料,这图来自一个非官非民,且与政事无关的小人物——郑侠,一个皇宫守门者。因为看守宫门,他每天都见到灾民从门外经过,其悲惨之状,令他不忍目睹,可是他不能不睹。天天看着,他的痛苦和悲愤也天天积累着。终于,他决心拼一己之身,为可怜的百姓做点事!他认定,皇帝不知道外面的情况,否则,不会对此毫无作为。他想写奏章,可是他没有足够的文字表达力,可以写出流民的惨状,于是想到绘制成图。当然他也不是画家,但他认为,只要能把流民的情状照样画出,皇上见了就不会无动于衷。这样想了,他就这样画起来。等《流民图》画成后,他便按递送奏章的方式向上呈报。可是官廷拒而不受,说他没有资格向皇帝呈献奏章。没法子,他想来想去,只有拐个弯,跑到汴京城外的官差站,假装是外地送来的公文,于是这《流民图》才得以到达皇帝手中。

后来,谢景温的御史台因此而治了郑侠之罪。罪名是他假冒外地官差,将他流放广东。郑侠走在路上时,吕惠卿又派人前去追杀。

且说眼前的后宫里,三代皇后面对《流民图》默默流泪,心里都在盘算这局面该如何应付。辈分最低的向皇后试探着开口:"太后、太皇太后,天灾连年,会不会是变法革新,惹得祖宗与上天动怒呢?"

曹太皇太后与高太后一起望着她,不知她为何会这样说话。

其实向皇后说的,是神宗皇帝的话,神宗对着《流民图》哭了一夜。他为百姓哭,也为自己哭。数年来的绝对自信,数年来对新法的狂热坚持,在《流民图》前全都崩溃了。

向皇后看见祖母和母亲诧异的眼神,忙道:"早起,孩儿去看望皇上。皇上哭着,就是这样对孩儿说的……"

曹太皇太后听了,立刻道:"既然皇上想到了这一层,那就请皇上将新法一概罢除。"

但是,神宗皇帝不能把新法一概罢除。

神宗也跟他的祖父仁宗一样,在心底以唐太宗为榜样,想要将大宋振兴到如唐朝之贞观盛世,所以他坚决变法,没想到竟招致哀鸿遍野、民不聊生。他想来想去,想不出自己有什么错,要遭到上天如此严厉的惩罚。自己无错而苍天降灾,难道是新法错了?

"可能真是新法错了!"他想。不然,怎会有那么多的大臣反对变法革新?怎会有那么多的大臣一次次当朝辞官?

他突然想起早已忘怀的"庆历新政"。祖父仁宗皇帝发现新政乱了朝政后,立刻停止施行,还罢黜了宰相范仲淹。那么,他是否也该停止新法的施行呢?仔细想想,不能啊!"庆历新政"才施行一年半,影响不大,说停便停。但是,此次变法革新,已近五年,说停就停,朝野将无所适从。再者,因为旧法不好,才改行新法。要是废了新法,又行什么法呢?在尚无更好之法可行之前,万万不能废除新法,否则就会天下大乱了!何况,如今的国库,确实比从前多了许多银子,说明新法也有新法的好处。那么,就废除那些不好的新法吧。废除了那些受人诟病最多的新法,也许会求得上天的宽恕,会缓解百姓的疾苦。

于是,神宗下诏三条:

一、凡农户拖欠青苗钱而不能偿还者,皆放其出狱,暂不追讨。

二、停收免役钱,改变市易法。

三、方田法、保甲法一并罢除。

至此，王安石的"变法革新"，可以说失败了一半。

其实，仁宗时期范仲淹的"庆历新政"和神宗时期王安石的"变法革新"，有很大的不同。

"庆历新政"改革的重点是"吏政"，是改革吏治中的弊端。

"变法革新"改革的重点是"财政"，是增加国库收入。

"庆历新政"触动的是官吏，是上上下下各级官吏的利益。甚至因为要减少科举的录取名额，而触动了"候补官吏"——读书人——的利益，于是一经实行，便引起官吏们和读书人的强烈反对，根本无法实施。而且，无法施行的情况，也通过各级官吏迅速反映到朝廷，为皇帝所知晓。

但是，"变法革新"的对象却是百姓。要解决"财政"问题，只有向人民索取。官吏们不但不会受到任何损害，反而可以假新法之名，在索取时从中牟利。所以，"变法革新"实施中的情况、实施后的效果，如果官吏们不说实话，高高在上的神宗皇帝，就完全没有感觉。仅凭阅读奏章和朝堂争吵，他也无法判断是非。

神宗罢行和改行部分新法的决定，使王安石感到风雨欲来。他把吕惠卿召至书房密商。

王安石道："太皇太后要求皇上将新法一概罢除。皇上虽未应允，但新法推行受挫，我在朝中已不可再留。明日我便上疏皇上，请辞相国之职。同时，举荐你为参知政事，代行我的职权……"

王安石话未说完，吕惠卿已大喜过望。参知政事就是副宰相啊，何况还要代行宰相之权！狂喜之际，他纳头便拜："多谢相国栽培！"

王安石道："不过，你须得依我一件。"

吕惠卿跪在地上道："但凭相国吩咐。"

王安石道："天灾年年都有，只是地域不同。因天灾而罢新法，乃反对新法者之手段。故而，你执政之后，仍须推行新法。待皇上心境平和后，须将目前免行之法，重新推行，不可将新法从此废弃。"

吕惠卿道："下官是推行新法才进入朝廷的。若毁新法，岂不是毁我自身？相国只管放心！"说罢又连连叩头。

王安石道："好，起来吧。"

于是到了朝廷上，王安石提出辞职，建议吕惠卿升为副相，并代行宰相之事。皇帝点头认可，众臣也无异议。

没料到，一个名叫李师仲的御史竟出列奏道："皇上，如今相国辞官，朝廷缺少栋梁，臣请陛下将司马光、苏轼、苏辙、曾巩等干臣，调回朝廷任用。"

王雱立刻怒吼："李师仲！你好大的狗胆！皇上不用之人，你竟想弄回朝廷！"

邓绾也跳出来道："你说！司马光、苏轼等人，给了你什么好处？"

谢景温也叫着："新法尚在施行。你要把反对新法之人弄回来，居心何在？"

几人一起冲到李师仲面前，曾布也跟了上去，一个个指着李师仲的鼻子吼道："居心何在?！你居心何在?！"他们完全忘了上面还坐着皇帝。

皇帝何尝见过这等市井小民的骂街模样？气得拍桌大叫"住口"，可是没人听见也就没人住口。神宗恼怒不已，拂袖而去。张元振高呼"退朝"，也只有王安石一人听见了，也只有他一人疾步出殿。

眼见情景险恶，朝臣们谁也不肯出声，全做了知趣的看客。

王雱等气势汹汹，李师仲冷冷笑道："诸位吵吵嚷嚷、热闹非凡，很像那日三五人邀邀约约，前往温香楼狎妓了。"

李师仲道出隐私，年纪较大的谢景温觉得有点羞耻，便不再吭声。王雱却恬不知耻地吼着："我爱到哪里狎妓，便到哪里狎妓，你管得着吗？"

邓绾帮忙吼道："李师仲！知不知道你在皇上面前放的什么屁?！"

李师仲立刻正颜厉色，大声斥责道："邓大人自重！举贤荐能，乃御史职责所在。你竟敢诬蔑皇上在听人放屁。"他环顾四周，"明日朝堂之上，我倒要问问皇上，问他是不是在听人放屁！"

听李师仲说到皇上，人们才发现金銮殿上已没有了皇上。想到刚才的失态，几人立刻气焰消退。当李师仲昂首挺胸出门时，邓绾不觉退让一旁，眼睁睁看他跨出门去。

王雱跺脚大骂邓绾："你浑蛋！亏你还读过几天书，你的文韬武略都读到裤裆里去了？这一仗要败在你的手里！"

邓绾的"放屁"说，肯定对己方不利。谢景温忙向吓呆的邓绾道："快去！去追上李师仲！赔礼道歉说好话，求他不要到皇上面前告你！不能引起皇上追究今日之事！"便有人推着邓绾，陪他去追李师仲。

看客们不再逗留，趁此时纷纷散去。

王雱愤愤然道："苏轼不死，总有人替他说话！"

谢景温道："苏轼不死，总有东山再起之日。"

曾布道："司马光在洛阳，他倒是闭门著书，不谈国事。听沈大人说，苏轼虽在杭州，其志未泯，故而不能让苏轼回朝。"

吕惠卿道："满朝文武，有几人愿意苏轼回来？我们这么多人，难道收拾不了一个苏轼？"说罢，走向殿外。

一群人立刻跟去，都知道，代相国吕惠卿如今是他们的新主子。

这群人里，有两人没有参与围攻李师仲，一是沈括，一是章惇。

沈括回到汴京后，发现朝事巨变，他的思想也发生巨变。

沈括既是大学问家，哪有不明事理、不辨是非的？他何尝不知新法弊端，尤其是到江南走了一趟以后，他心里更加了然，但要挤进权力核心，就必须拥护变法。谁料一夜之间，情势大变。以后新法行与不行，君心尚难预测。沈括明白，自己没有力量可以依靠，因此必须观望之后，再做定夺了。

章惇则认为，王安石的第一心腹吕惠卿被任命为副相，并未出他意料。出他意料的是，代行相国之权的不是王珪，而是吕惠卿。按理说，没有了宰相，代行其职的，应当是在位已久的副相王珪。而新任副相吕惠卿，只能做王珪的帮手。可是现在，竟由吕惠卿代行相国之事，而老副相王珪反倒成了新副相吕惠卿的帮手！章惇认为，这表明王安石并不信任王珪。他相信，王珪绝对不愿接受这种状况。那么，他章惇现在就有了与王珪修好的机会：与王珪联手，挤走吕惠卿，让王珪当宰相，到那时，自己便有望出任副相了。所以眼前的朝政对章惇来说，倒成了一件好事。

除了谋权夺位的盘算，章惇原本不看好吕惠卿。他认为吕惠卿过于急功近利，很容易暴露野心并树立敌人，不像王珪那么老谋深算。今天这场纠纷，王珪就未参与。张元振叫退朝时，王珪也赶紧抽身。章惇觉得，自己应该学习王珪：当皇帝摇摆不定时，更要看准火候。

跨出殿门，章惇在心里又重复了一遍自己的誓言：一定要当宰相！哪怕苏轼有朝一日会当宰相，自己也要在他之前当上宰相！现在，形势对他有利，他更加信心十足地向那个位子爬去。

王珪在回家的路上，轿子虽然安稳，心里却激流汹涌。

王珪的思路和章惇一样：审时度势，只有挤掉吕惠卿，自己才能登上相位。细想朝中众人，能与他联手者只有章惇。虽然他和章惇的关系，再也不能回到当年"世伯"与"贤侄"的状态，但是目前，他们在朝的共同敌人有吕惠卿，在野的共同敌人有苏轼。自身的利益迫使他们重新结盟。反正，章惇不可能先于自己为相。将来，章惇纵然当上副相，也在自己的掌控之中。他估计章惇会来找他，那么，自己就稳坐钓鱼台吧。

第二十六章
秋水长天

近日苏轼十分高兴。他不惜到监狱熬夜，把因新法而受惩的犯人放掉，又亲自到各县督察，看朝廷明令停止的新法，是否认真停止。润州发生水灾，他又马不停蹄到润州放粮。举凡对国计民生有利的事，他从来都非常热心，而且做起来非常高兴。等他从润州放粮回来时，苏义对他说，有位青年书生来过几次，打听他回家没有。苏轼觉得奇怪，想不出哪个青年书生会来求见自己。

在家休息了两天，苏轼想去拜访知府陈襄，再打听打听汴京那边有无新的消息。当他走出府衙大门时，便见对面墙根下站着一位青年书生。显然，那书生一直站在那里等人。

"苏大人，您回来了！"书生见他，欢喜地跑过来。

苏轼停步，问："你是谁？"

书生在他面前站定，说："苏大人，您不认识我了？您再仔细看看。"他仰起脸来直面苏轼。

苏轼仔细一瞧，不觉笑起来道："你不是明月楼的傲雪吗？为何装扮成这等模样？"

傲雪说："不如此装扮，怎好前来求见大人。"

苏轼道："这么说，你有要紧之事？"

傲雪的脸上立刻布满愁云："苏大人，琴姐出家了。"

苏轼先是吃了一惊，旋即笑起来："休得哄我。琴操出家了？那么朝云呢？朝云也出家了？"

傲雪着急道："苏大人，琴姐真的出家了。朝云跟着她去了闲云庵，也说要出家呢。"

苏轼看她样子不像开玩笑，便也着了急，忙问："难道她俩中了邪？你们也不劝着？"

傲雪道："劝了劝了，劝不住！所以我才急着来找苏大人。琴姐最听您的话，您去劝劝她吧。"

苏轼忘了要去知府家，掉头就向闲云庵奔去。

闲云庵的尼姑们正在做功课，苏轼决定先找王朝云问明原委。

王朝云把苏轼引进后院的客室，让苏轼坐下，要替他沏茶。苏轼叫住她："不用沏什么茶了，你过来！我去润州放粮才两个月，你琴姐出了什么事？"

王朝云道："没出什么事……"

苏轼道："没出事？没出事她为何要出家？"

王朝云吞吞吐吐地说："这……这和大人您……有点干系……"

苏轼道："胡说！和我有什么干系？"

王朝云道："大人，您还记得今年春天，您与琴姐做参禅玩耍吗？"

苏轼回忆道："春天？你是说，那次在西湖上？"

王朝云道："是的……"

苏轼想起来了。那天在船上，苏轼对琴操说："你不是喜欢参禅吗？现在我来做长老，你来参禅。如何？"

琴操立刻高兴地跪在船中："长老在上，弟子琴操，恭候点化。"

苏轼道："老僧问你，何谓湖中景？"

琴操答："落霞与孤鹜齐飞，秋水共长天一色。"

苏轼问："何谓景中人？"

琴操答："裙拖六幅三江水，鬓绾巫山一段云。"

苏轼问："何谓人中景？"

琴操答不上来了："人中景是……是……"

苏轼两手在腿上一拍，道："门前冷落车马稀，老大嫁作商人妇。"

琴操如闻当头棒喝，失神地望着苏轼。苏轼见她神色大变，立刻意识到，不该对她这种人说这种话，便赶快笑道："起来吧，起来吧。好好的西湖风景不看，胡说八道参什么禅啊，快弄点酒来喝。"

苏轼想起这段游戏，有些明白琴操为何要出家了。他不觉叹了一口气，很自责地说："都怪我，只顾玩得兴起，不该和她说那种话……"

王朝云道："其实也不怪大人，琴姐何等聪明？她对自家的处境和将来的下场，心里清楚得很。只不过，一时间下不了决心何去何从。"

苏轼觉得非常抱歉，喃喃道："我该早些想到，设法帮她脱籍……"

王朝云道："脱籍的事，大人您做不了主，琴姐也不愿大人去向别人求告。再说，脱了籍她也无处可去。官府不禁止乐籍女子出家，所以，只有出家最为方便。"

苏轼道："方便也不该出家。脱籍后，可以找个好男人出嫁。"

王朝云道："琴姐心高气傲。她见过的男人很多，都嫌他们俗气。"

苏轼道："她看男人都俗气？"

王朝云道："除了大人您……"她低头咽下后面的话。

苏轼默然。他何尝没感觉到琴操对自己有点特别的感情。他欣赏琴操的傲骨与才华，在龌龊的官场之外，他觉得琴操这里是一片净土。无事时，他愿意来这里听她们唱歌弹琴、说文论诗。除此之外，他真的不曾动过别的念头。现在听朝云这么一说，他觉得无言以对了。

门外传来脚步声。王朝云说："她来了。我与大人沏茶去。"转身进了内室。

琴操来到门前，看见苏轼，便停了脚步。

苏轼慢慢站起，看见琴操已洗净铅华，削尽青丝，身穿衲衣，手持念珠，腋下夹着一个纸包。

琴操施礼道："阿弥陀佛。"低头跨进门来。

苏轼满怀怜惜道："琴操……你……你这是何苦……"

琴操坦然一笑，说："我不愿老大嫁作商人妇，所以，出家是我最好的归宿。只是还有一点尘缘未了，想求大人帮忙。"

苏轼道："你说吧。"

这时，王朝云端着茶盘从内室出来，琴操便指着她说："大人您看，这女孩与别的女孩有何不同？"

苏轼打量朝云，看不出个所以然。

琴操道："大人不见，她没戴什么钗环首饰吗？"

苏轼道："是的。是不是进了庵堂，不好意思戴钗环首饰？"

琴操道："不是的。她许久都不戴钗环首饰了，她把钗环首饰都拿去卖了。您先看看这个。"说着，把腋下的纸包放在桌上。

王朝云惊叫："琴姐！"急忙抓起那个纸包，逃出门去。

苏轼问："那纸包里是什么东西？她为何不愿我看？"

琴操道："纸包里全是大人您的诗词。朝云用典卖钗环首饰的钱，四处托人收买大人的诗词。"

苏轼道："这丫头死心眼儿。喜欢我的诗词，跟我要不就行了？"

琴操道："我们是什么人？大人是什么人？她怎敢向大人索要诗词？何况，大人您的诗词又那么多……"沉默片刻后，琴操接着道，"朝云八岁时，父母双亡。我看她聪明伶俐、气质不俗，便买她来做了贴身丫头。这丫头年纪虽小，但善解人意，从此我便有了一个知心朋友，有了一个亲人。"她略略一顿，"如今我削发出家，她无依无靠，只有把她交给大人我才放心。大人，您就带她回家，让她做您的使唤丫头吧。"

王闰之在北厅院子里，正和两岁的苏过与五岁的苏迨玩耍，身后传来苏轼的声音："娘子。"

王闰之抱起苏过道："过儿，爹爹回来了，我们去接爹爹。"

苏迨听见他爹爹的声音，早已跑在前面，向苏轼扑去。苏轼趁势将他抱起。

王闰之说："迨儿快下来。你那么重了，爹爹抱不动你了。"

苏迨叫着："抱得动！抱得动！"

苏轼道："迨儿说得对，爹爹没有老，爹爹抱得动。"他把苏迨甩了两个圈。

王闰之走近苏轼，看看他身后，问："那是谁？"

苏轼回头，见王朝云远远站着，便向她招手道："快过来，过来见见夫人。"

王朝云肩上挎个布包，大大方方地走来向王闰之见礼道："丫头朝云，拜见夫人。"

王闰之道："朝云？这名字好耳熟。"

苏轼道："她就是那个小丫头——说我'一肚子不合时宜'的。"

王闰之惊喜道："啊，就是她呀。"她打量朝云，"不仅聪明，还长得这么端正。换一身衣服，就是个千金小姐，哪像个丫头！"又转向苏轼道："你怎么把她领回家来了？"

苏轼道："明月楼的琴操姑娘到闲云庵出家了，这丫头又变得无依无靠。琴操把她托付给我，我就带她回来伺候你，给你当个丫头吧。"

王闰之笑道："这么好的女孩儿，让她当丫头也太可惜了。"扭头问朝云："姓什么？"

朝云答："姓王。"

王闰之向苏轼笑道："你怎么总和姓王的女子有瓜葛？"

苏轼也不禁笑起来，说："想是苏家与王家有缘吧。"

王闰之便向朝云道："听见了吗？王家和苏家有缘。告诉你，我也姓王。兴许，我们三百年前是一家呢。别当什么丫头了，我认你做妹妹吧。"

朝云连忙后退道："夫人，朝云不敢！不敢……"

王闰之笑道："有何不敢的？从前我姐姐在时，我总想有个妹妹，好当人家的姐姐。现在有了你这妹妹，我真的可以当姐姐了。"

王朝云在苏家住下来。虽然她完全把自己当成丫头，可王闰之却真的把她当妹妹看待。王朝云行事十分得体，很快获得上下欢心。她给苏迨讲故事，教儿歌；陪苏过玩耍，教兄弟俩做游戏。于是清静无趣的北厅小院，便常有嬉笑之声，变得热热闹闹了。从此，王闰之也有了说话的伴儿。她喜欢和朝云说自己经历的事，也喜欢听朝云说她经历的事。她们的生活是那么不同，因此各自的经历对于对方来说，的确非常新鲜有趣。苏轼受到这种气氛的感染，在家时也经常笑眯眯的。逢到休沐（假日）之期，他还叫朝云弹起琵琶唱歌。朝云唱的大多是苏轼的诗词，这使苏家人更为高兴，特别爱听。连一心攻书的苏迈也会从书房里出来，听后还常和他爹爹研讨一番。

王闰之初见王朝云时，便勾起她一桩心事。这段时间相处下来，她决定把心事付诸实施。她背地里找来秀嫂，悄悄和她商议。

王闰之说："秀嫂，你觉得朝云姑娘怎样？"

秀嫂立刻笑了，说："大少奶，你想让她做姨娘？"

王闰之眼睛都大了，说："你！你怎么知道？"

秀嫂得意道："大少奶你忘了？我是看着你长大的！"

王闰之笑道："我确实有这个想法。其实，这件事我已想了许久。你看，但凡有几个钱的人家，哪个男人不是三妻四妾？你大少爷是个官儿，连个姨娘都没有，总好像有点不太好，说不定你大少爷也在心里埋怨我呢。可是，你大少爷这样的人，也不能随便找个女人给他呀，不想如今来了个王朝云。这姑娘虽然出身微贱，但人品、模样都好，又识文断字，能和你大少爷搭上话，所以我想把她收为姨娘。秀嫂你看合适不合适？"

秀嫂拍掌道："合适！合适！朝云是个难得的好姑娘。平常就是打着灯笼火把去找，也不易找到。让她给大少爷做姨娘，好极了！大少奶你把这事办了，也不会有人说你不贤惠了！"

王闰之一惊，问："有人说我不贤惠？"

秀嫂道："谁敢当我们的面说呀？可是话里的意思是可以听出来的。比如南厅那边的乳娘就问过我，她说：'你们家夫人是不是很厉害？'我说：'一点不厉害，待下人跟亲人一样。'她说：'夫人对苏大人也不厉害吗？'我说：'夫人对苏大人好得不能再好了。你为何这样问？'她说：'苏大人连个姨娘也没有，许多人还以为你家夫人厉害得很呢。'"

秀嫂看看发愣的王闰之，接着说："大少奶你听这话！那乳娘是把话说得明白了些，没有明说的，还不知有多少人呢。要是大少奶你让朝云给大少爷做了姨娘，别人就不会说你的闲话了。再说，有朝云帮你管家务、带孩子，你也不会像现在这么累。大少奶你说对不？"

这事本来是王闰之的意思，但是听了秀嫂的话后，不知怎的忽然有点无精打采，只是说："那就让朝云给你们大少爷……做姨娘吧。"

王闰之选了吉日，在厅堂里挂上苏洵的画像，点上龙凤喜烛。由她主持苏轼与朝云拜堂成礼，纳朝云为妾。

王朝云喜出望外。到苏家做丫头，她已觉得如登天界。能够为她所崇拜的男人端茶送水，她觉得这是前世修来的福气，何曾想过，还能拥有这个男人。新婚之夜，她投入苏轼的怀抱，就像一勺糖倒入沸水中，立刻融化了。

苏轼第三次享受着新婚的甜美。他抚摸着朝云绸缎般光滑的少女酮体，亲吻着花瓣似柔嫩芳香的嘴唇，一时间忘了人生的不幸、仕途的坎坷……他在锦帐中释放着无处释放的激情，享受着销魂摄魄的快乐。

王闰之独坐在床。她的手轻轻抚摸着苏轼的枕头，枕头凉凉的没有一丝热气，她慢慢回忆着在汴京的那个夜晚。那时，苏轼紧紧拥抱着她，在她的耳边念着："春宵一刻值千金，花有清香月有阴。歌管楼台声细细，秋千院落夜沉沉。"想到这里，她似乎又隐隐听见鼓乐之声，又听见苏轼轻轻呼叫："我的小爱妻……"可是现在，他的"小爱妻"不再是自己，而是那个叫王朝云的女人了！泪水像决堤的江河，猛然奔流而下。王闰之抓起苏轼的枕头堵住自己的嘴，不让露出一点声音……她呜呜咽咽、抽抽搐搐，哭得脖子硬了，心口痛了，觉得肠也断了，肝也裂了……忽然想到：不能哭！这是苏轼的喜庆日子！再说，哭肿了眼睛，明日被人看见，人家会说些什么？让苏轼和朝云看出来，更是丢人。她长长咽下一口气，轻轻拍打着发痛的胸，再抹去脸上的泪，慢慢披衣下床。她在房间里徘徊一阵，觉得房间太小，让她透不过气，于是开门走出厅堂。

庭院里，除了风摇树枝的飒飒声，四周一片沉寂。王闰之在宽大的房廊下慢慢徘徊，不知不觉走下台阶，走进天井，在天井里转着圈。忽然，她听见了什么声音。她想：半夜三更的，这是什么声音？凝神再听，声音来自厢房，她不觉向厢房走去。刚走了几步，猛然明白过来：那厢房，如今是苏轼和朝云的新房！她吓得连连后退，转身就跑，跑到厅堂前踢着门槛，便一跤摔进门去。也许是极度的紧张与痛苦，她摔到地上就晕过去了……王闰之躺在冰凉的地上，也不知过了多久，直到打着冷战醒来，听见远处的鸡鸣。

王闰之大病一场，一个多月后才见好转。病后，她变得慵懒、消沉、无精打采，常一人发呆。医生说，大病伤了元气，需要慢慢调养。

王闰之的病和病后的变化，善解人意的朝云都有所觉察，只是她不能对人说破。她懂得王闰之的痛苦，因为她也是个女人，而且是一个深深爱着苏轼的女人，她也想占有苏轼全部的爱。只不过，她认为那是一种非分的奢求，是一种忘恩负义的表现！王闰之改变了她的命运，还慷慨地让她分享苏轼的感情。对王闰之的恩德，她愿意用生命回报。每当她看见王闰之神情落寞时，她就有一种负罪感，觉得是自己从她那里夺走了苏轼的一份爱。王闰之提不起精神管理家务，朝云替她承担起一切，包括对三个儿子的照顾。朝云绝不同意苏轼和自己在一起的时间，多于他和王闰之在一起的时间。朝云用感恩和知足，把内心深处的渴望，挤压到看不见的角落，按那个时代的规范，做一个贤惠的妾。

苏轼对自己的家十分满意。在他看来，王闰之让他纳朝云为妾，表现了一个妻子的美德；他在喜爱朝云的同时不冷落王闰之，也表现了一个丈夫的美德；王朝云协助王闰之相夫教子、管理家务，二人从无龃龉或闲话，也表现了妻、妾相处的美德。三个儿子，该读书的都用功读书，该玩的也玩得快乐。所以，苏轼无论做什么事，都不觉有后顾之忧。他时刻准备着——准备朝政有所变化，准备回到朝廷，修正新法，整饬吏政，收拾乱局。

但，苏轼所期待的朝政变化，始终没有到来。他在杭州待够了三年，按惯例，该调离了。

在杭州期间，苏轼的作品被刻印成诗集《苏子瞻学士钱塘集》。这部诗集立刻成了文人学子们的至爱。江琥发现自己处心积虑收来的东西，还不到集子里的一小半，于是干脆扔了自己收的，把集子叫人给章惇送到汴京。

就是这本诗集，差点要了苏轼的命。

第二十七章
朝野俱何堪

朝廷中的争权夺利,进入了白热化。

首先是吕惠卿认为,他必须趁王安石不在,赶紧把"代相国"的"代"字取掉,当一个真正的相国。于是,他除了招降纳叛,广植党羽外,还将王安石的亲戚谢景温赶出了御史台。同时,他又在王安石的新法之外,再创造一个叫"手实法"的新法,要各地推行,好为自己弄点政绩。更重要的是,他将那个"笑骂由他笑骂,好官我自为之"的邓绾,招入麾下充当打手,让他搜集王安石的黑材料。他们拐弯抹角,把王安石扯进一件亲王谋反的案子里,企图把王安石彻底除掉。幸亏,有人给金陵的王安石报信,叫他"七日之内,火速来京"。王安石不敢迟慢,日夜兼程进京,求见神宗,辨明冤情。这么一来,"忘恩负义""栽赃陷害"的恶名,就落到吕惠卿的头上了。他被愤怒的神宗逐出朝廷。

吕惠卿宰相之位没有谋到,连副相的位子也丢了。他可算这场"夺权混战"中,第一个偷鸡不着蚀把米的人。

赶走了吕惠卿,神宗再任王安石为相国,以安定朝廷秩序。

邓绾一看情势变了,立马转过身去,二次投靠王安石。为了立个新功,也为了和吕惠卿划清界限,他暗地勾结王雱,反回去搜集吕惠卿的黑材料,控告吕惠卿曾勒索华亭商人五百万缗,要求神宗皇帝把吕惠卿逮捕问罪。于是,不在汴京的吕惠卿被抓回汴京,羁押监狱。

这时,不仅朝廷里人事混乱,地方上的事情也很混乱。在继续实行一些新法,又停止实行一些新法的混乱中,吕惠卿的"手实法"

又去乱上添乱。对变法已有厌倦感的神宗，也时不时流露出对王安石的不满来。嗅觉灵敏的邓绾嗅出苗头，再次背叛王安石，上表请皇帝另行委任相国。他以为，这样既投合了皇帝的心意，又可以在未来的相国那里当个有功之人。谁知，皇帝对他的"见风使舵""捧红踏黑""有奶便是娘"已深恶痛绝，见表章立即罢了他的官，将他逐出朝堂。

在这场"夺权混战"中，邓绾算是继吕惠卿之后，第二个偷鸡不着蚀把米的人了。

在监关押受审的吕惠卿不甘心。想当年，他作为王安石的第一心腹，曾与王安石有过许多书信往来。凡怀有野心的人都善于自保，并总会考虑到谋事不成的退路，所以，吕惠卿一直把这些信件保存着。为的是，有朝一日若是获罪，便可以用它来要挟王安石。现在，他被关在御史台的大牢中，也探明了王雱是邓绾的同谋。"此仇不报，誓不为人"，吕惠卿设法，将这些信件送到神宗皇帝的面前。

照说，王安石算得大宋的忠臣，而且，他为人光明磊落，从不搞阴谋诡计，也没什么见不得人的事。可是，他犯了一个大忌，在几封信上都写下了一句话："勿令上知此一帖。"就是说，"不要让皇帝知道有这个帖子。"他的本意是，为了避免一些不必要的麻烦，便叮咛心腹吕惠卿："这件事你我知道就行了，我们处理就行了，不必让皇上知道。"这样的事情，在普通人之间再平常不过。可是在至高无上的皇帝那里，就有了藐视皇帝之嫌，可算欺君之罪了：有事你居然敢瞒着皇上自行处理，那还了得！

神宗龙颜大怒，当廷罢去王安石的宰相。

其实信件之事，也可能是神宗皇帝的一个借口。新法实施中，问题层出不穷。神宗心中，暗怪王安石思谋不周，用人不当，实施不善，可是，这些话他又说不出口。王安石是他即位后，第一个从地方上召回朝廷的人。大家都知道他曾与王安石促膝长谈、通宵达旦，并不顾一切地坚持变法。其间有那么多反对意见，他都听不进去，而且依了王安石，把提意见的人悉数赶出朝堂。若说新法有何不妥，推行新法有何不当，他当皇帝的难辞其咎。所以，责怪的话他无法说出，但心里那股埋怨之气又难以平息。吕惠卿的信，正好给了他一个比较充分的理由,便趁机罢掉王安石的宰相。

王雱一辈子都想帮助父亲成就"变法"伟业,可是他一辈子都在帮倒忙。那些不大不小的倒忙,都在他父亲的权势下化解了。而这一次,因不知吕惠卿手上捏着父亲的信件,他不但毁了父亲的前程,还险些给父亲招来杀身之祸。这个性情暴戾、自命不凡、骄横跋扈的人,受不了这巨大的打击,自此一病不起。久病不见好转,背上又生恶疮。这恶疮,现在看来就是癌。请遍名医,医药无效,王安石的这个独生子,就一命呜呼了。

王雱可以说是"夺权混战"中,第三个偷鸡不着蚀把米的人。与别的"偷鸡人"不同的是,王雱"蚀"的不仅是"米",而且是自己的生命。他的代价也过于惨痛了。

王安石、吕惠卿相继失势,追随他们的曾布也失去靠山,很快便灰溜溜离开汴京。总而言之,这段时间的朝廷,没有官吏去思考怎样治国安民,都在想如何趁机争权夺利,就连大科学家沈括也不例外。

沈括见变法阵营分崩离析,赶紧给自己谋划出路。可是,他毕竟不是搞阴谋诡计的高手,刚搬起石头便砸了自己的脚。

沈括给神宗皇帝上表,历数新法之弊端,要求废新法而复旧制。

这天,神宗上朝,在金銮殿上坐下后,就从御案上拿起一本奏章,说:"沈括,这本奏章可是你日前所写?"

沈括大吃一惊。皇帝在朝堂上直呼臣子之名他还未曾见过,再看看神宗的脸色,便知道自己闯祸了。但事已至此,他只得硬着头皮出班道:"是……是微臣……"

神宗又从御案上拿起另一本奏章,说:"这本奏章,可是你从杭州考察回来所写?"

沈括看看神宗手上的奏章,答道:"是……是微臣……"

神宗把两本奏章"啪"一声丢到他的脚下,怒道:"既然两本奏章皆出自你手,为何言语矛盾,是非不同?!"

沈括"咚"一声跪下道:"启奏陛下……臣是……是臣……"他声音颤抖,嗫嗫嚅嚅说不出个所以然。

神宗道:"当王安石在朝为相时,你在前一本奏章中,极力推崇新法之可行，说百姓无不欢悦。如今，王安石不在相位，你在后一本奏章中，又说新法不可推行，百姓怨声载道。如此前后相悖，反复无常，教朕何以信你!?"

沈括叩头不止："皇上恕罪……皇上恕罪……"

神宗大声道："诏下，撤去沈括翰林学士之职，贬往润州安置。"

沈括，"夺权混战"中，第四个偷鸡不着蚀把米的人！他被贬到润州，连已经当着的官职也丢了。

在朝廷一片混乱的熙宁七年（1074年），苏轼在杭州三年期满，奉调前往密州。此行唯一令他欣慰的是，他不再是副职，而是一州之长——知府。

密州是个远离文化政治中心的穷乡僻壤。在许多人眼里，这个州官没有当头：既不能求名求利，也干不出什么政绩。但这时的苏轼，已不奢望能做什么治国平天下的大事了。不过，作为一州之长，在自己管辖的范围内，就不必受制于人，可以在不违反朝廷法令的情况下，做自己愿意做的事。单凭这点，已足够苏轼欣慰了。何况，密州离苏辙任职的济南不远，去了密州，就有可能与苏辙见面。想到这一点，他就兴奋起来。

这年十一月，苏轼携家带口前往密州。

密州一眼望去，就像他去凤翔时那么荒凉。不同的是，去凤翔的路上十室九空，难见人影。而进入密州地界，却见田野间到处是衣衫褴褛的人。冬月正值农闲，这些人在田里忙什么？一打听才知道，是贫穷的密州又遭蝗灾，今年颗粒无收。人们正忙着寻找蝗虫卵，准备挖地深埋，或用火烧焦，以绝明年之患。苏轼明白了，在密州他要做的，就是让百姓们活下去。灭蝗，就成了苏轼治理密州的开篇。

苏轼在密州，一门心思要为百姓造福，可是他造不了什么福。这里实在太穷了！朝廷没给特殊照顾，地方几乎没有收入。巧妇难为无米炊，他想做的事都无法做。到了密州，连他的薪俸都短了一截，以至于他还要自己种些枸杞呀、菊花呀来充作食物。一州之长尚且如此，何况普通百姓。百姓单是谋生存，就不是一件容易的事。

苏轼到任后，日思夜想的，就是怎么能让密州人活下去。

灭蝗，是他每年必须和百姓共同完成的功课。

赈灾，是他每年都要做的事情。

捉盗，所谓"饥寒起盗心"，他必须带兵捉盗，保护良民。

拾婴，每到青黄不接时，他就得带着衙役，每天绕城一圈，把路边的弃婴，拾回衙门里养着。他为此颁布一项政令：凡愿领养弃婴的人家，可免税三年。他想，弃婴在人家家里过了三年，相互有了感情，人家也舍不得再把这孩子丢弃了。

苏轼认为王安石的"免役法"简便易行，便在密州将这一新法认真实施，同时全不理睬吕惠卿的"手实法"……如此等等。

苏轼在密州为官，也只能"如此等等"了。这时他有一首诗，生动地写出了他的困境：

何人劝我此间来？弦管生衣甑有埃。

绿蚁沾唇无百斛，蝗虫扑面已三回。

磨刀入谷追穷寇，洒泪循城拾弃孩。

为郡鲜欢君莫叹，尤胜尘土走章台。

苏轼在密州，心灵深感孤独。

苏轼是个喜欢热闹的人，是个喜欢交友的人，是个喜欢高谈阔论、饮酒赋诗的人，也是个喜欢美酒美食的人。可是在密州，这些他所喜欢的，一样都没有。如果王弗在，他会好一些。因为王弗不但可以听他倾诉，还可以和他讨论，使他看到某个事物的另一面；王弗还会给他出点子，说某件事怎么处理更好，避免他的急躁和率真带来失误；王弗还会数落他的不是，让他觉得受益颇多；王弗也会与他一边喝酒，一边品评他的诗词。他在王弗那里可以得到贤妻、挚友、良师、慈母等一切感情元素，来充实他的内心需求，所以在凤翔被陈知府刁难得无事可做时，他也不曾像现在这样深感孤独。孤独中，他写下一首悼念亡妻的千古绝唱：

十年生死两茫茫，不思量，自难忘。

千里孤坟，无处话凄凉。

纵使相逢应不识，尘满面，鬓如霜。

夜来幽梦忽还乡，小轩窗，正梳妆。

相顾无言，唯有泪千行。

料得年年肠断处，明月夜，短松冈。

除了思念王弗，他还日夜想念弟弟苏辙，想念情同手足的马辉。可是济南虽近，就是没有机会和苏辙见面。马辉被王安石罢了官，回原郡守着生病的父亲，也无法前来相见。无奈，苏轼只有写诗填词来抒发自己的情感。其中流传最广的，要算家喻户晓的《水调歌头》。那是在一个中秋之夜，因思念苏辙而作：

明月几时有，把酒问青天。

不知天上宫阙，今夕是何年？

我欲乘风归去，又恐琼楼玉宇，高处不胜寒。

起舞弄清影，何似在人间？

转朱阁，低绮户，照无眠。

不应有恨，何事长向别时圆？

人有悲欢离合，月有阴晴圆缺，此事古难全。

但愿人长久，千里共婵娟。

苏轼内心的孤独，是智者缺少知音的孤独，是豪迈者难抒豪情的孤独，是壮怀激烈者无用武之地的孤独。他没有对王闰之诉说自己的孤独，觉得既说不清楚，王闰之也不会理解。他哪里知道，王闰之也深感孤独。那孤独，也非他苏轼所能理解。

自从苏轼与朝云圆房，王闰之便觉得她把自己丢失了。她魂不守舍、寝食难安、夜不成眠，每天恍恍惚惚、心不在焉，常常站着出神，不知要做什么。从前，当她看见别人的妻子为丈夫纳妾而受人称赞时，她就决定，自己也要给苏轼找个好女人为妾。她爱苏轼，愿意为他做需要做的一切。苏轼越是不在外面拈花惹草，她越是坚定地要为他纳妾。终于，上天把朝云送到了她的面前，她欣喜自己的愿望就要实现。直到那夜苏轼进了朝云的房间，直到她独自坐在床边，她才明白，做一个"贤惠女人"要付出什么代价。她开始偷偷流泪，开始责怪自己愚蠢，开始反复思索：自己这样做，是对还是不对？值得还是不值得？当然，这样的思索都是在夜静更深时、在身旁无人时。当然，这样的思索在那样的年代，她永远也找不到答案。尽管没有答案，只要独自待着，她总是要反反复复地想。这些想法，就像一根无形的软索缠绕在她的心上，勒又勒不死，解又解不开……

王闰之的思绪后来又有了发展。当苏轼来和她同床共枕时，她会想：他是真的愿意和我在一起吗？他是爱我才和我亲热呢，还是勉强来应付我？他和我亲热时，心里会不会想着朝云？他是不是觉得和朝云在一起，比跟我在一起更快乐……当这样的杂念不断涌现时，她的注意力自然分散，她的热情自然减退，她的疑虑自然增多，她的痛苦自然加深。对于苏轼的亲热，她的反应也变了味儿。甚至，当她再为苏轼洗脚时，也没有了从前的柔情了。因为她会想，如果是朝云给苏轼洗脚，苏轼也许会更加高兴……渐渐地，她不再为苏轼洗脚了，把这件事丢给了王朝云。

爱情，不能分享！

仅仅是分享呢？还是已经失去了？无人可问，无人能答。

刻骨铭心爱着苏轼的王闰之，不得不忍受钻筋透骨的孤独。

深感孤独的，还有在汴京的神宗皇帝。

虽然曹太皇太后与高太后要求他废新法、复旧制，虽然有大臣奏请废新法、复旧制，虽然他也想过废新法、复旧制，但是，反复权衡的结果，他认为新法绝不可废！须知，推行新法，是他即位之初，就坚决要做的事；也是他即位以来，唯一所做的大事。数不清的官吏和民众因新法而死、而生、而沉、而浮、而荡产、而得利……将它废了，岂不是把自己这个皇帝废了？这是万万不能的！

他还想：新法实施至今，前后不过八年。对于一个举国皆变之制，肯定不会一蹴而就。何况，前年已纠正了一些新法推行中的弊端，也罢行了方田法与保甲法。以后若发现新法之弊，还可再加修正，何必一定要废？再说，官民们已渐渐习惯新法，猛然废除而改行旧法，官民又要重新习惯，岂不是自乱天下？

可是，王安石、吕惠卿等人已纷纷获罪而去，用谁为相国继续推行新法？神宗把朝堂上的臣子数了个遍，数来数去，只有王珪和李师仲进入他的眼帘。神宗在朝堂上，曾亲眼看见李师仲遭到围攻，只因他奏请调司马光、苏轼等人回朝。他也知道李师仲虽然反对吕惠卿这些人，但并不坚决反对新法。不过，当相国还需要资历和人缘。论起这两样，李师仲都差一些。最后，神宗不得不选择了老成持重、中规中矩，已属前朝重臣，又是新法拥戴者的王珪。

王珪终于等来了这一天——继王安石之后，当了相国。

当了相国的王珪环顾朝堂，看不见有才干又可依靠的人。于是，他不得不选择章惇，作为自己的心腹。

章惇以吕惠卿等为前车之鉴：在自己威信未立、羽毛未丰之前，只求当好王珪的助手，决不妄图抢班夺权。

朝廷这架破车，又踽踽而行了。

第二十八章
旋抹红妆看使君

熙宁十年（1077年）的中秋，皇宫里笙箫鼓乐，喜庆太平。

御花园里，高太后、向皇后陪着曹太皇太后漫步。

高太后感慨道："上次游园到现在没隔多久，怎么池中的荷花也残了，路边的菊花也开了，梧桐也飘下黄叶，橘子也挂上枝头？目光所到，竟一派秋色了。"

曹太皇太后说："是呀。春秋交替，似水流年。变法革新至今，转眼已逾八载。国计民生不见好，倒是王珪当了相国。"她回头向高太后道："还记得太监王仁宪离间两宫之事吗？那时，哀家曾对你说，王珪不可信用。"

向皇后忙道："这件事，孩儿也对皇上说了。皇上说，朝堂之上，已无可用之臣了。"

"唉……"曹太皇太后一声长叹道，"已无可用之臣了……"她回头望望向皇后，说："你的爷爷——仁宗皇帝考罢苏氏兄弟回宫，曾与哀家饮酒庆贺，说'朕为儿孙觅得两位宰相'。苏轼分明有宰相之才，而如今的宰相却是王珪。哀家每虑及大宋兴衰，便觉得有负仁宗皇帝临终之托，心中着实愧疚得很呀，唉……"

高太后不知怎么安慰婆母，只有跟着叹息。

向皇后说："其实，皇上也没忘记苏轼。有一天，皇上忽然对我说：'怎么听不见苏轼的声音了？他那么爱上折子的，怎么不上折子了？'我说：'皇上忘了，苏轼曾被人诬告贩卖私盐。他知道有人暗害他，怎敢轻易写折子上来？'"

曹太皇太后淡淡一笑，问："皇上怎么说？"

向皇后答:"皇上一言不发,一人坐着愣了好一会儿。孩儿想,皇上心里也不好过,皇上还是惦记苏轼的。只是,如今已成了这样的局面……"她没有再说下去。

祖孙三代皇后默默走着。她们的政见完全一致:都不赞成王安石的变法革新,又都不愿也不能干预朝政。她们只有祈祷祖宗与神灵,保佑大宋平安无事,却又觉得,不幸的事总会在哪天降临,因而总是提心吊胆。

她们经过一个草坪,见乐伎们正在练习歌舞,唱着:

荷尽已无擎雨盖,菊残犹有傲霜枝。

一年好景君须记,最是橙黄菊绿时。

高太后道:"这是苏轼的诗。"

向皇后道:"真乃好诗。"

她们继续往前走去。曹太皇太后问:"今日中秋,皇上也不歇着?"

向皇后道:"皇上说,中秋节晚上过,白天不能耽误朝政。"

曹太皇太后道:"难得皇上勤于政务,只是也别累着。"

这个中秋,无雨无风。一轮明亮的圆月,挂在清澈的天空,让人看着就心情舒畅。神宗皇帝在御花园内,与亲人们团聚过节。

赏月的桌椅置于花团锦簇中,桌上摆满月饼、香茶、石榴及各色瓜果。在座的有曹太皇太后、高太后、向皇后、几位皇子、王诜与公主,还有嫔妃们,以及在京的亲王夫妇等人。

一位老宫女抱着两岁的皇子赵煦(未来的哲宗皇帝),来给长辈们拜节。她让小孩做作揖状,口里说着:"今日中秋,阖宫欢庆。皇子向老祖宗、老祖母、父皇、母后、各位皇叔与皇婶、皇姑与皇姑父拜节请安。"

大家欢笑,向皇后接过赵煦来抱着。

这时,总管太监张元振过来道:"启奏皇上,相国王珪进宫拜节。御史李师仲也在宫门候见。"

神宗道:"啊,李师仲回来了!快快宣他进宫。"见张元振要走,又说:"也宣王相国进宫。"扭头道:"祖母、母亲,今日中秋佳节,李师仲连夜入宫,定有好音相报。"

曹太皇太后问:"李师仲?他从哪里回来?"

神宗道:"从徐州回来。"

曹太皇太后道:"徐州?如今的徐州知府不是苏轼吗?"

神宗道:"正是苏轼。"

曹太皇太后道:"莫非又有人说了苏轼的闲话,须得皇上派人前去考察?"

神宗听出太皇太后的讥讽之意,忙笑道:"不是的,苏轼去冬调任徐州知府。谁知他运气不好,上任半年,就逢百年不遇之洪水。六月,黄河决口,水困徐州。徐州乃南北交通之咽喉,东西往来之枢纽,不能稍有闪失。故而,朕命李师仲前往查看灾情,有事好直接与朕联络。"说到这里,见王珪与李师仲正一前一后走来,忍不住大声问:"李大人,徐州灾情如何?"

李师仲见问,忙趋前回答:"启奏陛下,徐州保住了!全城生命财产俱无损失。"说罢,忙向太后等施礼。

神宗大喜道:"这就好了!这就好了!"回头道:"祖母、母亲,徐州保住了!孩儿今夜可以睡个安稳觉了!"回头向李师仲说:"三个多月来,朕寝食难安。不知被洪水围困三月的徐州,如何得以保全?"

李师仲道:"臣不敢隐瞒。保全徐州,全仗知府大人苏轼。"

神宗又回头向曹太皇太后和高太后道:"是苏轼保全了徐州!"又叫:"赐座。"内侍给李师仲端来绣凳,神宗让他坐下后,说道:"李大人,徐州之事,你且仔细说来,仔细说来。"

李师仲道:"黄河缺口,洪水铺天盖地。微臣去时,三十里外便听见水声如雷,臣以为徐州已成泽国,赶紧一路飞奔。进得城门,便大惊失色。"

神宗惊问:"洪水进城了?"

李师仲道:"洪水倒未进城,只是那景象比洪水更为可怕,只见城中百姓正仓皇出逃。穷人扶老携幼塞于街衢,富豪赶车骑马相与争道,以致有踩伤于路者,有挤落沟渠者。呼叫声、号哭声,震天动地。臣被堵在城门里,寸步难行,进城无望。就在此时,忽见苏大人从城墙上跑了过来，吩咐衙卒关了城门，转身向百姓们大声说道：'列位父老乡亲，我是苏轼！我乃本州知府苏轼！请听我说几句话！'百姓们听说是苏大人在此，便渐渐安静下来。苏大人说：'列位乡亲不要惊慌，不要出城。徐州是你们的家园，你们的房舍在此，你们的产业在此。倘若徐州被大水冲刷，日后你们回来，便像乞丐般一无所有了。本官的家小，全在城中未走。本官愿以全家大小的身家性命，与你们共守徐州，抵挡洪水。请你们听从本官之命：老弱妇孺立刻回家，青壮男子就此留下。本官带领你们去凿开清冷口，将大水引入黄河故道，使之由东北入海，以保徐州。'"

李师仲越说越激动，说到这时声音都有些嘶哑了。神宗忙叫他歇口气，命人上茶与他润喉。

神宗完全忘记了和李师仲一起进来的王珪。王珪也就悄悄地站在一边，免得此刻上前自讨无趣。

李师仲接着道："逃跑的百姓见知府大人一家愿与徐州共存亡，便觉得心中有主了。于是妇孺回家，男人凿水道。妇女们每日与凿水道的人烧茶送饭，连苏大人的女眷也去送水送饭了。如此一来，还有哪个百姓不肯尽心尽力保护家园呢？皇上，苏大人乃四十多岁的人哪，可是他竟宿在清冷口上，和那些青壮男子一起，夜以继日地开凿河道，不是指挥，就是铲土。微臣看着，心中不忍，免不得也去帮忙。过了几天，河道尚未开通，洪水已涨高一丈零九寸。大水漫上城壁，城下一片汪洋，情况紧急万分，眼看徐州难保。这时，苏大人身披蓑衣，脚穿雨靴，手拄木杖，浑身泥浆，冒雨前往禁军营地，要求禁军驰援。皇上您是知道的，禁军没有参与地方事的义务，也不能由地方官调配。苏大人便对禁军将领们说：'洪水即将毁城，事干数百万人的性命。虽然诸位是朝廷禁军，不归地方官辖，但禁军食君之禄，亦当报君之恩。徐州乃大宋土地，州人乃大宋子民，本官请求将军挺身而出，助我一臂之力。'有人问：'倘若朝廷怪罪，如何是好？'苏大人说：'倘若朝廷怪罪，苏某一人承担。'将军们都说：'太守大人不辞艰险，我等焉能见灾不救？愿率全营士兵，听候大人差遣。'苏大人就说：'本官替徐州乡亲感谢诸位将军。眼下，须筑起两条防水大堤。请分兵两队，各执簸箕铁锹等工具，随我前去。'"

李师仲说到这里，觉得口干舌燥，忍不住要喝水。

向皇后早把孩子们打发走，好清清静静地听人说说苏轼。当李师仲喝水时，在座的听众都目不转睛地望着他。

李师仲见状只喝了一口茶，便赶紧往下说："河水仍旧不断上涨。到九月二十日，已涨高两丈八尺九寸。苏大人命令将全城的大小船只，尽皆系于城下，以减轻洪水的冲力，免得城墙垮塌。清冷口终于凿开，洪水遂沿着黄河故道向东北流去，即将漫过城墙的洪水，也渐渐下落。但是，东南方还有一次最大的洪峰即将到来。苏大人忙将开凿河口的人工，调去和禁军一起筑堤。过了两天，最大的洪峰来了。这时，两条长达九百八十四丈、高一丈、宽两丈的长堤已筑了起来，把东南方的大洪峰挡在了城外。"他喘了一口气，说，"微臣回来的前一天，大风终日呼啸。大风停歇之后，黄河回归故道，东流入海。此百年一遇之大水，到底没能损害徐州。"

神宗兴奋无比："洪水围困三月，徐州秋毫无损，实出朕之意外。"他回头向曹太皇太后道："看来，苏轼确实不仅文章超群，做官也才干出众。此次抵挡洪水，他率领的禁军与民夫，也是千军万马了。"

曹太皇太后低声道："你爷爷早就说过，苏轼堪为宰相。"

神宗一愣，抬头忽见王珪，便道："请相国代朕拟诏，降旨奖谕苏轼。说，徐州因他而安，朕甚嘉之。"

王珪上前一步，恭答："臣领旨。"

神宗又道："再下诏，赐钱二千四百一十万，犒赏抗灾有功之士兵与民夫。"

王珪道："臣领旨。"

李师仲站起，说："皇上，苏轼托微臣带回一道奏章，面呈皇上。"说着，双手奉上奏折。

神宗笑起来说："好啊，苏轼有奏章来了。"他接过奏折，问，"知道他所奏何事吗？"

李师仲说："知道。苏大人说，徐州地势平缓，黄河年年为患。他有心为徐州加固防水工程，以保农耕正常、年年丰收，特拟订一份防洪计划，请求朝廷拨款，给予援助。"

神宗道："他有这份心意，朝廷求之不得啊。"说着把手里的奏折向王珪递过去，说："王相国，按苏大人的要求，尽量办。"

王珪忙上前双手接过奏折道："臣领旨。"

神宗意犹未尽，说："此外，你再想想，等苏轼把徐州防洪之事做完后，给他升个什么官职。"

王珪："臣……领旨……"他心里当即决定："防洪工程的款项，要尽量拖着时间慢慢给，好给自己留出时间思虑对策。此外，不等皇帝给苏轼升官，就应该给他弄出点麻烦才对。"

第二年（1078年），神宗改年号为元丰。

苏轼在徐州盼了一年多，终于盼来朝廷拨款二万四千贯。朝廷还准许苏轼动用地方财政六千贯，用工七千人，修筑防洪大堤。修筑大堤的同时，苏轼还修了一座十丈高的楼台，取名黄楼。按照传统金、木、水、火、土的"五行"观念，黄代表土，而土是克水的。当时的人包括苏轼都相信，建黄楼镇水，有利于防洪。

九月九，重阳节。苏轼在黄楼举行官民同乐大会，欢庆大堤完工。苏轼曾为此赋诗一首：

去年重阳不可说，南城夜半千沤发。
水穿城下作雷鸣，泥满城头飞雨滑。
黄花白酒无人问，日暮归来洗靴袜。
岂知还复有今年，把盏对花容一呷。
莫嫌酒薄红粉陋，终胜泥中千柄插。

保住了家园，又筑起坚固的堤坝，徐州百姓的心里，有了从来没有过的安全感和对未来生活的信心。对于这样一位好知府，他们自然是衷心地感激和爱戴。去年抗洪、今年筑堤，徐州百姓很多人都认识了苏轼，但那是个满身泥浆、须发蓬乱、灰头土脸的苏轼。今天大家都光鲜靓丽了，他们也想看看苏大人到底什么模样。为了一睹苏轼的风采，女人们打打扮扮出门，在路上等着看他，追着看他，挤来挤去，把裙子都踩破了。有词为证：

旋抹红妆看使君，三三五五棘篱门，相排踏破茜罗裙。

重阳节的徐州妇女中，也挤着王闰之。她本是带着一家人去享受快乐的，因为他们全家都为抗洪、筑堤出了力。但是当她汇集到人群中，听见人们对苏轼的敬佩和崇拜，看见人们为见到他而几近疯狂的情景，她才明白自己的丈夫在百姓心中的分量，她为此深感骄傲与幸福。刹那间，她仿佛回到二十二年前的汴京街头，她和姐姐在人群中，看苏轼高中榜眼后，披红挂彩、骑着高头大马从他们面前走过。那种喜悦，那种激动，那种心的狂跳，又填满她的胸怀……

自去年抵抗洪水，王闰之的情绪便大有好转。那个夜晚，当苏兴来禀报，苏轼将宿在开凿河口的工地上后，她意识到全家和全城的危难，顿时忘了困扰自己的烦恼。她吩咐苏兴、苏义、苏味与长子苏迈，全都到清冷口去，轮班参与挖河。但每次须有两人，寸步不离地照顾苏轼。她决定由自己带着碧桃，每天给苏轼他们送水送饭，让朝云、秀嫂和苏迈的妻子留下管家，并照看苏迨、苏过两个孩子。朝云要求去送水送饭，说自己出身苦，不怕吃苦，王闰之同意了。谁知到了苏轼那里，苏轼忙得顾不上吃饭。朝云叫过他两遍后，他竟烦躁地向朝云怒喝："回去！"朝云不敢再说什么，只得哭丧着脸回来。第二天，朝云便留在家里，由王闰之带着碧桃送水送饭去了。

王闰之每天到了挖河处，必守着苏轼吃上热的饭菜，必守着苏轼喝下两杯酒再躺下打个盹儿，否则她就一直在那里等着。苏轼不能呵斥自己的夫人，而旁边人也总是顺着夫人说话，帮着劝苏轼道："你若病倒，谁管抗洪？"他们还尽量给苏轼留出点休息时间，逼得苏轼不能不按王闰之的要求办。这样，王闰之就能亲自照顾苏轼的生活，就保证了苏轼的健康与平安，王闰之因此感到万分欣慰。在忙碌、心疼、劳累、担忧中，王闰之除了想和苏轼共同挺过这场灾难，别的什么也顾不得想了。

在三个多月的艰苦日子里，王闰之发现世上有很多很多不幸的人，和这些人比起来，自己是一个多么幸运的女人啊！她有这么完美的家，有这么完美的丈夫，她想：该知足了！

徐州原是交通枢纽，货物流通量大，商贸往来很多，经济比较发达，地方收入也好。苏轼自皇榜高中后，便名扬天下。而今在徐州的作为，又使他的贤德之名，天下广传。于是，四方名士来访，每日文人荟萃。苏轼又有了新的知音可开怀畅谈，有了新的文友可品酒吟诗。

自欧阳修去世后，华夏文人心目中的文坛盟主，就是苏轼。当时的文化名人如黄庭坚、秦观、晁补之、张耒等，都愿执弟子之礼，要求列于苏轼门下，被称为"苏门四学士"。后来，陈师道、李廌也加入这个行列，和"四学士"一起，被称为"苏门六君子"。这些人都是北宋时期的文化精英。而这时的苏轼，又作了不少文，写了许多诗。如果说，皇榜高中、名震京师，是苏轼的第一个辉煌期，那么，徐州时期，就可以说是苏轼的第二个辉煌期了。在声名大噪、高朋满座之际而又能有所作为，苏轼再也不觉得孤独了。

神宗皇帝催着王珪给苏轼升官。王珪想，皇帝是不是想让苏轼入朝为相呢？按宋朝惯例，知府是可以直接入朝为相的。王安石就是由知府入朝，过渡几天，转为宰相。苏轼回朝，哪怕就是当副相，还不是过渡几天就是宰相吗？苏轼回朝，王珪的相位还保得住吗？那垂涎相位的章惇，还能接班吗？

第二十九章
午夜惊梦

现在，王珪家的情景，好像时光倒流了二十三年，倒流到苏轼、章惇来京赴考的那个年代。王珪家大厅前的天井里，章惇又在引颈长盼。终于，盼到了王珪回来。他连忙迎上前去，问："世伯，情况如何？"在私下，他总是叫王珪世伯，一则表明对方仍是长辈，二来提示多年的关系。

王珪边走边答："不如人意。"他直接走进书房，疲惫地坐下。

仆人来为王珪更衣、换鞋、上茶。待仆人退去后，王珪才说："也不知皇上想些什么！居然要把苏轼调回朝廷！"

章惇道："世伯可曾拦住？"

王珪道："不拦住还行？我说，王安石虽然走了，但朝廷推行的还是新法，调苏轼回来岂不又起风波？"

章惇问："那，皇上要与他升个什么官？"

王珪道："岂能容他升官！我启奏皇上，苏轼会治水，而湖州水患连年，等苏轼徐州任满后，不如将他调去湖州，让他把湖州的水患也好好治治。这样岂不是于国于民尽皆有利？"

章惇问："皇上怎么说？"

王珪道："皇上迟迟疑疑的，经不住我左说右说，还是应允了。"

章惇道："皇上还是，一面想重用苏轼，一面又怕他反对新法。"

王珪道："苏轼学乖了。如今上折子很少提到新法，尽皆就事论事。再过些日子，皇上也许会觉得他不怎么反对新法了，那时皇上再要调他回来，我们就没有理由阻拦了。"

章惇道:"要是他到了湖州,真的治好了水患,岂不是再添一功?那时,恐怕我们就挡不住他回朝了。"

王珪道:"所以要想个办法,让皇上恼怒苏轼,让他对苏轼产生厌恶、疑心,视其为二臣。那么,他就不会老惦记着把他调回朝廷了。"

章惇道:"能这样最好了。不过,要办到很难。"

王珪道:"不难,我已经想好了。"他一边说,一边从抽屉里拿出个纸包,把里面的一沓纸递给章惇,说,"这是苏轼的诗词,是沈括从杭州带回来的。他在诗旁做了签注,把这些文字都另做解释。这样便可给苏轼定下不小的罪名。"

章惇笑起来。他心里想,这办法我早就想到了,而且让江琥实施了,但是他口里却说:"我怎么就想不到呢!世伯您这个办法太好了。苏轼是个最无心计的人,又是个出口成章的人,要在他的文字里挑出些言语来说事儿,最容易不过。我那里还有他两本诗集呢。"

王珪道:"那就更好,免得再找人到处去收了。"

章惇问:"什么时候发难?"

王珪道:"等待时机吧。现在,皇上说起徐州抗洪的事,还兴致勃勃,需要等他的高兴劲儿过去了,再有个什么由头,才可以发难。眼下,先找几个贴心人,把苏轼的文字都细查一遍,找出那些我们用得着的东西,先做好准备。"

平庸无能的王珪,是历史上有名的"三旨相公"。所谓"三旨",即:请圣旨,得圣旨,传圣旨。在许多官员的心里,他这个宰相也就是皇帝跟前一个传话人罢了。虽然为相多年于朝政毫无建树,但王珪的政客手段却十分了得。在朝的官员如走马灯似的换了一拨又一拨,而王珪的位置却一直十分牢固。再者,妒贤嫉能、压抑人才的本事,王珪也堪称一流。他若发现谁有出头的苗头,或者谁可能被皇帝赏识,或者有谁可能给他带来威胁,他都会在第一时间把那人排挤掉。这时,另一位宰相叫吴充。此人在变法问题上持中立态度,遇事常无可无不可。但就是这样一个人,王珪也容不得他与自己平起平坐。为此,他勾结另一位副相蔡确,不断向吴充射去冷箭,逼得吴充上表请求辞去相位。好在神宗见身边确实无人可用了,所以没让他走。

在如此这般的朝廷上，王珪招募到手下的，自然是一帮不学无术、整人有术的宵小之辈，如：蔡确、李定、舒亶、何正臣、李宜之等人。面对这些家伙，自命不凡的章惇其实是羞与为伍的，但为了谋取相位，他只能咬紧牙关混着。

王珪们等待的、整治苏轼的时机，终于来了！

宋神宗元丰二年（1079年），苏轼调任湖州。

时过境迁，神宗已不再提起徐州抗洪之事。

神宗不知道，苏轼徐州抗洪之事早已传到湖州。湖州人听说苏轼要来，欢喜得奔走相告，把根治水患的希望寄托在他的身上。皇帝也看不见徐州人因舍不得苏轼的离去而痛哭流涕，看不见徐州人拦住苏轼的马头，把盏敬酒祝他一路平安。百姓的心里还长留着苏轼抗洪的深情，皇帝的记忆中已淡忘了苏轼替他分忧的壮举。

这就是王珪们等待的"皇帝的高兴劲儿已经过去"的时机。

苏轼调任湖州，循例要向皇帝上疏称谢。称谢的《湖州谢上表》，依例要刊印在朝廷给官员们看的邸报上。这一纸《谢上表》，便成了王珪们所期盼的发难"由头"。

几个人一齐控告苏轼，拿《谢上表》大做文章。

苏轼在谢表中说："湖州风俗，号为无事；山水清远，本朝廷所以优贤"。苏轼本意是感谢皇帝，把他调到湖州这个好地方。可是这些人偏说，苏轼是埋怨皇上没给他委以重任，让他去了个悠闲所在。

苏轼在谢表中说："荷先帝之误恩，擢置三馆；蒙陛下之过听，付以两州"。苏轼本意是感谢朝廷对自己的厚爱，把密州、徐州交给自己管理。但这些人偏说，苏轼抬出先帝，是摆老资格压皇上，嫌湖州的官职太低。

苏轼在谢表中说："知其愚不适时，难以追陪新进；察其老不生事，或能牧养小民"。苏轼本意是自谦，说自己是个不合时宜的人了，但皇上还信任我，让我去管理百姓。

可是，始终没能多长个心眼儿的苏轼，忽略了"新进"二字犯忌。自熙宁变法以来，因德高望重的大臣纷纷离开朝廷，而平步青云入朝者多无名之辈。所以这些年里,"新进"一词,人们常用于讽刺朝廷官员,而这种讽刺又牵连着变法。于是王珪们便说,苏轼这话是讽刺变法,讽刺朝廷,讽刺皇上。

许多的文字让王珪们这么一解释,神宗终于对苏轼不满起来。他觉得自己一贯对苏轼不错,而苏轼竟在谢表中公然讽刺变法。谢表刊刻在全国官员都能看到的邸报上,简直不给自己留一点面子!

看神宗面带怒色了,王珪们趁热打铁,一个接一个上疏,把苏轼的诗文断章摘句,肆意扭曲。他们呈上早已准备好的诗集《苏子瞻学士钱塘集》全册,说苏轼"愚弄朝廷,妄自尊大";说苏轼为讥讽朝廷而以文字传于天下;说每有水旱之灾,苏轼就说是新法之过。

如:

"老翁七十自腰镰,惭愧春山笋蕨甜。岂是闻韶解忘味,迩来三月食无盐。"这是诋毁朝政,咒骂新法弄得民不聊生。

"一朵妖花翠欲流,春光回照雪霜羞。化工只欲呈新巧,不放闲花得少休。"说这诗不是咏牡丹,而是骂新法。"新巧"就是新法,指皇上行新法不让百姓安居乐业。

如,沈括请苏轼咏桧树的诗:"凛然相对敢相欺,直干凌空未要奇。根到九泉无曲处,此心唯有蛰龙知。"他们说,皇上是飞龙在天。苏轼认为在天之龙不重用他,要到地下去,寻找能够重用他的蛰龙。

也是沈括请苏轼吟咏的诗:"重重叠叠上瑶台,几度呼童扫不开。刚被太阳收拾去,却被明月送将来。"他们说,这是恼恨推行新法的大臣,赶都赶不走地占据着朝廷。

也是沈括请苏轼填的词:"君臣一梦,古今空名。但远山长,云山乱,晓山青。"这是在富春江上过钓鱼台时,感慨严子陵和东汉光武帝刘秀的事,也被说成是苏轼对自己与皇帝的关系不满。

如此等等,不一而足。

最恶毒的是,他们找来七年前欧阳修逝世后,苏轼哭奠他的祭文。

那是苏轼遭"贩卖私盐"之诬,请调离京的第二年。

当时,他对司马光、范镇等大臣的离去心怀悲愤,对谢景温、吕惠卿等小人当道心怀鄙夷，同时对国家前途、百姓苦难又深感忧虑。在对欧阳修的祭文里，这些情绪自不免流露出来。让王珪们"如获至宝"的，是祭文上这一段话："今公之殁也，赤子无所仰庇，朝廷无所稽疑，斯文化为异端，而学者至于用夷。君子以无为为善，而小人沛然自以为得时。比如深渊大泽，龙亡而虎逝，则变怪杂出……"王珪们说，苏轼不但骂了官员，骂了新法，更骂了皇帝，还咒皇帝死！他们要求对苏轼"大明刑赏，以示天下"。

但，神宗十分顾虑。因宋太祖曾刻石为戒，戒有三条，其中一条是："不杀大臣及上书言事者。"宋太祖将戒碑锁于殿中，每个新君即位时，都要进殿跪读，想必神宗也读过。所以，以诗文定罪苏轼，他一直犹豫不决。但王珪们告诉他，苏轼不是"言官"，又不是"上疏言事"，而是自行以文字诽谤朝政，辱骂皇上。因此治他的罪，并不违背太祖皇帝的训诫。

王珪们以诡辩之词，轮番向神宗进攻。雄心大、耳根软的神宗终于招架不住了，于是下诏："将苏轼谤讪朝政一案，送交御史台根勘奏闻。"神宗的原意，是叫御史台调查此案后，报上来再说。

可惜，被激怒的神宗没有斟酌文字，在诏书上随便使用了"根勘"一词，这一词内涵模糊。根据这个词，可以立案调查，也可以不立案调查，一切全看主持"根勘"的人怎么做了。这个不确定的词语，给王珪们以操作空间：立案！既立案，便可抓捕。既抓捕，便可审问了。

于是他们决定：逮捕苏轼，进京审问。严审之下，坐实罪名。当然，最好让他死在路上。不管他是病死，还是自尽，总之死了最好。那就不必审问，又可永除后患。也免得到京后，一切要按规矩办。万一时间拖长了，皇上又改了主意呢？为达此目的，他们需要一个可靠的人，去执行这项特殊使命。选来选去，竟选不出一个这样的人来。据史书记载，御史李定曾为此叹息道："人才难得。求一可使逮苏轼者少如意。"最后，章惇向他们推荐了江琥。

章惇认为，要在路上弄死苏轼，只有江琥可靠。因为，江琥早已是自己船上的"桡子手"。何况，他的父母兄弟等还是自家的仆人。这些人，就是"人质"。江琥永远不敢背叛自己！

王珪们不知江琥的根底，也不知他和章惇的特殊关系。但既是章惇所推荐，且是章惇的老相识，又曾进京送过"联名状"，那应该是可靠之人了，便一致赞同。江琥于是被传令进京，授予他逮捕令和两名捕快，要他日夜兼程，前往湖州。

行前，章惇特别叮嘱他，路上不得对苏轼有丝毫照顾；还说，做好此事后，让他当县令就好办了。江琥得知把自己调进京来，只为去逮捕苏轼，再加章惇这么一叮咛，立刻心领神会，策马而去。他满心欢喜地认为，只要立下这一功，章惇一定能让自己当上"七品知县"！

神宗下诏"根勘奏闻"，李师仲听得清楚明白，料到王珪等会借题发挥。他想，在汴京和苏轼关系亲密的虽有几人，但若要与苏轼送信，只有驸马王诜最为恰当。王诜是驸马，是皇上的亲妹夫，就算送信之事败露，皇上降罪，也伤不了他的筋骨。于是，李师仲立即把消息透露给王诜。

王诜闻讯而动。他一面叫大长公主进宫，去见曹太皇太后和高太后，把苏轼被捕之事，说与两位太后知道，好相机搭救苏轼；一面亲自写封密信，令心腹家人连夜送与苏辙。

本来，江琥动身在先，每到驿站即换快马。他们日夜兼程跑起来，驸马王诜的信使哪里赶得上，何况还要先到苏辙家。谁知，江琥毕竟是个文职小吏，何曾有过长时间骑马飞奔的经历。勉强跑了一天半，他屁股上的肉就磨破一大块，跑起来疼痛难忍。更加三伏天的酷暑，磨破的地方开始化脓。到第三天，他实在受不了了，中午到驿站就餐，进门便叫着："没日没夜地跑马，骨头全抖散啦，歇息半日再走吧。"

去逮捕苏轼的差役说："不能歇！御史台有令，须日夜兼程前往。"

江琥心想：用得着日夜兼程吗？我在路上便要弄死他。于是说："忙什么？那苏轼又跑不了，早晚捉他进京不就得了？"

几步之外，一个为他们牵马的驿卒听见"苏轼"二字，不觉留神起来。因为他是徐州人，在他心里，把苏轼当神一样崇拜。只听那差役说:"苏轼不是等闲之人。早一日到湖州捉住他,早一日送到御史台,早一日交差。"听到这话,那驿卒赶紧牵马而去。

江琥懒得和两个差役理论,只一迭连声叫着:"茶!茶!快上茶。"

驿站的厨房里,负责烧水送茶的钱婶听见叫声,忙不迭答应着:"茶水就来。茶水就来。"她连忙拿碗斟茶。

那牵马驿卒过来说:"钱婶,你知道这些人是做什么的?"

钱婶说:"像是去哪里抓人的。"

驿卒小声道:"是去湖州,抓知府苏轼苏大人!"

"天哪!"钱婶惊得泼洒了碗里的茶,"苏大人这样的好官,为何要抓他?"

驿卒道:"朝中出了奸臣了!"他四下一望,小声道,"钱婶,我到药柜里抓了些这个。"他摊开手掌,掌中有些粉末。

钱婶惊:"砒霜!"

驿卒说:"哪有砒霜?是巴豆。"

钱婶不吭声了,把碗伸到驿卒面前。驿卒往碗里撒着粉末,说:"让那个管事的拉肚子!他们上不了路,我好给苏大人送信去。"

江琥歪着屁股坐在椅子上,拍桌怒叫:"茶水怎么还不来?"

"来了。来了。"钱婶答应着,用瓦钵托着一只碗出来,说,"大人渴得厉害,茶水刚烧开又烫得厉害。老婆子拿凉水托一托,这会儿可以喝了。"她径直送到江琥面前,看着他从瓦钵里拿出碗,咕嘟咕嘟一口气喝下去。

吃完饭,不知内情的差役又催促赶路,江琥只好龇牙咧嘴坐上马背。但是,走了不到一个时辰,江琥就开始拉肚子了。

按指令,他们要日夜兼程,但拉起肚子来,没法往前走了。江琥想,做官要紧,性命更要紧,反正苏轼是跑不了的。两个差役无奈,只好找个镇子住下,替江琥找医生看病,给他的烂屁股敷药。

江琥拉肚子,给王诜的信使留出了时间。苏辙见了王诜的信,立马叫家人苏德,星夜赶往湖州。

午夜,湖州府衙大门,铁环声响连连。

苏轼正在梦乡，听苏义来报，忙披衣屣鞋，手执蜡烛，从王闰之的卧室里走出，直向前厅奔去。等候在厅里的苏德见了，来不及施礼便说："大少爷，王驸马与二少爷送来密信，说御史台已派人前来，拿您问罪。"

苏轼一惊，随后道："怪得！昨日有一陌生人送来帖子，说朝廷已派人来捉拿我。我还不信，以为是讹传。"他总觉得有点难以置信，自语道，"不是要我治理湖州水患吗？怎么又问什么罪……"

这时王闰之已跟了出来，问苏德："皇上说你大少爷有什么罪？"

苏德答："王驸马说，皇上听信谗言，说大少爷以诗文诽谤朝政，辱骂皇上。二少爷请大少爷赶快把家里的文字书信等物，该藏的藏了，该烧的烧了。"

苏轼道："你辛苦了，快下去歇歇吧。"

苏德说："小的马上就回去，不能叫人知道了，连累驸马爷。"

苏轼说："好。回去告诉二少爷，我这一家大小，就托付与他了。"

苏德跪下道："小的记下了。大少爷保重！"他抹泪而去。

苏轼慢慢坐下，耳边竟然又响起陈希亮的声音："宦海无风三尺浪，有风浪千尺。"苏轼想，前次诬告我"贩卖私盐"，算是"无风三尺浪"；那么，别人捏着我那么多文字，该是"有风浪千尺"了！

第三十章

冷暖两重天

这时，家里的大人都已惊醒，苏迈夫妇，以及秀嫂、苏兴等下人先后聚到厅里。大家紧张地望着苏轼。

王闰之道："子瞻，那些文字，哪些该烧，哪些该藏，你快说。"

苏轼想起了表兄文同。文同已经去世了，但他的叮咛，苏轼还记在心里："北客若来休问事，西湖虽好莫吟诗。"不问朝政，苏轼已慢慢做到了。可是，不吟诗他却没有做到，也不愿做到。不教他吟诗，还不如教他去死呢。当时他就想过，若因诗文获罪，也只有认命了。

王闰之着急道："子瞻，你说话呀。"

苏轼道："我的诗文大多刊刻成书，也不止两本、三本。藏也藏不了，烧也烧不完，随它去吧。反正多一条，少一条，都是那些罪名了。"他站起来，说，"还是收拾几件换洗衣服，准备坐牢。"

王闰之道："朝云，你去替子瞻收拾衣服，我跟众人说几句话。"

等苏轼和王朝云走开后，王闰之说："这里都是苏家的人。苏兴、秀嫂你们几个在苏家多年，也跟亲人一样。现在，大少爷大难临头了，也不知会不会连累你们。你们若愿离开，我给你们安家费……"

不等王闰之说完，苏兴等几人便跪下道："大少奶，就是死，我们也不会离开苏家。"

王闰之赶紧相扶道："快起来。既然都不走，我们就一起渡过难关。"

秀嫂说："大少奶，要我们做什么，您赶紧吩咐。"

王闰之道:"好。迈儿去把你父亲还没有刻印的诗文,以及来往书信,全收到一起,打成几个小捆。捆好后交与苏义,快去。"

苏迈应声而去。

王闰之对苏迈的妻子范氏说:"媳妇,你和秀嫂去收拾东西。你爹爹走后,这里是不容我们安身的,我们只有去投奔你二叔。"

范氏答应着,和秀嫂忙忙走开。

王闰之对苏义道:"苏义,你和碧桃两口子,带上大少爷的文字,天亮前从后门离开府衙,到湖州找个客栈住下。有人问,就说是来湖州寻亲的。你们要保存好大少爷的文字,等风波过去,再找二少爷。"

苏义和碧桃一齐跪下道:"大少奶放心。我们的命可以不要,大少爷的东西,一个字也不会少。"

王闰之道:"你们赶快去收拾,收拾好了,到我这里来拿银子。"

苏义夫妇应声而去。

苏味忙问:"大少奶,我呢?我做什么?"

王闰之道:"苏味,你年纪稍长,阅历较多,我想要你陪着苏迈,跟你大少爷进京,一路上好照顾你大少爷。你大少爷歇在哪里,你二人便歇在哪里。总之,要日夜不离大少爷身边。苏味,我心里害怕得很……"一直表现得十分镇定的王闰之,忽然扑簌簌落下眼泪。

苏味见状,也不觉咽喉哽哽。他说:"大少奶,我明白了,您害怕他们半路上暗害大少爷。"见王闰之点头,便说,"我和孙少爷会日夜睁大眼睛盯着,保大少爷一路平安。"

王闰之道:"孙少爷年轻,不知世事险恶。大少爷的平安,全靠你了。"

苏味说:"有我跟着大少爷,大少奶尽管放心!"

王闰之点点头,说:"收拾好东西,到我这里来拿银子。"

苏味答应着跑开,王闰之转脸对苏兴说:"苏兴,家里都是女人和小孩了,你和秀嫂两口子就留在我们身边吧。"

苏兴说:"好的。大少奶,我们跟着你。"

这时苏轼又来到厅里,叫:"苏兴,你到通判官祖大人家去,请他马上过来一下。"苏兴应声而去。

王闰之问："你想把事情告诉祖大人？"

苏轼道："是的，祖大人是个好官。我们相处虽然只有四个月，但意气相投，不应让他一无所知。再说，我们已商定了治水方略，须将此事对他做些交代。我还需要和他办理一个请假手续。"

王闰之不解："请假？"

苏轼道："我可以虚称，前两天有事请假，委托了祖通判代行知府之权。那么我走之后，新知府到来之前，他就可以开始治水工程。等新知府到来后，也好说服新知府继续治水。"

王闰之望着他，心想："都这个时候了，他想的还是治水！想的还是百姓！"

宋神宗元丰二年（1079年），七月二十八日，正是一年中最热的时候。

拂晓，湖州通判祖大人赶到了府衙，苏轼当面向他交代了要办的事。两人刚把一切说清楚，江琥一行便到了湖州衙门。

门上衙卒依例，要先看文书后放行。但得志癫狂的江琥不理不睬，气势汹汹向里闯去，一直闯到公堂之上，吼道："苏轼出来答话！"

苏轼身穿官服走出堂来，看见满脸杀气的江琥，不觉一愣。

江琥进京送"联名状"时，苏轼便明白这人拥戴新法、趋炎附势。但他认为，这是许多小吏都难免的毛病，所以并未放在心上。在杭州时，江琥在他面前毕恭毕敬，两人也未发生什么不快。如今，这个杭州府的小吏竟拿着御史台的公文来逮捕他，实在是匪夷所思。他不明白，江琥怎会干上这份差事，而且变得这样杀气腾腾了。但转念一想，既然他苏轼可以成为罪犯，江琥当然也可以成为捉拿罪犯的官差。他同时想到，江琥必定和朝中某位大员有瓜葛，只是，他猜不到章惇的身上。再说，眼前他也顾不得猜想这个。

苏轼不知皇上要如何治罪，便想在言语中摸摸底，于是说道："下官苏轼，不知上差有何问话？"

江琥厉声道："欺君罔上，触犯王法。难道你不知罪？！"

苏轼道："轼自来惹恼朝廷甚多，今上差前来，必是赐死了？"

江琥带来的，只是撤职进京的公文，看不出要如何治罪，但为了恐吓苏轼，他说："死与不死，回到汴京，自有分晓。"

祖通判上前一步道："上差可否出示受命文字？"

江琥问："你是什么人？"

祖通判道："湖州通判祖某。"

江琥狠狠盯了他一眼，从怀里摸出公文递过去。

祖通判接过来展开看看，稍稍放心。他对苏轼小声道："只是御史台撤职进京问话的文书。"

江琥道："看清了吧？此乃朝廷公文，并非讹诈！"回头叫道："褫去苏轼衣冠，绑了！"

江琥这么叫着，感到平生未有的惬意！威风凛凛、颐指气使、令人敬畏，这是一种多么美妙的感觉呀！如果当上了"七品知县"，他就可以在自己的地盘上每天享受这样的快乐了！

两个差役扯掉苏轼的官衣官帽，拿绳子往苏轼身上套，眨眼工夫，便将苏轼五花大绑，推着他向外走去。

祖通判见状，知道这是逮捕人的恶意发挥。他们一路上必折磨苏轼，也许还想将他置于死地！他心里痛呼一声："苍天！"转身便叫："江捕头、龙捕头，你们过来！"等两个捕头来到跟前，便向他们低声说了几句话。

两个差役推着苏轼往外走，苏轼被推得跌跌撞撞。经过府衙大门时，衙役们不觉惊呼："苏大人！"苏轼闻声，回头一望，差役在后，用力一推，苏轼踉跄，差点跌倒，一只鞋便掉在门槛里。一个衙役拾起鞋来叫着："苏大人……"但是他的苏大人没法停留，他只有举着鞋追去。

出了府衙，江琥在前，昂首而行。两差在后，不住地推着苏轼。

这时，从门里追出来苏家的男女老少，首先冲出来的是苏迈和苏迨，他们身后是哭成泪人的王闰之、王朝云和苏迈媳妇范氏。秀嫂牵着九岁的苏迨，苏兴抱着七岁的苏过，他们哀号着，撕心裂肺地喊着："子瞻""爹爹""大少爷"。他们奔出大门，奔下台阶，奔上大街，向苏轼追去。

这时，已从街边的店铺和房屋里拥出无数市民。他们都为眼前的景象所震惊，都不由自主地追着苏轼跑，很快将苏家人和苏轼隔断，让他们连苏轼的背影也看不见了。

苏迈与苏咮使出浑身力气，在人群中向前挤去，生怕离苏轼远了。

苏轼光着一只脚，五花大绑被差役推着，像个杀人越货的江洋大盗在游街示众。

苏迈终于赶到苏轼的面前，哭着叫"爹爹"，跪下要替他穿鞋。可是一个差役伸手过来，像抓小鸡一样把他提起来抛到旁边。

突然，从拥挤着的路人中发出一声哀号："苏大人！"

一个衣冠整齐的白发老人奔来路中，张开双臂拦在苏轼面前。他高声叫着："苏大人！我是徐州百姓！我和您一起抗过洪水！"不等苏轼回答，他向众人高声道："这是苏轼苏大人哪！前年，黄河发大水，是他救了徐州城！要是没有他，徐州百姓都喂鱼了。他现在是你们湖州的知府大人，他是个青天大老爷呀！"他又转向苏轼道："苏大人！您怎么成了这样！哪个奸人害您呀？苏大人！"

江琥一听这话，就向两个差役喝道："还不快走！"

两个差役闻声，一起去推苏轼。苏轼向前一个趔趄，那白发老人立刻跪地扶着苏轼。他放声哭叫着："苏大人哪……您是好人哪……怎么会这样呀……"

苏轼低头望着这个并不相识的白发老人，霎时间泪流满面。

忽然，人群中又冲出来几个男女，他们冲到老人身边，跟他一齐跪下，也哭叫着："苏大人，我们也是徐州百姓……"

人群中那些知道苏轼名声的，那些听说过徐州抗洪之事的，那些希望湖州有个青天大老爷的人，都不由自主地奔到苏轼面前跪下，一起号哭。

面对这么多的人，两个差役不知如何是好。

江琥在衙门干事多年，也见过百姓与官府对抗的场面，知道这时该说些什么话。他向哭号的人吼道："你们要造反啦?!"

可是号哭着的人并没有理睬他。

江琥又大声吼道:"苏轼乃皇家钦犯!皇上亲下御旨,拿他进京审问。尔等拦路,阻碍公务。难道想要造反不成?!"

哭着的人们一听这话,连忙压低了哭声,但还是跪在地上不肯起来。白发老人闻言,转身向江琥道:"小民哪敢阻碍公务?只是苏大人于小民等有救命之恩,小民来说几句告别的话,也不犯王法。"

江琥看看自己被围在人群中心,立刻想起"众怒难犯""寡不敌众""好汉不吃眼前亏"等言语,便背过身去不再说话。

徐州老汉回头向苏轼道:"苏大人,您救了徐州全城,可是我们却救不了您……"话刚出口,又不觉老泪纵横。他一边哭着,一边从自己的脚上脱下两只鞋,跪到地上往苏轼的脚上套。

旁边的男人见了,都脱下自己的鞋,一双一双传递到苏轼面前。苏轼望着铺满一地的各式各样的鞋,流泪呜咽道:"徐州老伯……湖州父老兄弟……苏轼今日上路,能有老伯您和各位父老兄弟……如此关爱……苏轼知道……自己这一辈子……没有白活了……"说罢,他也跪到地上。

一个妇女解下围裙,把地上的鞋迅速包起来,塞给旁边的苏迈道:

"苏公子,带着路上用。好人有好报,苏大人会逢凶化吉的!"

夏日炎炎,骄阳似火。

江琥戴着草帽,骑着马,还不住唠叨:"热死人了,热死人了。"

两个差役也骑着马,一人用绳子连着苏轼,拉着他走。

苏迈和苏味跟在苏轼身后。匆忙中没想到带来草帽给苏轼,让他俩悔青了肠子。苏迈看着父亲满脸红得像火炭,满头汗水像下雨,他那个心疼呀,疼得想把自己杀掉。

越着急,越觉得路途迢遥。不知前面的驿站或乡镇,此去还有多远,巴不得马上可以遇见歇脚处。但路旁是一望无边的、等待收割的庄稼地,看不见一间房屋和一缕炊烟。

苏轼虽然在走路,但他的意识已处于半昏迷状态。刚出城时,他还能感到热不可耐,感到磨破的脚底疼痛难忍,感到要努力小跑去跟上马的速度。可是现在,他的神经已经麻痹了。他不再觉得热,不再觉得衣裤已被汗水湿透，不再觉得脚底疼痛难熬了。跟在单调的马蹄声后，他似乎听见一个女人在很远很远的地方唱："雪花飘飘风凄凄……"他迷迷糊糊地想，哦，下雪了，难怪寒气透骨啊……那女人长声悠悠地唱着："铁窗人儿把头低……"铁窗……铁窗……是监狱……是杭州的监狱吧……女人还唱着："有恨无言箭下鹿，生死未卜笼中鸡……"鹿啊……鸡啊……还有什么……什么……

暴热使差役在马上昏昏欲睡，只有江琥比较清醒。他想着，一定要让苏轼在路上生病而死，或者让他受不了折磨自尽而亡。如果他不死，弄点耗子药也要把他药死。苏轼死在路上，等他回到汴京时，那些人该多么高兴啊！那么，他可能到哪里去当县官呢？要去就去江南的县，最好就是杭州边上的县。这些地方再穷再苦，也比凤翔那些地方好多了……突然，黄澄澄的庄稼地里窜出两团黑影。江琥还没看清是什么，两团黑影已落在他的马前，原来是两个人。

这两人黑纱蒙面，黑袍裹身，背插钢刀，手执利剑。他们的突然出现，把江琥的坐骑惊得扬蹄长嘶，可是马前这两人却纹丝不动。江琥见这架势，心中叫苦："遇着强盗了！"

两个差役见状，立刻喝道："什么人？敢挡官差去路？！"一面说，一面滚鞍下马，挥刀扑前，向黑衣人砍去。

江琥虽是文职小吏，但一向敢于冒险，这点秉性其实与章惇颇为相似。章惇在家时，就听父亲夸奖过江琥"勇敢"。这既是章惇对他心怀戒备的一个原因，也是选他来抓捕苏轼的一个原因。

江琥知道两名差役身手不俗，就坐在马上等他们抓住强盗。只见四团人影一会儿在路上，一会儿在庄稼地里，翻腾跳跃，飞来蹦去，刀光剑影，咔嚓叮当。不大一会儿工夫，打斗停下了。他定睛一看，被抓住的不是黑衣强盗，而是两个差役。

江琥慌了神，忙说："两位好汉，本官奉朝廷之命行事。好汉若是要银子，本官愿全部奉送。"

黑衣人向苏味道："把苏大人身上的绳子解下！"

护在苏轼身边的苏味听了，马上解下苏轼身上的绳子。

黑衣人道："把这两个东西的双手反绑了！绑扎实了！"

苏味故意道："小的不敢……"

黑衣人道:"不敢就杀了你!"

苏味赶紧道:"小的照办!小的照办!"说着,就去反绑了两个差役的双手。

江琥想:"绑完两个差役,就该对付我了。"想到此连忙下马,双手递过包袱道:"两位好汉,本官随身所带银两,悉数在此。望好汉让本官押解犯人,回京交差,以免把事情闹大。怕的是朝廷追究起来,彼此都不方便。"

黑衣人道:"朝廷追究!你想威胁我们?"

江琥连忙哈腰赔笑:"好汉多心了,本官只是言明实情而已……"

黑衣人道:"实话对你说,我们不是绿林好汉,也不是盗贼抢匪。我们是专替天下苍生打抱不平者,人称'黄淮义士'!"

江琥一听这话,知道自己的命保住了,说不定钱也保住了,忙说:"替苍生打抱不平,令人钦佩!令人钦佩!二位义士有何见教,本官一定照办,一定照办!"

黑衣人道:"苏大人在杭州、润州、密州、徐州救过许多人的性命,我黄淮义士,决不容你们折磨苏大人!此去汴京,让他骑马。"

江琥为难道:"这……一时间不易找来马匹……"

黑衣人抢白道:"这里就有三匹马,怎说无马?这三匹马便让与苏轼三人,你三人步行跟着。"

事到其间,江琥只有连声应道:"是是是。"

黑衣人接着道:"我们已知你叫江琥,本是杭州府一名书吏,你的妻儿尚在杭州。想必是勾搭上朝中奸臣,才来干这伤天害理的差事,打算在路上害死苏大人!"

江琥忙道:"绝无此意!绝无此意!"

黑衣人道:"苏大人犯了什么王法,当由朝廷审判定罪。倘若苏大人在路上有个一灾二病、三长两短,你和你的全家,便休想活命。须知,我黄淮义士在暗处,你和你的家眷在明处。"又指着两个差役道:"你二人也在明处。要你三家的性命,犹如探囊取物!"

江琥点头好像鸡啄米:"明白。明白。明白。"

黑衣人又道:"还须让苏大人一路吃好、喝好、睡好!"

江琥忙道:"照办。照办。"

黑衣人道:"为了保护苏大人,我二人将跟着你们进京。不过,你们不会知道我们在哪里。"又指着苏味与苏迈道:"既然苏家有人来,就让他们好好伺候苏大人。不许刁难!"

江琥听着,只有诺诺点头的分。

黑衣人把江琥的草帽扯下来,戴在苏轼的头上,再把他扶上马背,又强逼苏迈和苏味上马,然后说:"走吧!"

| 第三十一章 |

流沫生千涡

江琥忍气吞声，一瘸一拐扭着屁股走，两个差役也不吭声地跟着。走一阵，江琥回头，见两个黑衣人远远跟着。

江琥边走边盘算：在路上害死苏轼的事不能做了。又想，自己和苏轼原本无冤无仇，何苦招来灭门之祸。苏轼平安到京，章惇肯定不高兴，那也没办法，有"黄淮义士"跟着，谁敢乱来？三家人的性命啊！江琥想清楚后，决定改走水路，坐船回京，那样自己就可以少在酷暑之中受累了。而且，那"黄淮义士"纵然跟着，总不会在同一条船上，这样他也自在许多。

事后，苏昧不断对苏迈说："你爹是好人，好人有好报啊！"谁也不知这两个所谓的"黄淮义士"，其实就是湖州通判祖大人派来的两个捕头，他们要把苏轼平安送抵汴京。

这天晚上，一行人在码头边找个旅店歇息下来。苏昧做了两个菜，让苏轼喝了一盅酒。苏迈打来热腾腾的水，为父亲洗脚、敷药。

一向睡眠很好，特别是喝了酒就要睡觉的苏轼，却通宵无眠了，心里的悲苦，身上的疼痛，使他难以安身。黎明时，脑里忽涌出一首诗：

晓色兼秋色，蝉声杂鸟声。

壮怀销铄尽，回首尚惊心。

刚在心里念完这四句，口里就低声骂出来："该死！又在作诗了！"

自从江琥动身去抓苏轼，王珪们在汴京也行动起来。他们要把计划中的一切做为既成事实,要将皇帝绑上他们的战车,使得他想反悔也无法反悔。

李定来报:"有人看见驸马王诜的家奴飞马出城,会不会是与苏轼报信去了?"

王珪道:"是呀,怎么忘了苏轼在汴京还有这个扳不动的密友。"

舒亶道:"无妨,命人在王诜府外日夜守候。等那家奴报信回来,便将他捉住,问王诜一个与犯官报信之罪,让他死不了也蜕层皮!"

王诜家送信仆人回来时,果然被他们在门外抓住,但王诜不许他们带人走,说:"他是给苏辙送信。苏辙不是罪犯,我不可以与他往来吗?要抓人,拿皇上的御批来抓我好了。"

王珪们没能抓走仆人,便给皇帝上了折子,要求惩办王诜。

不几天,李定带领一班禁军冲进驸马府,趾高气扬地说:"苏轼以文字诽谤君王,圣上已降旨问罪,请驸马交出苏轼的文字。"

王诜道:"苏轼犯罪自有苏轼顶着。本驸马又非同案犯,要我交什么文字?!"

李定道:"圣上有旨,凡苏轼所写诗文信件等物,一律交官。有御史台公文在此。"说罢,亮出公文。

这是王诜始料不及的。他怎么也想不到,苏轼几篇诗文竟酿出如此大案,连他这个驸马爷也不能幸免。他后悔没有把苏轼的文字藏起来,只能眼睁睁看着禁军在自己的书房里查走了苏轼的文字。

同时,舒亶带一班禁军出京,直奔大名府。那里住着国子监教授黄庭坚。到了黄庭坚家,舒亶径直闯入书房,劈头问道:"黄庭坚,你可是苏门学士?"

黄庭坚尚不知苏轼获罪之事,见来人如此无礼,不由得心下生气,便道:"你是何人?我是不是苏门学士与你何干?"

舒亶道:"苏轼获罪。本官奉朝廷之命,查问你与苏轼有何干系。"

黄庭坚听说苏轼获罪,简直不敢相信自己的耳朵。他站起身来,问:"你说什么?苏轼获罪?"

舒亶道："现在是本官问你！你与苏轼往来多久啦？"

黄庭坚这才发现，书房门外站着禁军，看来这人真是朝廷派来的。他马上想到：苏轼又被陷害了，就像那年诬他贩卖私盐一样。可是，面对站在房门口的这个家伙，他还不能不作答，于是坐下，慢慢道："我与苏轼，至今无缘见面，也无往来。"

舒亶冷笑道："没有见面？没有往来？那你如何做他的学生？又如何会被称为'苏门四学士'？"

黄庭坚道："是我对苏公仰慕已久，此仰慕来自他的文字。因此，我敬他为师，愿执弟子之礼。我写信向他讨教，他回信与我畅谈，这便是我与苏公之交。要问时间多久，今年我三十五岁，仰慕苏公，该有三十来年了。至于拜到苏公门下，也有四五年了吧。"

舒亶见黄庭坚那副不惊不诧、一口一个"苏公"的样子，心里恨得咬牙，便大声道："好呀，那就把你与苏轼的往来书信交出来！"

黄庭坚道："谈诗论文也犯罪吗？"

舒亶道："苏轼犯的便是谈诗论文的罪！"他向禁军叫："与我搜！"

这一天，秦观刚刚接到苏轼的信，便匆匆向花园的凉亭走去。

秦观，字少游。有个流传很广的故事叫《苏小妹三难新郎》，说秦观娶了苏轼的妹妹，这纯属文学虚构。秦观这时三十岁，与苏轼年龄相差十几岁，因仰慕苏轼的品德与文章，曾专程从高邮去徐州拜见苏轼。两人一见如故，从此结下深厚的情谊。

秦观是著名的词人。他的许多词也可谓家喻户晓、千古绝唱。

现在，秦观拿着苏轼的信来到凉亭。这是他夏天最爱来的地方。凉亭旁有个面积很大的荷花池，纵是酷暑，池上也会送来阵阵微风。秦观每接苏轼来信，都要到亭中来静静读上几遍。既是悉心思考苏轼信中的见解，也是细细欣赏苏轼文字的美妙。今天苏轼的这封信说，他已在湖州安顿下来了，还说湖州年年水患，他决心将水害变为水利。

秦观在凉亭里还没有读完信，一个仆人慌张跑来："少爷！来了一帮官兵，如狼似虎冲进您的书房，翻箱倒柜，不知要找什么东西。"

秦观闻言，急忙向书房跑去，跑到书房门前，果见一班官兵正在屋里乱翻，而且不许他进入。

秦观怒道："你们是强盗还是官差？是强盗我就报官，是官差就拿出朝廷文书来！"

这时，旁边过来一人，将秦观一番打量后，问："你就是秦观，秦少游？"

秦观道："你是何人？"

那人道："参知政事蔡确。"

秦观讥笑道："啊——副相国呀！偌大一个官儿，竟亲自前来抄家！百姓未曾犯法，擅自抄家，也是一罪！"

蔡确道："本相何曾抄你的家？是朝廷钦命，查找苏轼的文字。你不是'苏门四学士'吗？那就得查！"说罢，抖开一张公文道："看吧，御史台的文书。凡苏轼文字，一律交官！"说到这里，他瞥见秦观手上捏着一封信，便一把抓过来，"哈哈！是苏轼的信件。交官了。"他把信揣入怀中，说，"还有什么藏着掖着的，速速交出来。否则，连你一起治罪！"

秦观气得指着蔡确的鼻子道："谁有罪，谁无罪，总有水落石出的一天！"

与此同时，李宜之带一班官兵赶到苏辙的家，也是翻箱倒柜一阵乱找。好在苏辙得了王诜的信，已将苏轼的文字清理过，让李宜之搜不出什么要紧的。

李宜之不甘心，又沿江而行，去码头拦截苏轼家小乘坐的船只，扑上船去搜查苏轼的文字，结果连一个字也没有搜到。李宜之要王闰之说出苏轼的文字藏在哪里。王闰之说："苏轼以文字获罪，我恨那些文字，全丢在灶膛里烧了。你要找，去湖州衙门的灶膛里找吧。"

王珪们在各地查抄苏轼的文字，凡与苏轼亲近者俱无幸免。被列为"苏门六君子"的晁补之、张耒、陈师道、李廌等人，都有官差到家搜走苏轼的文字。这种大规模的行动，使得苏轼因文字获罪的消息迅速传开。

在京郊养老的范镇立刻上疏替苏轼鸣冤。

苏辙的奏章也到了皇帝手中，要求解除自己的官职为兄长赎罪。

远在金陵的王安石闻讯，也立即上疏营救，说："岂有圣世而杀才子者乎？"

徐州百姓在街边立香案，早晚叩头，为苏轼祈祷消灾。

杭州、密州的百姓纷纷去到寺庙，为苏轼做解厄道场，数月不绝。

民间的举动，使王珪们又恨又怕，也更加坚定了害死苏轼的决心。

八月十八日，苏轼被押进汴京，到御史台收监。

蔡确、李定、舒亶、李宜之、何正臣等，见苏轼平安进京而十分不满，讥讽章惇"所言夸饰""所荐非人"。章惇本来就失望，受人讥讽更添怒火，但又不能直白地责备江琥，只得窝着一肚子气。当江琥向他婉转提到"七品知县"时，章惇不予搭理，只道："给你备了二百两银子，你先回杭州去吧。别的事以后再说。"

蔡确、李定、舒亶等摩拳擦掌，很想马上到神宗面前说事儿，但被王珪制止。他道："再等两天，看看司马光有何举动。倘若他出面为苏轼辩解，我们的文章就更好做了。"

司马光在洛阳闭门著书，已十余年不问政事，但也因苏轼一案震惊了！他想："以文字兴大狱拘捕苏轼，皇上怎么做出这样的糊涂事！我须得上疏言明利害。"他展纸提笔，笔却在空中停住。他想："不可莽撞。"他搁笔徘徊，想着："自韩琦、欧阳修后，那些人最为提防的就是我，且认为我与苏轼同谋推倒新法。我若不闻不问，苏轼或许有救。我若出面，正好授人以柄，反倒会害了他了……"他站到门前，仰望天空，想道："我的漠不关心，乃是我救苏轼的唯一之策。"

神宗下朝回宫，向皇后迎着道："陛下回来了。"

神宗道："朕在走廊上，看见太后的背影。"

向皇后道："太后刚刚来过。"

神宗问："有什么事吗？"

向皇后道："这……"她拿不定，太后的话此时说不说。

神宗干脆挑明了道："是为了苏轼吗？"

向皇后察言观色，试探着说："是……"

神宗道："太后如何说？"

向皇后道："太后说，文人写诗，难免夸张。指天说地，抒情而已。苏轼以文字获罪，恐怕是有仇家陷害……"向皇后注视着神宗，没敢说下去。

神宗道："太后还说了什么？"

向皇后道："太后说，祖父仁宗皇帝……"

神宗打断道："不要用祖父来压朕！朕知道，祖父与父亲皆爱苏轼之才，朕何尝不爱？可是，苏轼有才却不肯为国所用、为朕所用，反以其才诽谤朝政，诋毁朕躬。朕将他拘来京师审问，有何不妥的？"他拂袖而去。刚走两步，又回头问："太后深居后宫，如何知道许多？是你对她说的？"

向皇后一惊："臣妾未说……"

神宗愤然道："哼，朕心中明白。太皇太后、太后、你，还有王诜夫妇，尽皆苏党！"

向皇后失色道："苏党？！"她不眨眼地盯着神宗，慢慢跪下。

神宗发觉自己言重了，连忙近前相扶道："起来吧，朕的意思，是你们过于袒护苏轼了。以后，不要再为苏轼的事，在朕的耳边聒噪！"

王珪在客厅里走来走去，低头想着心里的事。

章惇轻轻走来，在门边站下。他在斟酌，要做死苏轼，自己该出多大的力气？他有些拿不准。眼见蔡确已是副相，王珪对他似乎很信任。王珪用起李定、舒亶、李宜之、何正臣等人，似乎也很顺手。于是章惇想：如果在王珪心里，这些人的分量都比自己重，我又何必参与这见不得天日的勾当？纵然参与，也不能冲锋陷阵了。

他决定从王珪口里要个准信。

章惇轻轻咳嗽一声，轻声叫："世伯。"

王珪停步，抬头道："哦，你来了，他们呢？"

章惇道："他们还未到。侄儿先来一步，想与世伯过过心里话。"

王珪望着他。

章惇道："世伯，您说新法到底如何？"

王珪道："新法如何……留与后人评说吧。"

章惇道："世伯您说呢？"

王珪道："我说？我说你不可忘了，自己是靠着新法才得以置身朝堂，才有了高官厚禄，才可以……窥视相位。"

章惇连忙道："世伯您是宰相，小侄哪敢窥视相位？"

王珪冷笑道："你那点儿小肚鸡肠，瞒得过我？"

章惇做诚恳状："侄儿是怕……怕新法若是失败了……"

王珪道："新法成败与你我何干？"他略微一顿，接着说，"眼下我们要做的，就是置苏轼于死地，让司马光等人回不了朝廷。他们若回朝廷，你我就该沦为阶下囚了。我们没有后路。"

章惇望着王珪，心想："你是当朝宰相，你当然没有后路。我呢？我是否要为自己留条后路呢？"

王珪见章惇不语，又说："你也没有后路。你若好好跟着我，我会让你当上副相。等到把苏轼他们的路堵死后，我年纪也大了，你也可以当宰相了。但是，倘若苏轼这班人东山再起，你就是不获罪下狱，也没有你的飞黄腾达。你这么有心计的人，连这个也不明白吗？"

章惇认为已经得到准信了，于是忙道："明白。明白。只是，不听世伯说，小侄总怕自己想错了。"

说到这里，蔡确、舒亶、李定、李宜之、何正臣等已先后走来，王珪和章惇的谈话也就到此为止。

待众人坐定后，王珪道："苏轼与我虽有同乡之情，但本相也不敢以私废公。你们告发苏轼有大不敬之罪，究竟有多少证据？"

章惇道："我这里有苏轼已刊印出售的诗集，还有四册民间木版刻印本。"

蔡确等几人便先后说了查得苏轼的书信、诗文各多少多少，等等。

王珪道："好，你们把各人手上的东西，都签注明白后交与本相。须特别留意，在他的文字中，有无涉及司马光的言语。此案，就由章惇、李定、舒亶三堂会审，务必要苏轼招供。此外，李宜之、何正臣二位大人再查一查苏轼的五代……"

何正臣道："按律只查三代……"

王珪道："那是寻常罪犯，对苏轼须查其五代。倘若苏轼以文字蛊惑人心、诽谤朝政、诋毁皇上的罪名得以坐实，那么，他犯的便是死罪！"

| 第三十二章 |

"乌台"诗案

按宋朝法律,大案归御史台,小案归大理寺或开封府。几年前,吕惠卿被王雱和邓绾告发,就在御史台监狱里关押过。而今,苏轼的案子由皇上御批,自然算是大案,自然该由御史台审问了。

据说,汉代的御史衙门有许多参天古柏,柏树上栖息着数千只乌鸦。朝暮之间,乌鸦飞去飞回,遮天蔽日,故人们把御史台称作"柏台"或者"乌台"。"柏台",是客气点的称呼。不客气的多叫它"乌台",其中隐含双关之意:御史台与天下乌鸦"一般黑",这里常有暗无天日的冤案。这种称谓在口头上流传下来,到了宋代,御史台仍被许多人叫作"乌台"。苏轼因文字获罪,在御史台监狱关押,便成了历史上著名的"乌台诗案"。

"乌台"监狱里,进了大门走几步,拐弯便是一条窄而长的通道。通道两旁,是一间间有门无窗的囚室。囚室的所谓门,都是锁着铁链的木栅栏,所以通道里的光亮,就来自吊在房顶上的两盏油灯。

这一天,苏轼又受过了审问,由两个衙役送回监狱。他们在通道里一步一步走着,铁镣在地上发出哗啦哗啦的响声。这样走了几步后,苏轼站住,向两个衙役说:"你们看我这样子,哪里能够逃掉。给二位省点事吧,不劳远送了。"

两个衙役互相望望,转身自去。

二衙役刚走出大门,便见章惇前来。二人施礼道:"章大人。"

章惇问:"苏轼回来的路上,情形如何?流泪了?骂人了?"

二卒道:"看不出什么。没流泪,也没骂人。"

章惇向他们挥挥手，走进大门。进得门去走几步，一拐弯就看见了苏轼蹒跚而行的背影。

章惇站定，静静地望着那堪称熟悉的背影，不觉想起他们在凤翔夜宿寺庙、游玩黑水谷的情景。那回，苏轼全程陪同，待他热忱周到。直至今日，苏轼也没有一丁点对不起自己。可是，这个文坛盟主将在自己和那班小人手里命丧黄泉了，真是冤枉啊。想到这里，章惇心中不免生出些愧疚，但正如王珪所说，自己也没有退路了。想当年在凤翔，自己曾唆使吴二嫂等庄稼人进城欲打击苏轼，又曾让苏轼在僧人面前出丑，还曾盼他在黑水谷中丧命，不都是因为他是自己前途中的拦路石，是要妨碍自己青云直上的人吗？如今，位极人臣的机会即将来到面前，岂能轻易放过！苏轼啊苏轼，休怪我章惇无情，只怪你才华过人，挡了大家的路！

"乌台"的通道里，苏轼在前头走着，章惇在后头跟着，铁链在地上响着。

苏轼走到他的牢房前，牢卒梁成已打开牢门。他把苏轼搀进去，让他坐在床上，再转身正要关门，章惇走来，示意他走开。等梁成走开了，章惇便走进门去。

苏轼见章惇来到面前，便扭过头闭上眼睛。

章惇打量牢房。作为"钦点御案"的要犯，苏轼被单独关押。狭小的牢房，四面都是坚硬的墙壁，只有房顶上开了一孔天窗，使得整个牢房就像一口深井。房中，除了一张铺着草席的木板床，就还有一张小桌。桌上有纸笔墨砚，为犯人写供词所用。章惇再看苏轼，见他背靠墙壁坐着，紧闭双目一言不发。

章惇注视着苏轼，耳边响起了许多年前王珪的声音："皇上与皇后，把苏轼兄弟视作宰相之事，千万不可让第三个人知道。"

章惇心里一动："别忘了曹太皇太后还活着！那个到金銮殿上替苏轼辩冤的高太后也还活着！"他想："就是在陷害苏轼的时候，也需要为自己留条后路。"于是他用充满感情的声音叫道："子瞻兄……"

苏轼仍闭着眼睛，说："还记得我们游玩黑水谷，你过独木桥的事吗？"

章惇道："记得。当然记得。"

苏轼道："那时我就说过，日后你必能杀人。你也说：要杀人就先杀我。今日，你果真杀我来了。"

章惇道："子瞻兄，年轻时的戏言岂可当真？小弟杀谁也不会杀你！"

苏轼睁开眼睛道："你是三堂会审为首之官，你想将我坐成死罪。"

章惇道："子瞻兄，你我置身官场，已二十余年。难道子瞻兄不知'身不由己'四字？小弟坐堂问案，如坐针毡。小弟是万不得已呀。"

苏轼愤然坐直身子道："你也是进士出身！总该有点见识，有点学问吧？能将文字如此引申曲解、牵强附会而坐人死罪吗？"

章惇道："皇上降旨勘审你，我敢不从吗？我也想活呀！子瞻兄！这回你得罪的不是大臣，而是皇上！"

苏轼瞪眼看了他一会儿，扭过头去。

章惇道："子瞻兄，听小弟一句劝。你拣那罪名轻点的，先招认几条吧。"他指指桌上笔砚，"先胡乱写几句供词，缓缓气，容小弟设法救你。"

苏轼断然道："无罪可招！"他躬起身来，伸手把纸笔从桌上扫到地上。

"乌台"监狱的大门外，屋檐下吊着一盏灯笼。灯笼虽昏暗不明，但因为有一点豆大的光，仍引得一群蛾子扑来扑去。灯笼下，总是坐着一胖一瘦两个狱卒，他们总是无聊地用蒲扇拍打着蚊子。

深夜，看守苏轼的牢卒梁成，提着灯笼来到门边。他说："都打过四更了，苏大人怎么还不回来？莫非要审问通宵？"

两个狱卒说："或许就要审问通宵。"

梁成说："审了一个整天又审一个晚上，那问官也不累？"

胖卒说："问官有三个！他们轮班歇息，轮班吃饭，累的只是苏大人。他们让苏大人站在一块砖头上，不许他动，还不让他吃，不让他喝，不让他睡。我看哪……"他放低声音道，"就是钢筋铁骨，也让他们整死！"

梁成说："听！"

静夜中，从高墙那边，隐隐传来叫骂声、怒吼声、拍桌打椅声。

梁成喃喃道："老天怎不保佑好人哪……"

一阵风来，吹灭了灯笼。三个人一动不动，在黑暗中关切地听着高墙那边的声音。

天亮后，两个狱卒把昏迷的苏轼架进牢房，搁在木板床上。

梁成赶紧端水过来，叫道："苏大人，喝口水吧。"他扶起苏轼，给他喂水。

苏轼慢慢醒来，问："我……睡着了？"

梁成道："他们说，你晕倒了。"

"哦。"苏轼嘟哝道，"真是不中用……"

梁成道："苏大人，您先歇一会儿，我把饭热了与您端来。"

"饭？"苏轼问，"有鱼吗？"

梁成道："鱼？没有。有您喜欢的肘子。我即刻与您热去。"

苏轼道："不忙。我，我困……我要……"话未说完，他歪着身子睡着了。

苏轼在牢里从夏天熬到秋天，熬到霜降了，天冷了，他没有招供。

王珪的招数已经用完，案子还是停滞不前。

皇上对此案，没有追问，也没有明确的旨意。因此，王珪们只敢折磨苏轼，却不敢动大刑，也不敢将他置于死地。

患得患失的章惇，又害怕自己的赌注下大了。万一皇上后悔，不治苏轼的罪了呢……他忐忑不安起来，决定到皇帝那里探探虚实。

这天，天上飘着些白色的小米粒儿，又像雪，又像雨。

章惇进宫，走在空旷的殿廊上。他想："苏轼的生死只能由皇上定，而皇上生性多变。他到底是想苏轼死呢，还是想苏轼活呢？"

在皇上办公的便殿外，章惇碰见了总管太监张元振。

这个太监自从苏辙、司马光等人反对"八大巡察使"提案，坏了他的美差后，他就站到了王安石、吕惠卿、王珪等人一边。这会儿见了章惇，便像见了自己人，不觉热情招呼道："章大人来了。"

章惇知道张元振的态度，但是，对于并没有和自己结盟的大太监，他必须谨慎小心。于是他恭敬地道："张公公，此刻，下官是否可以去见见皇上？"不但谦恭，而且是和自己人商量的口气。

章惇的态度令张元振十分受用，便也亲昵地道："去吧，现在正好。皇上在用点心呢，没什么要紧事。"

章惇说："多谢公公。"转身要走，却又被张元振叫住。

张元振问："章大人，您来可是为了苏轼一案？"

章惇道："正是。"

张元振趋前小声道："皇上正在读你们签注过的、苏轼的文字。此刻去说此案，正好。"他诡谲地一笑。

章惇道："多谢公公关照。"他转身走去，明确地感到，张元振的态度中，有那种引为同党的暧昧。心里便想：这人用得着，应设法抓到手上！

便殿中，神宗皇帝坐在桌案后。他一手拿着贴满纸签的书，另一手拿着咬过的点心却忘了再吃。

章惇一步步向神宗走去。他的脚步声在静寂中非常清晰，但专心看书的神宗却浑然不觉。章惇一直走到离桌案仅数尺之远，才不得不站住。章惇静静望着看书的皇帝，心里想："皇上读的，是那些所谓诋毁他的文字。可是，既看不出他的恼怒之情，也看不出他的宽宥之意。真是九五之尊，其心深不可测呀。今天，我一定要探个究竟。"想到这里，他轻轻咳嗽一声。

神宗吓了一跳，手上点心落地。

章惇跪下道："陛下恕罪！"

"起来吧。"待他起身后，神宗问，"有什么事吗？"

章惇道："启奏陛下，微臣奉相国之命，主审苏轼……"

神宗接过话头，说道："苏轼真是个奇人。奇人！"他扬扬手里的书，"这本书里说，苏轼原不曾去过杭州，可是他一到杭州，就有一种怪异的感觉，觉得他曾经去过。有一次，他游玩西湖寿星寺，竟对那里的和尚说：'这寺庙我好像来过。从这里到忏堂，有九十二级台阶。'和尚派人去数，果然有九十二级台阶。你说怪不怪？"他又拿起另一本书,说,"这本书里说,苏轼某夏日在孤山纳凉,因天热脱去上衣。小沙弥在旁,看见他背上有七颗黑痣,状如北斗。所以,这小沙弥总是对人说,苏轼是文曲星。你们相识多年,见过他背上那七颗黑痣吗?"

章惇道:"未曾见过……启奏陛下,这些都是无稽之谈。想必是刻书人为了多卖书、多赚钱,便编出来这些鬼话。"

神宗道:"你说得也有道理。不过,苏轼确有奇才。读他的东西,很容易着迷。读其诗词,便以他的悲喜为悲喜;读他的文章,便被其雄辩折服。"

章惇附和道:"是呀,微臣对苏轼的才学,一向也很入迷……"刚说到这里,猛想起王珪的话:"他们若回朝廷,你我都将沦为阶下囚了。"便改口道:"正因为苏轼才学迷人,所以当他以文字诽谤朝政、诋毁皇上时,其危害也就更大。"

神宗把手上的书,狠狠往案上一拍道:"朕恨的便是这个!昔日,则天皇帝读骆宾王讨武檄文,大约与朕此刻的心境相同。朕待苏轼不薄,他为何要诋毁朕躬呢?真是该死!"

章惇望着神宗,心想:"这'该死'二字,只是骂人的话呢,还是真要定他死罪呢?管他是啥,我都火上浇油。"于是大声道:"启奏陛下,苏轼之罪,按律……"刚说到这里,一内侍来报:"陛下,吴相国奉旨进宫。"

神宗道:"宣。"

章惇见状只得说:"微臣告退。"

神宗道:"好,苏轼的事,改日再议吧。"

章惇拜辞而去,走出殿门,便见太监引宰相吴充从廊上走来。章惇决定马上去向王珪报告此事。这吴充不与他们为伍,多次被王珪暗箭所伤,曾一再辞职,但皇上都未准许。王珪曾对章惇说,皇上留吴充在朝,就是为制约自己,要求章惇留心吴充的举动。今天,皇上召吴充而未召王珪,会有什么事呢?对苏轼一案,这个吴充又会说些什么呢?如果皇上身边有他们的人,就不必这么费心去猜,这么忐忑不安了。于是他想到了大太监张元振,应该赶快把张元振罗致到自己的阵营中。他决定把张元振的事,回去和王珪商量。

当章惇和吴充碰面时，章惇礼貌地让在旁边，恭敬地叫了声"吴相国"。吴充点点头"嗯"了一声，随后二人便各走各的路。

便殿里，吴充进来施礼毕，神宗叫"赐座"，吴充便在绣凳上坐下，等待神宗问话。

神宗随手翻弄着案上的书，眼睛却望着地上，像是在想着什么，过了一会儿，才道："吴爱卿，可知苏轼一案审理得如何？"

吴充道："苏轼一案，由王相国亲自经管，臣未便过问，不知审理得如何。"

神宗扬扬手上的书："爱卿可曾看过这些经人签注的东西？"

吴充道："王相国与臣送来了一本书、一沓信，臣倒是都看过了。"

神宗问："卿以为，苏轼该当何罪？"

吴充默然片刻，道："陛下以为魏武帝曹操，其人如何？"

神宗道："曹操何足论？乱世之奸雄耳。比之尧舜，天壤之别。比之唐太宗，也难望其项背。"

吴充道："陛下此言，十分中肯。然而，以曹操之多疑与暴戾，尚可容忍祢衡当众骂他。陛下要效法尧舜，胜过李世民，为何就容不下一个苏轼呢？"

听吴充这么一说，神宗本来就乱的心，更加乱了。

第三十三章
太皇太后死不瞑目

自从收到王安石替苏轼辩解的奏章，神宗就在苏轼的有罪无罪之间摇摆。因为他深知，苏轼乃王安石的政敌，而王安石居然替他鸣冤来了！这么看，苏轼有罪无罪，不可草草决定。后来又听说，徐州、杭州、密州等地百姓，纷纷为苏轼求神拜佛，祈祷免灾，他便知道，自己做了件不得人心的事，于是开始后悔，不该轻率地"根勘"苏轼。

忽然，神宗想起自己是在重蹈覆辙：再次犯了调查苏轼"贩卖私盐"的错误！那一次，未曾逮捕苏轼，案子的影响范围小。可是这一次，是御笔亲批，下诏"根勘"。事后，他也觉得御史台的动静太大了，弄得举国皆知了。可是也无法责怪他们，因为"根勘"二字是自己写的，悔也悔不了啦。要后悔，自己这个皇帝怎么下台呀！神宗硬着头皮也要把这事做下去，无论如何要给苏轼定个罪。但是定个什么罪才好，也让他为难不已。苏轼是以文字诋毁自己而被捕的，如果承认他的文字是这样的，那他就有大不敬之罪。而定下大不敬之罪，苏轼就得死。他又实在舍不得苏轼去死，也认为不可以让苏轼去死。如果说，苏轼的文字没有犯大不敬之罪，那逮捕苏轼就是一大谬误，这样就成了：苏轼无罪，自己有罪。至少吧，自己也是大错特错了。史官又会如何写？后人又会如何骂？这又教他怎么受得了！

这些日子，神宗常怀疑别人在背后嘲笑自己：王珪们嘲笑自己中了圈套；太后们嘲笑自己糊涂；百姓们嘲笑自己昏聩。这个十九岁登基的皇帝，这个决心将大宋变得民富国强的君主，他一心追求成功不曾想过失败。何曾料到，两次出差错，都出在苏轼的事情上！

神宗，他如果生在寻常百姓家，可能是那种年轻人——有点"志大才疏"，有点"眼高手低"，有点"好大喜功"。那么，他自己碰点壁、犯点错都无足轻重，可是他生在帝王家，又不幸是个皇帝。于是他的大小错误，都干系着别人的生死沉浮了。

神宗，也算得个性情中人。他没有多少权术，没有多深城府，而且爱书惜才、知情重义。如果他是个平民百姓，很可能是个不错的朋友，可是他生在帝王家，又不幸是个皇帝。宫廷教育要求他：必须拥有哪怕是盲目的自信，也必须尽力保护帝王的威权。所以他常常就在威权与情理间，不无痛苦地摇摆、挣扎、选择、徘徊。

神宗皇帝现在最需要的，是一个体面的"台阶"，一个既不危害苏轼性命，也不伤害自己威权的"台阶"。他每天都在期盼着这个"台阶"的出现，可是他不知道这个"台阶"何时才会出现。如果，这个"台阶"始终没有出现呢？他想不下去了，只觉得一颗心悬在空中没个着落……

牢房里，苏轼向梁成要了一碗水。他慢慢喝着，想着这些天遭受的羞辱……想着想着，手里的碗"啪"一声掉在地上，碎了！苏轼盯着地上的碎陶片，忽然蹲身拾起一块大的指向自己的颈项。

此时梁成推门而入，苏轼赶紧将那陶片藏到屁股下。

梁成问："碗打了？"

苏轼道："不小心，滑了……"说着，弯腰去收拾陶片。

梁成说："我来吧。"

苏轼拦住他："不麻烦你了，小梁哥，让我自己来收拾。"

梁成推开苏轼的手，去把地上的碎片一块块往一起拢。他问："还有一些陶片呢？"

苏轼有点不自然："都……都在地上……"

梁成望着他："苏大人，您起来，让我找找床下。"

苏轼道："一片碎陶，找它何来？"

梁成道："苏大人，您起来吧。"他拉起苏轼，看见他屁股下的那块陶片。

梁成拿起陶片，说："苏大人，您这是做什么？"

苏轼道："与其受这班小人的凌辱，不如自己了结干净。"

梁成着急道："苏大人！这些小人想您死，您怎能让他们如愿，自己去死？"

苏轼道："小梁哥，想我死的，还有皇上！"

梁成道："那也不能自己死！宁可让皇上杀了您。因为，谁敢杀您，谁就是千古罪人！"

苏轼一想，梁成的话有道理。我为什么要做亲者痛、仇者快的事？！想我死，我偏不死！侮辱性的言语动作，我可以置之不理，可以反唇相讥。反正皇上不开口，那些人也不能拿我怎样。我就要睁大眼睛看着，看皇帝给我定个什么罪！

这么一想，生性乐观的苏轼立刻坦然了。他决定把饭吃好，把觉睡好，把身子爱惜好。如果不死，出去后教蒙童读书也能养家糊口，不致拖累弟弟一家和年轻的儿子。

苏轼坐牢，真用得上"好人有好报"这句话。

自进了"乌台"监狱，苏轼不但没有受到狱卒们的欺负，反而还得到狱卒们不少的关照。归根，这里的狱卒大多是汴京人，他们的亲朋多是贫苦无助的百姓。他们中的许多人，都知道十几年前风风光光打马游街的"榜眼郎"苏轼，更知道"谏买花灯"救了许多穷人的苏轼。这些狱卒平常也会敲诈人、刁难人，但他们也跟那个年代所有的百姓一样，都爱戴和崇拜清官。而苏轼就是他们心目中的"青天大人"！

牢卒梁成，是这些小人物中最典型的一个。

苏轼的牢饭是苏昧做的，每天由苏迈亲自送来，由梁成热了给他吃。睡前，梁成要打来热腾腾的水，让苏轼痛痛快快地烫脚。苏轼为了养惜身子，在牢中也保持了睡觉的习惯：躺下后，他先把身下的稻草和被子弄得平平整整，然后把身体和四肢放得舒舒服服，再闭上眼睛听听呼吸是否有条不紊。到一切都满意后，他便开始给自己催眠了。这时，他十分专注地在心里对自己说："此刻吾已安睡，身上无有不适，吾将不再移动。吾从头到足浑身舒坦。吾睡意已来,吾睡矣,吾睡矣,吾睡矣。"大概也就是三五个"吾睡矣"吧,他就会响起鼾声。

这天黄昏,牢房里依旧亮起了暗淡的灯火。摇曳不定的火光,在苏轼的脸上晃动。梁成端饭进来说:"苏大人,用饭吧。"他把热腾腾的饭菜放在小桌上,说,"趁热,您快吃。"说毕转身自去。

自从进了监牢,这个美食家便添了一个习惯:吃饭前先用筷子刨刨菜,看苏味给他做的什么。这天,他刚把菜翻一下,手腕便僵住了。

菜里横着一条鱼!

见菜里横着一条鱼,苏轼的心"咚"一下掉进深渊。他知道,自己的案子有了结果:死罪!

苏轼望着饭菜,不禁又想起表兄文同的叮咛:"西湖虽好莫吟诗。"终于因诗文而获死罪!文表兄,我到黄泉见你时,你该怨我、骂我,还是笑我呢?

苏轼呆坐了一会儿,便将饭菜推到一边,磨墨铺纸。他要用叫他招供的纸,给弟弟子由写一封遗书。想到自己的死,子由会多么痛苦;想到大小十来口托付给他,又将给他增加多重的负担;想到长子苏迈新婚不久,便遭此家庭变故,以后他将挑着养家的重担过日子;想到王闰之和王朝云年纪轻轻即为寡妇,还要拖大两个孩子……他觉得自己实在是太对不起弟弟和妻儿了。一颗豆大的泪珠滴到纸上。他提笔写下两首诗:

圣主如天万物春,小臣愚暗自亡身。
百年未满先偿债,十口无归更累人。
是处青山可埋骨,他时夜雨独伤神。
与君世世为兄弟,又结来生未了因。

柏台霜气夜凄凄,风动琅珰月向低。
梦绕云山心似鹿,魂惊汤火命如鸡。
眼中犀角真君子,身后牛衣愧老妻。
百岁神游定何处,桐乡知葬浙江西。

苏轼小心翼翼地写下这两首绝命诗,并刻意写明自己之死,是因为自己的愚蠢，不怪皇上降罪。这样写来，即便诗落旁人之手，也不会为子由招祸。写完后，他赶快把纸片藏了起来。

到了睡觉时候，梁成照样打来热腾腾的水，让苏轼洗脚。

苏轼忙上前接过，说："小梁哥，你如此照料我，真叫我过意不去，也无以为报啊。"

梁成说："苏大人，您快别这样说。小人伺候大人，一百个心甘情愿，您还说什么无以为报啊。小人这是在替徐州人、替密州人、替汴京人，总之是替那些受您恩惠的人在报答您哪。可惜，小人只能做这些小事，别的帮不了忙。"

苏轼听了这话，便吞吞吐吐地说："小梁哥，我，有一事相托，可是又怕连累你……"

梁成马上说："我不怕。只要我做得到，您有什么事，只管吩咐！"

苏轼听说，便从床下的稻草中翻出那张纸片，说："小梁哥，这是我的遗书。我死后，求你设法交与我的儿子苏迈，让他转与他叔叔。"

梁成接过纸片揣入怀中，说："苏大人您放心！"又说，"吉人天相。大人您不会死的！"

苏轼道："我已经被定了死罪。"

梁成惊问："您怎么知道？"

苏轼道："迈儿送鱼来了。"

梁成不解："送什么鱼？"

苏轼道："我曾与迈儿相约，若是定了我的死罪，送饭时便送条鱼来，平日不要送鱼。今日……"

梁成说："今日菜里有鱼？"

苏轼道："正是。"

梁成笑起来道："那是小人与您做的鱼！"

苏轼诧异："你？"

梁成道："小人听您问过几次有没有鱼。小人以为您想吃鱼，便做了一条。"

苏轼不觉抓住梁成的手："小梁哥……"他亦喜亦悲，望着梁成说不出话。梁成也望着他。四只眼睛都闪着泪光。

"以鱼传信"源自苏轼，虽然此事被一些人借用到别的故事里。

苏轼在"乌台"受罪时，曹太皇太后病了。

高太后住进她的宫室，日夜精心照顾，但太皇太后的病毫无起色。

这天，当高太后又端着药碗，来到她的病榻前时，太皇太后问："苏轼还在柏台吗？"

高太后答："还在。"

太皇太后说："哀家梦见了仁宗皇帝。他背过身子不搭理我。"

高太后道："患病时做的梦，多是令人不快的。"

太皇太后道："仁宗皇帝在怪我，怪我有负他的重托……"她流下眼泪。

高太后立刻明白，她心里牵挂着苏轼的事，便连忙用手帕替她拭泪，宽慰道："大宋江山稳固，天下太平。太皇太后何必自责如此？"

太皇太后道："自仁宗皇帝升天，已经十六年了。而内忧外患如故，怎能说天下太平呢？"

高太后默然不语。她深知曹后的精明，什么事想瞒过她是很难的。

太皇太后问："苏轼到底犯了什么罪，关了这样久还不放？"

高太后知道回避不了，但是又害怕惹她生气，便支支吾吾地说："不，不太清楚……"

太皇太后道："不必瞒我了，我都知道了。"

高太后还是不敢多说，只是道："太皇太后保重……"

太皇太后自嘲道："皇上说我们是'苏党'，我们便不敢言语了。"

高太后无奈地嘘出一声长叹：曹太皇太后说得对。现在，三代皇后都无法插言苏轼的事了。她们不知道苏轼的问题发展到什么地步，也不知道皇帝到底想把苏轼怎样。在后宫不能干政的严规下，她们实在是无能为力了。

几天后，曹太皇太后进入弥留之际。神宗闻报，连忙奔向她的宫室。奔到榻前，看见祖母瘦骨嶙峋、面色蜡黄的样子，神宗不禁悲从中来，流着眼泪跪下，叫道："太皇太后……祖母……"

过了好一会儿，只见太皇太后用力翻动眼皮，终于睁开了眼睛，悠悠地说："是……皇上……"

神宗哭道："是我，我是您的孙儿赵顼。"

太皇太后声音微弱，慢慢说："皇上来了……"她忽然睁大两眼，好像有了精神，"我有话……对你说……"她要挣扎坐起。向皇后连忙坐到床边，扶她靠在自己身上。

神宗赶紧道："祖母，您有话慢慢说，孙儿听着。"

太皇太后用力抓住神宗的手，神宗感觉到那只干枯的手在颤抖。这使他的心也跟着颤抖起来，胸腔里涌上令人窒息的痛楚。

太皇太后喘着气，用力说："好孩子……祖母要去……见你的祖父……和你的……父亲了……"

神宗不禁呜咽道："祖母，孙儿要大赦天下，为祖母祈寿。"

太皇太后断断续续地说："凶恶之人……何须，赦免……只要，只要放了苏轼，便足够了……"

"咔嚓！"

神宗好像突遭雷击，只觉得耳震心惊。他怎么也想不到，祖母在弥留之际，会说出这样的话。

太皇太后喘息着，用尽全身的力气，断断续续说道："当年，你的祖父……考完苏轼兄弟，回来……对我说：'朕为儿孙……觅得……觅得两位……宰相。'如今苏轼，宰……宰相未当，反因……因文字……获罪……"曹太皇太后忽然大口大口喘气，"你叫祖母……如何见……见你祖父……于地下……"她瞪大眼睛，松了手，再也不动。

曹太皇太后去世了。她死不瞑目！

神宗大骇。祖母的眼睛直瞪着自己，似乎在责他："你不仁不孝！你不仁不孝！"

恐惧与内疚使神宗头脑一片空白，直到高太后从旁伸手，合上了太皇太后的眼睛，他才清醒过来，不禁痛哭失声。

曹太皇太后去世了,临终时,还惦记着素不相识的苏轼。

不过,曹太皇太后并不觉得她不认识苏轼,而是觉得自己早已认识他,并且了解他。那是从苏轼的文章里,从苏轼的诗词里,从苏轼的奏折里,从苏轼的政绩里,从有关苏轼的各种传说与故事里……她用她生命的最后一点影响,和最后的一点力气,要把苏轼从乌台监狱里救出去。

太皇太后去世的消息传到牢房,苏轼立刻哭倒在地。

他知道,曹太皇太后一直对自己寄予厚望。他想起去凤翔上任时,曹太皇太后让驸马王诜赶到长亭,给他送来礼品——锦盒中的墨砚。王诜说:"皇后娘娘愿子瞻兄为大宋写出安邦之策,为万世留下锦绣文章。"可是,许多年过去了,自己什么事也不曾做,反倒身陷囹圄、生死未卜……想到这些,苏轼怎能不涕泪滂沱,伏跪在地。他哭诉着:"太皇太后,苏轼未能报答您与仁宗皇帝的深恩。苏轼有负您与仁宗皇帝的厚望,太皇太后呀……"

第三十四章
今夕是何年

太皇太后瞪大眼睛"死不瞑目"的模样，成了神宗皇帝醒不来的噩梦。内心深处的愧疚、后悔与恐惧，紧紧追随着他、纠缠着他。

崇政殿内，神宗慢慢走到龙椅前，慢慢坐下。他想象着当年祖父坐在这里、苏轼兄弟站在殿下的情景。

很久以前，他已记不起听谁说过，仁宗皇帝认为苏轼是未来的宰相。但这个说法对于他，就像是祖辈们的一个故事，太遥远，太模糊了，没能往他心里去。直到太皇太后临终，他才算明白，苏轼在祖父、祖母心中的分量；也明白了，为什么太后和皇后也都那么偏袒苏轼。这时，他不觉想起了父亲英宗，想起英宗为了重用苏轼，曾在朝堂上和宰相韩琦发生争执。那时，他是站在父亲一边的。可是即位时，苏轼在四川老家守孝，他选择了王安石的变法革新，他切盼大宋能在最短的时间里富强起来。万万没有料到，苏轼因此就难以立身朝堂了……但是对于变法革新，神宗并不后悔，因为国库里的银子，确实比从前多了。

神宗不会懂得，在农业社会里，生产力不可能有太大的提高，庄稼地里长不出银子；他也不会知道，国库里多了的银子都是从百姓口中"夺"来的。在清官当政的地方，推行新法会尽量避免新法的弊端，会尽量使百姓的"三碗饭"只减少为"两碗"或者"两碗半"，好将那夺来的"一碗、半碗"上交国库。但在贪官当政的地方，百姓们就会从"三碗饭"减为"一碗半"，甚至只剩"一碗"。这夺来的"一两碗"，被贪官们瓜分后再上交一些给国库。神宗只看见国库里银子多了，就以为变法取得了成功，却不知百姓们在半饥半寒中熬着岁月。

现在他想："苏轼被关押许久，原来对朕的忠诚可能都变成怨恨了。"他这么想着，决定派个太监去牢里，探探苏轼的情况。

这天夜晚，苏轼放好肢体，正默念着"吾睡矣"即将入睡时，听见牢房门"哐啷哐啷"响了两声，似乎进来了一个人。他想，可能是来了新犯人。他不动也不问，继续对自己催眠，很快便响起鼾声。

也不知睡了多久，苏轼忽然被人推醒。黑暗中，也不知那人是谁，只听得那人说："恭喜学士！贺喜学士！"

苏轼迷迷糊糊地问："我有何喜？"

那人说："学士安心睡吧，喜事就要来了。"

苏轼听见牢门"哐啷"一声，想是那人走了，便又蒙眬睡去。他怎么也想不到，这夜来人便是皇上派来的太监。

太监向神宗报告："奴婢夜晚去到苏轼牢房，他已躺下。小的进去，他不动也不问。小的见他不时便已熟睡，一夜鼾声如雷。"

神宗想："心怀怨恨的人是睡不好觉的，见了新来的犯人总会问长问短，彼此诉说冤屈。而苏轼如此能睡，说明他心中坦然，并无多少怨怼。朕正好借着太皇太后的逝世，放了苏轼。不过，到底说他有罪还是没罪呢？"

曹太皇太后临终给了孙儿一个体面的"台阶"，但要孙儿转过身子，从"台阶"上走下去，也不容易。

张元振来报："启奏陛下，章惇大人求见。"

神宗道："宣。"

张元振向殿外："皇上宣章大人觐见。"

少顷，章惇走进殿来，施礼道："参见皇上。"

神宗待他站起，问："章大人，你主审苏轼一案，案情究竟如何？"

章惇道："三堂会审认为，苏轼确有不臣之意。"

神宗问："何以见得？"

章惇道："三堂会审认为，'龙亡而虎逝''此心唯有蛰龙知'等语……"

神宗不待他说完，便道："哎，龙者，非独人君，人臣也可称龙。如，荀氏八龙，孔明卧龙，比比皆是，不足言罪。何况，欧阳修系两朝大臣，一代文章宗师。苏轼将他比作人中之龙，也不为过。另外那首诗，咏的是两株桧树，也与朕无干。朕还想起，前相国王安石有诗曰：'天下苍生待霖雨，不知龙向此中蟠。'可见，龙，绝非单指天子，更不能说，指的便是朕。否则，岂不是连王安石也要问罪了！"

　　章惇立刻明白：西北风转东南风了！连忙改口道："陛下英明！臣也如此认为。只是，难以说服御史台诸公。他们恼恨苏轼反对新法。其实，反对新法者又何止苏轼一人，怎能因此降罪苏轼一人呢？"

　　章惇这番话用心很深，一方面他迎合着神宗之意；一方面又提醒神宗：别忘了苏轼反对新法！只是他不知道，现在的神宗，这些话一句也听不进去了。

　　神宗没有接他的话茬，只顾顺着自己的思路说："苏轼有词曰：'明月几时有，把酒问青天。不知天上宫阙，今夕是何年？'可见，他还一片忠心念着朝廷。只是，朝廷里忌刻他的人太多了，他回不来。'我欲乘风归去，又恐琼楼玉宇，高处不胜寒。起舞弄清影，何似在人间……'"神宗品着苏轼的词，好像已忘了章惇的存在，他喃喃自语道，"真是好词……好词……"

　　章惇知道大局已定，再说什么也是白说，弄不好还把自己赔进去。

　　章惇出宫后十分沮丧。他本该马上去向王珪报信，可是他懒得去。他自我安慰着："反正，苏轼出来了，也不会立马当宰相。来日方长，走着瞧吧。"

　　第二天上朝，神宗开口便道："太皇太后弥留之际，朕许诺大赦天下。如今，太皇太后虽已驾崩，但朕既出之言不可更改。即日诏告臣民，除死罪流囚外，余者一律开释。"

　　王珪出列道："启奏陛下，苏轼犯大不敬之罪，其罪当诛。"

　　神宗道："太祖有训，不杀大臣。"

　　向来温顺的王珪竟立马反驳道："苏轼未入大臣之列。"

神宗不肯退让："苏轼一案，待勘状奏呈再议。"

王珪也不退让——好不容易把苏轼弄到悬崖边上，若不再推一把，岂不是心血白费了。于是他一反常态大声道："御史台已勘状奏呈多时，祈陛下早日批复。"

神宗道："既然尚未批复，便不必列入死罪流囚，开释了吧。"

王珪愣住："开释苏轼?!"已破天荒三次顶撞皇帝，他拿不准是不是要继续顶下去。

舒亶、李定见状，赶紧出列道："启奏陛下……"

神宗知道他们要说什么，便截住话头道："容朕把话说完，可否？"

舒亶、李定连忙跪下："陛下恕罪……"

神宗道："凡收受过苏轼诋毁朝政之文字而未曾举报者，如：范镇、司马光、王诜、黄庭坚、秦观等计二十二人，各罚铜二十斤。驸马王诜与苏辙报信，官降两级。苏辙贬官至筠州监理盐酒税务。苏轼以文字诋毁朝政，死罪虽免，活罪难饶，贬谪黄州，授黄州团练副使，不得签书公事。奉诏即行。"

诏书下到"乌台"，苏轼在被囚禁一百三十天之后出狱，挂着"团练副使"的官衔，去接受官府的监管。

元丰三年（1080年）二月一日，四十四岁的苏轼，打发苏味到苏辙家报信，自己在苏迈的陪同下，被官差押往长江之滨的黄州。离开汴京时，苏轼解开湖州民妇替他包鞋的围腰，从百姓们在街头脱下来送与他的旧鞋中，挑一双合脚的穿上。他知道此去黄州，叫作"死罪虽免，活罪难饶"，他不知道还要受多少"活罪"。穿着这样的鞋去黄州，他觉得心里安稳许多。

苏轼到黄州衙门报了到。虽然作为"团练副使"，他的名字还在衙门里，但实际上只是个"犯人"。衙门甚至没给他住所，父子二人只好在城外的寺庙定惠院里借住，在庙里搭伙，吃和尚斋饭。

虽然获得了一些自由，但苏轼不知该做什么。这个喜欢交友的人现在却不想见人了。白天，他在屋里昏睡，或信马由缰乱想。吃过苏迈打来的晚饭后，天也就黑了下来。这时，他就走出庙门，像个幽灵似的一直走到长江边，望着滚滚江水出神。

在监狱里都能保持睡眠好的苏轼，再度失眠了。他常常深夜在寺院里徘徊，看斗转星移，听梧桐滴露。一个连灵魂都浸透儒学精神的士子，一腔匡时济世的热情难以冷却又必须冷却，这便成了他椎心的痛。他觉得自己就像天边的孤鸿，虽然可以落脚的地方很多，却找不到自己愿意栖身之处。

苏轼，这个因文字获罪、劫后余生的人，又不能不写诗填词了：

缺月挂疏桐，漏断人初静。
唯见幽人独往来，缥缈孤鸿影。

惊起却回头，有恨无人省。
拣尽寒枝不肯栖，寂寞沙洲冷。

四十四岁，老之将至。苏轼不知自己虚掷岁月的日子，何时是个尽头：

世事一场大梦，人间几度秋凉。
夜来风叶已鸣廊，看取眉头鬓上。

酒贱常愁客少，月明多被云妨。
中秋谁与共孤光，把盏凄然北望。

生性乐观的苏轼，渐渐度过了艰难的痛苦期，适应了寺庙里的生活。原本喜欢与和尚交往的他，也与和尚们打成了一片。他跟和尚们一起打坐、参禅、念经，以求心灵的平静。清晨起来，他也像和尚一样拿起大扫帚扫地，从庙门一直扫到山下。

"大少爷！大少爷！"一个熟悉的呼声！

正在扫地的苏轼抬头看，是苏义！

苏轼惊喜交集，叫着："苏义！你怎么来了？！"

苏义一边跑，一边回答："二少爷送我们一家大小来黄州了！"

苏轼着急起来："啊呀！十几口人来了，住在哪里呀？！"

苏义说："就是怕没有住处，二少爷叫我先来几天，好想想办法。"

想什么办法呢？和尚们说，庙外不远，有三间无主的破房，那原是一家猎户，因一桩什么案子家破人亡，就再也无人居住了。苏轼去看了那三间房，觉得房子虽然破旧，总可以遮风挡雨。和尚们说那房子不吉利，问苏轼忌讳不忌讳。苏轼说，自己已倒霉到底了，还有什么可忌讳的？既无钱买房、租房，就只有在这三间破屋里住下再说吧。令他特别高兴的，是离房子不远有一座亭子，若把亭子围起来，不是又多了一间房吗？于是，和尚们帮着苏义、苏迈清扫房子，扔掉里面的破烂，又从寺庙里搬来旧桌、旧床、旧凳等物。床不够就抱来许多稻草铺在地上，再甩上几张席子，男人们就可以睡觉了。还用木板钉了一张长方桌，可供一家大小吃饭。再用篾条夹草席把亭子围起来，不但可以算作一间房，而且是最好的一个单间。苏轼向苏迈笑道："你二叔辛苦了，等他来时，就让他住这间房。"

苏轼这样的人物来到黄州，很快有人口口相传。富贵人家弄不清他犯了什么罪，一时间都避之唯恐不及，只是把他的到来，当作茶余饭后的谈资。可是，当地的老百姓却莫名地兴奋起来，觉得这是件了不得的事：大文人、大才子、探花郎苏轼，现在是我们的邻居！

这天，大家正忙着铺排个厨房，来了个素不相识的樵夫。他担来一捆干柴，定要送给苏大人。苏轼因为拿不出柴钱，死活不要。二人正推推拉拉，又来个渔妇，要把一篓鱼送给苏大人。苏轼想，卖掉这篓鱼，可能就是她一家人一天的生活费用，那可不能收。渔妇见苏轼不收，把篓子放在地上就走。苏轼急得拿起篓子来要追，却被一个半大男孩堵住。男孩叫着："苏大人，我爹叫我给您送来青菜。刚从地里摘的，新鲜得很呢。"苏轼提着鱼篓望着青菜，一时不知如何是好。小和尚过来说："苏大人，他们当您是贵客，您不收下，他们会难过的。"说着，从苏轼手上拿过鱼篓，又从小孩手上接过菜篮子说，"跟我来，腾出青菜把篮子给你。"

苏轼独自站着，心里酸楚楚的。自己没有为黄州人做什么，他感到"受之有愧"。他望着小和尚与男孩的背影，一种湿润润的东西慢慢浮上眼角。突然一个女人叫："苏大人，有人找您！"叫他的是那个渔妇。苏轼觉得奇怪：此时此地，会有谁来找我呢？他一边想着，一边走出门去，看见对面来了一个老汉。老汉身背麻袋，风尘仆仆。

苏轼快步近前，不觉大吃一惊。

是他！一个并不相识的老人！一张终生难忘的面孔！一头铭刻在心的白发！他就是那个在湖州街头拦路，首先脱下鞋来送给他的老汉！

苏轼大声叫起来："徐州老伯！"

老汉笑道："是我，是我。呵呵呵。大人您还认得我啊？"他因为苏轼还记得自己而异常高兴。

苏轼赶紧接过他背上的麻袋，说："怎会不记得啊！老伯！您看，我脚上还穿着湖州乡亲的鞋呢。"转身叫："迈儿，徐州老伯来了！"

正在厨房里忙着的苏迈应声而出，跑过来叫着："徐州爷爷好！"

老汉拉住苏迈的手，慈祥地拍着："公子受苦了。"

苏迈一边说"不苦不苦"，一边从父亲手里接过麻袋。

苏轼向儿子说："快烧开水，给爷爷泡茶。"

苏迈答应着赶紧走开，苏轼便搀扶着老汉向房间走去。

苏轼问："老伯，您如何到了这里？"

老汉说："老汉是专程前来看望大人的。"

苏轼惊得停下脚步："我的天！专程！你老人家是专程来的？！"

老汉说："苏大人，徐州百姓想念您哪！您在徐州的朋友想念您哪！众人一合计，便凑出些银钱，要找人前来看您。老汉身子骨硬朗，家里又没有牵绊，我就争着抢着来了。往后呀，老汉每年来一次，好与大人带些您喜欢的徐州土产。"

苏轼不知说什么好，只是连声道："怎么敢当！怎么敢当！"

进了房间，苏轼忙着给老人泡茶。在他们身后，渔妇、樵夫和送菜男孩，都好奇地跟了进来。小和尚来把鱼篓还给了渔妇，也站在屋里不走。徐州，离这里好远好远啊。这老汉从徐州来，都想听听他说些什么。

老汉见状便向他们说："苏大人原是我们徐州的知府大人。他是天底下最好最好的人，也是天底下最好最好的官。他被奸人陷害，落难了,往后,还望黄州乡邻多多关照苏大人。"他一边说,一边解开麻袋,捧出又圆又大的红枣送给大家,说,"这是徐州土产,尝尝,尝尝。"

苏轼端茶过来,说:"老伯,没有好茶,您解解渴吧。"

老汉捧着茶碗,深情地注视着苏轼道:"苏大人,您受苦了。"

苏轼说:"老伯,见了您,所有的苦,都化作甜了。真的。真的。"他笑着,流下眼泪……

老人到了以后,除了帮苏轼收拾收拾住所,没事便东走西逛,把他所见所闻的有关苏轼的事,像说书似的讲述,同时,也把徐州的风土人情、古往今来说给大家听。对于这里的老百姓来说,他讲的一切都闻所未闻、新鲜有趣,特别是苏轼在徐州抗洪的事,更令这些人感佩。因为在他们的生活里,还没有遇见过这样的好官。不管苏轼现在还是不是官,都成了他们心中的"清官"。清官落难,必是奸人陷害,人们在同情中有了更多的敬仰。当苏轼的故事传开后,他就成了黄州城外最受欢迎的人了。

没过两天,苏辙带着王闰之等一行,来到黄州。

苏轼借来一张桌子,准备了两桌饭菜,一桌给家人接风,一桌请来渔妇、樵夫、农人等近邻,向他们表示感谢。

苏轼亲自为樵夫等人把盏斟酒,说:"请诸位吃饭,却没有佳肴。蔬菜,是你们送的;鱼,是你们送的;柴火,是你们送的;米,是定惠院送的;花生、红枣和酒,是徐州朋友送的。今天我是借花献佛了。我敬诸位一杯,多谢诸位关照。"他和大家一一碰杯,一一说着感谢的话,末了让苏迈和他媳妇范氏,陪着众人慢慢吃喝。

苏轼回到家人的桌旁,说:"经一番生离死别,今日又得重聚,也是不幸中之万幸了。"他向徐州老汉道:"老伯,您千里迢迢跋涉而来,路上受苦受累,苏轼无以为敬,便敬您老人家一块鱼肉吧。"他拿起筷子去拈鱼,心里的激动使他的手有些颤抖,鱼肉掉在地上。

老汉忙说:"苏大人不必客气。老汉看见苏大人身体无恙,一家人在一起有了照料,老汉也就放心了。明日回去说与徐州人,徐州人也会放心了。反正,老汉明年还会来的。这鱼,就不要拈与老汉吃了。"

苏轼道:"老伯,徐州人吃的是黄河里的鱼,这是长江里的鱼。苏轼一定要敬您老人家。"说着,他又去拈鱼。

身后突传人声:"请问,苏大人可在?"

|第三十五章|
"雪堂"东坡

苏轼回头看,来人像是个富家男仆,便答:"我是苏轼。请问……"

那男仆向苏轼施礼道:"苏大人,我家主人请您过府一叙。"

苏轼问:"你家主人是谁?"

那仆人道:"大人去了便知。"

苏轼不安地望望桌边的人,桌边的人也不安地望着他,可是谁都没有说话。都知道,以苏轼现在的处境,谁叫他都不能轻易不去。

苏轼叮咛苏辙道:"子由,你陪老伯慢慢吃,替我多敬老伯几杯酒。"说完便跟着那男仆走去。

苏轼走着,心中忐忑:莫非这生来乍到之地,便有人要刁难于我?

翻过一座不高的山坡,再过一条不宽的小溪,苏轼跟着男仆走进一个院子。跨进院门打量打量,见北边有数级石阶,石阶上有宽大的房廊。院子东、西两侧,各有厢房数间。此院虽无雕梁画栋,却古朴典雅而实用。

苏轼问:"此院好似近日才修建完工?"

仆人道:"是的。"

苏轼问:"莫非你家主人要我题匾作记?"

男仆不答,指着西侧之屋道:"苏大人请。"

苏轼只好跟着去了西厢,看完西厢又看东厢。东、西两厢各有五六间房,卧室、起居室、书房、厨房、柴房等一应俱全。每个房间里都摆放着简单实用的家具。

男仆说:"苏大人,您看这几间房屋,供人居住怎样?"

苏轼道:"在此地能住此屋,不啻人间天堂了。"

男仆笑笑,指着院门两旁说:"那里还有几间房子,也可住人。"说着,领他登上北面的石阶,进入北堂。

北堂是间十分宽敞的大厅。厅门两边,下半部是墙,上半部是窗。有如此宽大的窗户,便使得偌大的房间也通明透亮。而大厅的三面墙壁,全都画着雪景,为这厅堂增添了无尽意趣。

再看房中,有一张十分宽大的长桌,可供写字、绘画。旁边,有躺椅、坐椅、茶几、棋桌,可以品茗、下棋、休憩、谈天。

苏轼心中纳闷:"让我看这个刚刚修建完工的院子,若不为题匾写字,又为什么呢?难道这家主人还以为,我能买得起这样的房子?"他自嘲地笑了笑,一边看着墙上的雪景图,一边问:"你家主人呢?叫我来,为何又不肯见我?"

男仆道:"我家主人已经来了。"

苏轼听说忙转身,谁知刚一转身,便被人抓住双手叫:"大哥!"

苏轼不相信自己的眼睛!

那人叫道:"是我!大哥!是我!"

苏轼定睛看,真是马辉!

王安石担任宰相后,便以推行新法不力之罪,将马辉与胡允之一起罢黜。马辉从凤翔还乡后,完全不问政事,他唯一关心的,是苏轼一家的景况。听说苏轼被贬到黄州,便知他们没有落脚之处,于是命管家来黄州,买了地又盖了房。

马辉说:"若非家父有病,小弟早就过来陪伴大哥。日前新房落成,小弟特来帮大哥安家,不几日就要回去伺候父亲。今日想给大哥一个惊喜,故而小弄玄虚。若知道大嫂与二哥他们都到了,小弟早就过去相见了。"

马辉和苏轼说着话,带他来到院外的山麓,指着面前一片坡地说:"这片荒地有五十余亩,是以我的名义买下的。大哥闲居无事,可以在此栽花种树,过过陶渊明的日子。"

苏轼叹息道:"我不如陶渊明。他是辞官不做,自去务农。我是死里逃生,贬谪至此。你让我享清福,我心中有愧。"

马辉道:"大哥,陶渊明不如您!他不为五斗米折腰,自己虽落得清静,却未与百姓做什么好事。您呢,您上无愧朝廷,下无愧苍生。您受了那么多的苦,在这里过几天清闲日子,问心无愧!"

苏轼道:"辉弟,大哥明白你的心意……可是,这么好一片地,不能用来栽花,我要种粮食,种瓜菜。否则,十余口之家,如何养活?"

马辉道:"大哥放心,小弟会随时与大哥送银子来。"

"那如何使得!为我,你已破费许多。可是,我有儿孙,总不能子子孙孙皆靠贤弟供养。还是让他们和我一起,学会自耕自食,自己养活自己吧。"苏轼坐到地上,满意地望着面前的荒地,说道,"这片坡地在黄州城东,可谓东坡。我便做个'东坡居士',在此躬耕陇亩。若是丰年有余,还可赈济百姓呢。"

马辉道:"大哥还想赈济百姓?"

苏轼道:"贤弟不知,此处穷困异常,有五十亩地的人并不多呀。"

马辉望着苏轼,喃喃道:"落魄至此,还在忧国忧民哪……"他想起苏轼在一篇文章中写下的几句话:

吾侪虽老且穷,而道理贯心肝,忠义填骨髓,直须谈笑于生死之际……虽怀坎壈于时,遇事有可尊主泽民者,便忘躯为之。祸福得丧,付与造物……

马辉想,这正是大哥的道德品格——儒家君子的道德品格。

而马辉,也确如王弗所言,是个"性情中人",所以会如此对待苏轼。后来,苏轼曾以玩笑的口吻,深情地为他写一首诗:

马生本穷士,从我二十年。

日夜望我贵,求分买山钱。

我今反累君,借耕辍兹田。

刮毛龟背上,何时得成毡。

可怜马生痴,至今夸我贤。

众笑终不悔,施一当获千。

苏轼挑了个好日子,一家人搬进马辉的庭院。

看见苏轼有人如此照顾,徐州老汉便乐呵呵地告辞了。

搬过来住定后,苏轼将北厅取名为"东坡雪堂"。北堂墙上的雪景,乃马辉所画,寓意苏轼洁白的人品。他还笑着说:"小弟想将大哥'雪藏'起来,以免被人陷害。"

苏轼非常喜欢雪堂,他亲笔题匾,让苏义和苏兴挂上门楣。正在挂匾时,苏味跑来,老远就欢喜地叫着:"大少爷,雪堂西面有一股暗泉,以后吃饭种地都不缺水了。"

苏轼一听,欢喜得手舞足蹈:"哈哈!不缺水了!辉弟!不缺水了!我看看去!"他跟着苏味跑了。

马辉凄然目送,不禁向苏辙说:"一个旷世奇才,竟为种地不缺水而欢喜成这样……"

苏辙哽咽道:"看着大哥,令人心痛欲裂……"片刻,又说,"难得辉弟情深义重,让大哥一家得以安身。明日,我与你一起走吧。"

马辉说:"我是父亲卧病在床,不敢久留,二哥何不多住几日?"

苏辙说:"向上司请的假,就要到期了。我乃贬职之官,哪能逾时不归?现在,大哥一家住在一起,生活也有了着落。我走了,也就放心了。"

王闰之终于有了空闲。

自苏轼湖州被捕起,她便开始吃斋念佛。现在,她有了自己的房间,可以摆上观音菩萨的瓷像,在瓷像前供奉一束野花。每天,她都可以静心拜佛了。

王闰之闭目跪在蒲团上,手数佛珠,念念有词。

马辉来到门边,见状止步,静静地望着王闰之。他想起了在凤翔堆雪人的那个姑娘,在风雨中和自己骑马飞奔的那个姑娘,十五岁改装后的那个姑娘……可惜,那个姑娘不见了,再也找不到了……

王闰之叩拜起身,回头看见马辉,便说:"辉哥,快进来坐。"

马辉进屋,走到观音座前,说:"你拜佛了,求菩萨保佑什么呢?"

王闰之说:"保佑什么,我不曾仔细想过,保佑大家平安吧……"

马辉不说话,只是静静地注视着她。

王闰之淡淡一笑,说:"你看我老了……"

马辉说:"不……我看你,跟上次我到汴京时,大不一样了……那时候,你很快活。现在,你不快活。"

王闰之道:"子瞻落到这步田地,谁能快活?"

马辉突然问:"那个王朝云是如何进门的?"

王闰之连忙道:"千万别怪你大哥!那是我做的主!你大哥不好女色。可是,他毕竟是个伟男子,毕竟是官场中人,所以我……辉哥,我听说,你也有位如夫人。"

马辉道:"那是因为,父母为我娶的妻子,并非我心爱之人。否则,我绝不会有如夫人。"

王闰之道:"那么,这位如夫人,一定是辉哥心爱之人了,何时带来我们看看,认识认识。"

马辉道:"我永远也不会……带她来见你们。"

王闰之问:"这是为何?"

马辉慢慢走到门边,背着身子说:"因为,她长得像你……"

王闰之无言,默默看着马辉走出门去。

这天晚上,大家都知道苏辙和马辉明天要走了,人们心里充满了依依不舍的离情别绪,都觉得有许多话要说,可是又不知道要说什么。

晚上,庭院里摆了一张桌子,桌上有几个茶盅。苏轼、苏辙、马辉、王闰之围桌而坐。苏迈站在苏轼的身后,他的媳妇范氏站在王闰之的身后。见父辈默默望着天空,他们也不说什么话。

朝云轻轻走来,轻轻往茶盅里续水,于是有了细水入盅的声音。可是这声音,却让这里显得更为安静,也让桌边的人,更体味到离别的痛楚。

朝云续完茶水,站到王闰之的身后,也默默地抬头望天。

明净的天空无云少星,只有一盘皎洁的圆月在慢慢移动。

少顷,他们听见苏轼缓缓低吟:

暮云收尽溢清寒,银汉无声转玉盘。

此生此夜不长好，明月明年何处看？

　　一切又归寂静，远处传来蛙鸣……

　　苏辙与马辉走后，苏轼一家开始收拾那五十亩荒地。他们知道，自己一辈子的生活，都与这片坡地连在一起了。

　　坡地上，烧荒的火燃着，乱枝杂草噼里啪啦地响着。不识忧愁的小孩苏迨与苏过，敲着铜盆在火堆旁蹦蹦跳跳。王闰之、王朝云和苏迈媳妇范氏一起，站在山坡上观看。

　　苏轼与一个老农蹲在地头闲谈。老农是苏轼雇来的"教习"，他要教会苏轼一家如何种地。老农吧吧烟，顺手递给苏轼。苏轼接过来吧了一口，却咳嗽起来，老农笑着赶紧拿回烟袋。苏轼笑着起身，发现许多农民正荷锄提篮，向这边走来。

　　苏大人开荒种地的事，是从未有过的新鲜事。村民听说，便相邀而来。似乎，除了看"苏大人开荒种地"，他们还另有目的。当他们越走越近时，苏轼听见他们叽里咕噜说着什么，眼睛在自己的家人里搜寻着。苏轼有些诧异，问老农他们在做什么。

　　老农见问，忙起身向村民们用楚语道："你们要做什么？"

　　一农妇笑嘻嘻用楚语答："苏大人家里有仙女，我们想看看仙女。"

　　苏轼听懂了她的话，笑道："仙女？我家哪有仙女？"

　　农妇笑着，指着王朝云。

　　"哦，你们说的她呀。"苏轼明白了，他向朝云道，"仙女下凡吧。"

　　朝云有些尴尬地看着王闰之，王闰之说："过去吧。"

　　朝云便款款向众人走去，众人发出叹息："真是仙女下凡了……"

　　朝云施礼道："众位乡邻，我家老爷被奸人陷害，来到此地安家落户，日后还求众位乡邻多多照应。"她再施礼。

　　早与苏家熟识的渔妇说："苏姨娘会唱歌，求苏姨娘唱支歌。"

　　老农一听，大声呵斥道："胡闹！都给我滚回去！"

　　渔妇吓了一跳，连忙退回人堆里。其余人被老农一骂，也只好悻悻后退，只是眼睛还盯着朝云。

苏轼忙上前一步道:"众位乡邻留步。我,东坡老人来击节,让苏姨娘与你们唱支歌。"说着,他从苏迨手中,拿过铜盆扣在地上,打出几下节奏后,向朝云笑道,"苏姨娘,请吧。"

众人高兴了:何曾有过这样的殊荣啊!他们欢呼着,"轰"的一声奔了过去,把苏轼与朝云围在中心。

朝云向大家笑笑,依节而唱:"花褪残红青杏小……"

苏轼一听,不觉忘了击节。

朝云见状,陡然明白自己不该唱这支歌。可是,又该唱哪支歌呢?她问:"老爷……"苏轼回过神来,抬头望她一眼,说:"唱!"

苏轼击节,朝云重新唱起来:

花褪残红青杏小,燕子飞时,绿水人家绕。

枝上柳绵吹又少,天涯何处无芳草。

人丛外的王闰之听不下去了,她急忙转身走开。她不由得想起那年苏轼考完回家的情景,想起她和姐姐在后院打秋千,想起从院墙外传来苏轼意气风发的吟诵声……朝云的歌声追着王闰之:

墙内秋千墙外道。墙外行人,墙里佳人笑。

笑渐不闻声渐悄,多情却被无情恼。

王闰之还没有逃进院子,已经哭成个泪人儿……

为了一家大小的生存,苏轼从此改变了自己的社会角色,过上了"面朝黄土背朝天""日出而作,日入而息"的生活。他种庄稼、植桑麻、栽柑橘,粗细农活都与家人共做,成了一个地地道道的农民。

这天,王闰之提瓦壶送茶水来庄稼地,见苏轼拄着锄头出神,便倒了一碗茶向他走去,问:"想什么呢?"

苏轼回头,笑道:"什么也不曾想。"

王闰之把茶递给他说:"别瞒我了,你在作诗。"

苏轼咕嘟咕嘟喝完茶水道:"我现在,哪还有心作诗。"

"你不作诗,你就不是苏轼。"王闰之叹了一口气,说,"爱作诗,就作你的诗吧。总不会为了诗,再把你抓进'乌台'。"

王朝云凑过来道:"姐姐说得对。老爷就这么点高兴的事,岂能不作？"

苏轼笑起来道："你们都不怪我，以后我就放胆作诗了。"

王闰之也笑起来，说："你作你作。现在把你作的诗，念与我们听听。"

苏轼道："好，刚才我填了一词《江城子》。"他念道：

梦中了了醉中醒，只渊明，是前生。

走遍人间，依旧却躬耕。

昨夜东坡春雨足，乌鹊喜，报新晴。

雪堂西畔暗泉鸣，北山倾，小溪横。

南望亭丘，孤秀耸曾城。

都是斜川当日境，吾老矣，寄余龄。

对于一个饱读诗书、博学多才、有理想、有抱负的知识分子来说，精神的需求远比物质的需求重要得多。体力的劳累不能抵消精神的空虚，苏轼自然而然走上了落魄文人的老路——"穷而著书"。在黄州的油灯下，苏轼开始撰写《论语说》和《易传》。

特别值得一提的是，苏轼在黄州拾起了丢弃已久的绘画。当年在汴京值史馆时，他曾被表兄文同管束着，每日写字作画不许过问政事，但自从"贩盐"之诬调往杭州后，他就很少作画了。到黄州务农，与文化全然没有了接触。可是他的内心，又无时无刻不受到文化的召唤，于是除了著书，又开始绘画。

当时的人喜欢画竹，但只是画竹。富于创造的苏轼，不安于这种单调，便在画竹时，画进了怪石、枯木等物，构成竹木、竹石同在的画境，从此开创了一个新的画派，被称为"文人画派"。

苏轼还在这里结识了书画家米芾。米芾这时虽然才二十出头，但在文化界已有很高的知名度。他专程来黄州拜访苏轼，二人一见如故，遂成忘年之交。米芾的到来，是苏轼最暗淡的日子里最明朗的时光。这段时间，他很少下地，许多时候，都和米芾在雪堂中写字、绘画。在书法方面原本很有造诣的苏轼，通过与米芾一起专心切磋，他的书法也突飞猛进，别开生面，自成一格，被称为"苏体"。

|第三十六章|
一蓑烟雨任平生

虽然未能把苏轼整死，但苏轼被撵到黄州后要想再回朝廷，只怕也难了，王珪等所谓"拥戴新法"者，总算放下心来，认为自己的地位真正稳固了。

苏轼去黄州两月后，王珪实践诺言，举荐章惇为参知政事——副宰相，并非他们的关系恢复到当年的"世伯"与"贤侄"，而是利害得失已将他们捆绑成一对蚂蚱。在王珪眼里，章惇毕竟是知根知底的。他这个副相比起蔡确来，还是更可靠一些。从此，王、章两位正、副相国联手，其余的人还能说什么？何况其余的人，也大多是他们罗织的亲信。于是，神宗皇帝的朝廷，差不多也就是王、章二人的朝廷了。

苏轼到黄州第三年，西夏入侵，宋军小胜。捷报传来，神宗大喜。

王珪、章惇也大喜：不是有许多人骂我们"整人有术，治国无术"吗？不是很多年来宋军都是"战不能胜，守不能固"吗？好，现在我们就乘胜追击，把"夏蛮子"赶到荒漠中去！

朝堂上，两个宰相慷慨激昂鼓吹扫平西夏，文武大臣异口同声附和。神宗皇帝原本是个急于求成之人，又是个耳根软、心眼儿活的人，何况自青年时代便立志灭敌寇、雪国耻。他想起"熙宁变法"之初，面对祖母和母亲的责备，自己曾痛哭流涕地说："为求太平无战，每年须送与敌国一百二十五万两银子。一百二十五万两银子呀！那是从穷苦百姓身上搜来的民脂民膏呀！可是全送与了谁？送与了大宋的敌人哪……"每年送去一百二十五万两银子，北辽、西夏确实不曾派大军入侵。但是，小股敌兵对边境的骚扰和掳掠，从来不曾间断。这也是神宗为了富国强兵，力挺"变法革新"的原因。现在，打败宿敌、报仇雪耻的机会来了。机不可失，时不再来。这机会不能放过！

在朝臣们的怂恿下，神宗终于拍案而起，令六十万大军挥戈西进，与西夏决一死战。他全然不知，王珪、章惇们俱是"纸上谈兵"的赵括；更不懂得，一场无准备的大战可能带来什么后果。

其后果便是：宋军大败。六十万人马全军覆没，损失钱粮无数……

神宗闻报，当廷痛哭，悲愤欲绝，昏厥在地，一病不起。

某日，王珪突然遣仆去章惇家，叫他立马过府议事。

章惇不免惊诧。自担任副相以来，他接受吕惠卿反王安石的教训，对王珪言听计从，避免任何"抢班夺权"之嫌。他愿意等到王珪退位，自己顺理成章当上相国，他认为这是一条风险最小的途径。今天，王珪有什么急事须得召见自己呢？这样的召见，近年已很少发生了。因为一切都按王珪的意志在进行，王珪说什么他都赞同，他俩没什么需要私下商量的。

章惇匆匆去到王府，走进王珪的书房，问："世伯，有何急事？"

王珪道："我们大意了！"

章惇问："什么大意了？"

王珪道："苏轼去了黄州，我们便以为可以高枕无忧，再不曾问过他的情况。谁料……"

章惇接话："他又上奏章，评说朝政？"

王珪道："那倒不是。是皇上不知怎么想起他来，今日竟将我叫到病榻前，对我说，要起用苏轼修国史。"

章惇立刻紧张起来。也许是多年养成的心理，只要一听见苏轼的名字，他就会莫名其妙地紧张。其实他也知道，即便苏轼此刻还朝，也不可能威胁到他的权力和地位。不过话又说回来，苏轼回朝若能待上一年半载，甚至三五个月，情况也许就大不相同，皇帝也许就会委以重任，苏轼也许就有机会把自己这伙人打翻在地了。

章惇问："世伯您怎么应对？"

王珪道："我当然会找些话和皇上说。最后，苏轼回朝的事好歹被我拦住了。"

章惇忐忑不安道："都三年了，皇上还忘不了他……"

王珪叹道："是呀……依我看，此事尚未了结。"他略略思索后，问，"你在黄州，是否有可用之人？"

章惇答："没有。黄州贫瘠，没人愿去。"

王珪道："那就设法，在黄州官吏中买通一人，叫他前去刁难苏轼。倘若苏轼被激怒而有什么犯上的言行，我们便可与他加罪，教他永无出头之日。"

在黄州种地的苏轼，对以上一切毫无所知。他既不知宋军惨败、神宗卧病，更不知政敌们又变着法子来陷害自己了。

苏轼认认真真做农民，便与农民打成一片，向他们请教如何种好庄稼，听他们述说烦琐的喜怒哀乐，而且经常和他们一起喝酒。要喝酒，就要有下酒菜。

从前喝酒时，哪用他苏轼操心下酒菜？从前他在品酒时，还要品一品下酒菜，所以渐渐成了个"美食家"。可是到了黄州，他和农民一样穷。喝酒时，再没有什么下酒的菜了，这让好酒的美食家苏轼感到遗憾。不过，日子稍长后，苏轼发现当地人不爱吃猪肉，因此猪肉价格便宜。这可喜煞了爱吃肉的苏轼。为了一饱口福，为了下酒有菜，他跟苏昧商量着，把猪肉做出了新花样。以后，有人来他家喝酒时，他就会摆出可口的猪肉待客。一来二去，"苏家做的猪肉好吃"就传开了，就有人到他家来学做。来学做的人多了，苏轼就编个顺口溜："黄州好猪肉，价钱等粪土。富者不肯吃，贫者不解煮。慢著火，少著水，待它自熟莫催它，火候足时它自美。每日起来打一碗，饱得自家君莫管。"后来，这些吃法就成了流传千年的"东坡肘子""东坡肉"。

日子再长一些，苏轼的朋友就不仅仅是农民与和尚了。那些仰慕他的文人，开始远远近近地前来拜访，于是苏轼又多了谈诗论文的伙伴。他努力使自己过得潇洒，努力摆脱苦闷的心境。他曾与友人两次游览赤壁，写下脍炙人口的两篇《赤壁赋》，又留下千古名词《念奴娇·赤壁怀古》：

  大江东去，浪淘尽，千古风流人物。
  故垒西边，人道是，三国周郎赤壁。
  乱石穿空，惊涛拍岸，卷起千堆雪。
  江山如画，一时多少豪杰。

  遥想公瑾当年，小乔初嫁了，雄姿英发。
  羽扇纶巾，谈笑间，樯橹灰飞烟灭。
  故国神游，多情应笑我，早生华发。
  人生如梦，一樽还酹江月。

  苏轼四十七岁时，王朝云给他生了个儿子。三朝洗儿，原本没有什么喜事的一家人，全都沉浸在喜得小孩的欢悦中。
  苏轼坐在床边，轻轻抚摸着朝云的手，满怀感激地望着她。
  朝云问："有名字了吗？"
  苏轼说："有了，就叫作'苏遁'。"
  朝云问："为何取如此怪名？"
  苏轼说："遁者，避也，取'避世'之意。"
  朝云笑道："你真能避世？"
  苏轼说："为了你们姊妹和儿孙，我一定要避世。"
  正在此时，王闰之抱着婴儿进来，她笑着说："子瞻，你看遁儿这两个额角，真和你长得一模一样。"
  苏轼接过儿子欣喜地看着："是的，真像我。"他亲吻着孩子。
  王闰之到床边给朝云掖被子，一边笑道："你们两个人精生的孩子，不知会聪明成什么样子。"
  苏轼连忙道："啊呀！千万别像我们，还是蠢笨些得好。"
  王闰之笑嗔："哪有当爹的盼望儿子蠢笨的！今日孩儿满三朝，你该说些吉利的话。"
  "说吉利的话？"苏轼想想道，"我赠遁儿一首《洗儿诗》吧。"

于是念道：

    人皆养子望聪明，我被聪明误一生。

    惟愿孩儿愚且鲁，无灾无难到公卿。

王闰之和王朝云听着，凄然不语。希望儿子愚鲁的父亲，世上也许只有一个苏轼。可见苏轼的心中，该有多少难以名状的悲戚……

苏遁满月后，王朝云常抱着他到院子里走走。这天，她抱着孩子来到雪堂中，看见苏轼拿着针线在缝什么东西。

王朝云笑道："我的老爷，家里有这么多会做针线活的女人，你老人家笨手笨脚地缝什么呀？"

苏轼道："我给自己缝一顶帽子。"

王朝云道："我说什么了不得的东西呢，不过一顶帽子。让我们谁来缝，都会比你缝得好。"

"未见得。几个人都缝过了，都不能称我心意，还是我自己知道，自己要个什么样的。"说到这里，苏轼剪断线头，把缝好的帽子戴在头上，说，"你看如何？"

王朝云笑道："这样的帽子，倒是未曾见人戴过。只要你自己喜欢，便好。"

苏轼想不到，自己做的这个帽子，以后竟有许多文人都戴。

苏义跑进雪堂，说："大少爷，衙门里来人了。"

苏轼问："何人？何事？"

苏义道："说是府衙的司户参军姓白，不知何事。"

正说着，那个白参军已跨进门来，大大咧咧地说："东坡雪堂，好气派呀！"

王朝云忙侧身退出。白参军目送王朝云，但看不见她的面孔。

苏轼客气地起身道："参军官驾临，不知有何公干？"

白参道："你是我州监管的罪犯，本官来你家看看，便是公干。"

苏轼道："那么，请随便看。"

白参军东张西望一会儿，把眼光落在苏轼身上，说："我看……

你那帽子怎的如此不顺眼。那是什么帽？"

苏轼道："此乃东坡自己所制之帽，可叫'东坡帽'。"

"哼，你的日子过得很舒坦嘛。不但有东坡帽，听说，还有东坡肘子、东坡肉。"白参军径自去到上方坐下，架起二郎腿摇摇晃晃，说，"今日，本官特意前来，见识见识你的东坡肘子。"

苏轼见他那样，也就不客气地坐下，说："难得参军官大驾光临，苏轼巴不得有肘子招待你。可恨的是，一个月只有一个初一。犯官家贫，只有每月初一才打牙祭。每打牙祭，则全家十三口，共吃一只肘子。昨日刚好初一，一只肘子，吃得连一口汤也没剩下，只剩了一根啃不动的骨头。"

白参军听着刺耳！自己又不是狗，说什么剩了骨头。可是这话又没法直接反驳，便愤然道："你倒会哭穷！能修建这等房院，会一个月吃一只肘子？再说，你自号'东坡居士'，还有五十亩地。我正要问你，盖房买地，你一个犯官，哪来的许多银子？说！"

苏轼笑笑，说道："请参军官回衙门里查对查对。这所房院和那五十亩地，都不姓苏，而姓马。我苏家不过是替马家看院、种地而已。再说，朝廷将犯官安置于此，犯官借'东坡'二字做个名号，也不犯王法吧？"

白参军被呛得哑口无言："你！你你你！"

恰在此时，"轰隆隆……"一阵雷声滚过。

苏轼趁机而起，夸张地叫着："哎呀！不得了啦！要下雨啦！犯官须得去照顾庄稼了。倘若粮食没有收成，犯官只得带上一家大小，去衙门里讨饭了。"他一边说，一边向门外走去，"参军官莫要见怪，犯官少陪了。"说着出了雪堂，向大门外跑去。

白参军被丢在厅堂无人理睬。他不知所措地愣怔了片刻，也拔腿向门外跑去，一边跑一边大声嚷嚷道："我看你做庄稼！我看你做庄稼！"他认为苏轼说做庄稼一定是谎话，是谎话就可以戳穿，谁知跑到院门口，果见苏轼和几个男丁戴斗笠、执农具向田野跑去。这使他不得不停了脚步，嘴里嘟嘟哝哝骂着，悻悻地转身自去。

雨哗哗啦啦下起来。苏轼和苏迈、苏义、苏兴以及十四岁的苏迨走在滑溜溜的黄泥路上，苏迈上前把一根竹杖递给苏轼，问："父亲,那个白参军为难您了?"

苏轼笑道:"呵呵,是我为难他了。"说罢,他大声吟道:

莫听穿林打叶声,何妨吟啸且徐行。

竹杖芒鞋轻胜马。谁怕?一蓑烟雨任平生。

料峭春风吹酒醒,微冷,山头斜照却相迎。

回首向来萧瑟处,归去,也无风雨也无晴。

没过几天,那个白参军又来了,还带着两个衙役。他在庭院里大声叫着:"王朝云,出来!王朝云,出来!"

王闰之从厢房的窗户上看见,忙对十二岁的苏过说:"快!去地里叫你爹爹回来。"同时疾步走到庭院里,向那白参军说,"参军官为何要见王朝云?"

白参军说:"你是何人?"

王闰之答:"我是这家的女主人。"

白参军道:"把王朝云叫出来,本官有公务须得向她当面交代。"

王闰之道:"家中之事由我做主。不论公务私务,王朝云均须听我吩咐。"

白参军道:"好吧,那本官便对你说。明日府衙延请上宾,征召你家歌伎前去歌舞佐酒,陪伴宾客。"

王闰之道:"参军官不可妄言。我家哪有歌姬?!"

白参军道:"哼!你当本官不知?你家歌伎便是王朝云。"

二衙役便扯着嗓子叫:"王朝云出来!王朝云出来!"

随着一声"谁在叫我",王朝云走进院子。她穿一身旧衣,灰头土脸、蓬头垢面地抱着一捆柴火。秀嫂、碧桃跟在她身后,两人手里各拿着锅铲、长勺。

王朝云不慌不忙放下柴火,问:"谁在叫我?"

白参军愣住:"你……"他上下打量这个女人,"你,是王朝云?"

王朝云道:"王朝云是我,叫我何事?"

白参军难以相信:"你……你是杭州歌伎?"

王朝云道:"参军官错了。我不是歌伎,我是歌伎的丫头。"

白参军道："你不是歌伎，为何当众唱歌？"

王朝云道："难道黄州这地方，只许歌伎唱歌？难道黄州的女人不唱歌？听你们黄州人说，黄州属楚。楚国有个鼎鼎大名的屈原，便唱过一支《九歌》，难道屈原也是歌伎？"

白参军怒斥道："扯什么屈原！你从杭州明月楼里出来，怎会不是歌伎？"

王朝云道："参军官太孤陋寡闻了吧？明月楼里，只有歌伎三人，名叫孤芳、傲雪、琴操。她们每个人均有四名乐手、四名舞娘、两名贴身丫头、四个粗使丫头，还有四个婆子做饭、洗衣、打扫庭院，并有四个轿夫，加上换班看门的四人，共计七十人。参军官是否认为，明月楼中这七十人都是歌伎呢？"

白参军道："那你在明月楼中做什么？"

王朝云道："烧火，劈柴，一个粗使丫头。"

白参军恼怒道："休得撒谎！"

王朝云道："参军官何必动怒？凡为歌伎，必入官府的乐籍。参军官若不相信，可去杭州查查乐籍，一看便知。"

白参军无言答对，气得大吼道："你！凭你这张利口，便不像粗使丫头！他苏轼，会娶个粗使丫头做姨娘？！"

王闰之插话道："参军官此言不妥。你总该知道，梁鸿娶了孟光为妻，诸葛亮娶了阿丑做夫人。我家老爷，就是喜欢她伶牙俐齿，故而娶她做了姨娘。这是他们两相情愿的事，参军官何必愤愤不平呢？"

白参军被问得瞠目结舌，只能怒吼："休得在此啰唆。有话到衙门里去说。带走！"他向两个衙役挥手，两个衙役便要上前抓人。

秀嫂和碧桃立刻站到王朝云左右，王闰之便站到朝云的前面。

白参军指着王闰之道："你个犯官眷属，竟敢阻拦本官执行公务？"他再向衙役挥手道，"把王朝云带到衙门去！"

"谁敢！"苏轼冲进门来，吼着。跟在他身后的，是提着镰刀和扁担的苏迈、苏迨、苏过和苏兴、苏义，还有几个面带不平之气的农夫农妇。

白参军叫着："胆大苏轼！你敢抗拒官府！你想罪上加罪？"

苏轼闻言冷笑道:"好哇!我正想去见府台大人,好当面问问,他要你白参军来治我什么罪?!"他把镰刀往地上一摔,吼道,"我死猪不怕开水烫啦!"

第三十七章
皇帝手札

白参军色厉内荏道:"你!你!你你你你是朝廷钦犯,竟敢对本官如此说话!你藐视官府,抗拒监管,我要治你的罪!"

苏轼道:"我倒想提醒参军切勿犯罪!你不要看我贬谪于此,便来投井下石。圣诏上写得明白,我在黄州府衙虽无权签署公事,名义上却也是'团练副使',大小是个朝廷命官。你要威逼我家妇女去做歌伎,先问一问你自己犯了何罪!"

白参军没招了,只好一迭连声地叫:"你你你,你等着!你等着!"

以后十来天,苏轼当真在家里等着,但是白参军再也没来。

白参军本不是奉上司之命前来"公干",只是有个熟人自称是苏轼的仇家,给了他一些钱财,托他抓点把柄,好报复苏轼。倘若苏轼当真闹到府台大人跟前,他的狐假虎威不但占不到便宜,还会在衙门里落下笑柄。所以,他刁难苏轼的事也就到此为止。

白参军打了退堂鼓,王珪气得把黄州来信往地上一扔道:"好个'死猪不怕开水烫',我们倒拿他没有办法了。"

章惇拍拍手里的一沓纸,说:"不妨利用白参军送来的这些诗词。您看:'惊起却回头,有恨无人省。'他恨谁?当然是皇上。还有,'大江东去,浪淘尽,千古风流人物。'他得知皇上有病,便咒骂皇上早死……"

王珪直摇手道:"不可不可。此等伎俩,岂可再用!说不定皇上见了这些诗词,又要连称'奇才呀,奇才'呢。"

章惇放下那些纸，开始冥思苦想。

王珪焦躁地踱来踱去，自语般地道："前些天皇上还说，要用苏轼为江州知府。若让苏轼当了知府，他就可直接入朝为相，因此务必设法，尽快打消皇上的念头。"

章惇忽然大声道："有了！"

王珪问："有了什么？"

章惇道："苏轼不是说，他'死猪不怕开水烫'吗？那就让他死！"

一个消息通过太监张元振，若明若暗地传进皇宫。

卧病的神宗被搀扶坐起，靠在床上喝了向皇后递来的药，漱罢口，问站在床前的张元振道："适才，朕迷迷糊糊间，好像有人说苏轼怎么了。"

向皇后向张元振使眼色，示意他不要说。

已经成为王珪、章惇同伙的张元振原本要说，但向皇后的态度使他不敢说，于是吞吞吐吐道："这……说他，说他吃醉了酒……"

神宗问："吃醉酒怎样？"

张元振想说，便做出为难状道："这……这……"

向皇后抢先道："陛下龙体欠安，何必问戴罪的苏轼。"

神宗转对向皇后，固执地："朕要知道！"

向皇后叹口气，对张元振道："说吧。"

张元振便说："启奏陛下，苏轼在黄州，某夜，吃醉了酒，把衣服帽子挂在树上，半夜里独自划船出去……被江水……淹死了……"

神宗吃惊地直起身子问："苏轼！死了？"

张元振道："汴京城里尽人皆知了。有受过他生前恩惠的百姓，还在家门口与他上香烧纸呢。此有他临死前写的一首词，外间纷纷传抄，奴婢也把它抄录在此，才呈报皇后娘娘看过。"说着，他拿出一张纸呈与神宗。

神宗接过，展开来看，只见纸上写着：

夜饮东坡醒复醉，归来仿佛三更。

家童鼻息已雷鸣，敲门都不应，倚杖听江声。

长恨此身非我有，何时忘却营营。

夜阑风静縠纹平，小舟从此逝，江海寄余生。

神宗念着："小舟从此逝，江海寄余生……"

张元振道："想必是，苏轼自知罪大，再无出头之期，故而自己划船去到江里，寻了绝路。"

向皇后知道这消息对神宗非同小可，连忙道："只是坊间传闻，无人眼见，并不可靠。"

神宗道："宣李师仲。"

张元振不解："皇上……"

神宗厉声道："宣李师仲！"

张元振惊惧，连忙应道："是。"慌忙退出。

神宗倒在床上，两眼盯着床顶，喃喃道："朕祈求上天宽恕……"

向皇后急了，连连说："陛下保重！陛下保重！"

神宗似不曾听见，只是不住自语："求上天不要惩罚朕……不要惩罚朕……"

向皇后心疼得流下眼泪，劝道："陛下何须如此，何须如此……"

张元振领着李师仲匆匆来到榻前，禀道："启奏陛下，李大人到。"

李师仲上前叩头："参见皇上。愿吾皇去病免灾，龙体康复。"

神宗道："赐座。"

张元振搬来锦凳后，退出房间。

神宗向李师仲道："李爱卿，关于苏轼之事，朕只有问你了。"

李师仲说："臣知无不言。"

神宗从枕上抬起头来，盯住李师仲道："外间传说苏轼驾舟不返，死于大江。是真是假？"

李师仲连忙说："启奏陛下，此事在汴京确实传得沸沸扬扬，微臣听说后觉得奇怪。苏轼安置黄州，团练副使再低微，也是朝廷一个职位，若有不测，黄州当局亦应奏报朝廷。故而，微臣立即派人前往黄州，查明真伪……"

神宗性急地问："结果如何？"

李师仲道："陛下放心，苏轼安然无恙。"

神宗的头重重落到枕上，长长嘘出一口气。

向皇后在旁破涕为笑，禁不住说道："这就好了！这就好了！"

神宗向李师仲道："苏轼贬谪黄州，四年有余。今日，朕拟用皇帝手札，将他迁出黄州，免其再受凌辱，以备起用。"

李师仲道："皇上宽厚仁慈，臣下敢不奉命。只是，陛下为何不用诏书，而用手札呢？"

神宗叹了一口气，说："用诏书须与大臣商议。此前，朕欲起用苏轼入朝修国史，被王珪阻拦。其后，朕又欲起用苏轼任江州知府，被王珪等人拖延至今，未予办理。朕不愿与大臣们商议了，朕要下'皇帝手札'，看他们还敢不敢再行抗拒！"

李师仲再拜道："皇上英明。"起身向外叫："有请张公公。"

张元振闻声而入："李大人。"

李师仲道："皇上要用'皇帝手札'。"

张元振应声而去。

神宗慢慢说道："朕病卧床榻，每日三省吾身，仔细想来，苏轼不但是难得的奇才，更是难得的忠直之臣。前次文字之狱，是他们妒贤嫉能，故意激怒于朕，致苏轼含冤莫白。朕想起十五年前，苏轼谏买花灯，使朕少一过错。此次讨伐西夏，倘有苏轼在朝直言忠谏，朕便不会贸然出兵，也不会招致惨败重损，死伤军民无数……"说到这里，神宗不觉失声哭泣，一旁的向皇后也跟着垂泪。

李师仲十分难过：为大宋，为神宗，也为苏轼。

李师仲了解这个皇帝，神宗想中兴宋朝，想做圣主明君，想流芳青史。即位以来，他不治宫室，不事游幸，日夜勤劳，致力于富国强兵，谁知却事事不顺。西夏兵败，似乎给他做了个总结：宣布他是个失败的皇帝。这是自视甚高、争强好胜、视荣誉如生命的神宗所不能接受的。他因此而病，且一病不起。李师仲从御医那里获悉，神宗皇帝的病，就是深深的忧郁。解不开的心结，使他病入膏肓了。

李师仲只能劝慰道:"陛下爱国爱民之心,天下尽知……陛下尚在病中,祈多多保重。"

神宗呜咽道:"爱卿不知……此乃上天震怒……对朕重惩……朕愧对……愧对仁宗皇帝与太皇太后……愧对……忠心耿耿的苏轼……朕做了不仁不孝不义不德之君……朕无颜面对天下苍生……无颜面对列祖列宗……"他放声大哭。

向皇后在旁也哭出声来,忙捂着嘴背过身去。

李师仲不知如何是好,只是喃喃道:"陛下保重,陛下保重……"

过了一会儿,张元振用木盘托来手札与笔砚。

李师仲说:"陛下,手札到。"

神宗哽哽咽咽止住哭声,用向皇后递来的手帕擦干眼泪。

跟着张元振进来的内侍扶神宗坐起。

神宗吃力地写完手札,看着张元振在榻前用印,然后亲手交与李师仲道:"手札交卿,立即照办。"

消息很快传开:神宗用"皇帝手札"调苏轼前往常州,以备起用。

朝野震动!

章惇跌跌撞撞奔进王珪家,在庭院里便气急败坏地大叫:"世伯!世伯!我们弄巧成拙了!"

王珪吃惊地从房门里跨出,问道:"什么事?出了什么事?"

章惇奔上厅前台阶,大声道:"我们放出谣言,说苏轼死了,原为割断皇上起用他的念头,谁知皇上虽然病重,却查明了苏轼还活着。如今皇上竟不肯与我们商议,便使用'皇帝手札',将苏轼迁往常州,准备起用!"

王珪呆住。

章惇困兽似的在大厅里转动着,挥动手臂咆哮着:"整整二十六年!二十六年来,世伯您像一口深井上的盖子,严严地捂着,还搬来石头压着,谁料他苏轼还是由井底蹿出。历代君王都很少使用的'皇帝手札',皇上竟为他动用了!将我等辅政大臣全不放在眼中。一旦苏轼回到朝廷……"

"啊!"王珪大叫一声,手捂胸膛,两眼翻白,向后一仰,猝然倒下,后脑勺在地上砸出"砰"的一声闷响。

王珪谣传苏轼已死,没想到把自己弄死了。

码头,在哪个时代都是热闹繁忙之地,金陵的码头更不例外。

码头上,车水马龙。码头下,轿夫的脚和毛驴的腿一起迈动。

这是个炎热的夏天。一个老人站在码头上,手搭凉棚,张望江下停靠的船只。他的身后,站着两个中年男仆。老人回头道:"王赞,你下去,一只船一只船看清楚,看苏大人到了没有。"

王赞应声向码头下跑去。他在那些靠岸的船只外走来走去,大声叫着:"苏大人!苏大人!"

苏轼从船上下来正要上岸,忽听到有人叫"苏大人"。他弄不清是不是叫自己,便站下来望着那叫喊的人没有出声。

王赞走过来,看见一个须发皆苍的老人望着自己。

王赞本认得苏轼。他记忆中的苏轼,是打马游街的探花郎苏轼,是到相府来做客的苏轼,他不敢相信眼前这个老人会是苏轼。他仔细辨认着,欲言又忍地试探着:"您,您是苏大人?"

苏轼问:"你找哪个苏大人?"

王赞跳起来:"苏大人!您就是苏大人!小的差点认不出您哪!您……您看,我家老相爷来接您啦!"他指着岸上的那个老人。

苏轼有些惊诧:"相国……"他定睛细看,老人的确是王安石,便连忙向那里跑去。

苏轼跑到王安石面前,拱手叫道:"相国……"

王安石一把抓住苏轼的双手:"子瞻……"

两人互相望着,久久说不出话。

王安石看见,眼前的苏轼已不是仁宗时金殿对策的那个苏轼了。那个苏轼高大豪放、意气风发、仪表堂堂,眼前的苏轼又黑又瘦、神情落寞、须发苍苍。这模样使他想起了苏洵,他早已相信《辨奸论》不是苏洵所写。刹那间,他的心被怜悯与内疚淹成一片汪洋……

苏轼看见，眼前的王安石已不是那个请自己喝酒的王安石了。那个王安石居高临下，像是横刀跃马、胜券在握。眼前的王安石又矮又小，满脸和气慈祥，像个田舍老翁。苏轼忽想起，这是个失去了独生子的孤老头。刹那间，苏轼的心被怜悯与悲戚淹成一片汪洋……

还是王安石先开口："子瞻，老夫知你前往常州要路过金陵，故而每日俱到江边守候。阔别一十四载，你我二人该有多少话要说啊，快到我家畅叙畅叙。"

苏轼露出为难之色道："这……祈相国容我改日拜见。"

王安石问："有何不便吗？"

苏轼道："我们从黄州过来，在船上日晒夜蒸，我的小儿子苏遁不幸染病，在途中……夭折了……"

王安石很难过："子瞻，子瞻……"

苏轼哽咽着："遁儿的母亲悲伤过度，一病不起。此刻我正要上岸寻一住所，也好请医……"

王安石忙道："住到我家去！我请此地良医，为遁儿的母亲治病。我家总比客栈方便些。你们住上一两个月，等遁儿的母亲康复了，天气也凉爽些，再去常州吧。"

于是，苏轼一家住进了王安石的山庄。这山庄离城七里，离钟山主峰七里，王安石便给它取名为"半山园"。

在半山园里，王安石指着巍峨的山峦、葱茏的林木、清澈的溪水、烂漫的野花，对苏轼说："子瞻，这就是钟山。老夫隐居于此，已有十年了。"他随口吟道：

　　终日看山不厌山，买山终待老山间。
　　山花落尽山长在，山水空流山自闲。

苏轼也随口吟道：

　　阴晴朝暮几回新，已向虚空付此身。
　　出本无心归亦好，白云还似望云人。

吟罢，两人相视一笑，都明白了彼此的心境。

金陵乃出名的酷热之地，夏日异常难熬。每到黄昏，王家的仆人就会在厅前的天井里泼上些凉水,不一会儿水干了,再泼。这样反复几次后,天井的地表温度便降低许多。待山间吹来的风有了些凉意,仆人便会摆上茶几和凉椅,等王安石和苏轼出来纳凉。

王安石早就有了苏轼的诗文集。苏轼来后,他把自己的诗文集送给了苏轼。晚上,他们慢慢品着香茶,或者喝着清暑的绿豆汤,谈诗说文就成了赏心悦意的话题。在这些淡泊宁静、与世无争的日子里,王安石和苏轼发觉,他们彼此竟然是这样"志同道合""好恶一致"。

有个夜晚,月明如水,王安石和苏轼又坐在庭院里聊天。两人谈兴正浓时,王安石忽然长叹一声,说:"子瞻你还记得吗?你从四川回到汴京时,我曾请你细细研读新法,希望你读后与我详议。你为什么不肯读一读呢?"

苏轼说:"我读过了,在那之前已仔细读过,回到汴京后,又仔细读过。"

王安石回头望着他:"那,为什么不来和我议上一议?我一直希望你能成为我的左膀右臂呢。如果那时,我们能这样心平气和地商议商议,也许,大宋和你我,都不是今天这个样子。"

苏轼无语。片刻后,他发觉王安石还盯着自己,便说:"我想过要去相府的,想过要向您谈谈自己的想法……"苏轼又停顿了一会儿,才接着说,"我的想法其实只有一个,就是,干系国计民生的法度,要一个一个地改,顶多两个三个地改。还需一边改,一边修正,使之趋于完善……"

王安石道:"就像你的《衙前役新则》那样,先在凤翔府实施,然后在渭州一带推行。若行之有效,再行于全国。"

苏轼道:"是的……"他又停顿了好一会儿,才说,"我思之再三,还是没有去见您……"

王安石扭回头来仰望着夜空,默然片刻后,说道:"你不来也是对的……"过了一会儿,他又说,"你来说了,我也不会听。我会觉得,你是在反对我的'变法革新',而要推行你的'循序渐进'……"

苏轼道:"当时我也这么想,故而……"他没有说下去。

两人都沉默了。

又过了好一会儿,王安石又叹了一口气,说道:"'欲速则不达',一句老掉牙的话,也是知易行难啊……"

王安石总结出变法失败在"急于求成",而没能总结出更重要的是"人的因素",也没总结出"新法"本身需要修正的弊端。当然,我们也不能过于苛求古人了。

当时,苏轼听见王安石的话便道:"后来我也想过,我一味地反对变法革新,一味地数落新法的不是,一味发泄心中的忧愤,却对新法的不足,未提出什么匡正之术,对新法的实施,也未提出什么补救之策。想起来,也觉愧对相国……"

王安石道:"不怪你,不怪你……毕竟,我们都是凡人……"

王安石用这话宽慰苏轼,也安慰自己。

这天晚上的谈话,彻底化解了两人最后的一点心结,使他们惺惺相惜的情感,升华为诚挚的友谊。到苏轼告别时,两人依依不舍,既像父子又像兄弟。

金陵相聚,是他们最后一聚。此后不到两年,王安石便与世长辞,享年六十六岁。

王安石和苏轼,这一对既是政敌又是朋友的政治文化名人之间,还有一种神秘的数字联系。即:论出生,他们年纪相差十五岁;论考中进士,他们前后相隔十五春;论逝世,他们先后相距十五年。而且,两人同样都活了六十六岁。三个相差的"十五",一个相同的"六十六",加上都主张变法,而各自的主张都未能如愿,这好像就是他们俩的"宿命"。

第三十八章
开启"元祐"

苏轼就要回朝了！章惇陷入惶惶不安中。

王珪死后，朝廷没有了相国。王珪留下的空缺，皇上会让他这个副相填补吗？不可能！"皇帝手札"之事，已说明皇帝对王珪和自己都不信任。连调动苏轼都不让自己知道，哪会让自己升任宰相，那么，宰相之位，定是等苏轼回来填补了。章惇寝食难安，每日苦思苦想，希望能找到对策。

一天晚上，仆人来报："开封知府蔡京求见。"

蔡京，福建仙游人，熙宁三年（1070年）进士。此人城府很深，善于机变。考中进士后，见拥护新法之人占据朝堂，便决定充当变法革新的坚决拥护者，遂与章惇拉上关系。章惇征得王珪允许，将蔡京罗致麾下。元丰七年（1084年），蔡京出任开封知府。

现在，三十九岁的蔡京进入书房，向章惇施礼道："开封府尹蔡京，参见大人。黑夜闯府，祈大人恕罪。"

章惇微笑道："不必客气，请坐。"待蔡京坐下后，他问，"有什么要紧的事吧？"

蔡京道："相国病故，皇上病危。满朝文武，人心不安。大人官居副相之职，对此局面不知有何高见？"

章惇笑道："是蔡大人有了什么高见，要章某效力吧？"

蔡京欠身道："岂敢！岂敢！"

章惇大笑道："哈哈哈哈！蔡家老弟，你我相识多年，有话何妨直说。"

蔡京也笑了。他把屁股挪近章惇，低声道："皇上一旦驾崩，大权必定落入太后之手。而太后心中之相国是司马光，是苏轼，是嘉祐年间旧臣……"

章惇问："那又如何？"

蔡京把声音压得更低："故而，我们想拥立新君……"

章惇有些吃惊，问："你们？都是何人？"

蔡京迟疑了一下，说道："这，您就别问了。倘若出了事，小弟拿人头顶着就是。"

章惇道："你们想拥立何人？"

蔡京凑近他的耳朵，说道："从太后的两个儿子岐王和嘉王中，选其一。"

章惇沉吟道："那女人会赞同吗？"

蔡京颇有把握的样子道："岐、嘉二王皆是她的亲生儿子。母子情深，她焉有不赞同的？只要我等有了拥立之功，太后也会另眼相看，司马光、苏轼等人也就翻不起来。这样不但巩固了今日之朝政，也可保住自己的禄位。"说完，他盯着章惇，等着他的态度。

章惇起身走开，在房里徘徊几步，自语似的说："这个女人……可是到朝堂上替苏轼做过证人的……"但是他想，当困境无法破解时，也不妨冒险一回。于是他停下脚步，对蔡京道："你们愿意如何，便如何。至于我，什么也不知道。"

蔡京明白了章惇的意思，便把此事和副相蔡确商量。征得蔡确同意后，他便和几个死党行动起来。第一步，就是把消息转弯抹角地透露给高太后的内侄高爵，以试探高太后的反应。

高爵闻风入宫，求见太后，悄悄向她禀报道："有大臣正在商议，要拥戴岐王或者嘉王为新君。只是，不知太后以为岐、嘉二王，谁个更加合适？"

高太后大惊失色道："这是何人的主意？皇上有自己的儿子，当以皇上之子为储君，何须兄终弟及？"

高爵道："大臣们认为，皇子年幼，不能君临天下。况且，岐、嘉二王乃太后您的儿子……"

高太后打断他说："岐、嘉二王是哀家的儿子，可是，我的儿子和大宋江山相比，孰轻孰重？立皇帝之子，则天下太平；废子立弟，则天下将乱。这道理，难道你不明白？"

高爵道："侄儿明白，故而特地前来向太后密报。"

高太后问："你可知，议论此事的，有哪些人？"

高爵道："风闻，副相蔡确、开封府尹蔡京参与其事。背后，也许还有章惇。但均无证据，只是风闻。"

高太后道："此事太大，不宜声张。你假作不知，哀家自会处置。"

怎样处置呢？皇帝已入弥留之际，当朝没有宰相，只有副相章惇和蔡确。然而他们两个，就可能是"废子立弟"的主使人，她不能叫他们查办自己。

高太后一夜未眠。第二天，她手里拿个小包，向神宗皇帝的寝宫走去，刚走进宫门，就看见几个皇家侍从在院子里闲散着。他们见了高太后，连忙跪下道："见过皇太后。"

高太后问："岐王与嘉王来了？"

侍从们答："是。岐王与嘉王来与皇上问安。"

正在此时，岐王与嘉王一同从寝宫出来。看见了高太后，两个亲王便急步趋前施礼："母后。"

高太后向两个儿子正色道："你二人不得再入皇宫！速速携带家小，离开汴京。"

嘉王惊诧道："母后！这是为何？"

岐王说："正值皇上病重，我二人离京而去，岂不有悖天理人情？"

高太后厉声道："照我的话做，越快越好。赶快离开汴京，不得延误，且终身不得回京探视！"说罢，径自走进宫去。

岐王和嘉王目送母亲走远，才渐渐明白过来：朝中一定出了什么危及自身的大事，母亲才会语焉不详地做出这种决断。于是他们急忙回到家中，连夜收拾细软，离开汴京。

当蔡京们知道岐王和嘉王离京远去后，也就明白了高太后的意思，再不敢有什么异样的举动。

高太后遣走了岐、嘉二王，进入寝宫，来到神宗的病榻前。

看见了昏迷不醒的皇帝,高太后只觉心如刀绞。这是她的长子,是她和英宗皇帝寄予厚望的儿子。他十九岁登基时,是个俊朗潇洒、胸怀大志、一心振兴大宋江山的皇帝,如今他骨瘦如柴,病卧床榻,不省人事。难道他正当壮年,就要撒手而去,把一个千疮百孔的江山,丢给他十岁的儿子?想到这里,高太后怎能不涕泪滂沱、失声唏嘘!

身后响起脚步声,向皇后牵着儿子赵煦来看望神宗。

向皇后与高太后一见,婆媳俩忍不住抱头痛哭,把个小皇子赵煦吓得躲到太监张元振的身后。

高太后尽力忍住悲声,擦干泪水,拉过小皇子赵煦深情看着,然后把他抱到胸前,亲着他的脸蛋,同时,叫张元振打开自己带来的包袱,从中取出一件黄绫子背心。她一边替赵煦穿上背心,一边说:"这是祖母昨夜替你缝制的。"她拉住赵煦的两只小手,望着他的眼睛说,"记住,你是皇上的长子!"

张元振在旁边,立刻明白了高太后的用意:这孩子是未来的皇帝。

向皇后当然也明白了高太后的意思,便拉着赵煦跪在地上,感激地叩头,叫着:"太后……"

高太后道:"放心吧……皇上会好的……皇上会好的……"

但是,神宗的病情未能好转。

元丰八年(1085年),不堪悔恨、羞愧、内疚等情感重负,不堪军事、政事失败的双重打击,忧郁成疾的神宗皇帝,在位十九年后驾崩,享年三十八岁。

神宗,是苏轼经历的第三个皇帝。

若从苏轼守孝期满,回到汴京算起,苏轼与神宗的君臣关系共计十六年。神宗是从早先的仁宗、英宗,到今后的哲宗、徽宗五个皇帝中,与苏轼君臣关系最长的一个,也是和苏轼关系最为复杂的一个。

神宗与苏轼君臣间的"恩怨",可以说是"剪不断,理还乱"。一方面,神宗酷爱苏轼的诗文,敬重苏轼的人品,相信苏轼的才干,容忍苏轼的直言忠谏，甚至数落自己的不是。可另一方面，"政见不同"又使神宗一而再、再而三地放弃了苏轼。因"政见不同"而不肯重用，甚至根本不用苏轼，都情有可原。但是，耳根太软的性格弱点，使神宗经不得小人挑拨。一经挑拨，他便会失去判断力，从而对苏轼进行无情打击、残酷迫害。不过，就是在打击、迫害苏轼的同时，神宗的内心深处，仍然充满了对苏轼的喜爱，充满了对自己降罪苏轼的行为的疑惑，充满了让苏轼免除厄运的渴望。可以说，自变法开始，在如何对待苏轼的问题上，神宗一直挣扎在情感与理智的矛盾中，挣扎在维护尊严与修正失误的矛盾中。这种欲进不能、欲退不能的情感，在听到"苏轼之死"的谣传时，总体爆发了！他终于突破了自我，也突破了他人，用历朝历代帝王都很少动用的"皇帝手札"，给自己和苏轼的君臣关系，画上一个让后人勉强可以宽恕他的句号。

神宗驾崩之事，苏轼在前往常州的路上听说。他很难过，说不清是为神宗伤悲，还是为自己伤悲。

神宗为富民而变法，但变法的大宋民更穷；神宗为强国而变法，但变法的大宋国更弱；神宗为理想而坚持变法到死，可死后的国家离他的理想更远了。神宗的悲剧，足够后人细细思考，慢慢咀嚼……

神宗临终之前，在回光返照的短时清醒中，确立了十岁的皇子赵煦即皇帝位，是为宋哲宗；尊向皇后为皇太后；尊五十四岁的高太后为太皇太后，垂帘听政。

高太后是继真宗的刘皇后、仁宗的曹皇后之后，宋朝第三个垂帘听政的皇后。她非常怀念宋仁宗嘉祐年间，那种宽厚和睦的政治风气，极想恢复那个时候的"贤人政治"，故而为新君登基定年号曰"元祐"，希望开始一个新的"嘉祐"时期。

高太皇太后听政后，立刻想做两件大事。

第一件，就是调苏轼入朝拜相。她认为，这是父亲仁宗皇帝和母亲曹太后的心愿，也是自己的丈夫英宗皇帝的心愿。神宗用"皇帝手札"调苏轼出黄州准备起用，用苏轼为相也应该合乎儿子的心愿。现在她有权做主了，她必须完成三代皇帝都没能实现的愿望，才对得起这些去世的亲人，才不负儿子神宗皇帝的临终托付。当然，这件事不能和章惇等人商量。她仔细一想，有关苏轼的事，还是只有找李师仲。

李师仲是个耿直的谏官。谏官有提意见的权力，却没有做事的权力。虽然神宗皇帝越到后来越信任他，但王珪等也因此对他更加排斥，所以，李师仲只能一直是个谏官。

李师仲奉召觐见，听罢太皇太后一番话，默然无语。

高太皇太后说："爱卿有话，不妨直说。"

李师仲道："恕臣直言，召苏轼入朝为相之事，宜缓不宜急。"

高太皇太后说："爱卿只管道来。"

李师仲道："其一，自'乌台诗案'，苏轼蒙冤，时近六年。这些年来，他不但远离朝政，且远离亲友，独居偏僻之地，不知天下之事。陡然以江山社稷相托，必令他惶恐不知所措……"李师仲停顿了一下，见太皇太后听得十分认真，便接着说，"其二，如今位列三公者，多王珪之心腹，也是苏轼之政敌。当他们还盘踞朝堂时，苏轼为相焉能有所作为……"他说到这里便住口，认为太皇太后应该什么都明白了。

太皇太后确实什么都明白了。她自嘲地笑了笑，说道："爱卿之言有理，这事还真的急不得，那就先召司马光回朝吧。"

李师仲立刻赞同道："太皇太后英明。司马光乃前朝大臣，德高望重。召司马光回朝，乃是上策。由他理顺朝政，再让苏轼接手，一切便都好办了。"

苏轼回朝为相这一件大事，就改为召司马光回朝为相了。

高太皇太后想做的第二件大事，就是出一张告示。

一天，开封府衙门外贴出告示。看告示的人挤得水泄不通，挤不进去的人急得叫："什么事呀？什么事呀？"

前面有人从旁边挤出人群，后面的人见了立刻围上去问他："告示上写些什么？又颁新法了吗？"

挤出来的人说："没有颁新法，是皇上不许官府再收免役钱了。"

有闻者立刻道："阿弥陀佛！"

那人接着说："皇上撤去了王雱设置的京城逻卒，以后再议论新法，不会被抓去坐牢啦。"

这回好些人不约而同地念道："阿弥陀佛！"

在百姓的欢乐气氛中，司马光回到汴京。当他的轿子入城时，民众竟夹道欢呼，还有些人跟着轿子跑，口叫"司马相国"。这时，他还不曾被任命为相国，可是在民众心里，已认定他是相国了。

在众望所归、上下一致的情势中，司马光当上了宰相。他决心废除新法，恢复旧制。为此，他大刀阔斧调整人事。

蔡京知道，对闭门著书的司马光来说，自己是个"新人"，他不会了解太多。蔡京决心摇身一变，变成恢复旧制的坚决拥护者。他与章惇商量，章惇也同意，若能保住蔡京，也就为自己保住了一条后路。但是那些在朝日子长的官员，却无法仿效蔡京。他们聚到章惇家里，一个个愁眉苦脸，如丧考妣。

章惇不满地说："我不明白，你们对苏轼为何谈虎变色，如此惧怕。当初勘审苏轼之时，你们不是办法也多，胆气也壮吗？"

几个人叹气道："彼一时也，此一时也……"

章惇打断道："我却从来不怕苏轼！当初在凤翔时，我便发誓，要比他先当宰相，果然我便先当了宰相。"

有人说："相国才高胆大，我等岂能相比！如今，太皇太后与司马光起用旧臣，改行旧制。我等除了仰仗您的庇护外，实在别无他策。"

章惇道："我会尽力庇护你们。但你们自己须得明白，你们无罪。"

众人不解，问："无罪？"

章惇道："推行新法，上面有王安石，有王珪。王安石和王珪的上面，有神宗皇帝。我等为朝廷办事，何罪之有？"

众人恍然道："对呀……对呀……"

章惇接着道："苏轼文字之狱，也是神宗皇帝御批。捉鬼放鬼皆是皇上，你我何罪？"

几个人理直气壮了，他们叫着："对对对。你我无罪！你我无罪！"

第三十九章
不识庐山真面目

苏轼在常州住下。两个月来,他过着休闲的生活。卧室的墙壁上贴着这样一首诗:

鸣鸠乳燕寂无声,日射西窗波眼明。
午醉醒来无一事,只将春睡赏春晴。

这种疗养式的生活,对他一家非常重要。这些年来,他们不但身心俱伤,且个个营养不足。现在,他们对朝廷的事一无所知,也没想过要知道朝廷的事,他们很愿意过这样的日子。

暖洋洋的春日中,苏轼在躺椅上闭着眼睛,悠悠念道:

归去来兮,吾归何处?万里家在岷峨。
百年强半,来日苦无多。
坐见黄州再闰,儿童尽楚语吴歌。
山中友,鸡豚社酒,相劝老东坡。

云何?当此去,人生底事,来往如梭。
待闲看秋风,洛水清波。
好在堂前细柳,应念我,莫剪柔柯。
仍传语,江南父老,时与晒鱼蓑。

耳边响起王闰之的声音:"子瞻,子瞻。"

苏轼闭着眼,问道:"何事?"

王闰之道:"衙门来人,传朝廷任命,命你为朝奉郎。如何是好?"

苏轼依旧没有睁开眼睛,只说:"朝奉郎有名无实,不妨事。"

王闰之在旁边坐下，说："依朝廷惯例，此乃起用贬官的第一步。"

苏轼道："休要惊慌，我会一言不发，让他们都忘了我。"

现在，苏轼确实希望自己被朝廷遗忘，他不能想象再进入官场是什么样子。每当他想到乱哄哄的汴京朝廷，想到"乌台"三堂会审的那些嘴脸，他的背上就有一种凉飕飕的感觉。现在的他，觉得自己再不能适应官场生活，再无法和那些人打交道了。

王闰之道："官府来人还说，子由已回到汴京。"

苏轼这才睁开眼睛，欣慰地道："那就好。那就好。二弟受我连累，没过上几天安生日子，我亏欠他太多。"

正说着，苏迨走来道："父亲，官府又来人了，说朝廷有命，命您老人家为登州知府。"

苏轼翻身坐起，大声道："才任命为朝奉郎！"

苏迨道："是的，以朝奉郎知登州。"

王闰之道："我就知道，如今你躲也躲不过了。在常州才安顿两个月，又要去登州，累死人了。"她很不高兴。

苏迨道："孩儿对官府的人说，父亲正在生病。我想这样可以拖延数日，看看有无法子辞掉。"

王闰之叹道："朝廷任命，哪里辞得掉啊！"

既然辞不掉，只有收拾行李，前往登州。

苏轼和家人在路上奔波一个多月，总算到达登州。

王朝云自从失去儿子，又生了一场大病，身体明显不如以前。王闰之心疼她，把家务事都揽到自己身上，一路奔波下来，也觉得力气快要用尽。到了登州后，王闰之让上下人等除了吃饭就休息，别的什么也不做。这样，上上下下足足歇了五天后，她才吩咐苏义等人，把堆放在一起的箱笼，分门别类抬进不同的房间，再打开箱笼，把各种家什归置到位。趁仆人们忙着，她抽空去看看苏轼。不料，苏轼还在睡觉。

王闰之坐到他的卧榻边，推推他道："睡了五天了，起来出去走走吧。登州你也不曾来过，以后还要在这里主事，不想到衙门里去，也可以先到各处转转，看看这里的风土人情也好。"

苏轼躺着没动，过了一会儿才说："我梦见你姐姐……"

王闰之沉默了。两个人一起陷入漫无边际的惆怅中。

苏兴跑来禀报："有内侍到来，请老爷接旨。"

苏轼起身去到前厅，接下圣旨。原来，朝廷命他立刻回到汴京。

王闰之无力地落坐在椅子上，埋怨道："来这里才五天！地皮还没踩热呢，怎么又要走！？"

不管苏轼一家愿意不愿意，他们都得回到汴京。

苏轼回汴京，也受到司马光式的"待遇"。民众跟着他的车马小跑，一路兴奋地大声道：

"是苏轼！是那个探花郎！白了头发我也认得他！"

"青天大老爷苏轼回来了！"

听见呼声的人从店铺里、从巷子里拥出来，夹道观看。

苏轼一家抵达"西园"。苏洵买下的"南园"早已卖掉，这"西园"是苏辙到京后，刚置办的住所。

车马在西园门外停下，苏辙与史氏迎着哥嫂一家，问："怎不见迈儿夫妇？"苏轼道："迈儿到德兴县当县尉去了，算有了个糊口之业吧。"说着，他跟着苏辙向大门走去。

突然，苏轼停步，回头望着墙边拐角处，那里分明站着一个人。苏轼回头，见那人把身子缩到墙角后。苏轼转身向墙角走去，于是看见了一张熟悉的面孔。

"小梁哥！"苏轼叫着，奔上去拉住"乌台"狱卒梁成的双手。

梁成眼泪花花，说："苏大人你好……我就是想看看您……"

苏轼把梁成拉进家，向大家讲述他和梁成在"乌台"的故事。苏家人坚持要梁成留在身边，并且把他的妻子接进家来。于是，梁成夫妇便成了苏家亲人似的成员。

和梁成心情完全相反的章惇，却也要去看看苏轼。

章惇的个性一向是主动进攻。就是守，也是以攻为守。作为副相的他，既然不可避免要见到苏轼，那就不如主动去见。这样，起码在精神上不曾示弱，也是向苏轼宣告：我已先你为相，我已胜你一局!

不知从何时开始,章惇对苏轼的情感已由嫉妒发展为竞争,由竞争发展为一定要压倒对方,由要压倒对方发展成你死我活的仇恨。不论何时,只要提到苏轼,他就怨愤填膺。似乎,他毕生的要务就是和苏轼一较高低。而苏轼的归来,就是他的耻辱和失败!

现在,章惇由梁成引导,走进了西园,走过了两个小天井。一直走到大堂外的台阶下,他都没有看见苏轼。这就是说,苏轼没有出来迎接自己这个尚在职位的副宰相。连礼节性的敷衍都没有,简直就是毫不客气。

章惇跨上台阶时,觉得自己是在忍辱负重。走到大堂前,他才看见苏轼在堂屋中央,面无表情地站着。章惇怕苏轼不肯招呼他进去,便自己跨过门槛,拱手道:"大哥。"

苏轼听见这称呼,觉得被什么虫子叮了一口,不觉冷笑道:"你叫我大哥?我何时成了你的大哥?"

章惇道:"我敬重你的才学和人品。在我心中,你从来就是大哥!"

苏轼道:"你为副相许久,你的口碑如何,你可知道?"

章惇道:"知道。有人说,谢景温、邓绾、李定和我,是朝中'四大奸',我为四奸之首。"

苏轼痛心道:"你为何与无耻之辈同流合污?"

章惇道:"我既未与人同流,也未与人合污。我行端坐正,光明磊落。上可对天地,下可对鬼神。我拥戴王安石的新法,乃是以为新法能救国救民。我三堂勘审大哥,乃是奉天子之命不得不然。前次文字之狱,大哥有文字说'龙亡而虎逝''此心唯有蛰龙知'等语。神宗皇帝龙颜大怒,要治大哥死罪,是小弟对神宗皇帝说:'龙,并非单指君王,如旬氏八龙、孔明卧龙比比皆是。'神宗皇帝闻言,才怒气稍解。大哥反对新法,也是神宗皇帝动怒之因,还是小弟启奏皇上:'天下反对新法的臣民何止千万,为何独独降罪苏轼一人?'大哥呀,小弟是千方百计营救大哥的。"他停顿了一下,看看苏轼没有反应,便接着道,"再说,那文字之狱,其实始作俑者是沈括。"

苏轼难以置信："沈括？"

章惇道："沈括到杭州考察农田水利，是大哥你陪同前往。沈括向大哥索要诗词，大哥你便一路吟诗填词相赠。谁知沈括回到汴京，便将你的诗词，签注后呈与皇上。"说着，他从袖中掏出沈括签注过的那沓纸张递上，"此乃沈括签注之文字，大哥你看吧。"他把那叠纸张塞到苏轼的手中，退后拱手道，"告辞了。"转身出门而去。

章惇确实是个极为阴险狡猾的家伙，一席话，冠冕堂皇而又滴水不漏地颠倒了黑白，开脱了自己。明明是他煽动神宗判苏轼死罪的话，此刻却变成了神宗责怪苏轼的话；明明是神宗替苏轼辩解的话，此刻却变成了他替苏轼辩解的话。最恶毒的当数最后几句，他巧妙地把"文字狱"的责任，推到沈括的头上。

苏轼看着手中的纸张，很难把这些纸张和那个温文儒雅、意气风发的学问家沈括联系在一起。他不能完全相信章惇的话，却又没理由完全不相信章惇的话。于是这个善良而坦荡的人，感到自己对章惇的态度有些过分了，他抱歉地抬头叫道："子厚兄……"

"不要听他的！"梁成从旁阻止苏轼，说，"大人您千万不要相信他！这种人说十句话，十一句都是假话。"见苏轼还愣着，梁成便从怀里摸出一张纸，"这两首诗，该还与大人了。"

苏轼接过来，这是他在狱中写的遗嘱：

柏台霜气夜凄凄，风动琅珰月向低。

梦绕云山心似鹿，魂飞汤火命如鸡。

不待看完，苏轼已感到背上凉飕飕的，眼前便浮现出乌台监狱那黑暗而狭窄的通道，浮现出监狱里的那扇小窗，以及窗外掠过的乌鸦、飘到窗上的雪花，还有碎在地上的瓷片……

梁成的声音打断了苏轼的回忆："大人，您的心肠太好了。您千万不要做官！"

但是，"人在仕途，身不由己"。当官不当官，由不得苏轼。

金殿上的金交椅中，端坐着十岁的小皇帝哲宗。他的侧后方，垂着一道珠帘。珠帘后，是他的祖母高太皇太后。相国司马光走出队列，来到珠帘前躬身奏道："苏轼奉旨还朝，殿外候宣。"

哲宗转过头向后望，看见躬着身子说话的司马光的屁股。

哲宗回过头来，听见祖母的声音："宣苏轼上殿。"又听见司马光的声音："领旨。"

司马光来到御案旁的侧前方站定。哲宗平视过去，又看见司马光的屁股。只听得他向殿堂宣旨："太皇太后宣苏轼觐见。"

哲宗向殿下望去，见一个老头走进殿来，在他的御案前几步站下，说道："臣，苏轼，叩见皇帝陛下与太皇太后，万岁万岁万万岁。"

哲宗听见祖母道："爱卿平身。爱卿一路辛苦，可多多歇息几日。"

那老头道："谢太皇太后！"

哲宗又听他祖母道："哀家听说，卿行船至九江时，曾登临庐山，还吟得好诗。卿可否在此吟来一听？"

哲宗希望那老头不要吟诗，他早已不耐烦规规矩矩久坐朝堂了，更无心听人吟什么诗。幸好那老头说："臣恶习难改，好信口胡言。况山水之吟，难登朝堂……"

可是他的祖母却说："卿不必过谦。便将卿在庐山西林寺题壁，吟与众人一听吧。"

哲宗希望老头再次推谢，但那老头却道："遵旨。"接着吟道：

  横看成岭侧成峰，远近高低各不同。

  不识庐山真面目，只缘身在此山中。

哲宗听不出这诗有什么好，却听见祖母在问："司马大人以为此诗如何？"

司马光答："堪称千古绝唱。"

哲宗撇撇嘴，认为这是司马光在讨好他的祖母，可是他祖母却道："确系好诗。哀家闻此诗，不禁感慨良多。想哀家与皇上乃至众位大臣皆高居朝堂，也许，便因此而看不清朝中之事了。"

哲宗见司马光又转过身去，拿屁股对着自己，向珠帘后的祖母说："臣奏请广开言路。不论何人，均可将朝政得失与民间疾苦，封状进闻。"祖母道："准卿所奏。"

哲宗虽然只有十岁，但作为皇子，从小被要求熟读经史，故而也知道什么是"广开言路"。那就是，会有更多的人来说三道四了，以后在朝堂端坐的时间，一定更长了。

下朝时，哲宗闷闷不乐。神宗时的总管太监张元振，如今又跟着哲宗了。回到寝宫后，他问："陛下登基好几个月了，觉得当皇帝如何？"

哲宗嘟着嘴道："不好玩。"

张元振道："天子管理天下苍生，自然不太好玩。"

哲宗怒冲冲道："那也不能让朕在金銮殿上，只看大臣的屁股！"

张元振不解，问："陛下说什么？"

哲宗吼道："屁股！司马光的屁股！你说，为何朕当了皇帝，就得看大臣的屁股？！"

张元振连忙支吾过去，再不敢多说什么。

论"管理天下苍生"，十岁的哲宗实在太小，但是，怨恨的种子一样可以在幼小的心田发芽。若干年后的不幸事件，也许便始自今日。

章惇认为，"广开言路"是对付自己的一个策略。在"广开言路"的名义下，太皇太后和司马光便可借别人之口来声讨自己，从而把自己赶出朝堂。他章惇必须为自己眼前的即将离去和今后的卷土重来做好准备。于是，他秘密约见早已罗致到麾下的党羽张元振。

在一个十分隐蔽的所在，章惇看见张元振骑马跑来。马到跟前，张元振不等下马便急急开口道："张大人，以后不能叫我出宫见你了。内侍结交外臣，我犯的是死罪。大人有话，赶紧吩咐。"

章惇道："我想知道，朝廷广开言路，景况如何？"

张元振道："圣诏颁出不几天，便有两千余封奏章与书信上达。全系呈述民间疾苦，指责变法失当，不少奏章还点了大臣的名字。"

章惇道："想必有我。"

张元振道："是的，还不少。"

章惇道："我离开朝廷只在迟早之间。请公公记住：不论朝廷替皇上任命多少老师，都比不过公公您这位跟随左右、朝夕相处的老师。公公要紧紧抓住皇上，一定要让皇上认为，只有公公您，才是他最可信赖的老师……"

对于张元振来说，章惇不需要教给他更多，就这么几句话，张元振便知道自己该怎么做了。从"八府巡按"事件结怨，张元振便成了埋伏在皇帝身边的暗探。这次和章惇会见后，他便开始韬光养晦、处心积虑去影响小皇帝，并和章惇们一起等待东山再起的时机。

没过几天，章惇果然被调出了汴京。

这天上朝，司马光手捧圣旨站到哲宗御案的侧前方，于是哲宗又只能看到司马光的屁股了。只听得司马光高声道："任，范纯仁为给事中，进吏部尚书，同枢密院事。"

范纯仁乃范仲淹次子，神宗时代，曾在朝廷任职，因反对王安石变法，被贬到成都当个小官。他到任后旋即下令，凡自己管辖之地，一律不得实行新法。当然，这成都的小官他也就当不长。如今，太皇太后与司马光要废除新法，改行旧制，遂召范纯仁回京，委以重任。

司马光捧着圣旨，接着念道："任，李师仲为门下侍郎。任，苏辙为户部侍郎。任，黄庭坚为校书郎。任，刘挚为御史。任，吕元为右司谏。任，朱光易为正言……"司马光一个个叫着，被叫到名字的人一个个应声出列。

这些人过去都反对"新法"，因而不是被贬到外地，就是被罢黜不用。这些官员哲宗都不认识，换谁不换谁，哲宗无所谓，所以不关心。他在龙椅上烦躁地扭来扭去，直到听见司马光叫"苏轼"时，他才安静下来望着朝臣的队列，于是看见了那个在朝堂上念诗的老头。只听得司马光道："任，苏轼为起居舍人。"

苏轼回到汴京才半个月，便当上了起居舍人。这个官职是皇帝的近臣，随侍皇帝左右，记录皇帝言行。心有余悸的苏轼不愿身居要职，他一再上表辞谢，但未获批准。

三个月后，司马光又在朝堂上传太皇太后口谕："进苏轼为中书舍人。"中书舍人，具有审核全国政务之权力。还朝不满四个月，苏轼扶摇直上，一升再升。

不久，苏轼又官升翰林学士知制诰。这是皇帝最亲近的顾问兼秘书，负责为皇帝起草诏书等事，能参与国家机密，素有"内相"之称。至此，苏轼官居三品。

宋朝未赐过一品官，宰相也就是二品。看来，苏轼再往前一步，就是宰相了。苏轼很不自在，便趁某夜在翰林院值班时，再写辞呈。

张元振轻轻走进翰林院，走到苏轼面前。

"学士大人。"张元振满面堆笑地轻声叫着。

苏轼抬头，连忙搁笔，客气地起身招呼："啊，张公公。"

张元振道："学士大人值宿也忙啊。"说着，他走近桌案，扫一眼苏轼所写，笑道，"学士大人还要辞官呀？大人纵然写一百道奏章，也是辞不掉的。"

苏轼道："公公为何如此说？"

张元振不答，只是说："太皇太后召学士大人去延和殿议事。大人请。"

苏轼不能说什么，只好跟着张元振走去。

第四十章
金莲烛相送

高太皇太后和小皇帝端坐在延和殿上，苏轼跟着张元振走来。

这是高太皇太后第二次和苏轼见面。

从前，当她还是太子妃，还伴随在曹后身边，听驸马王诜谈起苏轼英俊的模样、豪放的性格、有趣的故事时；从前，当她和曹后一起阅读苏轼的诗词文章，兴致勃勃地谈论交流时，她和曹后一样，也觉得自己认识了苏轼。可是，她前几天在朝廷上看见的，却是个须发皆苍、黝黑消瘦、言行拘谨的老人，完全不是王诜口中说的那个苏轼，也不是自己想象中的那个苏轼。从前的那个苏轼到哪里去了……无边的惆怅、愧疚和怜惜，塞满高太皇太后的胸臆。今夜，苏轼再次来到她的面前。当回忆和现实再次发生激烈碰撞时，高太皇太后不觉眼眶湿润了。

苏轼参拜道："臣，苏轼，参见皇帝陛下和太皇太后。"

太皇太后推推哲宗，哲宗便道："平身。赐座。"

早有内侍搬来锦墩，让苏轼坐下。

太皇太后道："卿每遇升迁，即上表固辞。算来，卿已上过七道辞官表章。哀家不知卿为何如此，愿卿实言奏闻。"

苏轼道："臣德行浅薄，性情迂执。九死而生，惊魂未定。突居要职，心不自安。非分之宠，必招物议。无功而荣，难以服众。祈皇上与太皇太后体察下情，放臣去做个地方官吧。"

太皇太后长叹一声道："卿可知晓，卿何以数月之内历升要职，直至三品官阶？"

苏轼道："想是皇帝陛下和太皇太后恩宠。"

高太皇太后道:"并非如此。"

苏轼道:"莫非哪位大臣举荐?"

高太皇太后道:"亦非如此。"

苏轼道:"臣虽不才,不敢由其他路途求进。"

高太皇太后道:"此乃神宗皇帝遗愿。"

苏轼惊诧:"神宗皇帝?!"

高太皇太后道:"神宗皇帝喜于喝茶用膳之时阅读文字。若是读得忘了吃喝,内侍们便知道,那一定是在读爱卿你的文字……"

这实在出乎苏轼的意料,实在令他难以想象。一个为了文字而差点置他于死地的皇帝,竟如此喜爱他的文字!他不禁喃喃道:"神宗皇帝……"他不知怎么说才好。

高太皇太后接着道:"神宗皇帝读学士之文,常赞叹'奇才,奇才'。可惜,神宗皇帝未及重用学士便升天了……故而,哀家决心重用学士,以了先帝之愿……"说到这里,高太皇太后不觉流下眼泪。

此一刻,高太皇太后想起的,不只是自己的爱子神宗皇帝,还有自己的丈夫英宗皇帝,自己的翁父仁宗皇帝,自己最敬佩也最亲近的婆母曹太后。但是,她没有说出其他的人,只说了神宗。因为她知道,苏轼的伤痛,主要是神宗皇帝造成的。要解开苏轼的心结,只需告诉他神宗皇帝对他的宠爱。

但是对苏轼来说,太出乎意料了!他虽然被眼前的情景和高太皇太后的话语深深震动,可一时之间,他什么也说不出来,只能怔怔地望着高太皇太后。

高太皇太后呜咽道:"学士为何不肯侍奉官家,以报先帝知遇之恩呢?"

早已淡忘的记忆,慢慢浮上苏轼心头。苏轼想起神宗见了自己《谏买浙灯状》的奏章,便立刻收回成命,改正错误;想起自己在徐州治理水患时,神宗给予的大力支持;当然也想到神宗是用"皇帝手札",把自己调出黄州……苏轼忽然觉得自己明白了:就像历朝历代都发生过的事情那样,自己的冤案只是皇帝受了奸人的蛊惑而已!于是,他又想起了"制科特考"时和蔼可亲的仁宗皇帝,想起了仁宗批准《衙前役新则》在渭州一带推行;想起了去凤翔时,曹皇后托驸马王诜送来的御用笔砚；想起了英宗皇帝为自己的任命和韩琦发生争吵；想起高太皇太后亲上朝廷为自己做证辩冤……是啊，大宋几代皇帝皇后对自己都恩宠有加，自己理当报这知遇之恩。眼前，皇帝年幼，朝政混乱，正是他为君分忧、为民解难的时候，正是他治国、平天下的时候。他怎能袖手旁观？！

苏轼心里翻江倒海地想着，情绪也地覆翻天地变着……他慢慢向高太皇太后跪下，说："从今而后，臣但知有大宋祸福，不知有臣之祸福了。"

忠诚耿介的苏轼一扫先前的彷徨，决心不再瞻前顾后，而是义无反顾地投入那乱哄哄的政治旋涡。

善解人意的太皇太后进一步抚慰道："爱卿放心。凡事自有哀家与卿做主。"她回头向张元振说："撤御前金莲烛，送苏大人归翰林学士院。"

昏暗的宫廷长廊上，一对辉煌的金莲烛，高举在内侍的头上，向四周发出灿烂的光芒。金莲烛下，两行提灯的宫女之间，走着意态决然的苏轼。

"撤御前金莲烛相送"，是那个时代为人臣子者难得享受的礼遇。史载唐宣宗时，有个翰林承奉叫令狐绹。某日，宣宗深夜召他商议要事。事毕，令狐绹带来的蜡烛燃尽了，宣宗就用御前金莲烛送他回家。不久后，令狐绹官升宰相。

如今，苏轼也获得"御前金莲烛相送"的礼遇，这是宋朝官吏无人获得过的殊荣。当这个消息传遍皇官内外时，那些饱读诗书的官吏立刻猜想："苏轼是否也将和令狐绹一样，即将官升宰相了？"

"御前金莲烛相送"这件事，触动了朝廷每个官员的神经，各种各样的猜测和不安，上上下下蔓延开来……只有司马光高兴。

一贯坚决反对王安石"变法革新"的司马光，二十多年前就希望苏轼站在自己身边，现在总算如愿了。但是，他好像已经忘了，苏轼曾有"循序渐进"的改革方略。当年，因仁宗很想"改革"，司马光在"变法革新"和"循序渐进"中，宁可选择"循序渐进"。但是今日，他不再需要选择了，也不需要问苏轼对朝政的见解了。在他看来，治理国家的大政方针，早已由他和太皇太后确定，那就是：废除"新法"，恢复"旧制"。为此，他已将执行新法的干将，全部调出朝堂。现今调入的，都是拥戴旧制，特别是因反对新法而被贬的人。还有的，就是从新的官员中，挑选些口碑好的调入朝廷。像蔡京这种曾执行新法又得以留下的官吏，如今对恢复旧制，表现得尤为积极。因此，当司马光废除新法、恢复旧制时，朝堂上并无不同的声音。

苏轼回朝已晚，朝政，已不容他人置喙了。

自从对太皇太后表示愿意"鞠躬尽瘁"后，苏轼身上又恢复了从前的活力。那朝气蓬勃的姿态，很像他初到凤翔做签判官的样子。司马光也对他寄予厚望，相信他是自己的得力助手。殊不知，苏轼的想法却与司马光并不相同。苏轼认为，一些行之有效的新法不必废除，一些弊端很多的旧法无须恢复。只有这样，百姓生活才不会受到太大震动，也可避免因震动而影响社会稳定。

某日，苏轼来到司马光的书房，见司马光正在细读一份文件。御史刘挚正恭立一侧，看样子是在等候司马光的批示。这刘挚，也是反对新法而被贬出朝廷，近日才从外地调回的。苏轼和刘挚轻轻打过招呼后，便站立一旁，打算等他的事情结束后，再说自己的事。不料司马光抬头看见苏轼，便道："你来了，有事吗？"

苏轼答："待相公办完手头之事，下官再说。"

司马光视苏轼为左右臂，很看重他要反映的问题，便道："你有何事，你说。"

苏轼便上前一步道："相公，扰民之法，理当废除。但是，新法中之'免役法'却不必罢废，旧法中之'差役法'也不必恢复。"

司马光问："这是为何？"

苏轼道："下官前些年在地方为官，才明白'差役法'积弊很深。相形之下，倒是王安石的'免役法'简单明了，切实可行。故而，下官在地方上也施行了'免役法'。今日，特来恳请相公保留这一新法。"

司马光道："我与太皇太后已然议定，凡是新法，必通通废除。"

苏轼道："太皇太后那里，可再行启奏。"

司马光不悦道："你去启奏？"

苏轼道："太皇太后对相公言听计从，只要相公不废此法，太皇太后必不致强行废除。"

司马光断然道："吾意已决，不必多言。"说罢盯着苏轼，等待他拱手告退。可是，苏轼站着没动。

苏轼和司马光可谓同朝多年，但因年龄、官阶相差甚远，所以从未共事。几十年来，他们互相虽有很深的好感，却完全不知彼此的脾气。此刻，苏轼认为他来说的事，是关乎国计民生的大事，不能被司马光两句话就顶回去。他把语气放到最缓和，说道："相公，已决之事若有不妥，也不能更改吗？"

正在这时，一人跨进门来，是开封知府蔡京。蔡京兴高采烈地道："禀相国，下官遵相国之命，五日之内，便在开封地方罢除了'免役法'，恢复了十六年前之'差役法'。仅仅五日，便征集到一千多役夫。下官特来禀报，相国之命，切实可行，万民称颂。"

司马光道："如人人皆如蔡知府少议论、多办事，天下何事不成？"

这是在表扬蔡京，也是在批评苏轼。

苏轼立刻转脸向蔡京道："知府大人说万民称颂？昨日我特意去了你开封郊外，所到之处，百姓皆哭诉'差役法'之弊端。"又回头向司马光道："相公若是不信，可与下官同去民间查看查看，反正开封就在脚下，不费事，很方便。"

司马光不答话，低头去拿文件。这是官场中常用的信号，示意对方：事情到此为止。这个信号苏轼当然懂得，但是它不但没能促使苏轼离去，反而让他更加着急：国家施行什么法不是小事，多拖延几天，就会多生出许多问题，朝廷和百姓就会多受些伤害。于是他赶紧再说："相公，下官以为，不论废除什么法，或者施行什么法，其目的皆为国计民生。'免役法'虽是新法，但于民生有利，不当废除。"

司马光觉得脸上挂不住了，旁边还站着蔡京和刘挚呢！他不禁愤然放下文件，作色道："子瞻，你在教训老夫？"

苏轼道："下官不敢。"却又说，"相公可还记得，当年相公与韩相国争论之事?"

司马光瞪着他,问:"那又如何?"

苏轼道:"下官听说,当年韩琦相国创议,百姓家凡有三丁者,须有一丁去边疆服役。百姓闻之,惊恐万状。相公您极言不可。韩相国动怒,而相公您依然敢于力争。"他停顿片刻,委婉地说,"今日,相公就不容苏轼进言了吗?"他望着司马光,眼里充满期待。

司马光想起了:当年自己这个后辈,确实经常顶撞韩琦。没想到,而今遇着个后辈苏轼,又来顶撞自己了。面对此情,司马光只好无奈地笑笑,说道:"好吧。容我再思。"

苏轼道:"多谢相公。下官告退。"这才拱手转身。

苏轼退出门去,感觉司马光的"再思"之说,只是敷衍自己。他不觉懊丧地嘀咕着:"司马牛!司马牛!"

"独自叽里咕噜什么呢?"说话的,是迎面走来的范纯仁。

苏轼站下,对他说了刚才的事,范纯仁听了便道:"你既然碰了钉子,我就不去说了。"

苏轼问:"你要去说什么?"

范纯仁道:"我原想去说,将'青苗法'加以改进,也可继续使用。"

苏轼笑道:"哈哈!我去说'免役法',你去说'青苗法',我两人倒像是替王安石来恢复新法了。"

范纯仁也笑起来,说道:"那么,待相国同意施行'免役法',我再去说'青苗法'吧。"他转身向外走去,还笑着补上一句道,"这是你的'循序渐进'了。"

苏轼自嘲道:"哪个还想循什么序、渐什么进哟!若能施行'免役法',再加改进的'青苗法',就算万民之福了。"说到这里,他不禁叹气道,"唉!从前有个'拗相公',如今有个'司马牛'。奈何?!奈何?!"

等苏轼出了房门走远,蔡京便向司马光道:"相公,苏轼目无尊长,狂妄至极,千万不可依了他。"

刘挚也道:"相公,他怎能如此顶撞您?难道,就凭着太皇太后对他的宠爱?"这话分明有挑拨之意。

司马光只好苦笑道:"真是一匹难以驾驭的野马。"他重新拿起文件,自语似的嘟哝着,"待我寻个缘由,将他放出汴京。"

蔡京和刘挚不觉互相望了一眼,这两人本非同伙,但他们却同样希望"苏轼调出汴京"。他们不明白,司马光说这话,不过表示表示对苏轼的不满,在两个下属面前撑撑面子而已。事后,司马光既没有再考虑苏轼的请求,也没有把苏轼调出汴京,让那些盼望苏轼离去的人白盼了。这些人无奈,只好又盼着司马光从此讨厌苏轼,给他小鞋穿。可是,还没看见苏轼穿小鞋,又听得司马光亲口宣旨"苏轼,以翰林学士知制诰,兼侍读",让苏轼做了哲宗皇帝的老师。

苏轼是经司马光之手调回朝廷的。司马光虽然也不知道仁宗皇帝对苏轼有"宰相"之说,但却赞同高太皇太后的想法:把朝政理顺后交与苏轼。可惜,司马光也未能如愿。年事已高的司马光,不堪国事大变的劳累,回朝一年多,便病逝于汴京,享年六十八岁。

司马光去世后,缺少德高望重者坐镇朝堂。大臣们互不信服,又掀起新的风波。

第四十一章
风起"迩英阁"

皇宫内的迩英阁是皇家子弟读书的地方。现在,哲宗坐在前排中央,旁边和身后是"陪太子攻书"的皇家子弟。

哲宗很快便喜欢上在朝堂念诗的老头。他喜欢苏轼讲书就像讲故事,绘声绘色,生动有趣。很复杂的前朝往事,或者很艰深的经史道理,这老头都能讲得清楚好懂,不像其他有些老师,讲了半天自己也弄不明白,还要费心去想,想不好还受责怪。

一天,上课完毕,哲宗跑出迩英阁,在御花园的石板路上飞快地跑。苏轼见了,忙追到门外大声叫:"陛下!"刚叫了一声,哲宗就摔倒了。内侍们吓得齐喊着:"陛下!"追了过去,把哲宗扶起来。

哲宗烦躁地推开内侍们,瞪着向自己走来的苏轼,很不友好地抢先开口道:"你叫什么!朕跌倒了。朕知道,你不许朕跑了。"

苏轼笑起来,问:"不许跑?为何不许陛下跑?"

哲宗道:"因为皇帝有规矩,坐有坐的样子,走有走的样子,不能跑,更不能跌倒。"

苏轼笑道:"不错。做皇帝,是要守许多的规矩。那些规矩,陛下会从读书中慢慢懂得,慢慢学会。现在,陛下年纪尚小,正在长智慧,长身体,长力气,要跑跑跳跳才长得结实,长得康健。老臣刚才喊叫,不是不要陛下跑,是老臣看出陛下要跌倒。"

哲宗好奇,问:"你看得出朕要跌倒?"

苏轼道:"看得出。因为,陛下的跑,不得法。"

哲宗有了兴趣,问:"跑,也需要得法吗?"

苏轼道:"正是。万事皆有其法。得其法者,事半功倍,稳操胜券。不得其法者，事倍功半，乃至无望成功。"

哲宗高兴了，说道："那，朕请爱卿教朕跑之法。"

苏轼道："遵旨。"又笑道，"不瞒陛下说，老臣少年时，逮鸟抓兔、爬树翻山，皆不落人后。今日，老臣便与陛下论一论跑！"苏轼向哲宗讲了跑步的要领后，便陪着哲宗跑起来，一边跑，一边给他纠正姿态。

哲宗喜欢苏轼。对于早早失去父亲、很少享受父爱的小皇帝来说，他从这位老师这里，感受到一种父爱式的温馨。

君臣俩跑得高兴，却不知触怒一人。这人也是哲宗的老师、儒学家程颐。不过，在哲宗的几位老师中，论地位他在苏轼之下。

程颐和他的哥哥程颢创立了"天理"学说，被称为"理学家"。后来，朱熹继承此一学说并加发展，被后世称为"程朱理学"。这时，五十四岁的程颐远远望着哲宗与苏轼，问身边的内侍道："那是何人？竟与皇上同跑？"

内侍答："那是苏轼苏大人。"

程颐当然知道苏轼，但是他对大名鼎鼎的苏轼并不服气。见他居然与皇帝一同跑步，不觉愤然道："偌大年纪，怎如此轻狂？命他为师，看将皇上教坏了。"

内侍讨好地说："是呀。皇上行走，须得像程大人您一样，一步一步走出个正方形来，那才显得尊贵、气派，才像个天子。"

程颐道："我过去看看。"他生气地向苏轼那边走去。

这边的苏轼浑然不知。君臣同跑，他哪里跟得上哲宗，很快便落在后面。哲宗因而更为高兴了，回头叫着："苏爱卿，你跑不过朕。哈哈哈。"他高兴得顺手摘下一朵鲜花，放在鼻子上嗅。

苏轼气喘吁吁跑来，口里说着："臣老了……老了……"他看见哲宗在嗅花，忙摇着手说，"陛下，不要……"

哲宗见状，立刻拉长小脸道："不用你唠叨。朕摘了花，朕知道有错。"说着，把那朵花丢在地上。

苏轼来到哲宗跟前，喘着气道："皇上摘一朵花，有什么错呢？"他拾起那朵花，说道，"多好看的花呀，我大宋原有簪花习俗。从前，太祖、太宗皇帝也和大臣一起，头上戴花呢。在杭州，每年春天，都有个牡丹会。在吉祥寺里，官民同乐。人无论男女老少，头上都要戴一朵牡丹花。那时，老臣两鬓染霜，头上也插着牡丹花。"

哲宗听说，便笑起来道："你的头上也戴花？嘻嘻嘻。"

苏轼道："是呀。在花会上，老臣也戴花。陛下，花是可以摘，也可以戴的。但是拿到鼻子上嗅，则千万不可，因为，花蕊中往往藏着小虫子。"他把花拿到哲宗面前，掰开花心让哲宗看，里面果然有个小黑点似的虫子。苏轼一口气吹掉虫子，然后把花递给哲宗。

哲宗接过花来，仰面注视着苏轼，说道："爱卿与他一点也不同。"

苏轼问："他？谁呀？"

哲宗道："程老夫子。"他接着说，"有一次，朕折了一枝柳条，他便教训朕一个时辰。说什么时当春暖，万物发生，无故折柳，有伤天地和气。唠里唠叨一大堆，朕讨厌这等儒生。"

"儒生鼻祖乃圣贤孔孟，陛下何得讨厌儒生？"假山石后转出程颐，把哲宗和苏轼都吓了一跳。

苏轼忙施礼招呼道："程大人。"

程颐道："苏大人，我来了。您可以出宫了。"见苏轼点头而去，他转向哲宗道："陛下，回迩英阁背书去吧。"

哲宗道："你为何日日叫朕背书？苏爱卿便未曾叫朕日日背书。"

程颐闻言吃惊，便向已经走开的苏轼叫道："苏大人！"等苏轼停步转身，他问，"您不要皇上背书？"

苏轼道："这……"苏轼本不想多说，但是程颐叫着他这样问，又不能不答，便道，"有的书须得背，有的书，则不必……"

程颐抢白道："岂有不必？！三代之礼，尧舜之言，句句皆须熟背。不要皇上背书，苏大人何以侍读？"

听程颐这样说，苏轼不得不多讲几句了。他往回走了两步，说道："程大人，小民读书，死背强记，乃是为了应付考试。皇上又不赴考，何必将那要紧不要紧的古话句句背熟？皇上读书，重在明白国家的治、乱、兴、衰、正、邪、得、失之缘由，应以深明事理为目的。当背之书，则背；不必背之书，则免背。何况，皇上才十一岁，还是个孩子，不可……"

程颐不待苏轼说完,便激动地打断他,说道:"苏大人错了!皇上便是皇上。皇上登基,已君临天下,岂能以小儿相看……"

"朕头痛啦!"旁边的哲宗捧着头叫起来,"朕头痛啦!"

苏轼和程颐都很吃惊:"陛下?!"

哲宗叫道:"朕不能读书了。苏爱卿,扶朕回寝宫!"他把手伸给苏轼。苏轼只好扶着哲宗走去,无法顾及程颐。内侍们自然是紧紧跟在他们身后。

程颐被孤零零晾在假山旁,气得吹胡子瞪眼,独自呆了一会儿,只好回家。

当时的程颐,已颇负盛名,授徒讲学三十余年,门人弟子遍及朝野,是宋代"理学"的代表人物。无论走到哪里,他都被人捧着、赞着、敬着,何曾有过今天的窝囊。在汴京,他的门下也有不少弟子。其中,朱光易等七八人已经在朝为官。弟子们见老师今天这么早就回来了,不免觉得奇怪。程颐便气咻咻地讲述了御花园的事,于是弟子们个个义愤填膺。

程颐越说越气,道:"扪心自问,老夫与皇上讲书,虽孔子复生亦不过如此。他苏轼竟敢指责我方法不当,害得皇上羞辱于我……"他激动得咳嗽起来,弟子们忙替他捶背,端茶,拿痰盂。

性急的弟子便拍案而起,叫道:"欺人太甚!欺人太甚!"

好强的弟子便摩拳擦掌,叫道:"侮慢师父,便是侮慢我程门弟子!我等绝不与苏轼善罢甘休!"

"大师兄,"朱光易道,"苏轼岂但侮慢师尊,他还用心叵测。"此言一出,连程颐也专注地望着他,想听他说些什么。

朱光易接着道:"苏轼用迎合上意之法,投少年天子所好,为的是在皇上面前,与老师一争高下。"

众人点头道:"言之有理!说得不错!"

朱光易又道:"他有太皇太后的恩宠还嫌不够,还想排挤老师。既是如此,我们便要排挤他。"

众人齐道:"对!排挤他!排挤他!"

不几天,朱光易便向苏轼发起了进攻。他在朝堂出列道:"启奏皇上与太皇太后：今年试馆职，苏轼为臣不忠，讥议先朝，诽谤仁宗、神宗两代皇帝，应予治罪。"

苏轼吃了一惊，不知他所指何事。

并肩站着的苏辙与黄庭坚，不觉诧异地互相望了一眼。

高太皇太后在珠帘后问："卿何出此言？"

朱光易道："苏轼出的题目是'师仁祖之忠厚，法神考之精励'。内中有言语说……"

队列中，四川人吕元低声向身边的黄庭坚道："这姓朱的疯了？"

黄庭坚低声道："莫非想加害老师？"

吕元低声道："我明白了，他是为程颐报'御园论学'之仇来了。"

这时，前面的朱光易正说到最后一句："请皇上与太皇太后圣裁。"

面对朱光易的指责，性急的吕元忍不住一步跨出，说道："启奏皇上与太皇太后，苏大人所拟考题，乃御笔点定认可。若有讽刺先帝之意，岂能逃过圣鉴？朱大人断章取义，牵强附会，实非君子所当为。朱大人不可凭借公事，以泄私愤。"

朱光易等程门弟子大怒，反唇相讥。

吕元、黄庭坚等苏轼的好友不服，针锋相对。

散朝时，苏轼、黄庭坚、苏辙、吕元等五六人，默默走在一起。

程颐、朱光易等七八人，也默默走在一起。

另有一群人走在最后。他们不是默默地，而是嘀嘀咕咕地，还故意和前面的两拨人拉开距离。这群人的为首者，是御史大夫刘挚。

刘挚曾得到王安石的赏识，是王安石把他调入朝廷，并提拔到权力中心。但是，"熙宁变法"伊始，刘挚便坚决反对。他一再上书神宗，力陈新法之弊，主张"渐变"，反对"暴变"，因而被王安石贬往衡州监管盐仓。直到司马光主政，才将他调回朝廷，任御史中丞。司马光去世后，在"山中无老虎，猴子充霸王"的朝堂上，神宗时代就进入过权力中心的刘挚，就算得一员资深大臣了。于是，那些政治敏感的人，很快聚集到他的身边。

现在，走在刘挚左边的人说："朱光易也太不像话了，将苏轼的一则考题作如此曲解，以后谁还敢出考题？"

走在刘挚右边的人说："管他呢。苏轼由太皇太后用金莲烛相送，许多人将他视为不是宰相的宰相，也该杀杀他的威风。"

刘挚背后一人插话道："也没见苏轼有什么了不起。不知太皇太后何以如此恩宠于他？"

另一人道："依了我，便将苏轼赶出朝廷。他走了，朝廷便会清静许多。"

刘挚道："司马相公就说过，要将苏轼赶出朝廷。"

众人难以置信，刘挚便讲了苏轼为"免役法"和司马光争执的事。

讲完后，他道："看势头，司马光的宰相空缺，会由苏轼补上。他凡事不肯有一点含糊，日后在他手下做官，恐怕我等的日子都不好过。"

旁边人便道："是呀，他连司马相公都敢顶撞。若是他为宰相，我等只怕手足无措了。"

有人道："那就及早将他赶出汴京。"

"朋党之争"由是拉开序幕。

因刘挚这群人多是北方人，故史称"朔党"。

因程颐及其门徒多为洛阳人，故史称"洛党"。

凡替苏轼抱不平的人，都被看作"蜀党"。

为替程颐报"御园论学"之仇，洛党挖空心思，要给苏轼栽上"背离孔孟、不宜侍读"的罪名。吕元、黄庭坚等所谓蜀党，又不免出来替苏轼辩护。于是，你来我往，争斗不休，气越说越大，仇越结越深。这样的意气之争，是"朋党之争"的一种典型。

"朋党之争"还有一种典型："排斥异己""结党营私"。以御史大夫刘挚为首的"朔党"便是。他们大多出身于名门望族，几乎代代为官，是一些深谙官场权术的职业官僚。刘挚对于"革新"，本来主张"渐变"而反对"暴变"，应是苏轼的同道人。按常理，他们当携起手来，同心合力收拾眼前这混乱的局面。可是，自苏轼还朝，半年三迁；皇家恩宠，令人侧目。又值司马光去世，相位空虚。按宋朝惯例，翰林学士常常是宰辅的候补。再加对"金莲烛相送"的猜测，使窥视相位的刘挚，为自己的权位着想，不惜将苏轼当作敌人。

苏轼和刘挚，两个政见相同的人，在这里便有了根本的区别。这区别就在：苏轼重理想，刘挚重利害。当儒家君子苏轼还在为理想而奋斗时，刘挚的官僚团伙已为了私利，不顾大局，不择手段。

"朋党之争"除了因意气而生，因权力而生，也因政见而生，比如司马光和王安石。这两人的道德操守都无可挑剔，他们是因政见相左而对立。宋朝因"新法""旧制"政见不同而起的"党争"，从仁宗时期发端，直到徽宗时期也不曾间断。故而，对拥护王安石"变法革新"的人，史称"熙宁党人"；而反对王安石"变法革新"的人，则称"元祐党人"。

史学家认为，北宋由盛而衰、由衰而亡，其中很大的一个原因，就是"朋党之争"。

"朋党之争"一起，朝廷立刻陷入混乱。

高太皇太后本欲重用苏轼，可苏轼却被推到了党争旋涡的中心，使太皇太后的意图无从着力。

李师仲奉召进宫，看见太皇太后正对着御案上一沓沓奏章出神，立即猜到被召进宫来是为了什么。参拜后，他便开口道："太皇太后召见微臣，是否为着朝中大臣互相攻讦之事？"

高太皇太后指着那些奏章道："你看，这里全是他们互相攻讦的奏章。'朋党之争'愈演愈烈，卿以为如何是好？"

李师仲不觉叹气道："一言以蔽之，妒苏轼之贤能耳。"

太皇太后很焦急，她道："民间有新法旧制之乱，朝廷有大臣朋党之争。此等局面再拖延下去，不知会闹出什么事来。哀家想，程颐等'洛党'开口三皇五帝，闭口尧舜孔孟，他们以师道自居，不近人情，不得人心。为今之计，不如将程颐调离汴京，使'洛党'群龙无首。待程颐走后，纷争也许会渐渐平息。爱卿以为可否？"

李师仲道："也只好如此。"

于是，程颐被调出汴京。"洛党"果然群龙无首，很快分崩离析。

出人意料的是："洛党"解体了，但"洛党"人士朱光易等立刻转而投靠"朔党"，使本来势力最大的"朔党"，变得更加"兵强马壮"，攻击苏轼的火力也更为猛烈、更为集中了。

李师仲主动求见太皇太后，对她道："'朔党'每日攻讦苏轼等人，老臣也甚为不平。但为朝政稳定计，只有将吕元、黄庭坚二人调出汴京。"

高太皇太后道："如此一来，苏轼岂不更加孤立？"

李师仲道："为苏轼着想，也以离开汴京为好。"

高太皇太后沉默不语，李师仲见状，便又说："王珪、章惇当权时，朝中俱是拥戴新法之人。司马相国主政时，拥戴新法之人尽去，换为拥戴旧法之人。如今，'朔党'势众，朝野之间，盘根错节。若要撤换他们，到哪里去找许多的干才来帮衬苏轼？故而，臣为皇上与太皇太后着想，还是不要动朔党为好，反正他们也拥戴旧法，不如让苏轼离开汴京，朝廷与苏轼俱得平安。"

默然片刻之后，高太皇太后一声长叹道："你说的道理，看来苏轼也明白。故而，他又连上四道奏章，恳请外调……"说到这里，她不觉又叹了一口气道，"如今哀家也明白了，为何三代皇帝皆欲重用苏轼，而始终未能重用。"就这样，高太皇太后不得不忍痛割爱。

元祐四年（1089年）四月，朝廷下诏，苏轼以龙图阁学士的身份，出任杭州知府兼任浙西路兵马钤辖。苏轼集军政大权于一身，管辖浙西的六个州郡。

这次回朝的经历，彻底断绝了苏轼立身朝堂"治国安邦"的想法。要想做些利国利民之事，只有去地方，这样，至少可以造福一方。而造福一方，也就是报效皇上。

苏轼离京后，李师仲病故。"朔党"兴高采烈，认为朝中虽然还有苏辙等几人，但已势孤力弱。今后之朝堂，便是"朔党"之天下。

高太皇太后传旨：升六十二岁的范纯仁为宰相；五十多岁的刘挚任副相；苏辙为翰林学士兼侍读、权吏部尚书。

哲宗下朝回官，满脸怨愤，一路上，不是用脚踢栏杆，就是用拳打柱子，要不就扯下一把树叶，或折断一根树枝。

张元振不声不响跟在身后看着。这些年，他牢记章惇的嘱咐，和哲宗形影不离，完全摸透了这个小皇帝狂躁多疑的脾性。通过事事投其所好，张元振已把他牢牢控制。去年，哲宗十四岁，张元振发现他对女人有了好奇心，便悄悄找来宫女，让哲宗行男女之事。从此，哲宗对"性"有了癖好，且一发不可收拾，简直到了日夜淫乱的地步。于是，哲宗睡眠不足，读书无精打采，时常称病不出。对此，太后、太皇太后和皇帝的老师们，自然要过问。张元振自然替他编谎、圆谎、瞒上、压下。他达到了章惇的要求：成为哲宗唯一的心腹。

这天，张元振跟着哲宗进了卧室，看看身边无人了，便问："陛下登基五年了，觉得当皇帝如何？"

哲宗道："皇帝有什么好当的？坐在殿上动也不能动，只能看大臣的屁股。有时，还要看李守忠的屁股。"

张元振道："陛下年纪尚小，待以后……"

哲宗跺脚道："朕不小了！朕满过十五岁了！为何还是让朕看人家的屁股？"他瞪着张元振，希望从他那里得到答案。

张元振小声道："陛下再忍忍。等陛下年满十八岁，就明白了。"

哲宗固执地道："不，朕要你现在说个清楚！"

张元振做出战战兢兢的样子，到门边向外面看看，回来小声道："此刻陛下不能问，奴婢也不能说。否则，陛下和奴婢都没有性命了。"

哲宗一听，更加恐惧也更加愤怒，一张小脸涨得通红。

张元振声音更小地说："陛下再忍耐三年，这三年陛下千万小心。待陛下长大成人，当了真正的皇帝，一切就都好办了。"

张元振越这么说，哲宗越觉得压抑，对周围的人充满了莫名的恐惧和怀疑。在这样的情况下，沉溺女色就成了哲宗的精神要求，成了哲宗生活的重要部分。他在"性的游戏"中，感到轻松快乐；在"性的游戏"中，体会为所欲为的痛快。而张元振自会让他得到满足，也会为他精心掩护。

第四十二章

二下杭州

苏轼一帆风顺到了润州。他决定在此暂歇数日，好去金山寺看望佛印禅师。为此，他先给佛印送去一封信。

佛印在方丈室里打坐，小和尚轻轻来到门边，说："禀师父，杭州知府苏大人，与师父送来一封书信。"

佛印抽信观看，见纸上有一行字："近日学佛，颇有心得，正所谓'八风吹不动也'。"佛印微微一笑道："拿笔来。"他从小和尚手里接过笔，在纸上批了两个字"放屁"，然后把信纸放进信封，对小和尚说："交与来人，带回去。"

信很快交到苏轼手里。苏轼一看，是自己的原信，只是多了"放屁"二字，便大声叫道："备轿！我要去会会那老秃驴！"

苏轼下了轿，抬头就见佛印站在寺门口，正手搭凉棚张望。苏轼大步上前，大声叫着："老秃驴，为何骂我放屁？"

佛印笑道："大人，你不是说，你'八风吹不动'吗？"

苏轼道："那是当然。历尽磨难，我苏子瞻早已不比当年。你们佛家所谓称、讥、利、害、苦、乐、毁、誉八风，皆不能将我吹动。"

佛印道："说什么'八风吹不动'，结果呢？'一屁过江来'。"

苏轼一愣，不觉自语道："八风吹不动……"

佛印紧接道："一屁过江来。"

苏轼大笑："哈哈哈！大禅师，我服了你了。不过，'放屁'可不在你们佛家的'八风'之列啊。"他大笑着，看来真是一身轻松了。

杭州人听说苏轼要来,皆奔走相告,十分高兴。

江琥听说苏轼要来,又恨又怕。他懊恼:早知会有今天,说什么也不去抓捕苏轼。今非昔比,这次的苏轼不再是副职"通判",而是统领一州的知府了!杭州的一切事情都将由他做主。何况,他还兼任兵马钤辖,手握兵权。他会怎样报复自己?更要命的是,章惇的密信也来了。章惇说,苏轼未能当上宰相,自己便可能东山再起。他要江琥留意苏轼的举动,等候自己的吩咐。江琥不愿再受章惇支使,可是,他敢得罪这个二少爷吗?自己的父母兄弟还在他章家为仆啊!

江琥在小院里徘徊,心烦意乱地在腿上拍打着蒲扇,忽听院门"吱嘎"声响,见儿子江朝贵捧着个东西进来,便问:"你拿的什么?"

江朝贵十七岁,是江琥的独生子,虽然今年已娶了媳妇,但实际上还是个大男孩。听江琥一问,他有些紧张,嗫嗫嚅嚅地叫了声"爹",就在门边站住。江琥再问:"你手里拿的什么?"

江朝贵说:"没什么,就是一本书。"

江琥喝道:"什么书?拿给我看看。"

江朝贵无奈,只好慢吞吞过来,不情愿地把手里的东西递过去。

江琥接过来一看,是《苏轼黄州诗集》。他立即把书摔到地上,骂道:"混账东西!叫你读圣贤书,你竟然一天到晚读他的诗文!"

江朝贵一边拾起那书,一边说:"苏轼的诗文就是圣贤书。我的老师都读,天下文人都读,我为何不可以读?!"

江琥便扬起蒲扇去打他,嘴里骂着:"别人的书都可以读,就是不许读他的书!"

江朝贵一溜烟跑到门外,却又伸进头来说:"我不读书,你骂我。我读书,你打我。看来,孩儿只有到大街上玩耍去。"

江朝贵从发蒙进私塾,就常听老师和同学谈论苏轼。再年长一点,他发现凡有读书人的地方,总有人说起苏轼;凡是出售文字的地方,就有人买卖苏轼的文字。就这样,江朝贵开始阅读苏轼的诗词文章,很快变成了一个"苏迷"。自从他迷上苏轼,江家就不得安宁了。

当初，江琥奉命进京，周围的人连同他自己，都十分惊异：小小书吏，居然被朝廷调去办事，他能办什么事呢？等他从汴京回来，所有的人都问他进京做什么。那时，江琥得意忘形，希望别人刮目相看，便邀上三朋四友，到"戴德"酒店喝酒。在酒店里，他大吹京城繁花似锦，炫耀见了当朝宰相。不过，这家伙也没敢说去逮捕苏轼，只说去证明苏轼在凤翔就做了坏事。他说苏轼犯了杀头之罪，骂苏轼"真是该死"！谁知骂声未落，"哗"！一碗酒从邻桌泼到他的脸上。有酒客指着他叫："小人！落井下石的小人！"还有人提起板凳要打他。江琥吓得蹿出酒店，狼狈而逃。而这个时候，他的儿子正跟着老师，去庙里烧香，为正在坐牢的苏轼祈福呢。

江朝贵抱着苏轼的书，漫无目的在街上瞎逛，不知不觉就逛到"戴德"酒店外。抬眼一望，见店内的粉墙上，挂起了两把扇子。这酒店他来过。以往来时，墙上没有扇子，他觉得奇怪，便走进酒店，走到墙下去看。一看才知，两把扇子上，都是苏轼的字画，便向店小二道："你们这个小店，居然有这样的宝贝。"他开玩笑道，"是抢来的？偷来的？还是赝品？"

店小二道："说出来吓死你，是苏大人送与我家老板的！"

江朝贵笑道："吹牛不花钱啊，你就吹吧！"

店小二十分正经地说："真是苏大人送与我家老板的！原是六把，老板卖掉四把，便拿卖扇的钱，开了这酒店……"

江朝贵笑道："你还会编故事啊。别跑堂了，到茶楼说书去吧。"

店小二急了，说："你不信？不信你去问……"

"去问他爹！"旁边忽然有人插话。

江朝贵扭过头去，见是一个喝酒的客人。那客人的态度很不友善，他说："你是府衙里江琥的儿子？苏轼的事，你爹清楚，回去问你爹！"

江朝贵觉得他话里有话，而且不像是好话，便顶撞道："你如何晓得，我爹知道苏轼的事？"

那人凶巴巴地吼道："我如何晓得？要想人不知，除非己莫为！"

江朝贵正要还嘴，门外突然人声喧哗。店里人都拥向门外，江朝贵也向外跑去。只见酒店外，许多人从门前跑过，有人向站在路边的人招呼着："苏大人的船只到码头了，苏大人来了！苏大人来了！"

江朝贵听人这么说，也立刻向码头跑去。

码头上人山人海！

华夏民众有个久远的传统，就是喜爱和崇拜文人，何况苏轼是如此一个文人。华夏民众还有个久远的传统，就是喜爱和崇拜清官，何况苏轼又是如此一个清官。杭州人更是忘不了，苏轼在这里当通判的时候，领着大家疏浚六井，让全城人吃上了甜甜的淡水；替穷人"画扇抵债"的故事，更是广为流传。在"乌台诗案"时期，杭州人差不多家家户户都曾烧香许愿，在菩萨面前替苏轼祈福。如今，苏大人真的免灾祛祸来到杭州了，他们怎能不高兴啊！在他们的意识里，这都是因为自己虔诚祈福，使苏大人得到了菩萨的保佑。这是一份说不出的情感，使他们无比快乐。

人们欢迎苏轼，除了怀旧、感恩、崇拜，还有一个现实的需求。这年杭州一带，先遭了水灾，接着又遭旱灾。粮食歉收，米价飞涨。到了这七月酷暑，许多百姓都面临着无米下锅。这时，苏轼来了。苏轼的到来，给他们带来了生活的希望。

除了杭州本地人，从润州、常州、湖州也来了许多人。当年苏轼在杭州做通判官时，曾到这些地方去放粮、赈灾、筑堰，和百姓同受艰苦。他们记得他的好处，都想看看他们爱戴的苏大人，经过那么多的磨难，如今是什么样子。他们也相信，苏大人一定有法子，帮他们度过灾荒。

河上，一只大船慢慢靠近码头。

人群欢呼："来了！来了！苏大人来了！"呼声震天。

船上的苏轼正张罗着下船，忽听得外面喊声如雷。他觉得诧异，连忙出舱观望。谁知他刚在船头站直身子，岸上便响起一片呼叫："苏大人！苏大人！"

苏轼何曾料到会有这样的场面，顿时热血沸腾、热泪盈眶，同时涌起一腔惭愧：当年在杭州，为百姓做的事情太少了！

苏轼面对江岸，不住拱手致谢。

一位官员领着一群属员，身后跟着几乘轿子来到船边。官员说："苏大人，下官乃府衙南厅通判朱启明，特来迎接大人。请大人上轿。"

苏轼道："多谢了。我不用轿，把我的家眷送到住所即可。"说着，他走下船头。梁成立刻出了船舱，紧跟在苏轼身后。

朱启明便挥手使轿子让开，并招呼前来迎接的属员，一起维持秩序。苏轼从人群留出的通道走过，不断向两边拱手，高声道："父老兄弟们，别来一十五载，列位可好？"

人们参差不齐地叫着："苏大人好！苏大人好！"

从码头到府衙的路不算短，好在苏轼在黄州没有轿子坐，已练就了走山坡路的腿脚功夫，不怕在杭州城平坦的石板地上行走。

苏轼走着，人群跟着，慢慢地走了一个多时辰，才走到府衙前。北厅通判诸葛义方已率领府衙众人，在大门内外列队恭候。

苏轼走上衙门前的台阶，转身望着舍不得散去的民众，只有深深打躬……

为避免和苏轼见面并遭到报复，江琥辞掉差事，搬到城外僻静处，与家人离群索居。但是他内心深感落寞，常一人在门前发呆。

院门又是"吱嘎"一声，江朝贵抱着那本书，再次兴冲冲跑了进来。一见他爹，他便急忙刹住脚步。

江琥问："哪里去来？"

江朝贵赌气道："茶房、酒肆、大街、小巷，到处都去了。"

江琥不愿和儿子再吵，只是问："为何满城乱跑？"

江朝贵道："满城的人都在跑，都跑去码头迎接苏轼了。孩儿不曾料到，杭州人竟对他如此爱戴。爹爹，苏轼从前在杭州，是不是有许多德政？"

和苏轼恶斗多年，江琥已养成条件反射：提起苏轼便有气。听儿子这么一问，他便愤愤地说："屁！他有什么德政？！每日里吟诗填词，与乐伎喝酒，同和尚谈禅……"

江朝贵也养成条件反射：只要他爹说苏轼的坏话就反感。于是他截住他爹的话头道:"爹!您贬他也无用。他是个奇才,人人都喜欢。况且他还是个好官。听人说,有一年他去润州放粮,为了不让穷人挨饿,连除夕三十和大年初一都未回家,冰天雪地里一个人奔波……"

江琥打断他道:"够了够了!老子够心烦的了。"他在屋檐下转来转去,自语道:"只说这辈子再也见不到他,谁料他会第二次来到杭州。早知如此,早该请二少爷把我调到别处去!"

江朝贵觉得奇怪,忙问:"爹,哪个二少爷?他就是您认识的那个大官吗?他是个什么官,能把您调到别处去?"

江琥没好气道:"老子哪认识什么大官?老子要是有大官撑腰,还会一辈子当个跑腿打杂、伺候人的书吏?老子就盼着你好好读书,日后考取个功名,当真做个官,给老子争口气!"

江朝贵道:"孩儿原本也想发愤读书,求取功名。可是,连苏轼都被人弄得九死一生,孩儿为何还要读书?为何还要做官?实话对你说吧,孩儿早就不曾认真读书了!孩儿也不会进京赴考!孩儿也不愿做官!"说完,转身又跑了出去。

江琥惊呆了!

想不到寄托着自己全部希望的儿子,竟和自己的希望背道而驰;想不到多年来处心积虑陷害苏轼,竟成了儿子不肯上进、不愿做官的原因。他呆呆站着,不知如何面对这个现实……

还有一人为苏轼的到来发呆,那就是沈括。

沈括被神宗免去官职,贬到润州。润州属杭州管辖,如今苏轼就是沈括的父母官。沈括想:"苏轼既能东山再起,难道我便无出头之期?现在反对新法的人,差不多都回了朝廷。我也因上书皇帝,反对新法而丢官,只要苏轼肯引荐我,我就有希望。至少,可以在苏轼管辖的地界谋个官职吧?"想到这里,他不觉兴奋地站起,但转念之间又泄了气,"我曾将他的诗词加以签注,说他有罪。倘若他知道此事,我有何面目相见……"于是又慢慢坐下。

这些年,沈括在自家的"梦溪园"里著书。现在,他的《梦溪笔谈》三十卷刻印本,已高高堆在书桌上。他随手拿起一卷,翻开来是《星象观测》。他无意识地翻着书页，又无意识地把《星象观测》放到桌上，再顺手拿起一卷，随手翻开是《水利考察》。当"水利考察"几字跳入他的眼帘时，他想起那年苏轼陪他考察水利，一路上问了他许多水利方面的问题。苏轼还说，杭州人的食用水，只靠疏浚六井不行，应该有个长远打算。显然，苏轼对水利一事很有兴趣。

"我是否以送书为名，前去拜会苏轼呢？"沈括起身徘徊。

作为自然科学、社会科学的双料科学家，沈括无疑十分伟大。他这部笔记体的学术著作《梦溪笔谈》，堪称世界古典科学遗产中的瑰宝。在九百多年前，全世界找不到第二个人，在学术成就上堪与沈括相比。《梦溪笔谈》的内容包括天文、历法、气象、数学、地质、地理、生物、化学、政治、军事、法律、医药、文学、史学、音乐、舞蹈、美术、卜巫、工程建筑、工艺技术、语言文学，等等，被全世界视为古代科学珍宝，誉为"中国科学史上的里程碑""中国古代的百科全书"。只可惜，那时代的沈括不了解科学的价值，只把官高爵显当作追求的目标，以致在人生的道路上，走了令人遗憾的那么几步。

沈括最终没有去见苏轼。

六年后（1095年），沈括病逝，享年六十四岁。

第四十三章
悲喜各不同

灾情严重!

熙宁八年(1075年),杭州曾遭遇大灾,百姓死去过半。

苏轼不能让这样的事情再次发生。他立马向朝廷陈述灾情,要来二十万石赈灾粮。他把这些粮食投放到市场上,平抑了物价,使杭州无一人饿死。

赈灾中,可怕的瘟疫袭来。苏轼赶紧拨出库银二千缗,又捐出自家的银子,设置了治病的"安乐坊",请医生坐堂治病,穷人免费就医。苏轼的"安乐坊",是我国历史上第一家面向百姓的官办医院。

在对付灾害与瘟疫的同时,苏轼还密集会见官员,拜访高人,忙忙碌碌要了却自己的一个心愿。

王朝云也要了却一个心愿:她要把琴操接进府来居住。如果琴操不肯还俗,就给她一个房间做佛堂,让她吃斋念佛,正好与念佛的王闰之做伴。王朝云把这想法告诉了王闰之,王闰之高兴地一口答应。于是王朝云坐上轿子,向闲云庵而去。

进了闲云庵,王朝云直奔琴操的住房,推门就叫:"琴姐!"

屋里,背对着房门打坐的尼姑回过头来:她不是琴操。

尼姑问:"施主,你找谁?"

王朝云道:"师太,原来住在这个房间里的琴姐呢?"

尼姑问:"什么琴姐?"

王朝云想起,这里不能说俗家名字,忙道:"她的法号叫了悟。"

尼姑淡淡道:"哦,了悟,死了五年了。"

琴操死了！这个改变她王朝云命运的亲人，这个为她王朝云带来幸福的亲人，死了……从此，王朝云开始念佛，她希望她的琴姐有个幸福的来生。

苏轼上次来到杭州，因为知府陈襄的照顾，除了有一阵没一阵地出去抗灾救灾，平日里并不忙碌。但是，关心百姓疾苦原是他心灵的需求，所以在诗酒生涯中，他不仅没有消极颓废，反倒从各色人物的谈吐中，了解到杭州人生活中最大的问题是——水！

他要了却的心愿，就是替杭州人解决水的问题。

苏轼第一次召集湖州、秀州、睦州、苏州、常州、润州六个下属州官，以及马步兵武官议事，就提出了水的问题。

府衙议事堂中，摆放了一张大桌。桌上，摆放着杭州的地理模型。来开会的官员一见，便知道新知府要做一件什么大事了。

苏轼和官员们一起围在大桌边，梁成从旁递给他一根细竹棍。

苏轼道："十五年前，本府陪同沈括考察水利之时，便明白了一个道理，杭州人之祸福，全系于一个字：水！前番我在杭州，陈襄大人命我疏浚六井，以解杭州人饮水之困。但是，十五年过去了，六井重又淤塞。故而，六井需得重新疏浚。不过，六井之水，难解杭州缺水之患。本府此番前来，遇着苏坚与许敦仁二位大人热心水利，我们几经磋商，决定治水。加之，要使今年的灾荒安然度过，也须治水。"

常州官员不解，问道："治水需要时日，怎能救眼前之灾？"

苏轼道："治水可以救灾，且可治水、救灾两全其美。"

两浙兵马都监刘季孙道："请大人详解。"

苏轼道："其一是疏浚运河。其二是整治西湖。有此两样工程，便可两全其美。"他把细竹棍递给身边的苏坚说："苏大人，你先说疏浚运河。"

苏坚接过细竹棍道："好。"他指点着桌上的模型道，"这次疏浚运河，深度务必超过历代，须在八尺以上。这样，大船才可畅通无阻。同时，在这里建造一座水闸。"他从桌边拿起一个木制的小水闸，放在运河上，说道，"每日，钱塘江涨潮时，则关闭闸门，不让泥沙随江潮进入运河。待潮水清平后，再将闸门开启。如此，运河便可免于淤塞，西湖的淡水也不会再有咸味。"

官员们立刻点头道："好。是个好主意。"

苏轼道："运河通畅，则干旱可解。运河通畅，米价也涨不起来。"

兵马都监刘季孙道："嗯，是这个道理。"

苏轼道："再说西湖。眼下之西湖，泥沙淤积，杂草丛生。再过五年，只怕杭州将不会再有西湖了。所以，西湖必须整治。许大人，请你说说整治西湖的事。"

许敦仁从苏坚手里接过细竹棍，说道："这是西湖。诸位看，西湖三面环山，一角通江。西湖虽以风景之美享誉天下，其实，它就是杭州的一个蓄水潭。群山所受之雨水，尽流注西湖之中，农田灌溉与百姓饮水皆有赖于此。若西湖被淤泥杂草塞满，则有雨即涝，无雨即旱，杭州百姓也就有祸无福了。故而治理西湖，与百姓生计直接相关。可惜，如今的西湖，已被淤泥杂草壅塞过半，达二十五万丈之多。"

苏轼道："今年，旱涝两灾。救灾之法，除向朝廷申报赈灾所需钱粮外，还可招募民夫前来，治理运河与西湖。如此以工代赈，既救了百姓，也为朝廷节省了开支。诸公以为如何？"

苏州官员问："西湖既有二十五万丈淤泥，挖出来堆放何处？"

许敦仁笑道："苏大人已想出办法了。"

众人都问："什么办法？"

许敦仁说："筑堤！"他指着模型道，"如今的西湖，南来北往均需绕湖而行，长达三十里。"他从桌边拿起一个木制的"长堤"架到西湖上，接着道，"若将挖出的淤泥由南至北筑起长堤，此后南来北往岂不方便许多？"

苏坚接过话头道："此堤，长八百八十丈，宽五丈，正好处置湖中那二十五万丈淤泥。"

苏轼补充道："堤上用六座桥与沿岸港埠相通，再种植芙蓉、杨柳以巩固堤岸。还可建造九个凉亭，以便行人歇脚，观赏湖中风景……"

不待苏轼说完，原本拘谨的官员们已发出一片赞叹之声。

润州官员道："好倒是好得很啊，可是，一时之间，既要疏浚运河，又要整治西湖，哪有许多青壮民夫？"

这是治水中最难的问题，可是苏轼早已成竹在胸。他在徐州抗洪时，最艰难的事就是缺少劳力。那时，他曾向朝廷的驻军求助。现在，自己兼着浙西兵马钤辖，以兵助民，军民合力，应无问题，何况此地还有禁军。于是他转向两浙兵马都监刘季孙，客气地问道："刘大人，禁军兵马，可否相助？"

刘季孙立刻道："愿！本都监愿亲率兵勇，听候大人差遣。"

苏轼道："多谢都监大人。兵勇皆青壮劳力，有刘大人亲自督率，劳力便告解决，治水必定成功。"

兵马都监刘季孙忍不住大声说道："杭州人何其幸运！前有白公，今有苏公！"他向苏轼道："大人，我等该做什么，请大人吩咐吧！"

疏河、筑堤两处工程一起开动，水旱两灾的威胁，好似都不存在了。杭州内外，沉浸在欢腾与繁忙中。

小皇帝哲宗虽然不愿读书，但也不敢一年四季都不读。自从苏辙当了他的老师，他对读书比往日有了些兴趣。因为在他的记忆里，苏轼是他最喜欢的老师。苏辙讲课，虽不如苏轼那么引人入胜，但是比起那些古板的老学究，还是好得多。而且，上完课以后，他还可以和苏辙聊聊苏轼。

这天上课完毕，哲宗向苏辙道："苏爱卿，令兄在杭州可有书信到来？疏浚运河、开湖筑堤，是否能按时竣工？"

苏辙道："多谢陛下动问。臣兄近日来信说，托皇上和太皇太后的福，开湖、疏河都很顺利，应能按时完工。臣兄还叮咛臣，好好伺候皇上与太皇太后。"

哲宗很高兴，道："令兄是位好老师，朕喜欢听他讲书。"他一边向阁外走去，一边说，"他也是个好官。"

哲宗出了读书的迩英阁，看见伴读的皇家子弟都在草坪上踢球。哲宗兴起，也向那里跑去，半道上却见老太监吴桂正匆匆赶路。哲宗便叫："吴桂！"

吴桂闻声停步，见是哲宗，便远远施礼道："陛下。"

哲宗走到他面前，问："不是叫你去杭州慰勉苏大人吗？如何还未启程？"

吴桂道："回皇上，太皇太后叫奴婢进宫叩见后，再去。"

哲宗问："太皇太后对你说了什么？"

吴桂道："未曾说什么，只是赐予苏大人一个银盒，命老奴带去。"

哲宗道："朕瞧瞧。"

吴桂把捧着的锦缎小包打开，里面是一个精巧的银盒。

哲宗望着银盒，过了一会儿，说："跟我来。"

哲宗回到他的书房，拿出一块皇帝写字用的黄绫，提起御笔在黄绫上写下"赐苏卿轼"四字，再拿来一盒御用香茶，细心包进黄绫里，向吴桂说："这是一斤茶叶，你替朕带去杭州，交与苏大人。"他把包裹递给吴桂时，叮咛道，"此事不可向别人说，也不要让太皇太后知道。"

老太监吴桂答应着，退出了房间。他意识到：皇帝对垂帘听政的祖母有不满，有隔阂，有猜疑。老太监感觉，这是朝廷的不祥之兆。当然，这件事和这个感觉，他只有烂在心里。

吴桂到了杭州，苏轼按传统礼仪接待后，便把他让到客房坐下。

吴桂是个谨小慎微的老人，做太监多年，对皇宫内外的事情，从来不置一词。也许是受了仁宗皇帝和曹皇后的影响，他心里一直暗暗向着苏轼。离开危机四伏的皇宫，他觉得心旷神怡。在杭州见到苏轼，他感到十分开心。进了客房刚坐下，他就像报喜似的道："皇上与太皇太后说，疏浚运河与开湖筑堤，乃造福百姓之事。闻工程进展顺利，都欣喜不已，故而命我前来慰勉苏大人。还说，等大人这边的事情完结之后，便要请您动身还朝呢。"

苏轼听见这话，不知当喜当忧，只是重复了一句："要我还朝？"

吴桂欢喜地道："是。现在，范纯仁大人是宰相了。令弟是翰林学士兼侍读，权吏部尚书。黄庭坚大人也回朝了。许多人盼着大人回去。"又放低声音说，"我临走时，皇上与太皇太后私下里还与大人带来两件礼物呢。"

　　转瞬到了端午节。杭州百姓纷纷担着酒，抬着肉，去给苏轼拜节。苏轼哪里肯要他们的东西！百姓无奈，便把东西搁在大门内外，转身跑掉。苏轼望着院里院外的酒肉，收也无法收，退也无法退，他忽然灵机一动，想起自己在黄州做的"东坡肉"，便自己花钱再添一些酒肉，命人找来几个厨师，对他们说了烹饪的方法，要他们烧出"东坡肉"来，让民工品尝滋味。

　　到端午节那天，民工们吃饭时便多了一碗酒，还添了一碗肉。

　　民工们没吃过这样做的肉，都好奇地问："这是什么菜呀？四四方方的，通红透亮的，香气扑鼻，叫人看着就馋了。"

　　送菜的小厮便大声说："这道菜名叫'东坡肉'，是苏大人在黄州时自己烧来吃的，是苏大人特意做来让众位品尝的。味道好得很啊。大哥大叔们吃了这道菜，长精神又长力气，叫开湖筑堤早早完工！"

　　民工们立时欢笑一片："是东坡肉呀！快尝尝！快尝尝！"

　　送酒菜的小厮道："吃完了东坡肉，谁想学做，可来找我。我知道做东坡肉的诀窍，可以告诉你。"这小厮叫高俅。

　　高俅从小百事不做，只喜欢踢毬玩耍。那时人们踢的毬，是皮里填充羊毛制成，象形为字叫作"毬"。会踢毬的高家小子，便被人叫作高毬。高毬长大后，仍然百事不做，以踢毬赌博度日，把家中一点银钱输个精光。他爹管不住他，无奈告到官府。官府将他"杖脊二十"，赶出京都，算是脱离了父子关系。高毬出了汴京，跑到淮西，投奔曾和他一起踢毬的柳权。柳权开赌场，并不需要只会踢毬的高毬，而高毬又不愿做别的事，于是，柳权又把他带回汴京，送与一个喜欢踢毬的商人董老板。董老板开药店附带行医，踢毬只是他的业余爱好。养着个只会踢毬的人，药店上下都不高兴，董老板心里也不痛快。恰在此时，王闰之经常州、登州、汴京的长时间奔波辛劳，病了！经人介绍，看病拣药都在董家药店。董老板原本也是苏轼的仰慕者，因王闰之的病，便有机会常去苏家，对苏家殷勤周到。苏轼一贯平易近人，又感谢董老板的殷勤，日子稍长便和董老板熟悉起来。等苏轼离京去杭州时，董老板便把高毯送与苏轼。苏轼不好拒绝，便带着高毯到了杭州。

高毯跟了苏轼后，变化不小。也许因为年纪大些了，懂了点人事；也许被人送来送去，他也悟出个道理：若是只管踢毯，便会招人讨厌。如今，他的主人是鼎鼎大名的苏学士。跟着这样的主人，不但一辈子不愁衣食，在人前也觉风光体面，于是乖巧机变、能说会道的高毯，再不踢毯了。苏轼认为，用"毯"字做人名不雅，便替他改"毯"为"俅"。"俅"，意为恭顺。从此，高俅便在苏家干起传话送信的差事。这小子心眼儿灵活、言语乖巧、做事麻利，大家对他倒也欢喜。

苏轼一心扑在两个工程上。每天，他不是去运河工地，就是去西湖工地，以便当场解决遇到的问题。

湖边，搭着些专供民工饮水、吃饭的工棚。每个工棚里，除了有专管做饭的伙夫，还有专管烧茶水的妇女。在烧茶水的妇女中有个邱大嫂，她就是当年那卖扇老头的女儿。虽然卖扇老头已去世好些年了，但他女儿还记着苏轼画扇的恩德。

工棚外，挖泥挑泥的民工你来我往。渴了的人便走进工棚，喝一碗清热解渴的茶水。因民工大多满手是泥，所以邱大嫂不但烧茶水，还常常站在几个大茶缸旁边，拿着长柄竹筒替民工舀茶递水。

这天，主管疏浚西湖的官员许敦仁来到工棚，邱大嫂见了忙招呼道："许大人！辛苦了，快喝碗茶水解暑。"舀了一碗水给许敦仁，又舀一碗给他身后的衙役。

这时江朝贵走进棚来，见了许敦仁便施礼道："许伯伯，您好！"

许敦仁道："哦，是朝贵呀，你也到工地来啦？"

江朝贵道："我听说，苏大人今天要来这里，可是真的？"

许敦仁道："真的，他一会儿就来。"说着，向外走去。

邱大嫂低声向衙役打听："这个后生是谁？"

衙役道："是衙门里原来的书吏江琥的儿子。"

邱大嫂道："哦，江琥！我知道他，苏大人的冤家！"

衙役道："就是。苏大人来了，他不敢在衙门里当差，躲起来了。"说着，见许敦仁已走出棚子，连忙跟去。

这时，江朝贵向邱大嫂走来，说："大嫂，请给我一碗茶。"

邱大嫂白了他一眼，舀一碗茶递给他身边的民工。

江朝贵耐心等着，见邱大嫂又舀了一碗茶，递给别的民工。

江朝贵心里不高兴了，但还是耐心等着。民工来来去去，喝茶人已换了一批，江朝贵还是没有喝上茶。直到暂时没有民工来，江朝贵才向她伸出手去，但是邱大嫂向外叫："小四儿，来喝茶。"她把碗递给被她叫来的民工。

江朝贵忍无可忍了，他说："大嫂，为何不与学生喝茶？"

邱大嫂说："这茶水，是与修湖的人喝的。"

江朝贵道："便是过路人讨口水喝，也该给吧？学生与你无冤无仇，你为何与我过不去？"

邱大嫂大声道："谁与苏大人过不去，我便与谁过不去！"

江朝贵道："岂有此理！学生何尝与苏大人过不去？"

棚外的民工听见吵闹声，便进来看热闹。邱大嫂见人多了，更加来劲儿。她吼道："还想抵赖？十年前，你爹进京去陷害苏大人！还在戴德酒店咒骂苏大人该死！老娘最恨奸臣！你爹跟奸臣穿一条裤子，这茶水，泼了也不给你喝！"说着，她真把茶水泼到地上。

委屈、羞辱、愤怒，使江朝贵不顾一切要捍卫自己的尊严，他也吼了起来："泼妇！你，你，不讲道理的泼妇！"

邱大嫂叫道："你骂老娘泼，老娘便泼给你看！"她扬起手里的竹筒，隔着茶缸去打江朝贵。江朝贵连忙后退，不想身后的民工听说他爹陷害苏轼，便立刻堵住他的退路。江朝贵退不出去，只有绕着大茶缸躲避。民工们不但不劝架，反倒火上添油地叫着："打！打！打这个小奸贼！"竹筒有时打在江朝贵的背上，有时戳到他的屁股上，民工们拍手哄笑。江朝贵跑在泼了水的地上，突然一跤滑倒，邱大嫂赶上前，想狠狠揍他几下。

有人高喊："住手！"

众人扭头看去，看见了他们已经认识的梁成。梁成身后是苏轼。苏轼身后是两个衙役。众人忙招呼"苏大人"。

苏轼走进人圈，问："大嫂为何打他？"

邱大嫂道："大人，他的爹，就是去陷害大人的奸贼江琥！"

苏轼道："哦……那是他爹的事。那时候他才多大，他知道什么，这种事岂能怪罪一个孩子？以后不可如此待他。"说着，伸手拉起江朝贵，打量着他身上的泥浆道："回去换换衣服吧。"

江朝贵仰起流泪的脸，哽咽着："大人……"他望着苏轼不肯挪步，觉得有许多话要对他说。

苏轼看着江朝贵的神情，以为他心里害怕，便说："要不，等我办完事，我们一起走。"

于是江朝贵紧紧跟在苏轼身后，跟到夕阳西下，跟到上船回家，跟到船舱内坐下。苏轼看看江朝贵身上的泥浆，笑道："好衣服给糟蹋了，你受委屈了。"

江朝贵说："能见到大人，衣服不可惜，委屈也不算什么。"

苏轼有点意外："哦？你想见我？见我做什么？"

江朝贵道："不为什么，就是想见见大人，想和大人说几句话。"

苏轼笑道："好哇。坐在船上也无事，有什么话，你说。"

江朝贵愣住了，想不出要说什么，便嗫嗫嚅嚅地道："也……没……没有话说。"

苏轼不觉笑了，说道："那我问你，读书了吗？"

江朝贵说："读了。"

苏轼问："考过功名了吗？"

江朝贵说："没有，学生不想求取功名。"

苏轼问："这是为何？"

江朝贵道："求功名无非想做官。坏官、赃官，学生不愿做。好官、清官，做起来又太难。"

苏轼点点头，表示理解，说道："那么，你是想做学问了？"

江朝贵道："学生也不知道，自己能不能做学问。反正，学生只喜欢读书，特别喜欢读大人的书。读了大人的书，学生饭也吃得多，觉也睡得香。哦，大人，三十年前，大人在汴京应考之时，在《刑赏忠厚之至论》那篇文章中写道：'皋陶曰杀之三，尧曰宥之三。'学生不知这句话，出自何书？"

苏轼笑道："想当然耳。"

江朝贵惊讶："想当然？"

苏轼道："做文章，总不免想当然的。书要活读而不可死读呀。"

江朝贵"啊"了一声。他盯着苏轼，似有所悟。

"砰"，船撞着湖岸。梁成道："大人，下船了。"

苏轼站起来，对江朝贵道："多读书，多用心，你可以做学问。"

江朝贵两眼闪光，说道："大人，我听您的。我一定多读书，多用心，好好做学问。"

苏轼慈爱地拍拍他的肩，转身下船。

江朝贵站在船上呆呆目送，忽然觉得自己在做梦。

"不下船吗？"船夫问。江朝贵清醒过来，忙一步跳上湖岸。

现在，江朝贵知道父亲到汴京做什么去了，也明白那个酒客为何对自己凶巴巴了。是啊，有个替奸党帮凶的父亲，自己活该挨打受骂。不过他觉得，今天这顿打骂挨得很值。因为这个，他才和仰慕已久的苏轼有了接触，明白自己对苏轼的崇拜一点没错。苏轼对自己这个"仇人的儿子"，竟也这样胸怀宽广地关爱，他是个多好的人哪！他相信，正如有些书中所言，苏轼是天上的星宿下凡，坏人不能够伤害他。你看，爹害过苏轼，苏轼没事了，爹却不敢见人了。如今，自己成了"小奸贼"，也只有和爹一样，不见人了。

有一天，天黑时，江琥家来了个陌生人，陌生人操着外地口音，显然是远客。江琥让老婆添了酒菜，却不让家人和客人一起吃饭，也不向家人介绍来客是谁。

深夜，江琥把客人送出大门，把两道门闩插上，转过身来竟吓得"啊"了一声：背后不声不响站着个黑咕隆咚的人影！仔细一看，才是儿子江朝贵。

江琥呵斥道："你做什么？像个鬼一样，吓我一跳！"

江朝贵问："那人是谁？是那个二少爷吗？"

江琥道："哪来什么二少爷！是老家的一个朋友。"

江朝贵道："老家的朋友？为何鬼鬼祟祟的？"

江琥怒道："哪个鬼鬼祟祟了？老人有老人的知心话，睡觉去！"

他想走开，但是被江朝贵堵住去路。江朝贵说："爹，你不要再陷害苏大人了……"

江琥呵斥道："你这是什么话？"

江朝贵道："你们想在湖中害死苏大人……"

江琥惊得退后一步，靠在大门上，说："你……你偷听……"

江朝贵哭起来："孩儿是不得已呀。爹，孩儿没有别的办法。"他跪下，一边叩头一边央求，"爹，孩儿求你了，不要再害苏大人了……"

江琥低头望着儿子，心里也是五味杂陈。他拉起儿子，说："儿哪，爹也是不得已。爹走到这一步，全是为了你，为了我们江家也有荣华富贵……"

江朝贵哭道："孩儿不要荣华富贵！爹！孩儿只想做个堂堂正正的人！孩儿不愿被人骂作奸贼！"

江琥道："骂就让他骂吧。世上有的，只是得失利害，哪有什么善恶忠奸……"

江朝贵喊起来："世上若无善恶忠奸，为何他们要耻笑我、辱骂我？我有何罪？"他号哭着，向自己的房间跑去。

江琥跟着跑了两步便停住，心想，儿子对自己做的事，显然一百个不赞同。可是，他不赞同又能怎样？

第四十四章
月晕而风

两天后的清晨,苏轼走出衙门,身后照例跟着梁成和两个衙役。一行人向乘船的湖岸走去,来到湖边,却一齐愣住:渡船不见了!

这里本不是渡口。那只渡船,是专供苏轼从府衙出来,就近上船到各处巡查所用。渡船没有了,摆渡的船夫也不见人影。

湖水浩浩荡荡,湖面没有船只。几人都觉奇怪,却想不出原因。

一衙役说:"莫非,船夫病了?"

另一衙役说:"船夫病了,总会换一个人来。再说,船也该在呀。"

苏轼道:"别耽误了时辰,没有船,走路吧。"

梁成说:"大人先走着,我回衙门给您牵马。"

苏轼说声"好",便沿着湖岸走去。

也是这天,江琥黎明前就起床出了堂屋。他心神不宁地在屋檐下走来走去,像个影子似的晃动着。天亮时,儿媳妇走出厢房。

江琥问:"你男人呢?"

儿媳道:"出去了。"

江琥一惊,问:"出去了?我怎么没有看见?什么时候出去的?"

儿媳道:"不清楚。鸡叫的时候,他就不在床上了。"

江琥大惊,立刻奔向大门。两道门闩已被抽开,他开门一望,门外什么也没有。他转身向儿子的书房奔去,进房一看,桌上有封信。

江琥开始颤抖。他慢慢上前,拿起信来,抽出信纸,只见上面写着:"父亲,儿不愿做不忠不义之人,又不能做不仁不孝之人。儿将那只渡船划走了,那人不能假扮船夫谋害苏大人了。苏大人若平安无事,过些日子儿自会回来。苏大人若有什么好歹,儿就随他而去,算是儿子替父亲偿命吧。"

江琥两腿一软,坐到地上,哭道:"我的个傻儿子呀……"

宋哲宗元祐六年(1091年)二月,疏河、筑堤全部完工后,苏轼被召回汴京。

苏轼此去杭州,不仅平粮价、战饥荒、开医院、治六井、疏运河,还留下了千年名胜"苏堤"和千年美食"东坡肘子""东坡肉"。杭州百姓感苏轼之德,为他在"苏堤"上建生祠,在家中悬挂他的画像,虔诚为他祈福。

苏轼回京,诏命任吏部尚书兼侍读,再次做了哲宗的老师。

苏轼内心忐忑不安。这时,苏辙已官至尚书右丞。兄弟同居高位,必然招人嫉恨。想起每次回朝,都会发生风波,这次回来,又有什么在等待他呢?但是,他已经在太皇太后面前承诺:"从今往后,但知有大宋祸福,不知有臣之祸福。"因此,他不能奏请外调,只有看看再说。

乍一看,这次的情况,似乎还不错。

张元振向哲宗禀报:"启奏陛下,太皇太后问,皇上太庙祭祖,卤簿使人选有无更动?"

哲宗道:"不是早就议定,由苏轼担任卤簿使吗?无有更动。"

卤簿使,一个临时性职务,是皇帝祭祖时的导驾者。顾名思义,"导驾"的人必然走在皇帝的前面。所以,担任这临时性职务的人,历朝历代皆是当时名望最高的大臣,如韩琦、欧阳修便担任过卤簿使。苏轼得为卤簿使导驾前行,是他一生中所获的最高荣誉。

祭祖路上,沿途两旁,是执戈站岗的御林军,护卫着浩浩荡荡的祭祖队伍。走在队伍最前面的,是骑着高头大马、威风凛凛的苏轼。他身后几步之外,并列着黄庭坚、朱光易两骑,算是"副导驾"吧。此三骑好似箭头,直指前方。三骑之后,约一丈之遥,是手执旌旗斧钺的仪仗队。再后,是以宰相为首的、骑在马上的大臣们,其中可以见到范纯仁、刘挚、苏辙等人的面孔。大臣们的后面，是步行的两行内侍。两行内侍之间，是金碧辉煌的龙车。龙车中坐着哲宗皇帝。龙车前，有骑马的驸马都尉王诜。不消说，龙车后还有长长的卫队。

祭祖路上，旌旗招展、笙箫和鸣、庄严肃穆、气象非凡。

在这支队伍的前头，还有一小队御林军，负责处理前行路上的障碍和突发事件。忽然，一个御林军将校骑马跑回，禀报道："苏大人，太皇太后与太后由相国寺进香回宫，凤辇便在前面。"

苏轼一怔，这就是说，凤辇将与龙车对撞，到时候，谁与谁让道？

苏轼问："你可曾向太皇太后与太后奏明，圣驾已经出宫？"

将校道："下官不敢阻挡凤驾，是否请范相国出面？"

苏轼道："为何往范相国身上推？此乃你我职责所在，我去吧。"

"大人！"后面的朱光易叫了一声，拍马近前道，"大人，那是太皇太后的凤驾，大人还是不去为好。"

朱光易这个"洛党"分子，早已投靠到"朔党"刘挚的麾下。这个一贯敌视苏轼的人，来劝苏轼并非为苏轼担心，只因他跟在苏轼身后，作为卤簿使的副手，若苏轼罹罪，也会殃及自己。

但是苏轼道："皇上祭祖大典，不能不按礼仪行事。"回头向黄庭坚道："传令仪仗队，缓缓而行。"说完，拍马而去。

朱光易望着苏轼的背影，心里骂道："该死的苏轼！太皇太后对他何等恩宠，他还要去拦阻凤驾，也不怕从此得罪了太皇太后。我可是相劝在先，不会与你分担罪过。"

苏轼催马向前，见前面也是旌旗招展，再近一些，便看得见旌旗下的卫士和旌旗后的宫女了。苏轼来到仪仗队前下马，从卫士和宫女的队列中走过，来到凤辇前。李守忠见了，连忙示意凤辇停止前进，上前道："苏大人。"

苏轼道："我有要事，须面奏太皇太后。"

李守忠道："大人稍候。"转身去凤辇旁禀道："启奏太皇太后，苏轼苏大人有要事觐见。"

凤辇中传出高太皇太后的声音："请苏大人近前。"

李守忠便大声道:"太皇太后请苏大人近前。"

苏轼去到凤辇前,大声道:"臣,苏轼,启奏太皇太后,圣驾已经出宫,就在前面不远,请太皇太后与太后让道。"

太皇太后道:"啊?哀家不知圣驾已经出宫了,多谢爱卿奏明。哀家立刻后退半里,绕道而行,为圣驾让道。"

苏轼道:"谢太皇太后、太后!"

这件事,既反映了苏轼正直不阿、敢于担当的品格,又反映了太皇太后深明大义、心胸开阔的品格。祭祖路上的这段小插曲,本该是一件让人敬重的轶事,可是到了权欲熏心、妒贤嫉能的政客们那里,就变了味了。

祭祖事过,"朔党"的核心人物聚在刘挚的书房里。

朱光易叹气道:"唉。好不容易把苏轼撵出汴京,谁曾想到,不过两年多,他又回来了。"

刘挚道:"太皇太后召苏轼回来,并重用范纯仁与苏辙,意在牵制于我。"

一人说:"大人您是副相,我们的人又占据各部要津,朝廷可谓我等之天下。一个范纯仁加苏轼兄弟,其奈我何?"

另一人道:"不可大意。听说,皇帝也很喜欢苏轼这位老师。"

朱光易接嘴道:"是不可大意。苏轼敢阻挡凤辇,说明他胆量不小。他若执掌朝政,难免铁腕用事。此事亦可看出,太皇太后对他的恩宠,已到何等地步。以后,只要他打个喷嚏,我等可能就要发热了。"

又一人说:"我有个想法。王安石、吕惠卿手下的要员,虽然被贬出了京都,在外地也各占一方。我们不妨与他们互通声气,以为后援。"

刘挚道:"这想法不错。其实,我早已念及这一层。前宰相章惇,现为汝州知府,他的家眷尚在汴京。眼下,他的儿子与我的儿子已相交为友,我们可以通过其子,与章惇联络……"

这就是苏轼回到汴京后,很快就面临的现实:连反对"变法革新"的副相刘挚,也和"变法革新"的干将章惇联络了。他们结成鹰犬齐出的"统一战线",准备对苏轼展开围猎。

哲宗下课回宫，张元振替他更衣。

张元振发现，自从苏轼又给哲宗上课后，哲宗便很少缺课。今日见他兴冲冲回来，便问："陛下今日读书，有趣无趣？"

哲宗心情很好，说道："十分有趣。与朕讲书的老师甚多，讲得鞭辟入里又生动有趣的，只有苏轼。朕喜欢听他讲课。"

张元振早已感到，哲宗对苏轼的好感日胜一日。他也曾仔细琢磨，怎样离间这对君臣，但他又心存顾虑：哲宗尚未亲政，又性情狂躁。要是自己说了苏轼的坏话，他一怒之下捅了出去，不但坏了大事，自己也性命难保。所以他一直犹豫着。

今天听哲宗这么一说，张元振觉得不能再犹豫了。再等些日子，哲宗对苏轼的感情更深了，可能会像他爹神宗那样喜欢苏轼了。到那时，再想动摇他对苏轼的感情，恐怕就难了。

想到这里，张元振便说："人说苏轼有苏秦、张仪之口，讲起书来自会有趣。从前，连王安石也惧他三分，陛下和他说话要……"他突然住口。

哲宗问："要什么？"

张元振支吾道："没，没什么。"

哲宗当然听出了有什么，便追问道："朕和他说话，要什么？"

张元振显得惶恐不安，"奴婢是信口胡诌。"他拍打着自己的脸颊说，"奴婢多嘴。奴婢多嘴……"

张元振越是这样，哲宗越是想知道就里，便吼起来："什么事情须得隐瞒于朕？快说！"

张元振跪下道："奴婢不敢……"

哲宗不耐烦了，喝道："是朕叫你说的！"

张元振道："奴婢遵旨。"他叩头，起来跑到房门边，向外望了望，把房门关严后才回到哲宗身边，小声道，"陛下与苏轼说话，千万留神，因苏轼乃太皇太后的耳目……"

话犹未了，暴躁的哲宗抬手一挥，旁边的花瓶被扫荡在地，碎了！

他叫起来："苏轼对朕不忠，朕不要听他讲书了。"

张元振赶紧小声道:"陛下,万万不可!苏轼乃太皇太后的心腹。陛下不可因此得罪太皇太后!"

哲宗道:"朕已经长大了,朕就要满十八岁了,朕不怕她了。"

张元振道:"可是,陛下离十八岁还有两年呢。陛下未亲政以前,丝毫不能惹太皇太后生气,谨防她把陛下废了!"

哲宗吃了一惊,问:"她能废我?"

张元振道:"陛下说,满朝文武是听陛下的,还是听她的?"见哲宗不出声了,他又说,"有些话,老奴早就想说,只是时机未到,不敢说……"他故意把下面的话吞下。

哲宗道:"什么话?你说。"

张元振道:"那些话陛下听了,必定动怒。陛下一怒,就会大祸临头。奴婢怎敢再多说一字?陛下再等等,等到亲政之时……"

哲宗盯着张元振,咬着牙道:"你今日不说,等朕亲政之时,便第一个杀了你!"

张元振连忙跪下道:"陛下!奴婢不是不说,是不敢说……"

哲宗拍桌而起,咆哮道:"连你这个东西也不将朕放在眼里!大臣拿屁股对着朕,有事你也瞒着朕。朕这个皇帝当得……"他几步跨向墙角,"唰"地拔出架上宝剑,叫道,"朕便杀了你又待如何?"

张元振知道自己的戏做得有点过火了,忙叫:"奴婢说!奴婢说!"他慌慌张张再去门边,打开房门再望望,再次关门回来,对手持宝剑的哲宗小声道,"这是性命攸关之事,奴婢说了,陛下千万要不动声色才好……"

哲宗不耐烦道:"朕并非无知小儿!"

张元振道:"是。是。"他把声音再放低些,轻轻说道,"八年前,先帝升天以后,太皇太后打算立她的儿子,也就是立陛下的叔叔岐王或者嘉王为皇帝……"

哲宗呆了。他失神地倒退几步,坐下,手中宝剑掉到地上。

张元振跟过去,拾起宝剑,小声道:"因有大臣反对,太皇太后才打消此念,让陛下登基,自己听政……"

哲宗咬牙切齿道:"这个老奸!"稍停,他问,"反对的大臣是谁?"

张元振道:"是当时的宰相,现在的汝州知府章惇,还有当时的开封府尹、现在的成都知府蔡京。"

哲宗又问:"老奸的同党都是何人?"

张元振道:"陛下且想想,太皇太后倚重哪些人?最赏识的又是哪个人?"

哲宗有几天没来上课了,说是龙体欠安。苏轼想去探望,未能如愿。过了些日子,哲宗来上课了,可是再没给苏轼一个笑脸。往日下课,哲宗还要和苏轼谈论些课外的话题。现在,哲宗上完课后,一言不发,起身就走,扬长而去。苏轼站在迩英阁内,望着哲宗的背影出神,猜不出他为何突然大变,心中不免忐忑。

晚上,苏轼在庭院中,不安地徘徊。抬头见月朦胧,月多晕,知道明天要起风了。

其实,苏轼回到朝堂,就感到一切如故。他不能写奏章,不能说话。无论他做什么,刘挚等人总会加以曲解而反对乃至攻击,使得宰相范纯仁甚至太皇太后本人,都不能不出面替他解释、辩护。结果,许多事情议而不决,决而不行。日子稍长,大家都明白,这个状态再不能继续下去。苏轼这才又上表章,请求外任。而这个效果,正是刘挚他们所需要的。

高太皇太后原以为,她已经营造了苏轼还朝的环境:刘挚已为副相,矛盾当已缓和,应容得苏轼还朝;苏轼做祭祖的卤簿使,她还特意安排黄庭坚和朱光易同为苏轼的"副手",以求朝臣们心理平衡。她想,只要朝臣相安无事,苏轼便可施展才干,以后再任宰相。万不料,原已偃旗息鼓的"朔党",却又披挂上阵了。他们对苏轼的死缠烂打,让太皇太后痛心疾首,却又无能为力。这些人都是司马光当政时调来的、拥护旧法之人,她不可能再换下这一批臣子,她也不知道还有什么臣子可供她选用了。

高太皇太后心情郁闷,特地叫上儿媳向太后到御花园散步。

说来也是佳话。从曹皇后,到高皇后,再到向皇后,三代婆媳都情如母女、亲如知音,她们什么事都能想到一起,说到一起。

进了御花园,太皇太后便道:"听说皇上又病了几天。现在怎样？"

向太后道："这几天又好些了。"

太皇太后道："我每次听说皇上龙体欠安，便会心惊胆战。你公公就是体质太弱……"她没有说下去，想起了自己的丈夫英宗皇帝，三十五岁英年早逝，在位仅仅四年。如果孙子哲宗也体弱多病，大宋的江山社稷……她不敢想下去。

向太后忙道："母后放心，太医都去看过。其实皇上没什么大病，只不过好吃、好玩，不注意饮食和冷热而已。"

太皇太后道："饮食和冷热之事，张元振应该管好。"

向太后道："张元振也很尽心，可是，皇上任性，时常不听劝阻。母后，皇上脾性不好，媳妇很是担心呢。"

太皇太后对哲宗的脾性，自然有所了解。她和这个孙儿虽不生活在一起，但议事在一起，上朝在一起，只因哲宗还是个"见习皇帝"，所以他只是听着祖母和大臣议事而不言语，但是他的表情喜怒无常，太皇太后还是有所察觉。不过，现在是太皇太后自己当政，她不能露出丝毫对皇上的不满情绪，哪怕是在这个知心的媳妇面前。

听向太后说起对哲宗的担心，太皇太后便道："我几次去看望皇上，见到的宫女都很美貌。我曾叫张元振把美貌的宫女换掉，也无须太多的宫女围着皇上，以免皇上被女色所惑。"

向太后道："宫女都换了，人数也少了。张元振是伺候先帝的老人，做事谨慎，从无过错。有他在皇上身边，媳妇多少还能放心一点。"

太皇太后说："皇上快满十八岁了，大宋的江山就要交到他的手里了。可是，眼下的朝廷还是一个乱局，如果交给皇上一个烂摊子，我怎么对得起神宗皇帝。"

向太后道："母后手里不是有张好牌吗？何不打出去？"

太皇太后问："你说的是刘挚的事？"

向太后道："是。"

太皇太后道："我也想过，可是，那样做也会伤及苏轼。我是希望苏轼能够在朝为相啊。"

向太后道："来日方长。范纯仁六十二岁拜相，苏轼才五十五岁。"

这一天,君臣们又来到崇政殿内。等群臣三呼万岁已毕,太皇太后便道:"副相刘挚,暗地交通地方官吏章惇等人,居心叵测,有负皇恩。自即日起,罢去刘挚副相之职,出知郓州。"

事发突然,朝臣们俱大惊失色,都不曾料到太皇太后竟抓住了刘挚这样一个把柄。刘挚本人更是呆若木鸡。

站在珠帘旁的李守忠大声道:"刘挚谢恩!"

刘挚这才清醒过来,慌忙出列道:"谢皇上与太皇太后恩典。"

刘挚结交章惇,章惇并不领情。几年后,哲宗亲政,章惇为相,刘挚被撤去州官,两次贬往黄州。后来,又将他流放到广东新州,六十九岁逝于贬所。刘挚一直迫害苏轼,不料自己的遭遇,最后竟和苏轼差不多。当然这都是后话。

现在,朝堂上,太皇太后继续着任免:"自即日起,升任苏辙为尚书右仆射。"

苏辙愣了一下,忙出列道:"谢皇上与太皇太后隆恩。"

太皇太后又道:"苏轼屡上表章,恳求外调。朝廷准其所请,准允苏轼以龙图阁大学士出任颍州知府。"

谁都明白,太皇太后的目的是抑制"党争"。

前些年也是,贬了程颐出京,便调苏轼赴杭。那次,程颐走了,"洛党"解体。"洛党"的人转而投靠"朔党",因为"朔党"有个大头目刘挚。如今,太皇太后将刘挚贬出汴京,显然也是希望"朔党"解体。现在的"朔党"解体后,没有什么人可以投靠了。范纯仁是个正直的、无派别的贤相,应该还朝廷一个清平政治。将苏轼外放,是保护苏轼不受攻击,并求得朝臣心里平衡;升苏辙为相,则是对苏轼的一种抚慰。

太皇太后的这番苦心,不以国事为重的人并不体恤。朝堂上虽然没有了大头目,以私利为重的人对苏辙升任相国,一样会妒恨交加。

| 第四十五章 |

两年阅三州

苏轼又要离开汴京了。如果说，他对汴京还有什么留恋，那就是舍不得弟弟子由，以及王诜这样的一些好朋友。

七十五岁的王诜正在作画，仆人来禀："驸马爷，苏学士家来人，求见驸马爷。"

王诜听说是苏轼家的来人，便高兴地说："叫他进来。"

仆人退去，片刻后，高俅走了进来。他施礼道："见过驸马爷。"

王诜的眼力还好，可是听力不好。他画得起劲儿，没察觉有人进屋。

高俅不敢打扰他，只是踮着脚、伸着头去看王诜画画。

王诜画的是一幅山水图。画完，他搁笔后退而观，颇为自得，转身见高俅也在看画，便问："你就是苏学士差来的人吗？"

高俅忙后退两步，恭敬地回答："是。"

王诜道："你也看画？你看见了什么？"

高俅答："小的看见了好山好水。"

王诜笑道："好山好水？好在何处？"

高俅道："小的也说不清。看驸马爷这画，小的只觉得耳边好似有流水之声，背上也好像有山谷中的凉气。小的觉得去过这画上的地方，可又想不起这地方在何处……啊，小的想起来了。"

王诜诧异道："你想起来了？"

高俅说："驸马爷的画，气韵生动，神完意足。将死的山水，画成了活的山水。故而，小的才觉得去过此地，似曾相识。"

王诜笑道："看不出，你这小子还能说出这样的话。哪里学来的?"

高俅道："小的每日跟随我家主人左右，听我家主人谈诗论画，拾得几句牙慧。"

王诜到一边坐下，说："你是苏学士家的，我怎么不曾见过?"

高俅道："我家主人去杭州时，小的才进主人家。故而，未来得及与驸马爷请安。"

王诜问："学士近日可好?"

高俅说："不好。"

王诜十分关切："学士不好啦?"

高俅连忙说："啊，没有没有。小的是说，我家主人心里不好受。"他近前一点，说，"我家主人本不愿回朝做官，可是如今要走，又舍不得我家二少爷和驸马爷。"他一边说，一边从怀里取出一只小锦盒，说，"我家主人特命小的与驸马爷送来一螺好墨。"

"啊!"王诜高兴地接过盒子打开，拿出一粒墨，又嗅又看，笑问，"你家主人哪里得来这等好墨?"

高俅道："是我家主人离开杭州时，别人送的。"

王诜叹道："子瞻真是舍不得我了，不然，哪肯把这等好墨送我。呃! 我也不想他走啊。"说着，他起身去到桌边，找纸拿笔，说，"待我写封书信，带回去交与你家主人。"

苏轼告别亲友，携家带口前往颍州。算来回到汴京，仅仅六个月。

苏轼记得，第一次离京，是母亲去世，回四川老家奔丧。

第二次离京，是去凤翔府做签判官。

第三次离京，是父亲去世，他和弟弟携两口棺木回四川老家。

第四次离京，是被人诬告"贩卖私盐"后，去杭州做了通判。

第五次离京，是从"乌台"监狱出来，被贬往黄州务农。

第六次离京，是在"洛党""朔党"的攻击之下，出任杭州知府。

那么，这次离开汴京，应该是第七次了。

苏轼不由得苦笑：朝廷有心用我，我有心报效朝廷。来来去去，我总是不能立身朝堂。看来，只能说是命中注定，我与朝堂无缘了。

元祐六年（1091年）八月，苏轼一家辛辛苦苦到达颍州。住下后，他立刻着手了解当地情况，看看当地有什么急需解决的问题。

凑巧，颍州也有个西湖。苏轼去视察这个西湖，发现这个西湖也需要整治。于是，他立刻开始了辛辛苦苦的准备。

不料，到颍州才六个月，整治西湖刚刚开了个头，朝廷又有诏命到来，命他以龙图阁学士充淮南东路兵马钤辖出任扬州知府。

元祐七年（1092年）三月，苏轼又携家带口前往扬州。

在扬州仅仅六个月，再次奉命还朝。苏轼只得携家带口，再次回到汴京。

回京后，苏轼先任兵部尚书，后任礼部尚书。五个月内，两换职务。这个样子，不管在兵部，还是在礼部，谁都不能做什么。

元祐八年（1093年）八月，苏轼又调为定州太守，兼河北兵马钤辖。这是苏轼第八次离开汴京。

从元祐六年二月自杭州回京，到元祐八年八月调往定州（1091—1093年），苏轼两次还朝，三次外调，历经颍州、扬州、定州。

这是中国历史上的一件怪事，也是苏轼生命中的一件怪事：

两年阅三州。

诡异的"两年阅三州"，反映了高太皇太后心有不甘的挣扎。

这时的哲宗即将年满十八，朝廷为他举行了大婚，册立了皇后。

离哲宗亲政之期越近，太皇太后越觉得，这个孙儿越来越陌生了。越是觉得孙儿陌生，太皇太后就越想了解他对朝政的意见。可是每次和他交谈，哲宗只说"太皇太后英明"等套话，从不肯说一点自己的见解。这种确定无疑的敷衍和疏离，使太皇太后心里空落落的，似乎没有了精神支柱。但是这种状况也坚定了她的一个想法：必须在撤帘还政之前，为大宋竖起擎天栋梁。这人，不但需要有忠诚、有学问、有品德、有见地、有才干、有经验、有担当、有雄心、有民心，还需要有魄力、有毅力、有精力、有"虽九死其犹未悔"的精神。选来选去，她认为这样的人，只有一个苏轼！

遗憾的是，太皇太后的意图屡屡受挫，以致，苏轼不得不准备第八次离开汴京，前往定州。

太皇太后的意图，受挫即可改动。但"两年阅三州"的奔波，让苏轼一家付出的，却是血泪与生命。

这几年，王闰之真是太累了！

那年的盛夏酷暑，苏轼一家从黄州过金陵到常州，还没缓过劲儿来又去登州，在登州仅仅五天，又去汴京。一路跋涉奔波，王闰之到了汴京就卧床不起！刚刚病愈下床，又收拾行李去杭州。到杭州后，王闰之觉得左胸常隐隐作痛。只因是隐隐作痛，她也没太在意。懂得些医术的苏轼，便要她好好休息，每日喝些参汤。不久，一道诏令到来，全家人又开始车马劳顿，直奔汴京。回到汴京，王闰之的胸痛明显起来，痛的次数也多起来，苏轼不敢大意，连忙请来御医。御医诊断，乃劳累所致，要王闰之好好调养，并服用"人参附子"之类补气回阳的汤药。半年后，王闰之又觉得好些了。谁知诏令下达，一家人又去颍州，又去扬州，又回汴京，现在，又要去定州了。

自从坐过监狱又当过农夫，苏轼觉得去哪里都可以。不同地方的不同之处，只在吃苦受累多点、少点罢了，但是，他十分担心王闰之。

许多年来，苏轼每日回家，总会在堂屋前看见等他归来的王闰之。如果某日堂屋前不见人，苏轼就会心慌，就知道，定是王闰之病了。

接诏调任定州的那天，苏轼下朝回家。堂屋前不见王闰之，苏轼便向她的卧室奔去。果然，王闰之躺在床上，王朝云坐在床边，正替她轻轻扇风。

王朝云见苏轼进屋，便起身道："老爷，姐姐又心口痛了。"

苏轼奔到床前，问："好好的，为何心口痛了？"回头问朝云："今天你们在家，做了什么事？"

王朝云道："就晒了晒衣服。今年一直在路上跑，冬天的衣服再不晒晒，都会发霉了……"

性急的苏轼立刻责备道："你还让她晒衣服？！"

王闰之忙道:"她哪会让我动手?我不过站一边看看罢了。"

王朝云道:"是不是站得久了?"

王闰之笑道:"不久,只看你晒出几件皮衣。要是站这么一会儿也生病,我便是豆腐渣做的了。"

苏轼便向王闰之道:"晒衣服有什么好看的?三伏天便是站得不久,在屋外也会受暑。自己有病,也不当心。唉!"他重重叹了一口气,从王朝云手里拿过扇子,坐到床边替王闰之轻轻扇着,说,"今日朝廷下诏,调我任定州知府,我们又要离开汴京了。你这身子,哪经得路途奔波?我已想好,这回你不要跟我走,让秀嫂两口子留下来陪你。反正子由还在汴京,他和弟妹会照顾你的。"

王闰之立刻撑起身来,一把抓住苏轼的手道:"子瞻,你要丢下我?"

苏轼着急道:"说些什么?我哪是要丢下你?我是不要你把性命丢在路上!"

王闰之慢慢松开手,慢慢把头放回枕上,盯住苏轼道:"子瞻你记住:我是一步也不会离开你的,除非我死了……"

苏轼连忙捂住王闰之的嘴,叫道:"不留下就不留下,说这些吓人的话做什么?!"

晚上,苏轼上床后,侧身看着王闰之,说:"你看你,比早先瘦了,精神也不好,你何苦一定要跟我走?且不说路上辛劳,就是到了那里,也只有吃苦受累。"说罢,他爱怜地把王闰之抱到胸前。

王闰之依偎在苏轼的怀里,悠悠地说:"子瞻,我从小来到苏家,每天都看见你,要是一天不见你,那天的日子就过不下去。我除了时不时地心口痛一痛,并无别的病症。你不要担心。"

苏轼道:"那我们就迟些日子走,等过了八月再动身。"他笑道,"要想跟我去定州,你就趁这个把月,乖乖地养好身子。否则,不许去!"他低头亲亲她,说,"我的小爱妻。"

王闰之笑起来道:"偌大年纪这么叫,我都不好意思了。如今,你的小爱妻是王朝云,我就算个老爱妻吧。"

苏轼笑道:"朝云算个小爱妾。至于小爱妻,非你莫属。"

说完这话,两个人都笑了。

王闰之在枕上慢慢品味着苏轼的甜言蜜语。她的笑意还没有完全过去，身旁的苏轼已响起鼾声。

今天，苏轼不用上朝了，但他还是习惯性地拂晓醒来。他听听旁边的王闰之没有动静，便轻轻下床，轻轻拿起衣服，到外面的起居室里轻轻穿好，再轻轻开门，轻轻走出门去。

早饭时，苏轼忽听见女人尖叫。他急忙跨出房门，只见王朝云惊恐地向他奔来，嘶声尖叫着："老爷！老爷！姐姐她……姐姐她……她走了！"

四十六岁的王闰之病故。

苏轼不能接受这个现实。王闰之比自己小十二岁，怎会先自己而去?！在王闰之的灵前，他失声痛哭。

他想："都是我连累她在黄州受罪！都是我连累她在路上奔波。她的早丧，都是吃苦受累的结果。都怪我脾性不好啊！我锋芒太露，招人忌恨，树敌太多，才屡屡遭祸。她跟着自己，除了吃苦受累、担惊受怕，没享过什么福。都是自己不好，自己对不起她啊……"

苏轼哀哀地哭着，写下悲痛的祭文：

我曰归哉，行返邱园。曾不少须，弃我而先。

孰迎我门，孰馈我田。已矣奈何，泪尽目干。

黄昏，高太皇太后把向太后约到御花园的凉亭中，对她说："再过数月，皇上便满十八岁了。我打算，在皇上生日那天撤帘，让皇上亲政。那天，需要有个隆重的仪式。外面的事，我已交与两位宰相处置，宫里的事，就由你操办吧。"

向太后道："依媳妇之见，母后暂时不要撤帘。皇上虽已成人，但性情乖戾、喜怒无常。将大宋天下交付与他，媳妇真是放心不下。"她恳切地望着太皇太后。

太皇太后知道媳妇是真心挽留，不觉轻轻叹息道："哀家辅政八年，只为不负神宗皇帝重托。如今，哀家已是六十二岁的老妇，而皇上正值年轻气盛，再不让他亲政，只恐祸起萧墙了。"

向太后一惊，问："母后，事已至此吗？"

太皇太后点点头。

向太后道："母后为皇上寻找辅政大臣，找到了吗？"

太皇太后深深叹了一口气道:"找到了……"

向太后问:"是苏轼吗?"

太皇太后道:"你看如何?"

向太后道:"由苏轼辅政再好不过。皇上也喜欢苏轼这个老师。"

太皇太后摇摇头,慢慢道:"我原来也和你一样想。朝纲不振,我认为是自己年老当政,大臣不服,所以,希望皇上亲政后,能与苏轼君臣同心,有所作为。我曾数次向皇上说,有意升苏轼为宰相。皇上先是不置可否,后来借故改诏,近日断然不允。"

向太后又是一惊,问:"断然不允?"又道,"是否认为苏辙已是副相?"

太皇太后道:"我对皇上说了,先外放苏辙,后升任苏轼。可是,皇上断然不允。"

向太后困惑了。

太皇太后也一样困惑。她不明白,这个一向只说"太皇太后英明"的孙子,怎么刹那之间变得冷峻果决,且流露出对苏轼的敌意。那天,她盯着哲宗,希望他能说点什么,对"断然不允"有所解释。但是,哲宗扭头避开她的目光,再也不说一句话。

那时的皇帝想着:我就要亲政了,朝廷内外都在等我亲政了,你奈何不得我了。我绝不允许你在我的身边,安插你的亲信!

苏轼办完王闰之的丧事,八月已过,不能不去定州了。他把王闰之的灵柩暂时存放在城外的寺庙里,想要设法把她送回眉山,安葬在她姐姐身旁。

苏辙匆匆走来,说:"哥,你赶快走。朝政恐有大变,早走为好。"

苏轼问:"为何如此说?"

苏辙道:"不知哪里来的谣言,说太皇太后曾打算立自己的儿子为皇帝。如今满朝文武,心怀顾忌,惶恐不安,在朝堂上都不敢轻易说话,好似黑云压城城欲摧了。"

谣言传到向太后的耳朵里,她急急去到哲宗的宫中。他深怕这个性情乖戾的儿子,会听信谣言。她哪里知道,这谣言就是自己深信不疑的张元振所散布的。她更不知道,这谣言播种在哲宗心里已近两年,早就生根发芽了。

向太后和儿子展开一场争论,但是,桀骜的哲宗听不进她一句话。

向太后急得大声道:"难道皇上忘了?先帝弥留之际,太皇太后亲自为皇上穿黄绫子背心,要皇上记住,自己是神宗皇帝的长子?"

哲宗道:"哼,那是她诡计不成,掩人耳目之举。她老奸,老奸!"

向太后道:"皇上不能这样说!皇上当时年幼无知,可是,母后我却清清楚楚。难道,皇上连母亲的话也信不过?"

哲宗道:"信不过,就是信不过。母后是怕朕知道实情,招来杀身之祸。或许是,母后想做一个贤德媳妇,便为那老奸隐瞒!"

向太后真是不知怎样说才好了,她急得连声叫道:"绝非如此!绝非如此!"

"皇上……"传来一个虚弱的声音。

哲宗与向太后一起望去,见太皇太后站在门边。

向太后骇得不知所措,哲宗翻起白眼儿望天。

太皇太后凄然一笑,倚着门框慢慢滑到地上,晕了过去……

高太皇太后病了。

在这个世界上,还有谁比向太后更了解自己的婆母?她静静细想,慢慢回味过来,明白了神宗皇帝弥留之际,太皇太后为何突然给小皇子穿上黄绫子背心;为何突然命岐、嘉二王离开汴京,且终身不许回京探视。原来,她是要斩断别人的邪念。至此,向太后也明白了,哲宗对"苏轼为相"的建议,为何"断然不允"。因为他已听信谣言,把自己的母亲和苏轼,都看作"老奸"的党羽了。

谁能向哲宗传递这样的谣言,而且让哲宗完全相信?算来算去,只有张元振有这个条件和这种能量。啊,张元振!因为他是神宗皇帝的亲信太监,自己就对他深信不疑,是自己的轻信害了哲宗皇帝,害了太皇太后,连苏轼等良臣都被自己害了!想到这些,向太后自责不已!自责使她终日处在悔恨与愧疚中,使她在高太皇太后的病榻前以泪洗面。

高太皇太后在病榻上慢慢想,岐王和嘉王真是好儿子啊!他们虽然不明白为何被母亲赶出汴京,还是不折不扣地遵从了母亲的吩咐,从此母子不曾再见。难道她就不想念自己的儿子?想啊,哪有母亲不想念儿子的!无论怎样想念,也只有夜深人静,独自流泪罢了。为大宋江山无虞、社稷平安,她不能给那些唯恐天下不乱的人留下丝毫口实。谁知道,不留丝毫口实,还是被人冤枉了!

一天夜里,高太皇太后对向太后讲述了十年前这段往事。她们一起分析,张元振野心再大,也不可能篡位掌权。他的背后,一定另有他人。这"他人"是谁?以后看哪些人获益最多,就知道是哪些人了。

苏轼也知道了太皇太后病重,也感到"黑云压城城欲摧"了。他和王朝云商量后,决定让苏迈带着妻儿和苏兴老两口,还有年纪大的苏味,前去宜兴买房子。自己若能从定州回来,也好有个落脚处。

等苏迈动身后,苏轼把仆人们召到堂屋内。仆人们也早已感到种种不祥,当他们走进堂屋后,气氛便凄惶而又紧张。

苏轼和王朝云坐在方桌两边。苏轼缓缓道:"你们跟着我,日子长的,已有数十载或七八载;日子短的,也有二三年。你们伺候我皆尽心尽力,使我不胜感激。可是,我不会做官,也不会挣钱。你们跟着我,未得什么好处,我心中很是歉然……"

刚说到这里,王朝云已眼泪汪汪。

苏轼接着道:"这回,我是第八次离开汴京了。此番出去,吉凶难料。定州,乃边陲之地,人贫地穷,还与辽国接壤,时有刀兵之灾,你们不必跟我去吃苦受累。故而,今夜我要将你们做一个安排。"他看看王朝云,示意她说。

王朝云咽喉哽哽道:"除苏义、碧桃和梁成夫妇随同前往定州外,凡年满五十,或夫妻二人中有一个年满五十的,都可算我家的老人。老爷与你们一笔安家费,让你们自立门户……"

女仆们哭出声来:"大少爷……"

王朝云擦擦泪，接着说："凡年轻力壮的，老爷都与你们写了引荐书，可去各地投奔老爷的朋友，让你们都有个好的安身之处。"

苏义道："引荐书信和路费盘缠都在账房里，少时各自去拿。"

碧桃道："老爷和姨娘把穿的、用的，也分出许多，送与众人。少时，女人们到我的房间里去拿。"

刚说到这里，仆人们都跪倒在地，哭叫着不愿走的话。

高俅也哭着，叫着，从人丛中向前爬去。他爬到苏轼面前，拉着苏轼的衣摆，哭叫道："大人，不要丢下我，不要丢下我……"

苏轼道："跟着我没有前程。你拿上我的书信，去投奔驸马爷吧。"

高俅一听，心中暗喜，但他还是鼻涕眼泪地哭叫着。

满屋男男女女都泪眼婆娑，哭声一片。

第四十六章
定州的城墙

御医报告：高太皇太后没有多少日子了。

向太后亲自去到哲宗的宫里，逼他去看望他的祖母。他们去时，太皇太后在卧榻上闭着眼睛一动不动。不知她是沉睡着，还是昏迷着。向太后站在床前，眼泪一串串掉下来。旁边的哲宗却漠然地东张西望。

过了一会儿，太皇太后说要喝水，向太后忙从太监手里接过杯子，坐到床边去喂她。李守忠见太皇太后有了一点精神，赶紧禀报："娘娘想见的几位大臣，都在外面候着了。"

太皇太后道："叫他们进来吧。"李守忠答应着出了房间。

向太后伺候太皇太后喝了几口水，便拉着哲宗去到旁边的房间里。他们刚走进里屋，范纯仁、苏辙、吕大为、肖祖禹四位正副宰相便来到房门前。他们一同进来，施礼道："参见太皇太后。"

太皇太后道："都起来吧。"

四人起身，在床前站成一排。

太皇太后道："老身受神宗皇帝临终之托，协同皇上御殿当政。请诸公直言，这些年来，老身可曾为自己，或为娘家高氏谋过私利？"

范纯仁道："太皇太后有公无私，朝野共鉴。"

太皇太后道："老身全心为公，连儿女病死皆不得一见……如今，竟有人无端诬我曾有废帝之意，叫老身怎不伤心……"说到这里，她不禁唏嘘。

里屋内，向太后忍不住低声哭泣，哲宗还是翻着白眼儿望天。

外屋里，四个臣子都很难过，但也只能说："太皇太后保重。"

范纯仁道："谣言总是谣言。皇上明鉴，不会被流言所惑。"

太皇太后哽咽着，说道："范爱卿，卿父范仲淹乃忠臣楷模，卿亦是大宋贤臣。他日若有时机，卿当为老身洗清恶名。"

范纯仁躬身道："臣敢不尽忠！"

太皇太后道："苏卿。"

苏辙躬身道："臣在。"

太皇太后道："卿可对你兄长言说，老身如今，更明白他的冤情了……寻常小官小民哪会想到，连老身也有横遭诬陷、含冤莫白的时候……"说到这里，太皇太后突然撑起身子，喘息着，"老身料来难与诸卿再见。卿等宜及早退出朝堂，让皇上另用一些人吧。"

四个臣子未及答话，哲宗已从里屋一步跨出，厉声道："太皇太后病重，尔等还不退出?！"

书房的烛光下，苏轼在奋笔疾书。

苏辙奔入道："哥，说好今日启程，你如何还在这里？"

苏轼道："苏义和迨儿已护着家眷先走了，梁成与过儿陪我晚走一天，我要写完这篇奏章呈与皇上。"

苏辙道："什么奏章如此要紧？"

苏轼写完搁笔道："子由，眼下的局势，是一股逆流。我要向皇上细述前后始末，为太皇太后辩诬，提醒皇上勿为流言所惑……"

苏辙着急道："哥！事到如今，说这些都无用了，连太皇太后也叫你赶快离京。"

苏轼站起来，一边收拾奏章一边道："那是太皇太后为我着想。我为人臣，更应为太皇太后着想。"他问门边的梁成道："轿子备好了吗？"

梁成道："正在门外等候。"

苏轼向苏辙道："我已和范相国相约，联名上书。"

苏辙无奈，只有陪着他哥走到大门外，目送梁成伴着轿子，走进大街的黑暗深处。

宋哲宗元祐八年（1093年），悲愤成疾的高太皇太后病逝。苏轼失去了他的第二位保护神。

高太皇太后执政期间，苏轼多次入朝、出朝，都是因为她一心要重用，一心要保护。虽然她和苏轼见面的时间很晚，见面的时间很少，但是她和曹太皇太后一样，是朝廷中最了解苏轼的人。只因"朋党之争"，不但使高太皇太后要完成"三代皇帝皆欲重用苏轼"的夙愿未能实现，自己也蒙冤而逝，使北宋迅速走向衰亡。

元祐九年（1094年），哲宗下诏，改年号为"绍圣"。

现在，哲宗皇帝亲政了。他在朝堂之上，再也不会看谁的屁股了。他斜倚龙椅，睥睨群臣。

太监张元振，又像伺候神宗皇帝那样，立于龙案之侧。其内心之喜，胜过哲宗皇帝，因为他觉得，今天的局面都是自己一手缔造的。正如章惇所嘱咐，自己做了哲宗皇帝"最信赖的老师"。皇帝荒淫，就随他荒淫吧。他不认真执政，我们要做什么就更加方便了。

这天上朝，当群臣三呼万岁后，还在纷纷起身时，朱光易已抢先一步，出列启奏。这个投靠了"朔党"的"洛党"知道，现在又需"改换门庭"了，而且要快。他说道："启奏陛下，神宗皇帝，更定法制，以利万民。自司马光执政，将神宗皇帝之法尽行废除。范纯仁勾结苏轼、苏辙兄弟，蛊惑宣仁太皇太后，排挤大臣，网罗亲信，把持政务，目无君王。臣，恳请陛下拨乱反正，重振朝纲，造福天下。"

朱光易说的，正是哲宗想做的。有人替他提出，比自己提出更好，于是他道："准卿所奏。罢范纯仁宰相之职，出任随州知府。罢苏辙宰相之职，出任汝州知府。罢吕大为之职，往处州安置。罢肖祖禹之职，往黄州安置。罢黄庭坚之职，往黔州安置。诏下即行。"

范纯仁、苏辙、吕大为、肖祖禹四个正副宰相连同黄庭坚便先后出列，叩头谢恩，摘下官帽，鱼贯而走。

待范纯仁等走出殿门后，哲宗接着道："古礼曰：'子继父业。'朕将继承先帝之业，废除旧法，再行新法……"

朝臣们心里打个冷战：想到自己是恢复旧法而来到朝堂，要改行新法，自己就要被贬出朝廷了。同时还想到：神宗皇帝当政，废除旧法、施行新法共计十七年；高太皇太后当政，废除新法、改行旧法也有八年。如今，又要废除旧法、改行新法了。这样折腾，叫老百姓怎么过日子？叫做官的怎么做官？

群臣闪念之际，听得哲宗又道："朕决意起用汝州知府章惇为宰相，召成都知府蔡京回朝入枢密院。"

向太后听说了哲宗的这些举动，认为他是"倒行逆施"。但是，"儿大不由娘"。何况，儿子性情乖戾，又非自己亲生。作为深居后宫的皇太后，她对朝政无能为力了，甚至不敢多说一句话，因为儿子认定她和太皇太后是"同党"。但是，她也就知道了，诬陷太皇太后有"废帝之意"的谣言，是从哪里来的！她暗自祈祷："太皇太后！给媳妇一个机会，让媳妇把这些奸佞打入地狱！"

章惇、蔡京等人当政后，无心认真再行新法。新法，原是他们攫取权位的工具，现在，行不行新法已不再重要。各地想行什么法，就随它行什么法。如今，他们急于要做的，是发泄满腹私愤，是狠狠打击政敌。

上面是荒淫的哲宗，下面是一帮小人。宋朝的统治，到了崩溃的边缘。

苏轼领着苏过和梁成，骑马追赶王朝云。一路抬头望去，满目萧索荒凉。那感觉，就像他三十多年前去凤翔一样。每见这种情景，苏轼的心就会紧缩起来，好像这一切都是他的错。

在路上，苏轼听到高太皇太后逝世的消息。他不由得想起，高太皇太后曾为他"贩卖私盐"辩诬；曾要他在殿上诵读《庐山题壁》诗，由此广开言路；她还以殿前金莲烛送自己回翰林院；她一再让自己做皇帝的老师，希望能教出个好皇帝……可是，结果全都未能达到她的目的。苏轼感到椎心地痛：高后和她的丈夫神宗都希望大宋中兴，都希望民富国强，都曾为此殚精竭虑。可是，他们不但未能如愿，身后的大宋还更加混乱了，更加贫弱了。

到了馆驿，苏轼设下灵堂，领着全家祭拜，不禁热泪长流。

苏轼不是一个轻易落泪的男人。算来，他的哭泣也只有几次：为丧母，为丧父，为王弗、王闰之的早逝，为曹太皇太后去世。再有，就在湖州被捕时，在大街上对着徐州老伯和脱鞋相送的百姓。现在，他又在高太皇太后的灵前流泪。哭着哭着，他竟弄不清是为大宋，为太皇太后，还是为自己。

在路上走了将近一个月，苏轼一家到达定州。

进了定州城，苏轼没有马上去府衙，而是先找个客栈住下。他觉得自己对这地方太过陌生，需要先了解一下情况。而他们的平民打扮和简单行李，也没人会想，这是新来的知府大人。

第二天，苏轼带上苏过和梁成，骑马出门。出了客栈一抬头，便望见了高高的定州塔，苏轼问苏过："看见那座塔了吗？"

苏过道："看见了。"

苏轼道："自五代石敬瑭将燕云十六州割与契丹，这定州就成了边防之地。当年真宗皇帝建造此塔，为便于瞭望契丹动向，故而塔高十三层。单是底层便高达五丈。每层六角，可观六方。"

他们策马而行，边走边谈。

苏过道："前些年，我国与西夏大战，这北边的辽国倒平静无事。"

苏轼道："这是用银子买来的苟安。"

苏过问："用银子买来的苟安？"

苏轼叹气道："大宋每年送与辽、夏一百二十五万两银子！"

苏过道："这不是养虎遗患吗？"

苏轼道："是呀。契丹拿我们送的银子，改游牧为农耕，建立起辽国。兵力日益强大，野心显然不小。大宋面对强敌，怎不忧心如焚。"

苏过道："爹爹，您与二叔上过多少奏章，可是朝廷不予搭理。如今更不比从前，您就不必像以往那样操心了吧。"

苏轼道："既然到了此地，便需为此地操心。不管我在定州为官多久，只要我一日尚在，便当尽力为大宋、为百姓做些好事。"说毕，策马向前跑去。

梁成向苏过道："三少爷，你父亲无论经历多少磨难，无论别人怎么劝告，他那忧国忧民之心，是不会改变的。"

苏过叹息道："真是'虽九死其犹未悔'啊。"说着，拍马追去。

苏轼跑马来到城墙下，苏过和梁成追上，跟着他绕城而走。

城墙年久失修，土石已经松动，有的墙体已塌出缺口。

苏轼下马，把缰绳递给梁成，走上城墙。苏过见了，赶紧跟上城墙。城墙上，并无兵卒守望。许多墙垛已经坍塌，长着一簇一簇枯草，裂缝中还伸出了树枝。再行几步，便见城墙上有几尊大炮。近前一看，炮身铁锈斑斑。

苏轼抚摸着大炮的锈斑，心情沉重，一语不发。

苏过静静望着父亲，过了一会儿，忍不住问："爹爹，定州乃边防重地，怎会这般模样？这样打起仗来，怎能不屡战屡败？"

苏轼默然少顷，沉重地说："本朝之事，本朝之人很难说清，留与后人说吧。"苏轼回避了这个话题，也许是，不愿对年轻的儿子针砭国家大事。

宋朝国防如此，问题出在根本的国策上。这要涉及两个关键词：

一是，藩镇之乱。

二是，黄袍加身。

"藩镇之乱"发生在唐代。唐代各地方的节度使不但有练兵、调兵之权，还有人事任命权、财政支配权等行政权力。那时，国家的军队都掌握在节度使手里。皇帝的中央除了禁卫军、御林军之类武装外，没有别的可战之军。天长日久，尾大不掉。朝廷对地方失去控制，形成军阀割据，发生了"安史之乱"。这种弊端，到"五代十国"依旧存在。宋朝的开国皇帝，宋太祖赵匡胤就是军阀，并以军力夺得帝位。建立宋朝后，他接受教训，制定了一项"国策"——把全国的兵权都集中到皇帝手中。驻扎在各地的军队，其领军将帅只有训练和管理士卒的权力，没有调动和指挥军队的权力。军事权力集中在枢密院，而枢密院由文官执掌，直接对皇帝负责。若有战事，如何遣兵调将，如何用兵打仗，全由枢密院传达皇帝的旨意，前方将士只能执行命令。这样做，藩镇再也无力作乱，皇权自然十分巩固。可是，这样的指挥系统到了战争时期，问题就大了。首先，不是每一个皇帝都是军事家，掌管枢密院的文官也不会都懂军事；其次，那时代通信困难，远在后方的皇帝，不可能及时了解前方瞬息万变的战局；再次，带兵的将军纵有高明的战略战术，却不能自作主张、灵活应敌。这种由皇帝"遥控"的作战，怎能不屡战屡败？

"黄袍加身"更是宋太祖赵匡胤自己的故事。赵匡胤生长在"五代十国"时期，他的祖父、父亲都是武将。赵匡胤在后周也是个将军，深得周世宗信任，官至禁军统领殿前都点检，还兼任归德军节度使，驻防汴京。周世宗死后，七岁的恭帝在两位大臣的辅佐下即位。某日有人报告，说北汉与契丹联合起来攻打后周。辅佐大臣未曾详查，便令赵匡胤出兵。赵匡胤的队伍走到陈桥，部下突然哗变。将士们把皇帝穿的龙袍加在赵匡胤身上，三呼万岁逼着他当了皇帝。有人说，"谎报军情"及"黄袍加身"，都是赵匡胤自导自演。总之，黄袍加身后，赵匡胤带兵回京。辅佐大臣只好让小皇帝禅位，于是赵匡胤建立起宋朝，那是公元960年。宋朝建立后，赵匡胤接受"陈桥兵变、黄袍加身"的教训，制定出另一条"国策"——重文抑武。他说，"文以治国，武以安邦"，认为大宋建立后，不再需要武力，只需"文治"即可。当然，他真实的目的，是防止自己的部下或者儿孙的部下，再来个"黄袍加身"，于是运用皇权来"抑武"。所以在宋朝，文官的地位很高，武官的地位很低；统管军队的正职是文官，副职才能由武官担任。

这样的"重文抑武"，导致武备不修，没人愿意学习军事，将军和士卒都不考虑打仗的事，打起仗来也没有主动性、积极性。一旦作战，焉能取胜？

仁宗时代，范仲淹"庆历新政"的革新，目标是"吏政"，主要是减少官僚和候补官僚的数量。此举既为提高工作效率，也为节省国库开支。"庆历新政"就是成功了，也不会对"重文抑武"的国策有任何触动。

神宗时代，王安石的"变法革新"，目标是"财政"，主要是增加税收和多敛民财。此举使国库里的银子比往常多了，但是，这大刀阔斧的"变法革新"，也丝毫未触及"重文抑武"的国策。

宋神宗讨伐西夏时，兵员不可谓不足，钱粮不可谓不丰。但六十万大军全军覆没，损失钱粮无数，神宗因此抑郁而死。但是他直到死前，总结出的教训也只是：朝廷没有苏轼那样的忠直之臣。倘若有人像苏轼"谏买元宵花灯"那样进谏，他就不会犯贸然兴兵的错误，也不会导致那样的惨败。可见，神宗也没有意识到本朝"重文抑武"的国策问题。

不能触及这个"重文抑武"的国策，应该是古人的历史局限。试想，当时的君臣，谁会或者说谁敢怀疑宋太祖定下的国策？谁又有能力对实行了百余年的"国策"加以改变？其结果便是：宋朝未亡于内部造反，却亡于外族入侵了。

当然，一个国家军事力量的强弱，原因总是多方面的，而且总是复杂的，并不仅仅是上面谈到的"国策"问题。总之，到了宋哲宗时，宋朝的国防，就和苏轼所站的定州城墙一样，年久失修，即将垮塌了。

苏轼虽然知道，自己不可能改变宋朝的国防状况，但是他也不允许，自己管辖的地方就是这个样子。

"回去吧，"苏轼在城墙上对儿子说，"吃过午饭，去看看兵营。"

第四十七章

聊发少年狂

苏过和梁成陪苏轼上街，看见街道脏乱，房屋破旧，街上行人稀少，有人也多是兵卒。街道两边的店铺，大多开着小门而挂着大牌子。牌子上写着"柜坊"二字。

苏过问："爹爹，'柜坊'是什么生意？这么贫穷的定州，竟有如此多的'柜坊'？"

苏轼道："柜坊就是赌场。此地有这许多赌场，定与官吏有关。"

正说着，从一条横街上拥来一群衣着不整的兵卒，手里都拿着钱串。几乎同时，各个柜坊里也蹦出些人来。这些人大喊大叫着，把兵卒往自己的柜坊里拉。一霎时，兵卒们便被拉扯着四散而去，街道又重新变得冷清了。

只是，有一个被拉的兵卒不肯就范，还用力挣扎着。

苏轼走了过去，向拉人的说："人家不愿赌钱，你为何强拉？"

拉人的横了苏轼一眼道："狗拿耗子，多管闲事！"

梁成知道，对这种人不能讲道理，便上前"唰"的一声拔出腰刀，指着那人的胸口道："可愿与我去见知府大人？"

那人见势松了手，说："哼，知府大人我见多了，如今的知府大人尚未到任，你要见，衙门口等着。"说罢悻悻而去。

那兵卒便向苏轼等人打躬道："多谢。多谢。"

苏轼问："柜坊之人，怎敢如此横蛮？"

那兵卒示意此地不便说话，转身拐进小巷子里，才说："看先生与壮士都是外地人，不知这些柜坊皆军中长官所开。他们逼迫百姓与兵卒前去赌博，好诈骗钱财。他们还放高利贷，狠毒得很哪。平常遇见他们叫赌，小的也不敢不去赌上几把。可是，今日小的妻儿皆卧病在床，小的要拿这点饷银请医买药……"

苏轼道："老夫原是医生，我去你家看病，不要你的钱。可好？"

那兵卒惊喜不已，忙道："多谢先生。请随我来。"

苏轼便跟那兵卒走去。梁成小声问苏过："大人真会治病？"

苏过道："会。"

梁成道："你母亲病了，你爹爹为何去请太医？"

苏过道："你不知，医生都不敢与自己亲人看病。可是爹爹在黄州时，常替人免费看病。从前在润州，遇着瘟疫流行，爹爹的药方，还救活了一千多人呢。"

梁成笑道："你父亲真是个奇才，不知这世上有没有他不会的事？"

苏过道："有。爹爹常说，他有两件大不如人。"

梁成道："哦？还有两件？哪两件？"

苏过道："一是喝酒。"

梁成笑道："这个我知道，少饮即醉。不过，人家都说，你爹爹酒后做的诗、写的字、画的画，往往比不醉时更好。那么，还有什么不如人？"

苏过道："还有就是下棋。爹爹下棋总是输，连我也下不过。哈哈哈。"苏过笑着，望着苏轼的背影，和梁成一起跟去。

苏轼随那兵卒走进兵营中，看着这里的房屋几乎都是危房，满地污水垃圾。老者状如乞丐，小儿黄瘦凸腹。女人蓬头垢面，男人无精打采。

苏过觉得奇怪，问梁成："兵卒也带家眷？"

梁成道："当兵乃终身之业。不带家眷，他们岂不成了和尚？"

苏轼在前面问那兵卒："士卒们都住在这里？"

那兵卒道："小兵和家眷都住这里。小官出去，抢占百姓的房屋。大些的官从赌场上和高利贷上赚了钱，可以自己盖房子居住。"

苏轼又问："你们这些兵打仗如何？"

那兵卒好笑："打什么仗啊！反正朝廷有银子哄着辽邦。有时候，辽兵过来抢东西，也无须当兵的去打，自有百姓去打。"

苏轼惊讶得停下脚步："什么？辽兵前来抢掠，百姓出去抵挡？"

那兵卒道："是呀。这里的兵，打过仗的都老了。年轻的又没有打过仗，像小的这号的倒是还能打，但我等半饥半饱的，妻儿衣食无着，谁愿打仗？可是百姓就不同了。辽兵前来，是要抢夺他们的粮食或者牛羊，他们怎能不去拼命？何况，此地人原本擅长骑射，许多时候，打的还是胜仗呢。"

章惇回到汴京，兴高采烈当宰相。现在，他起居室的桌上，摆满美酒佳肴。

章惇与张元振对坐。章惇起身为张元振斟酒道："此番成就大事，全仗公公之力。本相亲自把盏，敬公公一杯。"

张元振欠身，执杯接酒道："全赖相国运筹有方。相国行前叮嘱之言，在下不敢一日稍忘。"

章惇笑道："公公还记得我的言语？"

张元振道："记得。记得。相国要我紧紧抓住皇上，还说，我要做皇上最信赖的老师。"

章惇哈哈大笑，说道："从此以后，你我二人，有福同享，有难同当，内外协力，辅佐皇上。"他举杯道，"请满饮此杯。"

两人正在碰杯，一仆人来到门边，说："禀相国，有蔡京蔡大人等四位大人求见。"

章惇问："四人同来？"

仆答："是。小的请大人们在书房等候。"

章惇回头向张元振道："公公你看……"

张元振知趣地说："四人前来，必有要事，我就告辞了。"

章惇表示抱歉道："改日，本相另备好酒与公公畅饮。"他叫仆人送张元振从角门出去，自己转身去了书房。

书房内的蔡京、曾布、邓绾、朱光易起身拱手道："相国。"

这几人中，章惇和蔡京比较亲密。他们同谋过"废子立弟"，又曾商定蔡京去投靠司马光。其次有点亲密的是曾布。曾布和章惇在神宗时同入朝廷，还同去温香楼与王雱等商定对策。章惇决定把蔡、曾二人收做心腹。

余下的，包括从前由他引进朝廷的邓绾，和已回朝而不在现场的、担任过"代宰相"的吕惠卿，等等，章惇都瞧不起。如果还有可用之人，这些人他一个不用。可是，他没得选择。他只有告诫自己：要接受王安石的教训，切忌留给他们任何把柄，以防有朝一日，他们反咬自己。

章惇问："你们四人同来，莫非有何要事？"

蔡京笑道："并无要事。只是秋日将尽，特来约请相国一同打猎。"

章惇道："你们好兴致。"

朱光易道："好不容易翻过身来，也该欢庆一下。"

章惇道："好。欢庆一下。"

众人出了章惇家，跨马向猎场奔去。

到了猎场，众人挽弓执箭，狗吠马嘶，热热闹闹跑了半天，却连一只鸟或一只兔也没有猎获。

正在大家都觉得泄气时，突然有人大喊大叫："快来看！快来看！"

众人循声而去，见大喊大叫的是蔡京。顺着他的手指，一只中箭的梅花鹿躺在地上喘气，鲜血汩汩从肚子下冒出。

几人盯着梅花鹿，十分高兴。朱光易向章惇笑道："只因相国在此，猎神不能不给面子。"

章惇笑道："不关我事。鹿是蔡大人射中，是蔡大人的吉兆。"

曾布凑趣道："看来，蔡大人还要高升哪。"

朱光易道："是呀，朝廷还有副相的位子空着呢。"

邓绾说："这只鹿，要是苏轼就好了。如今苏轼去了定州，军政大权在握，叫人不放心哪。"他转向章惇道："相国，以往有的是机会，为何不杀掉苏轼？"

章惇笑一笑，不答。

蔡京道："太祖皇上有规矩，不杀大臣！"

邓绾道："太祖皇上的规矩，已被历代君臣改了许多。我等实施新法，也改了太祖皇上的规矩。"

朱光易道："是呀，何不趁着变法，把'不杀大臣'这条规矩变了，以后办起事来，会顺手许多。"

曾布笑道："这一条，还是不变为好。"

邓绾道："这是为何？"

曾布道："邓大人你有名言，'笑骂由他笑骂，好官我自为之'。既知有人笑骂，怎么就不想想，日后天色若变，也会有人想要杀你的头呢？"

邓绾会过意来，笑道："嗯，还是不变的好，不变的好。"

蔡京道："现在，皇上正恼恨他祖母，也迁怒于苏轼。只要相国肯去皇上面前，在火上浇点油……"

几个人一齐望着章惇。

章惇不置可否，只是高兴地说："回去吃鹿肉吧。"

章惇等人吃鹿肉之夜，苏轼正在定州客栈里洗脚。王朝云也像王闰之那样，左手托着苏轼的脚掌，右手拿布轻轻浇着烫水，口里常问着："烫吗？"

苏轼嘴里发出轻微的"嘶嘶"声，答道："热而不烫，舒服极了。你真是个善解人意的小丫头，洗脚也洗得好。"

王朝云道："还小丫头呢，我都三十一岁了。"她把苏轼的双脚放进盆中泡着，再浇水到他的小腿上。

苏轼闭着眼睛，享受洗脚的惬意。

过一会儿，王朝云开始替他擦脚。她将擦干的一只放在自己的怀里，又去擦另外的一只。然后，她轻轻地抚摸着那两只热腾腾、红彤彤的大脚，突然，她把头埋在那两只脚上，哭起来。

苏轼吃惊地睁开眼睛，问："你这是为何？"他伸手捧起朝云的面孔，注视着她，"你这是为何？"

泪眼盈盈的朝云，依旧楚楚动人。她呜咽道："过儿说你们上了城墙，又去了兵营。你年近花甲，还要到这穷乡僻壤来吃苦受累……"

苏轼听说，放下心来，笑道："刚才还说三十一岁呢，转眼又成了小丫头。"他握住朝云的双手，温存地道，"不要担心。在这里我毕竟是知府大人，不过是动动嘴皮子，支使别人去办事。比起在乌台坐牢，在黄州种地，在徐州抗洪，在润州缉盗和捡拾弃婴，算得什么苦呀累呀？"

苏轼在客栈住了二十多天，每天带上苏过和梁成，走遍定州各地，直到军事、民事都心中有数了，才打起行李，走进府衙。

苏轼在府衙工作三天后，便穿上戎装，前往中军帐。

将士们知道新上司今日到位，早早就衣冠齐整地前来站队。不过，这只是出于礼貌。他们见过的官太多了，那些官哪个不是匆匆来、匆匆去？这苏轼虽是个名人，却也是个文人，又是个天府之国的四川人，怎受得了这北国的赤贫与苦寒？肯定和那些当官的一样，过一阵就说病了，跑到大城市住着，等熬过三年，再调往别处。

将士们心里想着，望着苏轼站到了上方，听着他开口说话道："本官奉朝廷之命，任河北西路安抚使兼马步兵都总管，出守定州。今年，本州风调雨顺，百姓农耕畜牧之事，本总管已委托知府衙门料理。本总管将全力整顿军事，以利边防，巩固国门。"

将士们有点惊诧。这个开场白，太出乎他们的意料了！特别是那些当兵多年的人，觉得这个新官简直在说梦话。谁都知道，这地方的军事没法整顿，这边防也没法巩固。这种话，过去也没有当官的说过，写诗作文的苏轼，他能做些什么呢？

只听得苏轼接着道："不瞒诸位，本总管到任已半月有余。每日微服出访，已查知军情、民情。"

将士们更为惊诧：世上居然有这样的官！他微服私访了半个多月，他知道了些什么？我的事他会不会知道了？

正在惊疑不定时，又听得苏轼大声道："云翼指挥使孙贵。"

队列中的军官孙贵吃了一惊，他茫然而又惊吓地上前一步应道："总管大人。"

苏轼问："你来定州多久啦？"

孙贵答："四个月……"

苏轼道："小小一个指挥使，到任不过四个月，你便贪赃枉法、败坏军纪、强抢民女、逼死人命、放高利贷勒索百姓、开柜坊诈骗钱财。在如此贫瘠之地，四个月内，你竟然搜刮民脂民膏九十八贯。"他忍不住拍桌怒道，"孙贵，汝可知罪？！"

孙贵"咚"的一声跪到地上，叫："大人恕罪……"

苏轼道："本总管宽恕了你，定州将永无宁日。"高叫，"来人！"

"有！"两名壮卒应声而入。

苏轼道："将孙贵送司理院枷项根查，按律治罪。所掠之财，没收入库。"

二卒应声上前，押孙贵出帐。

苏轼向众将官道："你们每人有多少柜坊聚赌？有多少高利贷发放？"

众将官低头不语，胆小的微微战栗。他们这才知晓，来的这个文人比武人还凶。这回这个官，认了真了！

苏轼冷笑一声道："你们不说，本总管已经有了一本账。"

他稍停片刻，为了让那些人想想他这话的分量，然后缓缓道："不过，本总管打算既往不咎。"

军官们如闻大赦，齐抬起头来望着。

苏轼道："要想既往不咎，须得依我三件。"

军官们怯怯不敢出声，有个胆大点的嗫嗫嚅嚅道："请大人明示。"

苏轼道："一、关闭柜坊，严禁聚赌。二、短期内不许催讨高利贷，一年后，可分期收回放贷的本钱。三、各人按私财多寡，交出罚金三百至五百贯，并退出强占百姓的房舍。"他扫视众人，问："你们愿？还是不愿？"

军官们沉默着，还是那个胆大一点的说："谨遵台命。"

其余人等便齐声道："谨遵台命。"

苏轼道："好！为大宋江山社稷，也为众官兵与定州百姓之福，本总管愿与尔等同甘共苦，做成三件大事：一，将本州青壮男女组成弓箭社，协同官兵，共御敌寇。"他抬抬手，向队末道，"请二位出列。"

从队末走出两个青年农民，他们拱手道："大人。"

苏轼向军官们道："他们便是本州弓箭社之社长与副社长。有关弓箭社之细则，下来另行商议。"他点点头，两位青年入列。

苏轼道:"第二件事,本总管将拨出府库银两,加上你们每人三百至五百贯的罚金,重新修建兵营。让将官与兵卒都有好房子居住,其父母妻儿皆不愁衣食,从此致力操练抗敌之术。"

军官们立刻欢欣鼓舞。

苏轼又道:"第三件事,加固城墙,重修战垒,再铸铁炮……"

话未说完,军官们就轻轻发出赞叹之声:

"好了好了,这下好了……"

"有奔头了,有奔头了……"

苏轼大声道:"副总管王耀祖。"

站在队前的王耀祖出列应声道:"末将在。"

苏轼道:"以上各事,请将军与诸位将士先谋划出细则,再交与本总管定夺。"

王耀祖兴奋地大声应道:"末将遵命!"

将士们原本不是坏人,他们并不想做坏事。只是在原来的环境里,他们报国无门,志气消磨,看不到前途,无正事可做,不免变得颓废消沉,随波逐流了。

苏轼身先士卒、大公无私、忧国忧民的情怀,和他那令人又钦佩、又喜欢的个人魅力,像磁石一样,把将士们吸引到他的身边,也把将士们的正气激发出来,使他们都脱胎换骨似的,变成了爱国志士、赳赳武夫。

苏轼来定州不到一年,军心民心已完全一致。在军民全力以赴的建设下,定州面貌已焕然一新:营房是崭新的营房,城墙是牢固的城墙,大炮是锃亮的大炮,人的面孔也换成健康的、笑吟吟的面孔了。

这天,苏轼又亲临练兵场观看,先看了男女民兵练习骑射,接着,看王耀祖指挥短刀手、长枪手、弓箭手、骑兵队等排兵布阵。操练完毕,将士列队,副总管王耀祖报告:"操练已毕,请总管大人训示。"

苏轼道:"将士们,弟兄们,你们士气高昂,兵器娴熟,布阵严密,进退有序,本总管不胜欣喜,不胜钦佩。倘若大宋边防皆有强兵如尔等，何惧北辽、西夏。本总管纵年届花甲，也愿牵黄狗，带苍鹰，如三国时之孙权，像打猎一般与尔等同上战场，挽弓执箭，擒虎射狼。"他略一停顿，扫视一下场上的士卒们，又道，"为酬谢诸位将士栉风沐雨，辛勤操练，本总管有《江城子》一词相赠，诸位愿闻否？"

"愿！"将士们齐声叫着。都知道苏轼是鼎鼎大名的诗人，今天他竟肯为我们的操练填一首词，他们岂止是愿意听，简直受宠若惊了。身在最底层，又最不受重视的士兵，何曾有过总管大人这般尊重啊！苏轼还没有念词，有的将士已热泪盈眶了。

苏轼道："那好，本总管便念与诸位一听。"他放开喉咙，抑扬顿挫地念道：

老夫聊发少年狂，
左牵黄，右擎苍，
锦帽貂裘，千骑卷平冈。
为报倾城随太守，
亲射虎，看孙郎。

酒酣胸胆尚开张，
鬓微霜，又何妨。
持节云中，何日遣冯唐？
会挽雕弓如满月，
西北望，射天狼。

练兵场上，掌声雷动。不管听懂没听懂，将士们被苏轼的激情征服了。

定州，苏轼热火朝天强军固边。宫里，皇家子弟玩耍踢球。

绿茵茵的草坪上，哲宗的弟弟、十六七岁的端王踢得特别上劲。

驸马都尉王诜来到草坪旁，捋着他白花花的胡须笑吟吟地观看。他的身后站着高俅。高俅手里捧着一卷画轴。

自从到了苏轼家，高俅再也没有踢过毬，甚至不敢和别人说起踢毬，深怕人家知道他不光彩的过去。可是今天在皇宫里，他又看见踢毬了。他浑身的热血，竟不觉奔涌起来。

就在这时，毬向王诜这边飞来。王诜一见，连忙退让。可是老年人腿脚不灵，眼看那毬就要打在他的头上，身后的高俅急了，立马飞步上前，接住那毬在脚上颠着。而那毬，也就像粘在了他的脚上。草坪上踢球的人全部望着他，简直都看呆了。

高俅正踢得忘乎所以，忽听得一声大喝："高俅大胆！"

霹雳声震！高俅停脚，立刻明白了事情的严重性。他"咚"的一声跪倒在地，叩头不止，口里叫着："驸马爷饶命！驸马爷饶命！"

王诜正要发话，端王却已开口："姑爷爷，这小厮叫何名字？"

王诜道："高俅。"

端王笑道："真乃高毬，好一个踢毬高手。"他向高俅道，"起来吧。"又问王诜，"姑爷爷何处寻来此人？"

王诜道："这……乃苏轼去定州时荐到门下。"

端王道："嗯……姑爷爷来见皇上吗？"

王诜道："不。我是与小王爷送来您要的画。"

高俅忙把手中的画轴双手呈到端王面前。

端王接过画轴道："多谢姑爷爷。"又说，"姑爷爷，可否将这高俅送与小王，陪小王踢球？"

王诜道："敢不从命。"回头对高俅道，"你便留在宫中，好生伺候小王爷。"

高俅道："是。"连忙向王诜叩个头，起来走到端王身后。

端王又说："多谢姑爷爷。"他转身走了两步，又回过头来道，"姑爷爷，休得再与苏轼来往，小心惹火烧身。"他把画轴交与身边的内侍，向高俅道："来，陪本王踢球。"

这个贪玩的小王爷，便是后来的宋徽宗，也就是苏轼的第五个皇帝。而高俅，则靠着会踢球和善逢迎，后来官至太尉，权压朝堂。与宰相蔡京和太监童贯一起，成为北宋晚期祸国殃民的三大奸臣。不过，这一切苏轼永远不会知道，因为高俅得势的时候，苏轼已经不在人世了。

第四十八章
顺风与逆风

苏轼在定州府大堂接到圣旨：撤去他端明殿学士、翰林侍读学士、河北西路安抚使、马步兵都总管、定州太守之职。以左朝奉郎去英州。没说道理，苏轼从封疆大吏，一下子降到基层。

自从第八次离开汴京，自从高太皇太后驾崩，自从章惇回朝为相，苏轼就做了最坏的思想准备。对于圣旨的到来，他一点也不意外。

苏轼一家离开定州，从当时中国的最北端，向中国的最南端走去。

清晨，兵卒打开城门，见苏轼家的两辆车和几匹马缓缓走来。一行人走进黑糊糊的城门洞，刚要走出城时，守在城门前的两个士兵突然在苏轼的马前跪下，流着眼泪高叫："苏大人，保重啊！"

苏轼忙在马上拱手道："请起。快快请起。"

跪着的士兵站起时，指着苏轼身后说："大人，您看！"

苏轼回头，发现身后竟跟着一群百姓。百姓离苏轼的车马约一丈远，他们不紧不慢地默默跟着。

苏轼的车马走在城外的路上，身后拖着一群无言的百姓。

"咚"，突然一声炮响。苏轼回头，见城楼上垂下红绫，绫书"苏大人一路平安"。城墙上站满无数将士。

副总管王耀祖在城头高叫："苏大人保重！"

将士们齐声高喊："苏大人保重！"

苏轼掉转马头，拱手致谢。

"咚""咚"，炮声一下一下响着。

每一声炮响后,就是士兵们"苏大人保重"的喊声。

百姓们也跟着士兵喊起来,喊声震天动地。

苏轼控制住自己的一腔激情。他不愿这样的情景继续太久,便催马奔向去路。

炮声停息了,喊声还继续着:"苏大人保重……"

城墙上的将士们个个泪流满面。

副总管王耀祖目送苏轼变成一个黑点,心里痛楚地想着:"大宋容不得这样的官。大宋的气数尽了!"

苏轼离开了定州,但事情远未结束。一路之上,诰命紧追。

第二道诰命是:降苏轼为充左承议郎。也就是把苏轼的官位,从"正六品上",降到"正六品下"。没过几天,又来了第三道诰命。

按宋朝官制,每隔一定的年限,就要对官员进行一次审核,如果没有大的过失,便可以调级升官。苏轼虽然降到了"正六品下",但从理论上讲,还有被审核和升官的资格。于是,第三道诰命说:"诏苏轼合叙复日不得与叙复。"这道拗口的诰命说,再不必审核苏轼也不许给苏轼升官。简言之,苏轼被取消了做"官"的资格,他不再是"官"了!

过了数日,第四道诰命又紧追而至,命将苏轼"惠州安置"。至此,苏轼不但不是官,连老百姓也不是了。如果将他贬为庶民做个百姓,他还能享有普通百姓的自由,还可以想到哪里去便到哪里去,也可以回到家乡。可是,诰命让他"惠州安置",他就成了一个地地道道的罪人,他只能去惠州做一个被监管的囚徒。而且,朝廷还派两个官差押送他前往惠州。

贬谪的诰命,一道道紧追而来,一道比一道更为严酷。这凸显了章惇等人对苏轼赶尽杀绝的仇恨。

现在,苏轼要去的地方已不是英州,而是比英州更为偏僻的惠州。

在那个年代,惠州被称为"岭南烟瘴之地"。贬往岭南,是仅次于死刑的重惩。不是罪大恶极的犯人,不会被贬到岭南。凡是被贬到岭南的人,据说也没有活着回来的。

走到河南地界，在一个小客栈过夜时，苏轼把家人召集到一起。他说，苏迈在宜兴已置有几间房子，可以安身。因此，一家人全由苏迨带往宜兴，投奔苏迈。只留苏过与梁成陪自己前往惠州。这个决定不容讨论，也不容任何人多说一句。而且，第二天他动身时，不许任何人送到门外。

第二天一早，苏轼出了客栈，头也不回地走了。

晚上，又住店歇息。饭后，苏轼和衣横躺在客栈的破旧床帐中，让苏过替自己洗脚。

热水，一如既往轻轻浇在苏轼的脚上，但苏轼无心感受洗脚的舒服了，他慢悠悠地道："不知你姨娘和哥哥他们，今夜住宿何处……"听不见回答，苏轼叫，"过儿。"仍不见回答，苏轼不由得抬起头来看，只见蹲在床前为自己洗脚的人竟是王朝云。

苏轼大惊："朝云！"他缩回双脚，坐起身来，大声道，"你不是跟迨儿他们走了吗？为何还在这里？"

"我没有走。"朝云哭道，"我不能让你一个人去惠州……"

苏轼打断她："我不是一个人，我有过儿，还有梁成！"

朝云还是哭着："你不能没有我伺候……"

"我在乌台监狱的时候，初到黄州的时候，都没有你伺候！"苏轼一把抓住王朝云的双肩，说，"你这个傻女人！你可知惠州是何等地方？那里瘴气漫天，毒虫遍地。你去了，会把性命丢在那里！"

朝云道："我情愿死在你的身边……"

苏轼叫道："我不要你死！"他用力把脚盆踢到一边，不顾满地是水，光着脚跳下床来，站在水中高叫："苏过！梁成！"

苏过和梁成答应着跑进房里。

苏轼道："梁成，你即刻雇车，连夜送姨娘前去追赶二少爷！"

梁成迟疑未动，转脸去望苏过。

苏轼怒喊："我叫你去！"

苏过趋前想加以劝说："父亲，就让姨娘……"

"啪！"苏轼一巴掌打在苏过的脸上。

活到六十岁的苏轼，从来没有过这样的举动。

王朝云猛地从地上站起，哭喊着："我走……"转身跑向屋外。

梁成忙跟着她跑去。

苏轼望着门外，喃喃地念着："朝云哪……朝云哪……"

苏过无声地流着泪，慢慢去到苏轼身边，搀扶他坐到床上，拿起擦脚布，替苏轼擦去脚上的脏水。

当苏轼还在前往英州的路上时，天气已经很热了。老人奔波在烈日之下，便觉头昏眼花，四肢无力。他想：不等到达英州，自己这把老骨头就要丢在路上了。他不能让那些人因为自己的死而高兴，更不能让家人因为自己的死而痛苦。他不相信这样的朝政能持续多时，他一定要熬着等待清平日子的到来。于是他给哲宗皇帝写信，要求乘船前往贬所英州。

对哲宗来说，苏轼已没了丝毫威胁，从前的猜忌和仇恨，也就淡了许多。想起苏轼两次给他当老师的情景，想起他和自己在御园里跑步，想起在苏轼那里感受过的父爱般的温馨，于是，他御笔一挥，同意苏轼坐官船去英州。

现在，苏轼虽然不去英州而去惠州，但是他仍然坐着那艘官船。

伏天八月，船到彭蠡湖。刚刚靠岸，便奔来许多士兵，将船只团团围住。官差见状，忙上岸探问，回来对苏轼说，此地河道官有令，朝廷罪官不能乘坐官船，故而派来士兵，要将船只收回。苏轼猜想，定是章惇之流使坏，否则何至于此。

苏轼向官差道："二位稍候片刻，待我与河道官交涉交涉。"

苏过搀着父亲，梁成打着灯笼，三人一起上岸。

苏轼找到河道官，对他说："老朽以花甲之衰年，犯三伏之酷暑。若陆路行走数千余里，难免客死途中。皇上体恤我年老体弱，特准我乘船前往……"

那河道官立刻打断他道："皇上准许你乘船前往英州，没说你可以乘船前往惠州！"

苏轼道："皇上准我乘船前往英州，是不忍我受旱路跋涉之苦。若是尊驾不许，我便在此暂住，再与皇上写封书信，请准我乘船前往惠州。以免老朽死于途中，有负皇上圣德。"说完，便盯着那家伙，等他的回答。

那河道官本是邓绾一伙，听说苏轼从自己的地盘经过，便故意出来刁难刁难，耍耍威风。听苏轼这么一说，不觉有些心虚，他想：苏轼好歹当过皇帝多年的老师。皇帝既准他乘船去英州，焉知不会准他乘船去惠州。"收船"本是自己所为，并非朝廷之意，若将事情闹大，也对自己不利。于是他说："你不是官家人，不当乘官家船。念你年老体衰，容你乘此官船，赶赴豫章。到了豫章，你可以自己花钱雇船，然后把这官船还我。但是，还我船只不得晚于明日中午。"

苏轼沉吟着。这里离豫章还有很长一段路，明日中午很难到达。可是自己说的"再与皇上写信"，也是吓唬这小官的一句话。现在哪有把握，皇上会再次批准自己的要求？于是苏轼答应，明日中午还他船只，以免节外生枝。

苏轼回船说了此事，几个船夫一起叫道："此地离豫章尚远。明日中午之前，哪能赶到？赶不到的！"

苏轼道："那就听天由命吧，能走多远算多远。"

官差也不愿走旱路，便说："对，能走多远算多远。明日提早开船！"

船夫听命，翌日拂晓，便扬帆启程。

苏轼走出船舱，环顾众人道："事到如今，只有求龙王爷保佑了。"说罢，他跪在船头，面向江水，高声道，"龙王爷，久违了！王还认得苏轼否？犹记轼在凤翔，逢王发怒，数月不雨，致凤翔百姓，罹祸遭灾。轼于庙中，向王祈雨。酒后无行，多有得罪。可是，王不计轼过，闻百姓有难即降甘霖，使众生得以活命。又记得轼在徐州，不知何人触犯于王。王竟发黄河之水，欲淹没徐州生灵。可是，当王见百姓之危难、轼之艰难时，便将黄河之水引入大海，使徐州得以保全。数年前，轼于杭州疏浚运河、整治西湖之际，王连年风调雨顺，致河湖之事顺利完工。如此看来，王对轼一向心存怜惜、照顾有加。如今，轼已老朽，穷途末路，实不堪旱路跋涉之苦。乞大王分一缕顺风，助轼赶往豫章如何？"

传说，苏轼话音刚落，江上便响起风声。船夫一见，立即升帆。顺风顺水，船行如飞。第二天太阳还未当顶，船只便到了豫章。

传说，两官差因此相信了民间的说法：苏轼乃文曲星下凡，并非寻常之人，故能得到龙王爷的照顾。从此一路之上，对苏轼也格外尊敬与呵护。

传说，那个开始起风的地方，也因为有了苏轼这个故事，被叫作"分风浦"。因为，龙王爷在这里分出顺风送与苏轼。

这个传说，表明了人们对苏轼的同情和爱戴。

但对于当时的苏轼来说，到了豫章，就要自己花钱雇船去贬所。这好比今人蒙冤坐牢，还要自己花钱打车去监狱一样。苏轼心里，自然不是滋味。

苏轼每日闷坐船舱，思念家乡，觉得自己再也回不去了。他曾写下这样的诗句：

八月渡长湖，萧条万象疏。

秋风片帆急，暮霭一山孤。

许国心犹在，匡时术已虚。

岷峨家万里，投老得归无。

白天行船，夜晚靠岸。舱里虽然热得像蒸笼，但没人敢去舱外，因为舱外有火辣辣的太阳。一天，忽然迎头刮起大风，下起瓢泼大雨。逆风行船，船像是原地未动。

船家来说："客官，大雨逆风，赶不上去码头过夜了。这里正好是个江湾，风浪小些。前头的船只已在这里停下，我们也停下吧？"

官差说："既是如此，那就停下。"

船停在江湾里，人躲进船舱里，都无奈地望着舱外的狂风暴雨。

风雨中，舱里的暑热渐渐消去。天黑时，雨停了，迎面而来的江风，还呼呼地刮着。船上的人都去船头船尾，享受多日来难得的凉快。

苏过给父亲添衣，说："爹爹，今夜凉快，您可以睡个好觉了。"

苏轼点点头，无聊地望着舱外。舱外，黑黝黝的江水，变化着无穷的奇形怪状。水映星光，大大小小的光点鬼眼似的胡乱眨动。苏轼直望得眼睛都痛了，才仰面倒在木板床上。

梁成做好晚饭端进船舱。苏过打燃火镰，点亮油灯。

梁成把木盘放在苏轼床前。苏过见盘里只有两碟咸菜和一碗米饭，便小声对梁成道："替爹爹炒一盘鸡蛋吧。"

梁成小声道："鸡蛋没有了，只说到码头上买，谁知……"

苏过小声问："酒呢？"

梁成小声答："酒也没有了。"

苏过与梁成对望着，黯然神伤。

舱帘掀开，船夫进来，说道："苏大人，邻船的客官与大人送来一碗菜、一壶酒。"

"咦！荒滩黑夜，浪急风高，谁会送来酒菜？"梁成一边说，一边接过酒壶和碗，顿时惊讶得叫起来，"东坡肉！"他把碗伸到苏过面前。

苏过看见碗里真是红彤彤、亮铮铮的坨坨肉，便叫道："爹爹！有人送来东坡肉！"

苏轼坐起来，望着碗里的肉也觉诧异：谁会给他送来这碗肉呢？

苏过道："虽然有同泊的船只，谁会做这样一道菜送来？"他望着苏轼道："爹爹您说，会是谁？"

苏轼道："不好猜。这人与我们同在江上行走，不但知道这船上有我，还知道这道菜，真想不出会是谁……不管是谁，都应该谢谢人家。我乃负罪之人，不便前去拜望，过儿你到邻船去，替我向人家道谢吧。"

舱外传来一个声音："不必了。"

三人大惊，扭头看去，暗淡的灯笼下，映出个女人的身影——王朝云。她身后还有个女人，好像是梁成之妻。

王朝云站在舱外，望着苏轼道："老爷你若是赶我走，我便跳下江去！"

苏轼呆了，一时间竟说不出话。

王朝云跨进船舱，慢慢走向苏轼。

苏轼道："我说过，不许你跟着我……"

朝云道："我说过，我不会离开你……"

热流滚过苏轼的全身，他心疼地接受了这个现实。

两个女人的到来，连官差都高兴。从此，饭菜好吃了，衣服有人洗了，话题也多了，苏轼被浓浓的亲情和同行人的友善包裹着。

这对生性乐观的苏轼来说，酷暑的炎热与未来的苦难，似乎也减轻许多。

宋哲宗绍圣元年（1094年）十月二日，苏轼一行到达惠州。

当时的惠州，对内地人来说，无论是气候、食物，还是语言、习惯，每个细节都难以适应。不管是白天睁着眼，还是晚上闭着眼，都在忍受煎熬。不多久，王朝云就病了。

吏部向章惇报告，需要派个巡按去广州。章惇心里一动，想起一个姓程的人——这人名之才，号正辅。何许人也？苏轼的表兄兼姐夫！

前面讲到秦观时曾说过，民间有个故事叫"苏小妹三难新郎"，这故事纯属文学虚构。苏轼没有小妹，却实实在在有个姐姐叫苏八娘。苏洵将八娘嫁与表侄程正辅，本欲苏、程两家"亲上加亲"。不料，八娘过门后，不得婆婆欢心，婆媳间摩擦不断，竟至八娘寻了短见。苏洵痛失爱女，将程家告上公堂。官司打不出结果，苏洵愤而与程家绝交，还写下《苏氏族谱亭记》，不许子孙再认程家这门亲戚。所以，苏轼十八岁以后，便没有和程家往来过。

章惇知道苏、程两家这段恩怨，便将程正辅派为广州巡按。他认为，程正辅必然公报私仇，借他的手去折磨苏轼，兴许能让苏轼早死。

于是，宋哲宗绍圣二年（1095年），程正辅去了广州。

消息传到惠州时，王朝云还病着。苏轼坐在她的病榻边，忧心忡忡地道："这个结仇多年的亲戚来了，会如何对待我们啊？"

王朝云问："从前，你与这表兄如何？"

苏轼道："从前，那倒是好得很啊。他是表兄，我和乡邻的孩子打架，他总会帮我。过年时，小孩子一起打纸牌玩赌博，我总是输。等我把压岁钱输光了，表兄就会拿他的钱让我玩。我们还喜欢互相出题，吟诗作文。原以为亲上加亲，必定更加亲近，谁料这桩姻缘，会是这个结果。那时，父亲心疼姐姐，除了把他家告上公堂，还把表兄骂得狗血喷头，说了许多难听的话。"

王朝云便宽慰他道："婆媳不和造成的悲惨事，古来有之。'孔雀东南飞，五里一徘徊'，便是一证。听你说来，你表兄并非刻薄之人，未必会将你怎样。"

苏轼叹道："四十多年了！谁知他变了没变，谁知他记不记仇。如今他是巡按，他要将我怎样，我也只有怎样了。唉！真是冤家路窄，让我在这样的处境中遇见他。"

苏轼在忐忑中过了几天。某日，有广州提刑吴晋来访。

吴晋是苏轼到惠州后才结识的朋友。他来告诉苏轼，程正辅让他向苏轼通报，说自己到广州来了。

"真的?!"苏轼几乎不敢相信吴晋的话。这是程正辅愿意重修旧好的信号，否则，哪说得上"通报"二字？

疑惧一扫而光，苏轼又惊又喜：远在岭南竟能见到家乡人，而且还是至亲，而且绝交多年还愿修好。苏轼激动得坐不住了，他渴望见到表兄，于是写了一封信，请吴晋转交程正辅。信中有这样的话："人以三十年为一世，今吾老兄弟不相从四十二年矣。念此令人凄断，不知兄果能为弟一来否。"

绍圣二年（1095年）三月，程正辅专程到惠州来看望苏轼。那天，苏轼带着苏过，早早到江边等候。

程正辅下了船，苏轼连忙趋前，执手相看。

程正辅较苏轼年长。两家绝交时，程正辅已是大人，后来又没有经过太多磨难，所以，如今虽也老了，苏轼仍可看出他当年容貌。

可是程正辅看苏轼，就完全像个陌生人了。记忆中那个英俊潇洒的十八岁青年，竟苍老得认不出了！

当年，程正辅和苏八娘感情很好，他永远也不明白母亲为何讨厌八娘。八娘委屈自尽，做儿子的不能责怪母亲，但心里十分悲伤，对苏家也满怀歉疚。进入官场后，他和苏轼兄弟无缘相逢，可是却一直关心着他们的命运。现在握着表弟的手，他想起了妻子苏八娘，想起了和苏轼亲密而快乐的童年、少年和青年时光，他不知不觉流下眼泪。这眼泪，程正辅自己也弄不清，是因为高兴还是因为悲伤。

程正辅给苏轼带来许多礼品，看见苏轼一家住在简易的茅舍里，便指令当地官员，让苏轼住进官家房舍——宽敞方便的合江楼。苏轼曾为此吟诗，其中有这么几句：

海山葱茏气佳哉，二江合处朱楼开。

蓬莱方丈应不远，肯为苏子浮江来。

单从这几句诗中，也可想见被流放的苏轼，见到程正辅的快乐。

程正辅关心王朝云的健康，问起她的病因，以及在如何医治。

苏轼说："要说她的病，实在非常蹊跷。"于是他详述了朝云得病的经过：

那天，朝云夜里依然睡不好。天亮时她便想，与其在床上翻来覆去，不如拾些树枝来晒干了好烧饭。于是她轻轻出了房子，往树林里走去。刚走进林子，忽见林中金光闪闪。那金光忽又变作个车轮似的东西从半空坠下，又猛然迸裂为许多弹丸小点。小点闪着亮光向四处飘散，非虹非霞，五色遍野，艳丽无比，香气逼人。王朝云惊异不已，认为是天降祥瑞了。她能见到这样的祥瑞，许是苏轼的噩运将有转机。于是她立刻跪到地上，吸着那扑鼻的异香，念着"阿弥陀佛"叩谢苍天。直到香气散尽，她才站起身来，发现彩色没有了，林子里升起迷雾。王朝云无心拾柴，赶紧转身往回跑，她要把这件奇事说与家人听。她满怀喜悦地快步奔跑着，刚跑到门前便一头栽到地上。等家人来搀扶她时，她已经不省人事。

王朝云陡然得病，梁成之妻说：姨娘是早上出去中邪了。

苏轼不太相信中邪之说，猜想是中了瘴气。过两天王朝云醒了，便向大家讲了她的奇遇，说自己晕倒只是过于惊异罢了，将息几天就会好起来。但过了几天她开始腹痛、恶心、四肢无力，再也不能下床了。

懂医的苏轼不懂瘴气。他向衙门告假，前去广州请医。到了广州，找到名医，但是名医不肯来惠州医病，只说多吃薏苡仁可减轻症状。此外，常用雄黄、苍术熏烟，亦可除瘴。苏轼回来后，只有照医生说的方法办事。

苏轼说完后，望着程正辅道："表兄，你曾在广西为官，那里也有瘴气。你可知，她是否中了瘴毒？有无办法医治？"

程正辅避开苏轼的目光，过了一会儿，才慢慢说道："表弟妹的病，确实是瘴气熏袭而致。医治此病的方子，也就是你说的那些。只是以后，你们千万要留意，早上起来务必饱食，或饮酒两三杯。

天气再热,也不可解开衣服,当风纳凉。夜间睡觉,须紧闭门窗。出外遇见起雾,应立即远远躲开。总之,尽量避免雾瘴的袭扰吧。"

苏轼道:"表兄,当初我就不许她来,可是她死活要来。我就怕她把性命丢在这烟瘴之地,仅仅为了我这个不走运的老头子!表兄,她真是不值啊!她若有个三长两短,我就罪孽深重,不可饶恕了!"

程正辅看见苏轼痛苦的样子,更不敢说出真情:王朝云在林子里看见的不是"祥瑞",而是瘴气中最为厉害的"瘴母"。她已中毒很深,只怕医治无效了,但是他不能说出这些话。他当即决定,把苏轼和王朝云接去广州,和自己同住。不管王朝云最后是否痊愈,他都要尽力帮助表弟求医,务使表弟今后不留遗憾。

苏轼住到广州后,程正辅便出面延请名医,为朝云治病。他出外视察各地时,也将苏轼带在身后,让他自在地游览风景。游览中苏轼发现,罗浮山的清泉白白流去,而广州的饮水苦涩难吃,于是他向程正辅说:"为何不把清泉引入城中呢?"程正辅笑道:"清泉在山,离城甚远,如何引得过来?"苏轼道:"办法总会有的,容我慢慢想来。"程正辅便说:"只要你能想出办法,我就把清泉引入城中。"

过些日子,苏轼真的想出办法了:用竹筒相衔接,做成引水管道!

程正辅亲临现场,看工匠做成了引水竹筒。而且,引水竹筒还可分支,让泉水流向四面八方。程正辅认为此法可行,于是拨款调人,用竹筒把罗浮山清泉引入广州,做成了中国"第一管自来水"。从此,广州居民便喝上清甜可口的泉水了!全城兴高采烈,他们感谢巡按程正辅,感谢"朝廷钦犯"苏东坡。

朝廷的耳目把消息传到汴京,章惇大为诧异:程正辅的脑子有病呀?!

正人君子程正辅想不到,章惇调他来广州,是为了迫害苏轼。

奸邪小人章惇也想不到,程正辅去了广州,反改善了苏轼的处境。

于是章惇一纸令下,把程正辅调离广州。

程正辅离开了广州，苏轼也就带着朝云回到了惠州。

程正辅虽然走了，但苏轼的日子还是比从前好过多了。

本来，苏轼到了惠州，就像当年到了黄州一样，很快有仰慕者和文化人前来拜访。替程正辅传话的广州提刑吴晋，就是其中之一。不过，当时和苏轼交往，吴晋等人还小心翼翼，还有点"偷偷摸摸"，因为苏轼毕竟是"朝廷要犯"。但是，自从巡按大人程正辅来到惠州探望苏轼后，自从程正辅把苏轼接到广州去住了一段时间后，那些和苏轼交往的人便大胆起来，无所顾忌了。程正辅走后，这些人继续向苏轼请教学问，争相帮他解决各种困难。虽然，王朝云的病尚无起色；虽然，苏轼自己还感受着水土不服、气候难耐、生活不惯、思念儿孙的痛苦，但是他也努力把自己当作惠州人了。

不久，哲宗颁诏，大赦天下。

不过，高太皇太后当政时的"元祐大臣"不但不得赦免，还诏令终身不许回到中原。苏轼也就认定，自己将老死岭南了。

第四十九章
不与梨花同梦

亲政后的哲宗经常想：当皇帝真好！难怪有那么多人不惜流血拼命也要抢夺帝位，连自己的祖母也想为她的儿子抢夺帝位。可是这些人不懂，你不是真龙天子，那帝位你是抢不去的，就连身为太皇太后的人也抢不去。现在，是拥护自己的大臣章惇、蔡京等人执政了。他们执掌朝政，驾轻就熟，不必自己操心。有了这样的心思，好色而任性的哲宗便无所顾忌，尽情地享受美人、美酒的快乐去了。

哲宗放肆地淫乐，正是章惇们的需要。他们通过张元振，千方百计地满足哲宗的喜好，同时让他对朝政一百个放心。这样，章惇等人就可以为所欲为了。

放逐了太皇太后当政时期的元祐大臣，章惇还是恨意未消。他下令抄司马光的家，没收他的全部财产，还把司马光的子孙们的俸禄和官衔也一并取消，又把朝廷为司马光建立的功德牌坊拆掉。他甚至奏请哲宗，要焚毁司马光的巨著《资治通鉴》。

哲宗虽然糊涂，却知道自己的老子神宗皇帝曾为《资治通鉴》写过赞美文章。否定这部书，岂不是否定自己的老子？否定了老子，儿子还有什么颜面？所以，别的事哲宗一律照准，唯独不同意焚书。《资治通鉴》因此得以保全。

司马光毕竟死了，对他的打击多一点、少一点，无关紧要，但是，那些还活着的人，让章惇想起来就不踏实。

把苏轼等人贬到边远地区，只有一个理由：实行旧法。可是，实行旧法是太皇太后的旨意，大臣们不过奉旨行事。当初，章惇被司马光调离汴京时，他曾用这个道理来给自己的手下打气。因此，章惇知道，单凭这个理由，对苏轼等人的处理已属过分，已到极限。再要把他们怎样，就没有了依据，也过于暴露自己的私心。但如果就此罢手，再过两年哲宗年纪大了，或者他成熟了，万一有人去他面前为苏轼等人说好话，事情也许就会发生改变。有道是，山不转水转。既然自己可以东山再起，焉知有朝一日，苏轼等人不会东山再起？因此，一定要把苏轼等人的案子，做成永远不能翻身的铁案。

反复思虑的结果，章惇有了万无一失之策：哲宗不是恼恨他的祖母太皇太后吗？他的恼恨，不就是相信了那个谣言吗？那谣言说的是"废子立弟""篡夺皇位"！只要把这个罪名坐实了，就可以要求哲宗追废太皇太后。废了太皇太后，她的"同党们"也就罪大恶极了。这些人以后想要翻身，就再也没有可能了。

"废子立弟""篡夺皇位"这题目，直戳哲宗命门，是他恨之入骨的事。要把苏轼等人的案子做成铁案，就从太皇太后这件事入手！

章惇把这事巧妙地暗示给蔡京，蔡京心领神会，立刻奏明哲宗。

哲宗见奏章中牵涉的大臣很多，心下疑惑，便问章惇："太皇太后欲立自己的儿子为帝，元祐大臣都参与其事吗？"

章惇答："皆有此意。只因我等极力反对，他们未能实施而已。"

哲宗迟迟疑疑道："那就查查看吧。"

哲宗的迟疑，更坚定了章惇的决心：此事一定要做得天衣无缝！

于是，从前为太皇太后修"起居注"的官员，当时的总管太监李守忠、太皇太后的贴身宫女等数十人，便一概拘捕，严加审问。不招供的，施以酷刑。

在严刑逼供下，自然有人胡乱招供。但章惇看了供词，见他们说的漏洞百出、难以置信。这样的供词，不能送到哲宗面前。

案子办不下去，蔡京亲自去到监狱。

前总管太监李守忠白发蓬乱、满脸血污，躺在稻草上，双目紧闭，气息奄奄。

蔡京让人搬来一把椅子，将李守忠扶到椅上坐下，对他说："老总管，你正是颐养天年、安享富贵的时候，何苦替太皇太后扛着？你扛着，太皇太后也不知道了，你的忠心也白费了。太皇太后虽然曾想立自己的儿子为帝，可是，她毕竟是皇上的祖母，皇上不会追究她的罪过。我朝的规矩不杀大臣，那些参与其事的大臣，也不会有杀身之祸。所以，你只要证明一下，太皇太后曾与司马光、苏轼、范纯仁等大臣商议过这事，我就让你重为后宫总管，并赏你千两黄金。这样你就没事了，在案的数十人也都没事了。对自己、对众人皆有好处的事，你何乐而不为，就让这案子了结了呢？"

李守忠听着，心里却想起，那天他跟随太皇太后去神宗皇帝的寝宫，亲耳听见太皇太后向两个儿子说："你二人不得再入皇宫！速速携带家小，离开汴京。"还说，"终身不许回京探视！"结果，两个王爷真的连夜离开了汴京。

这是李守忠他亲眼所见、亲耳所闻的事！接着，他跟太皇太后去到神宗皇帝的病榻前，亲眼看见太皇太后拉过孙子赵煦，替他把黄绫子背心穿上，说："记住，你是皇上的长子！"当时向皇后便拉着赵煦跪在地上，感激地叩头叫着："太后……"

李守忠清楚记得这一切！可是现在，那些人对他用尽酷刑，只为要他证明：太皇太后想为自己的儿子"篡夺皇位"！

满脸血污的李守忠大哭起来，声嘶力竭地叫着："太皇太后呀！您老人家冤枉呀！您未曾做过的事，老奴如何能够证明呀！"

李守忠一边号哭，一边撑起身子，突然向旁边的石墙一头撞去。

蔡京吃了一惊，转身就走，连李守忠是死是活也懒得问了。他想，结不了案先拖着，不信想不出办法来。

章惇听说，广州提刑吴晋任满回京。

章惇破例接见了小小的提刑官吴晋。名义上，是向他了解岭南情况，说着说着，便把话题引到苏轼身上。吴晋一听，也就明白了章惇的用意。

在广州时，吴晋没少照顾苏轼。两人常来常往，彼此引为知己。可是到汴京见了章惇，吴晋就不能不权衡利害了。他不想得罪手握生杀大权的章惇，也不愿加害他崇拜的朋友苏轼，于是他装出事不关己的样子，回答说："苏轼到了惠州，就把自己当成了惠州人。"

章惇问："怎么当成惠州人？"

吴晋道："他说自己'譬如原是惠州秀才，累举不第，有何不可？'"

章惇冷笑道："他倒想得开。"

吴晋道："也许因为想得开，吃苦受罪还乐呵呵的。竟赢得当地绅民好感，待之犹如上宾……"

一言未了，章惇斜睨着吴晋道："提刑官也待之犹如上宾？"

吴晋自知失言，忙道："不不不。下官身在广州，很少见到苏轼。不过听旁人所言，或从苏轼的诗文中略知一二。"

章惇道："哦？他还有兴作诗写文？"

吴晋道："他这恶习，恐至死难改了。"

章惇道："他写些什么？"

吴晋道："下官道听途说。说惠州人常常携酒送米前去看望他，他曾为此吟诗。记得有如此几句：'酒材已遣门生致，菜把尚叨地主恩。''未敢叩门求夜话，时叨送米续晨昏。'还写过什么'晚日葱茏，竹阴萧然，荔枝累累如黄实矣。有父老年八十五，指以告余曰：及是可食，公能携酒来游乎？'等等。"

章惇不再绕弯，直接问道："苏轼在惠州，做了些什么？"

吴晋知道章惇必有耳目，便答："做了几件事，倒也不是坏事。"

章惇道："一件件说。"

吴晋道："惠州有个西湖……"

章惇打断道："怎么苏轼到哪里，哪里就有西湖！"

吴晋装傻，问道："丞相怎说，苏轼到哪里都有西湖？"

章惇道："杭州有个西湖，他整治了。颍州有个西湖，他去了也想整治。本相知道惠州有个丰湖，哪里又有了什么西湖？"

吴晋道："丰湖就是西湖，因在惠州城西，故当地人也叫它'西湖'。"

章惇道："这惠州的西湖，莫非他也要整治？"

吴晋道："丞相所料极是。苏轼去了，果然想整治那个西湖。只是，他一戴罪之人，岂能想要整治便能整治？不过，西湖阻断道路，百姓往来不便，民间早向官府吁请多年。苏轼去后，便去富裕人家募款，联络和尚化缘，又捐出自己朝服上的犀带，还叫他兄弟苏辙也捐钱。官府不能让一个朝廷钦犯抢了风头，于是出面扶持。最终在西湖之上，建起了白蚁也不能噬咬的、十分坚固的石盐木桥两座……"

章惇冷笑道："桥成之日，想必苏轼有诗。"

吴晋道："有诗。无诗便不是苏轼了。"

章惇道："念与本相一听。"

吴晋道："此诗甚短，卑职倒也记得。"便念道：

父老相云集，箪壶无空携。

三日饮不散，杀尽西村鸡。

章惇冷笑道："好一派欢喜情景。"又问，"除了这两座桥，他还做了什么？"

吴晋不能不答："还用竹筒做成管道，将罗浮山清泉引入广州城内，使全城人不论贫富，尽皆得饮甘泉。"

章惇拉长了脸道："还有呢？"

吴晋不知章惇这样问下去，自己这样答下去，最后会是什么结果，不觉有点吞吞吐吐，说："苏轼在广州为他小妾求医时，还怂恿……怂恿知州王古大人，开办了一所……一所官府的医药院。说的是，以防瘟疫，救济贫苦……"

话到这里，一个念头猛然蹦到吴晋的心上："苏轼就是苏轼！别人可以折磨他的躯体，可以将他摁到阶下为囚，但他的精神永远是自由的，永远高扬着智慧与良知的，永远是万人敬仰的……"

"哼！"这声音把遐思中的吴晋吓了一跳，抬眼见章惇愤然起身，怒道："都是在杭州的老一套！治水、治病！收买人心，博取恻隐！想在惠州过上舒服日子！"

吴晋赶紧道："哪能过上舒服日子？谁不知他是朝廷要犯！"又连忙添几句违心的话道，"作诗呀，做事呀，不过是打肿脸充胖子罢了。到惠州一年多，他的女人就死了。"

这种幸灾乐祸的话一出口，吴晋就深感羞愧。他想起了陪着苏轼埋葬王朝云的情景，想起了栖禅寺和尚为朝云修建"六如亭"的情景。不过，这时的吴晋不会知道，后世之人还用苏轼的口吻，给王朝云拟了一副对联：

不合时宜，唯有朝云能识我

独弹古调，每逢暮雨便思卿

吴晋正出神，忽听得章惇说："我知道那个女人。那女人虽然出身卑微，但有胆有识、美貌贤惠。苏轼真是作孽，让那个女人跟着他受罪，年纪轻轻的送了性命。可惜了。"

吴晋不觉叹道："苏轼也很伤心，认为那女人是为他而死，所以亲撰碑文……"话到这里，他赶紧住口，意识到自己多嘴了，只因想起苏轼的悲痛，便不觉流露真情。可是，这真情岂是可以在此流露的？

章惇盯着吴晋，问："想必，碑文又流传开了？"

吴晋不敢撒谎，说："流传开了。凡认得几个字儿的人都能背诵。"

章惇别过脸去端茶，口里说："想必提刑官也能背诵。"

吴晋硬着头皮道："下官记性不好，背不下全文，只记得几句。什么'绍圣三年七月壬辰，卒于惠州，年三十四。八月庚申，葬之丰湖之上，栖禅山寺之东南……'哦，还有什么'且死，诵《金刚经》四句以绝。铭曰：浮屠是瞻，伽蓝是依。如汝宿心，唯佛之归'。"

章惇道："看来，王朝云生前信佛。苏轼认为，她升天成佛了。"他放下茶碗道，"王朝云之死，本相早已得知，还知道苏轼为她写了不少悼文。本相记得有这么一首词。"他念道：

玉骨哪愁瘴雾，冰肌自有仙风。

海仙时遣探芳丛，倒挂绿毛幺凤。

素面常嫌粉浣，洗妆不褪唇红。

高情已逐晓云空，不与梨花同梦。

吴晋心想："看来，这章惇也不得不佩服苏轼的才华。"口里说道：“还是丞相记性好，能记住这多句。”

章惇道：“哼，他的诗词，本相记下的多了。苏轼有才，只因过于有才了，便把朝廷不放在眼里，以致一而再、再而三地成为朝廷要犯。自作孽，不可活呀。听说苏轼在惠州，有这么一首诗。"他念道：

> 罗浮山下四时春，卢橘黄梅次第新。
> 日啖荔枝三百颗，不辞长作岭南人。

他扭头问吴晋："你听说过这首诗吗？"

吴晋道："听说过。"又故意加上一句，"人笑他信口开河，便给他三百颗荔枝，看他能否一天吃下。"

章惇忽然大笑"哈哈哈哈"，笑过，说："本相深知苏轼，却不知他如此喜欢荔枝，喜欢得愿做岭南人了。"他停顿了一会儿，然后道，"其实，苏轼不是喜欢荔枝，是喜欢新鲜。那，本相便成全他，让他再去一个新的地方吧。提刑官你说，让他去哪里为好？"

吴晋哪敢多说一句，连忙答道："丞相说哪里好，便是哪里好。"

章惇仰头想着，自语道："苏轼，字子瞻……子瞻。瞻、儋。嗯，瞻、儋二字，音相近、形相似，就让他去儋州吧。"

宋哲宗绍圣四年（1097年）四月，六十一岁的苏轼被贬往儋州。

那时候的儋州，在大陆人看来，就是"人间地狱"。甚至有人认为，流放儋州，是仅仅次于"满门抄斩"的刑罚。

据《儋县志》记载，那时儋州的情况是："地极炎热，而海风甚寒，山中多雨多雾，林木阴翳，燥湿之气不能远，蒸而为云，停而为水，莫不有毒。"单是这样的气候，大陆去的人就难以适应。

在惠州时，梁成之妻怀孕了，苏轼执意要他带着妻子回苏迈家，只让苏过陪同自己漂洋过海。

到了儋州，苏轼被安置在官家废弃的破屋里。那屋有多破？下起雨来，要不断挪动地方躲雨。苏轼去时，正值雨季。他在诗中写着：

> 如今破茅屋，一夕或三迁。
> 风雨睡不知，黄叶满枕前。

就是这样一间破屋,还要苏轼交房租。加之当地居民,汉人很少,几乎全是黎族。苏轼父子与他们,习俗不同,连吃的、用的,都不知到哪里去找。一句话,父子俩简直不知怎样生活。苏轼凄然环顾,写下这样的诗句:

四州环一岛,百洞蟠其中。

我行西北隅,如度半月弓。

登高望中原,但见积水空。

此生当安归,四顾真途穷。

初到的日子,苏轼有一种生不如死的感觉。但是几天之后,生性豁达的他,从痛苦中挣扎出来,又像在惠州一样,决心把自己当个原住民了。他对苏过说:"权当爹爹生来就是儋州人,只是去过一趟中原,没考上进士也没当过官。爹爹土生土长在儋州,死了埋在儋州也是理所当然。到时候,你不要难过,也不要弄什么尸骨还乡。"

苏轼在儋州受的折磨,都在章惇的授意之下。因此章惇认定,不出一年,苏轼必死无疑。可是,自以为"深知苏轼"的章惇,其实完全不知苏轼,更不知苏轼的人格魅力。苏轼确如他自己所说,是"上可陪玉皇大帝,下可陪卑田院乞儿"的人,一个"看天下无一不是好人"的人。因此,苏轼总是用一颗赤诚之心去对待别人。当苏轼走出被孤立的破屋,通过表情和手势,与当地人开始交往后,一对黎族兄弟便成了他的朋友。很快,附近的黎族乡邻都成了他的朋友。

苏轼精神之坚强、体质之健强、生命力之顽强,非一般人所能及。苏轼就是一颗砸不碎、煮不烂、摔不破、踩不扁的"铜豌豆"。

不久以后,黎族乡邻替苏轼盖了三间房屋。房屋盖在桄榔林中,苏轼把这房屋取名为"桄榔庵",用作"书院",开始教人识字读书,传播中原文化,为这个荒僻的岛屿培养出历史上第一位进士姜唐佐。

姜唐佐家住珠崖,离儋州有一段路程,因为仰慕苏轼而至儋州,尊苏轼为师。苏轼见他聪慧好学,也尽心教导,说姜唐佐一定会考上进士。当姜唐佐学成回家时,苏轼题诗相赠曰:

沧海何曾断地脉,珠崖从此破天荒。

苏轼还对他说："等你中了进士，我再与你续上后面两句。"

以后，姜唐佐果然到中原来考中了进士，可惜，那时苏轼已经去世了。剩下的两句诗，只能由苏辙替他哥哥代写：

> 锦衣不日人争看，始信东坡眼力长。

当然，这些都是后话了。

第五十章
问平生功业

章惇既认定苏轼必死，便转过脸来对付苏辙。

本来，章惇心中的头号敌人，一直是苏轼。对苏轼的斗争，章惇认为自己是赢家：他比苏轼先进入朝廷；比苏轼先进入权力核心；他曾把苏轼整进监狱，贬到黄州，弄得九死一生；而且，苏轼始终未能当上宰相，而自己却是两度为相；如今，他又毫不费力地把苏轼整到儋州去了。可见，他章惇对苏轼算得上"完胜"。唯一的不足，是苏轼虽然没当上宰相，却由苏辙替他哥哥当了。这样一来，"完胜"的结局就有了"遗憾"。他为此憋着一口气，决定要和苏辙算算这笔账。

苏轼去了儋州，章惇便说："苏轼兄弟感情深厚。苏轼既去了儋州，便叫苏辙去雷州，好让他兄弟俩隔海相望。"于是，苏辙被贬到雷州。

苏辙到了雷州，人地生疏，只有借官府的空房居住。章惇听说后，以朝廷名义不许"犯官"住进官家房舍。官府得令，将苏辙赶走。苏辙无奈，便向百姓租用房屋。章惇知道后，又说苏辙"强夺民居"，下令官府严究。当官的不敢怠慢，立刻派衙役捉拿苏辙。

衙役闯入苏家，苏家正在吃饭，衙役叫道："苏辙强占民居。官府有令，拘拿勘问！"不由分说，一拥而上，将苏辙绳捆索绑，抓出门去。与此同时，几个衙役闯进房东家，把房东抓走，要他控告苏辙"强占民居"，否则一起治罪。幸好，苏辙租房时，双方写有"僦券"。官府把苏辙和房东折腾一番后，这场闹剧便不得不草草收场。

当章惇正得意忘形地一手遮天、恣意妄为的时候，哲宗死了！

哲宗赵煦，十岁登基，十八岁亲政，在位六年，二十四岁逝世。

宋哲宗是苏轼经历的第四个皇帝，也是唯一的和苏轼有过亲密相处、近距离接触的皇帝。苏轼做他的老师时，不但向他传授知识，还给过他父亲般的关爱，所以，哲宗也曾打心眼儿里喜欢过苏轼。不幸的是，哲宗生性乖戾多疑；更不幸的是，他成长于太监张元振的股掌中。这就注定了，他会戕害自己的生命和自家的王朝，会把苏轼等正直之臣送上绝路。

哲宗之死，朝廷对外公布说"入冬以来，数冒大寒，浸以成疾，药石弗效"等等，但实际上死于纵淫过度。想想吧，十四岁就开始日夜淫乐，纵淫十年会有什么结果？据史书记载，哲宗"精液不禁，又多滑泄"，所以哲宗没有生育。

哲宗不会长寿，哲宗养不出儿子，都在章惇的意料之中。

章惇不怕哲宗早死，不怕哲宗无子。早死，无子，他作为大权在握的宰相，可以设法拥立新帝。而被他拥立的新帝，自然在他的掌控下。只不过他没有料到，哲宗的死来得这么快。

当御医们肯定哲宗已经断气，太监张元振立刻把消息传给了章惇。章惇愣了片刻，因为他还没有来得及想，该拥立哪个皇家子孙为帝。他一面吩咐办理丧事，一面把蔡京、曾布召来商议。

章惇做事，一向胆大心细，谋划缜密。但因为专权太久，因为太不在意别人，此时此刻，他竟然忘了宫中还有个向太后。

向太后一直悄悄地蛰伏着！自从心性相投的婆母含冤去世，自从哲宗恢复新法、打击旧臣，这母子俩便有意彼此疏离，以求相安无事。六年来，对哲宗的荒淫无度，向太后不去管束；对哲宗的倒行逆施，向太后不置一词。所以，章惇等渐渐忘了她的存在，也不足为奇。

但是，在中国的帝王专制文化中，在"百善孝为先"的道德规范下，太后的权威仅次于在位的皇帝。特别是，当皇位没有了继承人时，或者新皇帝尚需帮助时，太后的权力就至高无上了。本朝的刘太后、曹太后、高太后都曾因此垂帘听政！

蔡京和曾布刚在章惇的书房坐下，就有太监来传懿旨，说太后请三位大人立即进宫,到延和殿议事。

章惇一惊,这才想起了宫里还有个向太后!三人立刻明白,所谓议事,必是商议由谁来继承大统。这事他们未及商量,都心中无数,但也只好跟着太监进宫。

延和殿上,向太后素服端坐。章惇等大礼参拜后,起身恭立。

向太后拭泪道:"国家不幸,皇帝无子。天下不可一日无君。谁堪继承大统,请大臣直言商议。"

三个大臣沉默着。蔡京和曾布偷眼看看章惇,见章惇低头不语。

章惇忽然意识到,这女人先发制人了!也许,她心里已有人选。可是,自己不知她选的是谁。如果自己说的和她选的一样,那自己也有拥立之功;但自己说的如果和她选的不一样,也许就有杀身之祸了。而且,他还没有来得及认真考虑,还不知拥立何人为好;万一自己选的皇帝,连自己的心腹曾、蔡二人也不赞同呢?

太后不等章惇细想,直接向他发问道:"朝廷之事,素来丞相做主。今当国难之际,丞相为何缄默不语?"

太后的话有点咄咄逼人了,逼得章惇不能不立刻表态,敢于走险的章惇心中陡然生出一股搏杀之气。就像当年他和苏轼游黑水谷时,从独木桥上过涧题壁一样,他猛然抬头道:"启奏太后,古来母以子贵,子亦以母贵。若论继承大统,当立先帝同母弟简王。"

向太后顿时拉下脸来,正色道:"丞相何出此言?何谓同母弟?先帝的兄弟,谁个不是哀家的儿子?"

章惇心中暗叫:糟了!急切之中,说错了话。

原来,向太后没有生育。神宗皇帝有十四个儿子,仅六个长成。哲宗赵煦是神宗的第六个儿子,也不是向太后所生。但是按皇家的规矩,无论哪个嫔妃或宫女生下的子女,在家规国法上都是皇后的子女。

章惇赶紧道:"微臣失言,太后恕罪。那么,便按长幼顺序,立申王为帝。"

向太后早已成竹在胸,早已准备好一套套说辞。无论章惇提出哪个皇子为帝,她都要断然否定。她不能让章惇有拥立之功,她务必把朝政大权夺回皇帝手中。至于哪个皇子为帝，她无所谓。因为这些皇子都是她的儿子，又都不是她的儿子。

既然章惇已经两次发表意见，现在就该她来提出人选了，于是她说："难道，丞相不知申王有眼疾？先帝早逝，便因体弱多病。而今立帝，当立体魄康健者。哀家之意，立端王为好。"她转向曾布、蔡京，用威慑的目光盯着他们道："二卿以为如何？"

对于曾、蔡二人，她也早有准备，即便这两人附和章惇，她也不会妥协。立皇帝既是国事，也是赵家的家事，和你们商量，算是客气。

曾、蔡两个政客，敏感地接受到太后目光中的信息，不觉互相望了一眼。

章惇也把目光投向两个心腹。他料定，他们一定会找出许多理由，来帮助他说服太后。因为在平时的闲谈中，他们都认为，端王是个只知道踢毬、只知道写字画画的花花太岁，因此都瞧不上这个端王。何况，跟着自己拥立申王，以后还可"利益共享"。

曾布首先开口。他说："太后英明。臣以为，立端王甚好。"

章惇大吃一惊，又听得蔡京道："太后所虑周全。立端王为帝，必得民心。"

章惇呆了！这狡猾的狐狸一时也不明白，两个心腹为何临阵倒戈！

其实道理很简单：若跟着章惇，二人的地位不会有任何改变。但是，若跟着太后，情况就大不相同：有拥立之功的就不是章惇，而是自己。章惇拥立无功，就可能当不成宰相。那么，章惇的宰相空缺，就可能由自己填补。

愤怒的章惇不肯认输，他争辩道："太后！端王轻佻，不可君临天下！"

不等太后发话，曾布抢先道："丞相之言，令人惊骇。丞相对端王如此贬损，不知居心何在？"

蔡京也道："当此国难之际，请丞相以大局为重。"

章惇气得差点晕了过去，他大声道："端王为帝，必误大宋！"

太后道："先帝曾言，端王有福寿，且仁孝，不同于诸王。"

曾布道:"丞相若不放心,太后可先行摄政,待新帝熟悉朝政后,再撤帘。"

蔡京立即附和:"按曾大人之意,便万无一失,丞相也可无虑了。"

章惇只觉得天旋地转,再也说不出一句话。他知道:自己完了,大宋也完了。

等不得章惇老死相位,曾、蔡二人就利用机会抢班夺权,管他端王合适不合适呢。靠利害结成团伙,就会不断发生这样的事情。从前有邓绾之于吕惠卿,今有曾布之于章惇,一点也不奇怪。

于是,宋神宗的第十一个儿子端王赵佶,即皇帝位,是为宋徽宗。

宋徽宗已经十九岁了,但还是按曾布的提议,暂时由向太后摄政。

向太后并不想当武则天,只因她和高太后、曹太后的政治理念相同,爱憎也相同;只因她对苏轼等受迫害老臣怀有敬意和歉意,她愿意摄政一段时间,好对哲宗的倒行逆施,进行拨乱反正,好为蒙冤的婆母太皇太后,报仇雪恨。

没过几天,诏令下:张元振出宫为哲宗守墓。

没过几天,诏令下:章惇调任越州(绍兴)知府。

从此,章惇开始重复苏轼曾经的遭遇——诰命紧追:他刚到越州,便被撤去知府之职,贬往潭州;不久,又被贬往雷州;不久,又被贬往睦州;不久,再被贬回越州;不久,再被贬回湖州。前后经历六个州,一直在路上折腾来折腾去。

章惇贬去雷州时,苏辙已经平反,去了宜兴苏迈那里。章惇去到雷州时,官府按他自己定下的法规:不许犯官居住官家房舍。所以,章惇去了也不能住官家房舍,无奈,章惇只好向百姓租房。哪知,百姓无一人租房给他,还说:"前年有人把房子租与苏公居住,差点弄得家破人亡,谁还敢把房子租给你这犯官!"无奈,章惇只有住进破庙。

章惇在六州之间,跑来跑去,最后的贬所是湖州。

湖州,也就是苏轼以文字获罪而被逮捕之地。章惇哪会想到,二十一年后,自己也来了……七十一岁时,章惇死于湖州贬所。

在《宋史》中,章惇被列入"奸佞传"。

章惇调走,谁任宰相?向太后审视朝堂,找不到合意之人,最后,她的目光落在曾布身上。为了对他拥立新帝表示嘉奖,也为了稳定新君即位的不安局面,于是诏令下:曾布出任宰相。

接着颁下的诏令,就是大赦天下罪囚。向太后用这个名义,把诬蔑太皇太后"篡夺皇位"而被关押者,通通无罪开释。同时,被贬谪的元祐诸臣均被赦免,使这些老人可从偏远之地回家。

在儋州的苏轼,接到一份单独的诏书,说他可以返回中原。

早把自己当成海南岛原住民的苏轼,做梦也不曾想到,有生之年还能回到中原。诏书到达儋州后,黎族乡亲和汉族朋友都带上土产,来与苏轼送行。苏轼也依依不舍,欲去还留,为此写下这样的诗句:

> 我本海南民,寄居西蜀州。
> 忽然跨海去,譬如事远游。
> 平生生死梦,三者无劣优。
> 知君不再见,欲去且少留。

元符三年(1100年)六月,苏轼雇船,直奔常州。他决定在此落户,安度晚年。

难道真是宿命?每逢苏轼远行,多半都在夏季:父丧回川,是大热天;去杭州任通判,是大热天;在湖州被捕,是大热天;从黄州回京,也是大热天(致苏遁夭折,朝云重病);往杭州任太守,也是大热天;到定州还是热天;以后到惠州、去儋州,也都在大热天。这么多的酷暑盛夏,体质好、人乐观的苏轼都一次次挺过去了。这一次,又是在三伏天里漂洋过海、跋山涉水,年迈的苏轼还挺得过去不?

苏轼的儿孙们和苏辙,还有挚友佛印禅师等,每日望眼欲穿地盼着苏轼归来。终于,他们盼回了苏轼。但是,苏轼病了!

七月,苏轼躺在凉榻上,一动不动,好似睡熟。

敞开的窗外，站着他的三个媳妇，以及秀嫂、碧桃等妇女。

房门内外，挤着高高矮矮苏轼的孙儿、孙女们，还有中年的、老年的梁成、苏义、苏兴、苏咪等男丁。

苏轼的凉榻边，坐着六十三岁的苏辙。凉榻旁的圆凳上，坐着白眉白须、双手捻珠、默默诵经的佛印。他的身后，站着四十四岁的苏迈、三十一岁的苏迨、二十九岁的苏过。

房里房外寂静无声，所有的人都不眨眼地盯着苏轼。

过了一阵，苏轼发出轻轻的叹息，慢慢睁开了眼睛。

苏辙赶紧往前挪挪，握住他哥哥的手，唤道："哥……"

苏轼用微弱的声音道："子由……来了吗……"

苏辙道："我来了。哥，我来了。"

苏轼的嘴角向上咧了咧，像是笑了，说道："好……"他慢慢扭转头，看见了佛印，道："大禅师……还在，念经啊……"

佛印道："大学士，老衲求菩萨保佑您……"

苏轼的嘴角又向上咧咧，说："菩萨，忙不过来……"

佛印年老耳背，便问苏辙："他说什么？"

苏辙道："他说，菩萨忙不过来。"

苏轼闭上眼睛，口里却慢慢说着："耕田，欲雨，刈，欲晴……去得顺，顺风，来者，怨……"

佛印又问："他说什么？"

苏辙道："他说，耕田的盼下雨，割草的盼天晴。去的船喜欢顺风，来的船抱怨逆风。"

苏轼的嘴角又向上咧咧，说："不要，麻烦，菩萨了……"

佛印道："好。不麻烦菩萨了……"

房间里又归寂静，可是众人眼里都噙满了泪水。

片刻后，苏轼又慢慢睁开眼睛，轻轻叫着："迈儿……"

苏迈赶紧应声："爹爹。"

苏轼道："将我的，画像……取来……"

苏迈忙应声走开。

苏轼道："扶我……坐，坐起……"

苏迨与苏过忙扶起苏轼，给他的背后垫好枕褥，让他靠在床头。

苏轼又说:"笔……墨……"

苏迈拿着画像过来了。大家都认得,这是著名画家李公麟替他画的像,他一直让苏迈珍藏着。

苏迈捧着画像,苏轼定睛看着。过了一会儿,他喃喃道:"这……便是,我……"他接过苏迨递来的笔,用力抬起手来,在画像旁写下一首诗:

心似已灰之木,身如不系之舟。

问汝平生功业,黄州惠州儋州。

苏轼凝视着自己的画像,又向上咧咧嘴角,露出凄然自嘲的微笑……

宋徽宗建中靖国元年(1101年)七月二十八日,苏轼静静离开了人间,享年六十六岁。

天才、贤才、旷世奇才苏轼,被帝王专制制度无情地吞噬了!

结

　　苏轼知道自己得以免罪回到中原，都是向太后的眷顾，他因此十分感激。可是，等他到达常州，还来不及上表称谢，向太后就去世了。这使他非常非常难过。

　　向太后和曹太后一样，到死都没有见过苏轼。可是她也和曹太后一样，觉得自己十分了解苏轼，认定苏轼是大宋的擎天栋梁。可是现在，苏轼老了，无力支撑歪斜的朝堂。她自己也老了，无力架起这根栋梁。她能做的，只是给苏轼自由，让他回到亲人的身边。她尽力了！她做了苏轼最后的一个保护神，这也是曹太后、高太后的愿望。

　　历尽苦难的苏轼意识到：曾布、蔡京等人尚在朝中，自己可能还有灾祸临头。所以在病中就吩咐苏迈：如果自己有个好歹，切不可回四川安葬，以免连累家乡亲友。他还说：可以将自己葬在河南汝州郏县，那里，也有个地方叫峨眉山。

　　苏轼，这个中华民族的文化巨人、廉吏楷模，思念四川的家乡"岷峨"，却死后也不能回去。他只有借河南汝州的"峨眉山"几个字，来安放自己不朽的灵魂……

　　向太后病故，宋徽宗亲政。他是苏轼经历的第五个皇帝。

　　宋徽宗亲政后，一如既往地把精力放在踢毬、写字、画画和玩赏奇花异石上，全不关心朝政，也不治理国家。从徽宗亲政，到苏轼逝世，二人的君臣关系只有半年多。彼此未曾见面，照说也无恩怨，但是，徽宗却继承了他哥哥哲宗对苏轼的迫害，只因他宠信了佞臣蔡京。

北宋时期有四大书法家。当蔡京之奸未被世人看穿时，他也名列其中，所谓：苏（苏轼）、黄（黄庭坚）、米（米芾）、蔡（蔡京）。当世人看穿他的奸佞后，便把他从四大书法家中"开除"了，而把其中的"蔡"改为了他的堂弟蔡襄，这蔡襄原本也是书法家。

蔡京凭着一手好字，再加他的阴险狡诈，博得了宋徽宗的喜爱。徽宗亲政后，蔡京略施诡计，便将曾布赶出朝堂，自己当了宰相。接下来，他的为非作歹比起章惇，那真是有过之而无不及了。

蔡京当权后，也就是苏轼去世一年后，宫里文德殿门之东壁，便竖起了一块"元祐党籍碑"。此碑高1.7米，宽1.35米，分四层。一层为碑额，二层为碑序，三层为碑文及"党人"姓名，四层为碑跋。碑额"元祐党籍碑"五字，由喜好书法的宋徽宗所写，碑文则为蔡京所写。

碑上，刻着三百零九人的名字，分为六个部分：一是"曾任宰臣执政官"者，有司马光、范纯仁、文彦博、吕公著、吕大防、苏辙等人，曾与蔡京同为章惇心腹的曾布，居然也名列其中；二是"曾任待制以上官"者，其中第一人就是苏轼；三为"余官"，其中有秦观、黄庭坚、晁补之、张耒等；四为"武臣"；五为"内侍"；六为"为臣不忠曾任宰臣"者二人，竟然是章惇、王珪。

蔡京向宋徽宗启奏，说："章惇乃奸邪之辈，目中无君，不恭不敬，请列为奸党"。宋徽宗知道章惇反对自己为帝，所以不加反对，于是章惇也"榜上有名"，成了"元祐党人"的"一员"。而王珪，居然榜上也有其名。在"元祐党人"中与章惇搭档，继续成为"城隍庙的鼓槌儿——一对儿"！真是让人啼笑皆非了。

蔡京把元祐诸臣和与自己有嫌隙的人，以及自己不喜欢的人，甚至是他的同伙，都说成"元祐党人"，说这些人是"首恶及其附丽者"。为了永除后患，碑上还刻有"奉圣旨此三百零九人及其子孙永远不得为官，此诸臣后代不得与皇家子女通婚"等文字。这行文字不仅是预防"党人"中有人东山再起，也预防他们的子孙有报仇雪恨的"机会"。以后，蔡京又下令在每个县衙内，都竖起这样一块石碑，"以为万世臣子之诫"。

后来的后来，蔡京也被流放了，贬所是岭南韶关。

据说，蔡京上路时，带了整整一船金银财宝，希望到韶关去享受。可是他没能到达那里，因老百姓恨之入骨。一路上，他再有钱，也没人卖给他食物；他再有钱，也没有客栈让他住宿。他只有蹲桥洞，睡破庙，蜷在大户人家的屋檐下，未到韶关，便在半途中冻饿而死。

据说，蔡京死前，写下这样一首词：

八十一年往事，三千里外无家。

孤身骨肉各天涯，遥望神州泪下。

金殿五曾拜相，玉堂十度宣麻。

追思往日谩繁华，到此翻成梦话。

祸国殃民者，绝无好下场。他们将永远被钉在历史的耻辱柱上。

时光流逝到 21 世纪的今天。听说，在广西桂林龙隐岩的摩崖石刻洞窟里，还刻着九百多年前的这个"元祐党籍碑"。听说，游人只要抬起头来，就可以看见洞顶石壁上的文字。虽然许多字迹已经模糊，但有人还找到过"苏轼"二字，因为他是第二部分的第一名呢。

我想，看到了"苏轼"二字的人，他的脑海里一定会浮现出：杭州的苏堤、惠州的二桥、徐州的古城、汴京的花灯、密州的弃婴、定州的城墙、凤翔的"衙前役"、黄州的"东坡肉"、广州的"自来水"、儋州的"桄榔庵"……还有数以千万计的、与日月同辉的锦绣词章。

这时，那个豪放的诗词家、潇洒的散文家、创新的书画家、快乐的美食家、悲天悯人的慈善家、忧国忧民的良臣、公正廉明的官吏、疏河治水的工程师、热情坦诚的朋友、豁达开朗的落魄者——苏轼，已慢慢走到他的面前……

1995.5—2012.2